# イーリアス 上

新装版

ホメーロス

土井晩翠訳

冨山房百科文庫
54

ホメーロス胸像

（シュウェーリン美術館所蔵）

ヂャン・オーギュスト・アングル作『ホメーロス神化』

〔1827 アングル〕と署名しあり。縦 3.86メートル、横 5.15メートル、殿堂の鴨居に〔神ホメーロスへ〕の彫文あり。王座の向かって左にあるは『イーリアス』、右は『オヂュッセーア』を表す。本図を仕上ぐるまでに百以上のデッサン描ける由。(ルーブル美術館所蔵)

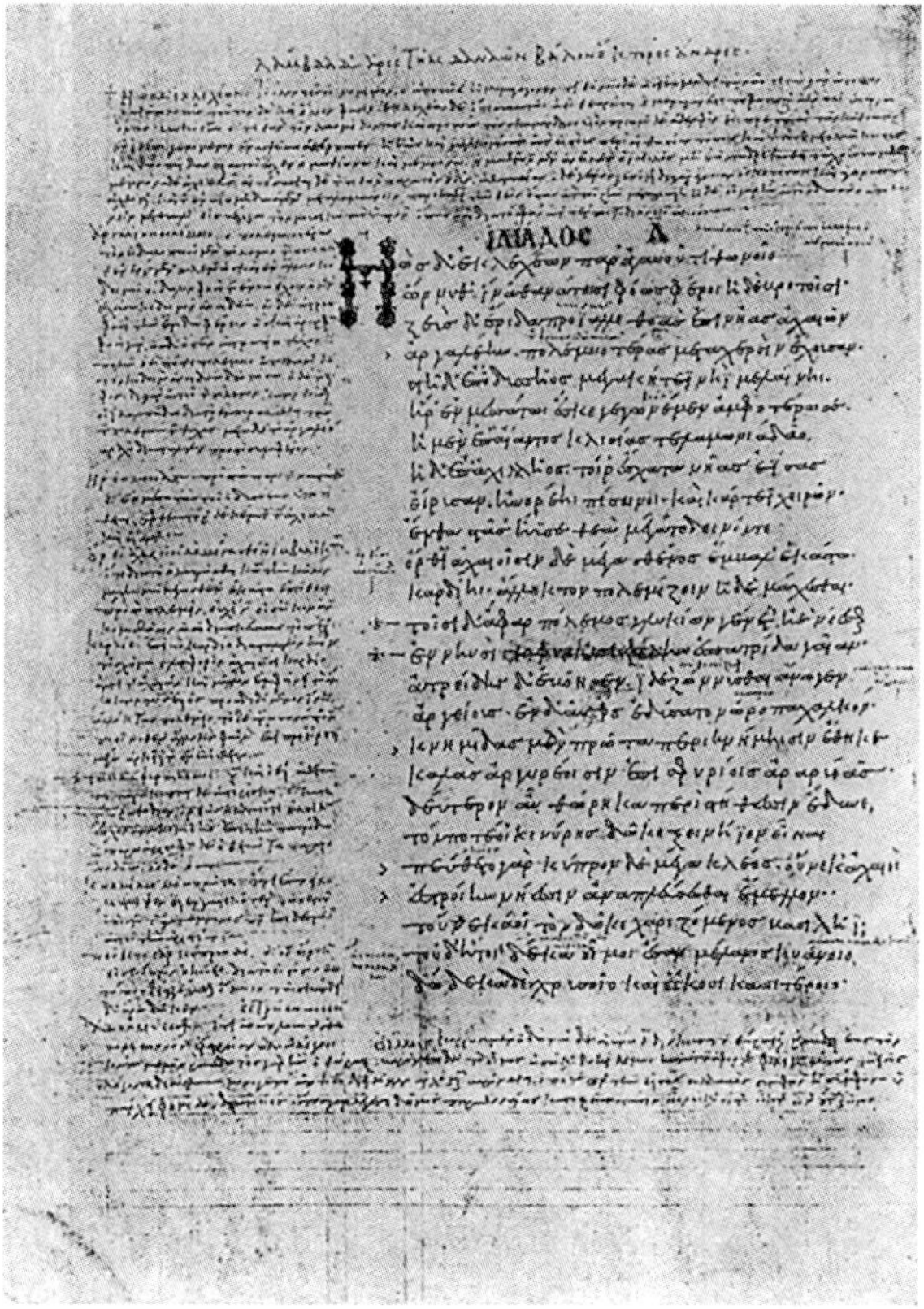


『イーリアス』古写本　第11歌冒頭

（マルコ図書館所蔵）

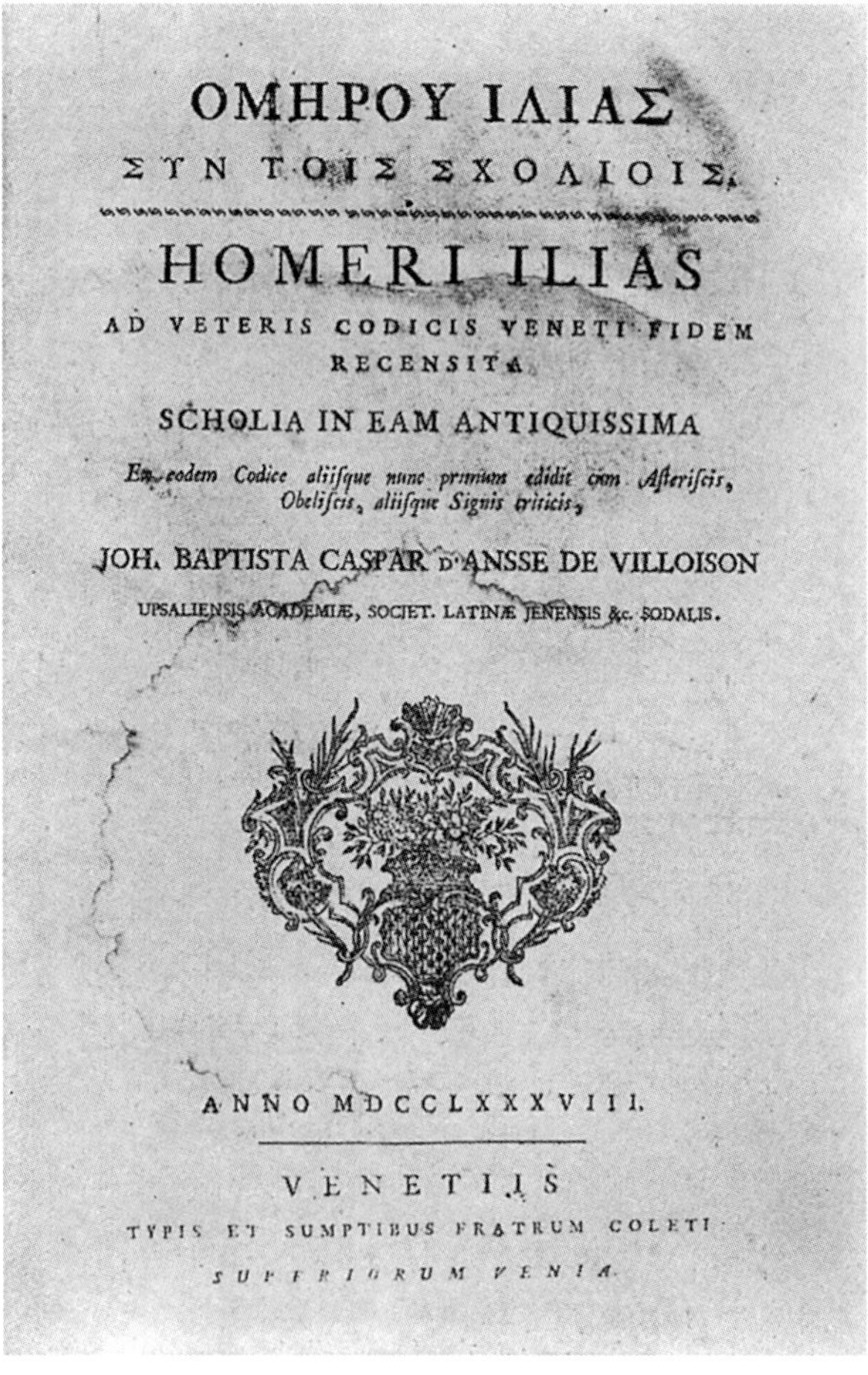

ΟΜΗΡΟΥ ΙΛΙΑΣ

ΣΥΝ ΤΟΙΣ ΣΧΟΛΙΟΙΣ.

HOMERI ILIAS

AD VETERIS CODICIS VENETI FIDEM RECENSITA.

SCHOLIA IN EAM ANTIQUISSIMA

*Ex eodem Codice aliisque nunc primum edidit cum Asteriscis, Obeliscis, aliisque Signis criticis,*

JOH. BAPTISTA CASPAR D'ANSSE DE VILLOISON

UPSALIENSIS ACADEMIÆ, SOCIET. LATINÆ JENENSIS &c. SODALIS.

ANNO MDCCLXXXVIII.

VENETIIS

TYPIS ET SUMPTIBUS FRATRUM COLETI

*SUPERIORUM VENIA.*

1788年ヱニス刊行『イーリアス』の表題

（縦40.6センチメートル、横28.8センチメートル）

①第1歌196行（17頁）　神女アテーネー、アキリュウスの怒りを抑ふ

②第５歌856行（250頁）　ヂオメーデース、槍を飛ばしてアレースを撃つ

③第6歌406行（284頁）　アンドロマケーの悲涙

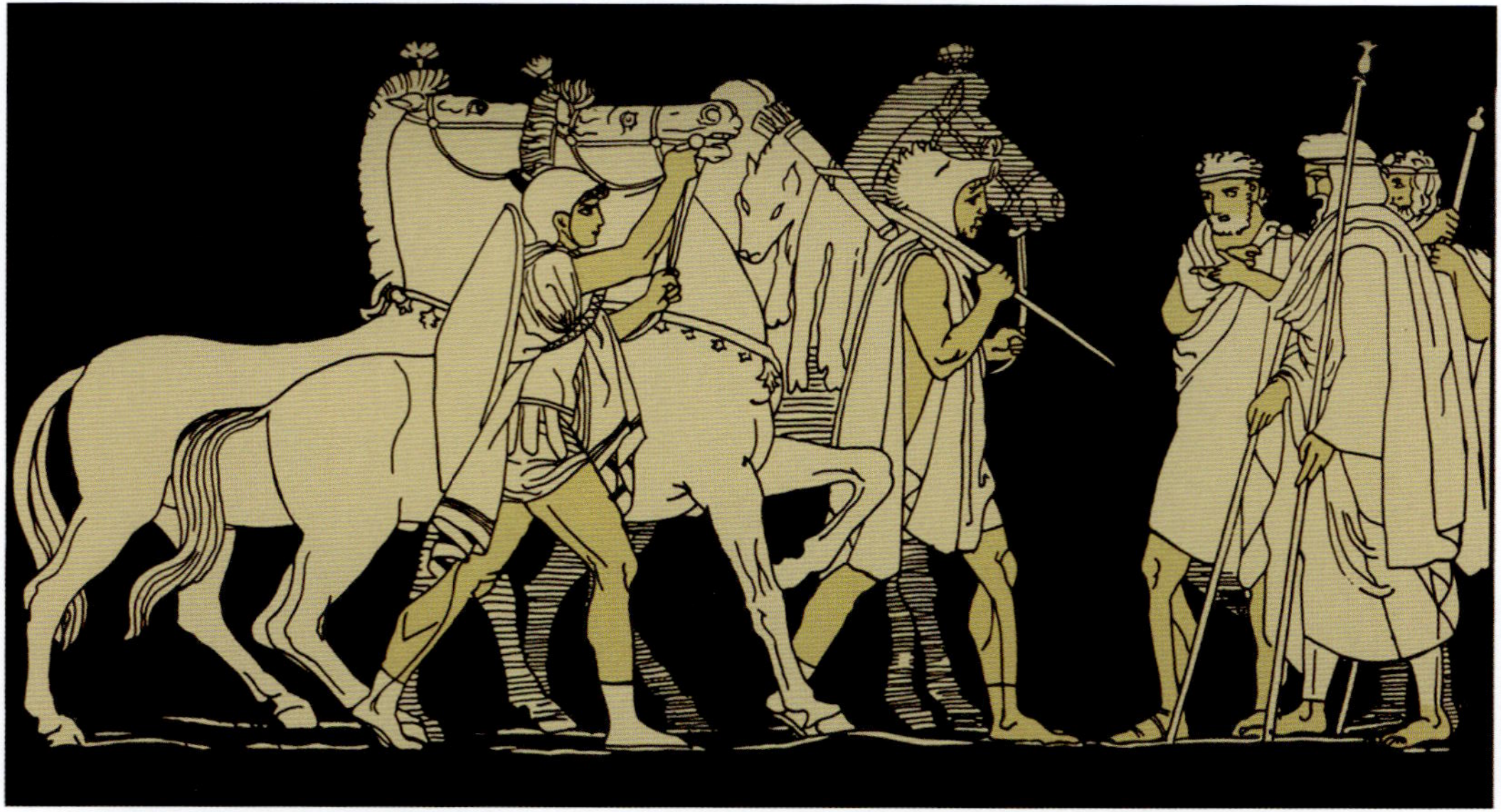

④第 10 歌 564 行（463頁）　ヂオメーデースとオヂュッシュウスの凱旋

# 序

西欧詩界の王座にギリシャの詩があり、ギリシャ詩界の王座にホメーロスの二大詩、『イーリアス』と『オヂュッセーア』がある。この二大叙事詩はギリシャ詩歌全体の源泉であり、典型であり、従つてギリシャ詩歌を源泉とし、典型とする西欧諸国の詩歌一切の根本であり、『詩経』と『楚辞』とが支那歴代詩賦一切の根本であるのに酷似する。或る時代には忘れられたこともあるが、概して今に至るまで、文運時運の消長を通じ、三千年の長きに亘つてホメーロスは西欧の慰藉であり、好尚である。「向後一千年の未来時代に、猶確かに読まるるものはバイブルとホメーロス」とは十九世紀後半の碩学ルナンの断言であつた。最近の独仏戦争に於て幸ひに破壊を免れたパリのルーブル美術館所蔵、アングルの一千八百二十七年の大作『ホメーロス神化』は、王座に倚り、詩神に月桂冠を授けらるる詩聖を西欧諸国歴代の詩傑文豪が瞻仰《せんぎょう》する画面である。

『ギリシャの天才』の巻頭に述ぶるヂョン・チャプマンの言を借りて曰へば、近代最高のシェークスピアが忘らるるとも、ホメーロスは決して忘れられぬ。後者は歴史の中流に泛《うか》び、前者は一の渦流中に浮ぶ。詩を好む者、詩を説く者は（東洋は別として）誰よりも先にホメーロスに向かはねばならぬ。

プラトーン、アリストテレース及びその他が著書中にホメーロスを或ひは論評し或ひは引用した時代、アレクサンドロス大王が黄金の匣《はこ》に蔵めて『イーリアス』を陣中に携へた時代、――その頃のギリシャは二大詩の作家としてのホメーロスの史的実在に何らの疑ひを容れなかつた。七つの都市がその生誕地たる光栄を論争した。その伝記は八種あつたが、その中の一、ヘーロドトスの作と称するものは、詩聖の誕生を西暦紀元前（B. C.）八百三十年とする。他の説くところは年代が互ひに相違して、最古はB. C. 一千百五十九年、最新はB. C. 六百八十五年とする。二大詩は別々の人の作と主唱する者、いはゆる分離論者《コーリゾンテス》が現れたのはギリシャ文学の末期、B. C. 百七十年頃アレクサンドリア時代に於てである。(『易』の「十翼」は孔子の作たることを司馬遷が『史記』に明記した以来一千余年の後、欧陽脩が初めて否定したやうなものである。) その先頭に立つた者はクセーノンといふ学者であつた。当時のアレクサンドリアの図書館長アリスタルコスはこれに反対して古来の伝説を肯定した。これより先、B. C. 六世紀にアテーナイの独裁君主ペーシストラトスは、従来ただ口伝に因つて流布した二大詩を書物にした。次にゼーノドトス (B. C. 三百二十五年生れ) といふ学者 (第一回のアレクサンドリア図書館長) は、同館中の材料を集めて初めてホメーロスの定本を作つた。

クセーノンとアリスタルコス以来、歴代続いて否定、或ひは肯定の論争が尽きない。ローマのセネカ (ネロ皇帝の侍従、後に彼に殺された大儒) は、「かかる論争をするには人生は短か過ぎる」と冷語した。

今日現存する『イーリアス』最古の写本は、西暦紀元 (A. D.) 十世紀のもの、アリスタルコス以下諸学者の註解を附して最も貴重なもので、伊太利ヱニスのマルコ図書館に珍蔵さるる。一千七百八十八年（フランス大革命勃発の前年。日本の天明八年）この写本がヰロアソンといふ学者の手によつてヱニスに刊行された（その一本を幸ひに私は所蔵してゐる）。これがホメーロスに関する近代の研究と論争の土台となつた。即ち一千七百九十五年刊行の有名なフリードリヒ・ヲルフの『ホメール序論』はヰロアソン刊行の『イーリアス』を精細に研究考査した結果である。彼の結論によれば、二大作は別々の人の作、そのおのおのも一詩人の作ではない、従来の諸作の集合である。爾来、昔からの論争がもろもろの専門家によつて繰り返されて今日に到つた。ベルリン大学のヰラモヰツ・ミュレンドルフ教授（一八四八―一九三一）は、ギリシャ文学研究の一大権威であるが、『ホメール研究』（一八八四）等に於てヲルフの説に賛成した。アンドルウ・ラングは『ホーマーと叙事詩』（一八九三）及び『ホーマーの世界』（一九一〇）に於て、J・W・マッケイル（オックスフォード大学に於ける詩学教授）は『ギリシャ詩講義』（一九二六）に於て、C・M・ボーラ（同大学講師）は『古代ギリシャ文学』（家庭大学叢書第百六十七巻、一九三三）に於て、ヲルフの説を否定した。以上はただ一二の例を挙げたに過ぎぬ。時代の趨勢に因つて、否定説、肯定説かはるがはるに行はれ、新時代ごとに新学説が起つて、将来永く窮尽する所を知らないであらう。

しかし詩としてホメーロスを見る一般読者は、如上の論争を全く度外視して差支へが無い。昔のギリシャ人がこれを朗吟した伶人《ラプソーヂスト》に恍惚と聞き入つたその態度を取つて十分である。但し次の事を忘れてはならぬ。二大詩は彼に先だてる前人の多くの作を材料として集大成したもの、言語が発達し成熟した暁に、技巧を尽くして完成した非口語体の芸術的作品である。十九世紀のロマンチク評家がこれを（芸術的に対して）素朴な自然的作品と称へたのは全然の誤りであつた。

『イーリアス』の背景は十年に亘るトロイア戦争である。少年時代トロイア戦争物語に興味を感じたハインリヒ・シリーマンが、一千八百七十年、小アジアのヒサルリクに故蹟を発掘した以来、考古学的研究は次第にその歩を進めた。その結果、ホメーロスを欧洲文明の曙光と観じた十九世紀のギリシャ史専門家、グラドストーン、フリーマン等の説が根底から覆へつた。トロイア戦争を遡ること一千余年の遠い昔にエーギア文明は高度の発達を遂げ、そしてその後種々の国家の盛衰存亡が続いたことが明らかになつた。

トロイア戦争はどれだけ史的確実性があるか、考古学、言語学、比較神話学及び史学の厳密な見地から、未だ容易に決定されない。「歴史家の歴史」は古来の伝説として、トロイアの落城を仮にB. C. 一千一百八十四年としてゐる。トロイア民族及びギリシャ民族の起原及びその関係、更に遡つてエーギア海を舞台としたクレータ文化、これにつづくミケーネ文化、又その次の（ホメーロスの歌へる）英雄時代文化、更にこれに次ぐドリアン族侵入（B. C. 一千一百年頃）以来の新文化、これらに関する学究的論争は（ホメーロス問題と同様に）将来長きに亘つて続くだらうが、この序篇において言及する必要は無い。

『オヂュッセーア』も同様であるが、『イーリアス』の一行一行はいはゆるHeroic Hexameter、ダクテル（—◡◡）とスポンデー（——）即ち長短短と長長との交錯の六脚から成る。長は短の二倍に当る。短の一シラブルを一単位とすれば、各行は二十四単位である。日本の七・五調は十二音、倍にすると二十四音、この七・五・七・五（私の青年時代の作「万里長城歌」の如き）を一行として原詩の一行に対し、原詩と同じ行数一万五千余行に訳了した。二十巻の『万葉集』全部の二倍の長さである。続いて今訳出中の『オヂュッセーア』は一万三千余行である。

「神聖のホメーロスも時には居眠りす」といふ昔のラテンの諺があつた。この居眠りの部分は、恐らく後世の添加であらう。一万五千余行全体が悉く精金美玉ではあり得ない。カーライルのシェークスピア論に「彼の作は窓戸の如し、これに因つて内部の面影が覗ける。が比較的に曰はば、彼の作は粗漏であり、不完である。ただ処々に完全美妙の文句——光輝燦爛として、天火の降るが如きものがある。……しかしこの光輝はその周囲の光らざるを感ぜしむる」と曰つた。ホメーロスにも或る点に於て同様の事が曰はれよう。しかし詩中の優秀な部分はホメーロス研究の大家リーフの評の如く、人界にあり得べき最上最高最美最麗の詩である。「才気の大、筆力の高、天風、海濤、金鐘、大《たい》鏞《よう》も能くその到る処に擬することなし」とは杜甫に対する沈徳潜の評であるが、移して詩聖ホメーロスに適用すべきであらう。

欧洲近代の諸国語によるホメーロス飜訳の困難はマシュー・アーノルドの所論の通り、まして文脈語脈の全然無関係なる日本詩に訳することは非常の難事である。されど西欧文学東漸以来、明治大正昭和の三代を経てホメーロスの韻文訳がまだ一度も世に現れぬのは日本文学の名誉では無い。委細は跋文に譲るが、私は分を計らず微力を尽してこの難事に当つた。原作の面目を幾分なりと髣髴せしめ得るなら望外の幸ひである。

昭和十五年八月　仙台に於て

土井晩翠

# 目次

## 上巻

序 …… i
例言 …… xiii
第一歌 …… 三
第二歌 …… 四八
第三歌 …… 一一三
第四歌 …… 一四八
第五歌 …… 一八八
第六歌 …… 二三五
第七歌 …… 二九四

第八歌……三三〇
第九歌……三七二
第十歌……四一三
第十一歌……四六五
第十二歌……五二六

下巻

第十三歌……三
第十四歌……六四
第十五歌……一〇三
第十六歌……一五八
第十七歌……二二一

第十八歌……二七七
第十九歌……三一三
第二十歌……三五四
第二十一歌……三九一
第二十二歌……四三七
第二十三歌……四七五
第二十四歌……五四一
跋……六〇二

## 挿図

第 一 歌 神女アテーネー、アキリュウスの怒りを抑ふ 上 一七頁
第 五 歌 ヂオメーデース、槍を飛ばしてアレースを撃つ 上 二五〇頁
第 六 歌 アンドロマケーの悲涙 上 二八四頁
第 十 歌 ヂオメーデースとオヂュッシュウスの凱旋 上 四六三頁
第十五歌 アイアース、船を防禦す 下 一五六頁
第十六歌 眠りの霊と死の霊、サルペードーンの屍を搬ぶ 下 二〇六頁
第十八歌 アキリュウスの楯 下 三一二頁
第十九歌 アテーネー、新たの武具を齎す 下 三三四頁
第二十二歌 アンドロマケーの気絶 下 四七一頁

表紙・扉装画 瀬川康男

# 例言

## (一) 梗概

『イーリアス』とは「イーリオン(トロイエー即ちトロイア)の詩」といふ意味である。本詩の歌ふところは、アカイア(ギリシャ軍勢が十年に亘つて、小亜細亜のトロイアを攻囲した際起つた事件中の若干部分である。これより先、トロイア王プリアモスの子パリス(一名アレクサンドロス)が、スパルタ国王メネラーオスの客として歓待された折、主公の厚情を裏切つて、絶世の美人、王妃ヘレネー(ヘレン)を誘拐して故国に奪ひ去つた。ヘレネーはその昔列王諸侯が一斉に望む処であつたが、遂にメネラーオスの娶《めと》るところとなつた。その以前に佳人の父は彼らに、誰人の妻となるにせよ、もしその夫より佳人を奪ふ者あらば、協力して夫を助けて姦夫を膺懲《ようちょう》すべしとの盟《ちか》ひを立てさせた。かういふ次第でメネラーオスの兄、ミケーネー王アガメムノーンが、列王諸侯を四方から招いて聯合軍、ほぼ十万人を率ゐて、舟に乗じてトロイアの郷に上陸し、十年の攻囲を行つたのである。トロイアは死力を尽して城を防いだ。しかし城を出でて戦ふことを敢へてしない。トロイア軍中第一の勇将ヘクトールさへも敵し得ない英雄アキリュウスが、聯合軍に加はつてゐたからである。

然るに十年目に聯合軍中に内訌《ないこう》が起つた。総大将アガメムノーンが威に誇つて、一女性の故により、アキリュウスを辱しめたのである。後者は激しく怒つて、もはや聯合軍のために戦ふことはしないと宣言して、部下の将士を纏《まと》めて岸上の水陣へ退いた。『イーリアス』はここから筆を起す。「神女よ、アキリュウスの怒りを歌へ」と。アキリュウスの怒り及びその結果、最後にその怒りの解消――以上が『イーリアス』の中心題目である。これを中心としてトロイア落城の前五十一日間に起つた種々様々の事件が詩中に歌はれてゐる。アキリュウスが退陣したのでトロイア軍は進出した。二十四巻の『イーリアス』中、初めの十五巻は両軍相互の勝敗の叙述である。後にトロイア軍が優勢となりアカイア軍は散々に敗退する。その時アキリュウスの親友パトロクロスはこれを坐視するに忍びず、友の戦装を借り、進んで勇を奮つて数人の敵将を斃したが、最後にヘクトールに殺され、その戦装が剥ぎ取られる。ここに於てアキリュウスは、初めて猛然と立ちあがり、アガメムノーンと和解して戦場に躍りいで、敵軍一切を城中に追ひ攘《はら》ひ、只一人踏み留まつたヘクトールを斃して、パトロクロスの仇を討ち、屍体を兵車に繋いでこれを友の墓のめぐりを曳きづり行くこと十日以上に及ぶ。その後敵王プリアモスは神命により、ひそかに人目を掠めてアキリュウスの陣を訪ひ、賠償を出して愛児の屍体を乞ふた。アキリュウスこれを許して数日の休戦を承諾する。敵王は屍体を城中に携へ帰り葬儀を行ふ。『イーリアス』はここに終る。

なほ二十四巻の一々に亘つてその梗概を記せば左の通りである。

第一　アポローンの祭司クリュセース、アガメムノーンに辱しめられ、復讐を祈る（第一日）。疫病（二日

―九日）。評定の席開かる、続いて争論。アガメムノーンその戦利の美人クリュセーイスを失へる償ひとして、アキリュウスの美人ブリーセーイスを奪ふ。アキリュウス悲憤のあまり神母テチスに訴ふ（十日）。神母はオリュムポス山上に、十日の後帰り来れる大神ヂュウスに見《まみ》え、アキリュウスが今の屈辱に代へて光栄を得る時まで、トロイア軍に戦勝あらしめ給へと乞ふ（二十一日）。

第二　大神ヂュウス「夢の精」を遣はして、アガメムノーンを欺き、トロイア軍と戦はしむ。両軍の勢揃ひ（二十二日）。

第三　両軍の会戦並びに休戦。パリスとメネラーオスとの一騎討ち。負けたるパリスは愛の神アプロヂーテーに救はる（同日）。

第四　トロイアの将パンダロス、暗《やみ》に矢を飛ばしてメネラーオスを射り、休戦の約を破り戦闘起る（同日）。

第五　ヂオメーデースの戦功。アプロヂーテーと戦ふ（同日）。

第六　敵将グローコスとヂオメーデースとの会見。ヘクトール城中に帰り、妻子に面す（同日）。

第七　ヘクトールとパリス戦場に進む。アイアースとヘクトールとの決闘、未決に終る。両軍おのおの評議。トロイアの媾和使斥《しりぞ》けらる（二十三日）。死者を葬るために休戦。アカイア軍水陣の周囲に長壁を築き、塹壕を穿《うが》つ（二十四日）。

第八　戦闘。トロイア軍クサントスの岸に夜中の屯営（二十五日）。

第九　アガメムノーン謝罪の使をアキリュウスに送り救援を乞ふ。アキリュウスこれを拒む（二十五日）。

第十　ヂオメーデースとオヂュッシュウスとの夜間の進撃、敵の間諜ドローンを屠る（二十五日夜より二十六日まで）。
第十一　アガメムノーンの戦功、その負傷。ヂオメーデース及びオヂュッシュウスの負傷。軍医マカオーンの負傷（二十六日）。
第十二　トロイア軍進んで敵の塁壁を襲ふ（二十六日）。
第十三　海神ポセードーンひそかにアカイア軍を助く。両軍諸将の激戦（二十六日）。
第十四　天妃へーレー計つて天王を眠らしむ（二十六日）。
第十五　天王覚めてトロイア軍を助く。アイアース水陣を防ぐ（二十六日）。
第十六　パトロクロスはアキリュウスの戦装を借りて陣頭に進み、サルペードーンらの猛将を斃し、最後に遂にヘクトールに殺さる（二十六日）。
第十七　パトロクロスの屍体を争ひて両軍の激戦（二十六日）。
第十八　パトロクロスの死を聞き、アキリュウスの慟哭。神母テチス来つて彼を慰め、新たの武装をヘープアイストスに造らしむ（二十六日）。
第十九　アキリュウスとアガメムノーンとの和解。復讐の決心（二十七日）。
第二十　諸神戦場に出現。アキリュウス勇を奮つてアイナイアース及びヘクトールと戦つて、これを走らす（二十七日）。

第二十一　スカマンダロスの河流、屍体に因つて溢る。アキリュウス溺れんとして、ポセードーンに救はる（二十七日）。
第二十二　ヘクトール独り踏み留まつてアキリュウスと戦ひ、遂に殺さる（二十七日）。
第二十三　パトロクロス夢にアキリュウスに現る。パトロクロスの葬儀（二十八日）。弔祭（二十九日）。
第二十四　ヘクトールの屍の凌辱（三十日――三十八日）。これを憐れみて諸神の集会（三十九日）。プリアモス王ひそかに敵陣を訪ひヘクトールの屍を贖ふ。贖ひ得たるヘクトールをトロイアの諸人悲しむ（四十日）。ヘクトール火葬の準備（四十一日―四十九日）。火葬（五十日）。

註　日の分かち方はオスカール・ヘンケ博士による。

## (二)『イーリアス』中に出づる主要の神と人

〔神〕

①**ヂュウス**（ラテン名ユーピテル）＝クロニーオーン又クロニデース（クロノスの子）最上の神、クロノスとレアとの子、ポセードーン、アイデース、ヘーレー、デーメーテール諸神の長兄、而してアレース、ヘープァイストス、アポローン、アルテミス、アプロヂーテー、ヘルメーアス……諸神の父。また諸英雄（ヘーラクレース、サルペードーン……）の父。「アイギス（楯の一種）持てる」「雷雲集むる」神、人間

の運命を定むる神。

②**ヘーレー**（ラテン名ユーノー）　ヂュウスの妹、又その妃、「牛王の目を持てる」「玉腕白き」「端厳《たんごん》の」神女、アカイア軍を助く。

③**アポローン**（ポィイボス）（ラテン名アポロー）　ヂュウスとレートーとの子、アルテミスの兄、トロイア軍を助くる神。「遠矢射る」神、「銀弓の」神。

④**アレース**（ラテン名マールス）　ヂュウスの子、殺戮、闘争の神。

⑤**アテーネー**（パラス・アテーナイエー）（ラテン名ミネルウァ）　智と勇との神女、ヂュウスの女、金甲を鎧ひてヂュウスの頭中より生るといふ神話はホメーロス中に無し。「藍光《らんこう》の目の」神女。アカイア軍を助く。

⑥**ポセードーン**（ポセーダイオーン）（ラテン名ネプトゥーヌス）　ヂュウスの弟、海を司る。

⑦**ヘープァイストス**（ラテン名ウゥルカーヌス）　ヂュウスとヘーレーとの子、跛行神、工匠の神。

⑧**アプロヂーテー**（キュプリス）（ラテン名ウェヌス）　ヂュウスとヂオーネーとの子、アイネーアスの母神。美と恋愛の神。

⑨**ヘルメース**或ひは**ヘルメーアス**（ラテン名メルクリウス）　アルゲープォンテース（アルゴスを殺す者）の別名あり、使者の役を勤む。

⑩**アルテミス**（ラテン名ヂアーナ）　狩りを好む神女。

〔人〕

①**アガメムノーン**（アートリュウスの子＝アートレーデース） アカイア聯合軍の総大将。ミケーネー等の領主。

②**メネラーオス**（同、アートリュウスの子＝アートレーデース） 前者の弟、もとヘレネーの夫、スパルテーの領主。

③**アキリュウス**（アキルリュウス） ペーリュウスの子（ペーレーデース）、母は神女テチス、聯合軍第一の猛将。

④**アイアース**（テラモンの子＝テラモニデース） 第二の猛将。

⑤**チオメーデース**（チュウヂュウスの子＝チュウデーデース） 前者と伯仲の勇将。

⑥**イドメニュウス**（イドメネー） クレーテース族の王、槍の名将。

⑦**ネストール** 思慮に長ずる老将軍、ゲレーニャの領主。

⑧**パトロクロス** アキリュウスの最愛の友。

⑨**オヂュッシュウス** 智謀に富める勇将。〈以上**アカイア側**〉

⑩**プリアモス** トロイア城守、ヘクトール、パリスらの父。

⑪**ヘクトール** トロイア軍第一の勇将。

⑫**パリス**（アレクサンドロス） ヘレネーを誘拐せる元兇。

⑬**アイネーアース** 又アイネアース。

⑭サルペードーン　援軍リュキエー族の大将。
⑮グローコス　前者の副将。
⑯アンテーノール　トロイアの元老。
⑰ヘカベー　王妃、ヘクトールらの母。
⑱ヘレネー　先にメネラーオスの妃、トロイア戦役の主因、無双の麗人。〈以上トロイア側〉

## (三)　いかに『イーリアス』を読み始むべきか

たとへば大美術館を訪ひ、美術品を研究翫賞せんとする。何らの予備知識なくここに臨まば、目は応接に暇なく、得る処は茫然漠然たる印象のみであらう。かかる場合には、案内記を読み、館中の何物が優秀の作品なるかを弁《わきま》へ、まづ之に視線を注ぎ、よくよくその傑作を鑑賞して然る後全体に向かふがよろしい。

文学上の雄篇大作に対する場合も同様である。内容のあらましを知了した後、まづ篇中の優秀の部を再三読み味はひ、然る後、初めから順を追つて最後まで読了するのが賢い遣り口である。

ホメーロス以外の他の例を取らば『バイブル』である。『バイブル』はホメーロスと共に万古不朽の書であるが、「創世記」第一章から「黙示録」の最後まで読み通すことは容易でない。ヘレン・ケラーは『バイブル』全部を通読したことを寧《むし》ろ後悔したといふ事である。『バイブル』中、まづ第一に読むべきものは何々か、之に関する委細はこの文の正面の目的でないから省略する。

そこで『イーリアス』に返る。全篇の梗概を知了した上は、詩中の優秀な部分若干を読み、之を読み馴れた上で初めから順を逐つて最後に至るが宜しい。

優秀な二三の例を左に挙げる。

①アンドロマケーとヘクトールとの別れ（第六歌三百九十行以下）。

②サルペードーンの奮進（第十二歌二百八十九行以下）。

③パトロクロスの奮戦と最期（第十六歌全部）。

④アキリュウスの出陣（第十八歌）。

⑤最後の二十四歌。

『イーリアス』の核心部第一歌、第九歌、第十一歌、第十六歌以下第二十四歌まで（計十二篇）、これを『アキリュウス物語』として刊行したものがある。

## (四)　固有名詞の発音について

ギリシャ語の発音は今日に伝はらぬ。種々の学者がおのおのその意見に従つて、好む通りに発音してゐる。

㈠英国風、㈡大陸風、㈢近代ギリシャ風、㈣古典風の少なくも四通りの発音がある。私は比較的一般に多く用ゐらるる㊃を取つて固有名詞を発音した。(Blass の『古代ギリシャ語発音』(一八九〇年英訳)に詳説がある)。

一般に外国の固有名詞の発音は難題である。特に詩歌に於て左様である。『仮名手本忠臣蔵』をロンドンで英訳した時、固有名詞の或るものは英語に調和せぬので、自由に取捨したさうだ。「新約聖書」の日本訳にはギリシャ原音ヨーアンネースをヨハネ、ペトロスをペテロと直してある。ちと極端のたとへだが日本、東京、神田区、冨山房をニホ、トキヨ、カダク、フザボと直すやうなものである。ホメーロスの原名を欧洲各国は勝手に直してゐる、英国はホーマー、独逸はホメール、仏蘭西はオメール、伊太利はオメーロである。皆その国語の調のためである。(中華民国ではホメーロスを荷馬と書く!)。

ギリシャ文法によると固有名詞も格に因つて形が変る。その上所謂詩的特権《ライセンス》に因つて、時としては長短自在である。たとへばパトロクロスはパートロクロスとなり、パトロークロスとなり、パートロークロスとなり得る。(Brasse's *A Greek Gradus* 一八四二年刊行)。

漢文学の上に見ると、固有名詞の詩的特権は同じく甚だしい。杜甫の「秋日詠懐一百韻」の中に六朝の画聖顧愷之の名を一字省いて顧愷といひ、駱賓王の「帝京篇」に公孫弘を孫弘といふ、公孫は姓、弘は名である、即ち公孫の姓の上の一字を省いたのである。かかる例は無数である。要は調のために取捨するのである。

私もこの訳に於て同様の原理に由る固有名詞の発音を採用した。たとへば第一歌劈頭近くにアカイアと発音したものは、原音はアーカイアーである、が、調のために縮めて、斯くしたのである。アートレーデースをアートレ,デース、メネラーオスをメネラオスとしたのは他の例である。

## 編集付記

一　本書は昭和十五（一九四〇）年発行の冨山房版『イーリアス』を底本とし、これに一部手を加えて刊行された三笠書房版（昭和二十四年刊）を逐一参照しつつ、著作権継承者（中野利子氏）の諒承の下に、校訂した。

二　本文の表記は、旧仮名づかいのまま、漢字を新字体に改めたが、読みにくい漢字語等については、字音は新仮名で、字訓は旧仮名で振り仮名を付した。

本文中の「〻」は調のために訳者が縮めたところである。

三　名詞の送り仮名、動詞の活用語尾は、読み易さを考慮して適宜補った。

（冨山房編集部）

# イーリアス上

# ΙΛΙΑΣ

# 第一歌

詩神への祈り。　題目の略示。　アポローンの祭司その女《むすめ》クリユセーイスの贖《あがな》ひを求めてアガメムノーンに辱しめらる。　祭司の祈りに依りアポローン疫癘《えきれい》をアカイア陣中に湧かしむ。　予言者カルハースの説明。　アガメムノーンとアキリュウスとの争ひ。　アガメムノーン祭司の女を返し、その代償として先にアキリュウスの獲《え》たるブリーセーイスを奪ふ。　アキリュウス怒り、部下を率ゐて水陣に退く。　神母テチスその哀訴を聞き、ヂュウスの救ひを乞ふことを約す。　クリユセーイスの解放。　神母オリュムポスに登り、ヂュウスに哀訴して聴かる。　ヂュウス約すらく、アキリュウスの屈辱をそそぐまではトロイア軍に戦勝を許すべしと。　天妃ヘーレーこれを悟りて天王と争ふ。　ヘープァイストスこれを和解せしむ。

[1]神女よ歌へ、アキリュウス・[2]ペーレーデース凄《すさ》まじく
燃やせる瞋恚《しんに》――その果ては[3]アカイア軍に大いなる
禍来《き》たし、勇士らの猛き魂[4]冥王に
投じ、彼らの屍《しかばね》を野犬野鳥の餌《ゑ》と為せし
すごき瞋恚を（かくありてヂュウスの神意満たされき）

3

1　詩神ムーサ（複数ムーサイ）。
2　ペーレーデースとはペーリュウスの子の意。
3　正しく曰はばアカーイアー。当時はギリシャの名称無し。国民はアカーイオス（複数アカーイオイ）またアルゲーオイ、またダナオイとも呼ばる。
4　冥府の王アイデース或ひはハイデース、いつもペルソナと

[1]アトレーデース、民の王、および英武のアキリュウス、
猛り[2]争ひ別れたる日を吟詠の手はじめに。

いづれの神ぞ、争ひを二雄の間《あひ》に起せしは？
そはレートーとヂュウスとの生める子[3]——彼はその祭司
クリューセースを恥ぢしめしアトレーデースに憤り、
陣に疫癘《えきれい》湧かしめぬ、かくて衆軍亡び去る。
これより先にクリュセースその愛娘《あいじょう》を救ふべく、
巨多の賠償もたらして、アカイア族の軽舟の
水陣さして訪ひ来り、手に黄金の笏《しゃく》の上、
神アポローンの「スチンマ」[4]を掛けてアカイア衆人に、
願へり、特に元帥のアトレーデース兄弟に。
『アトレーデース及び他の脛甲堅きアカイオイ、
[5]ウーリュムポスの高きより、神霊願はく敵王の
都城の破壊《はえ》と安らかの帰国を君に恵めかし。

して冥府を見る。第二十三歌二四四行に初めて冥府となす。

1　アートレーデースを縮む。アートレーデースはアトリュウス（またはアートリュウス）の子の意。ホメーロスの詩においては、必ずアートレーデース(Brasse's *A Greek Gradus*)。

2　「争ひ別れたる日」のこのかた「ヂュウスの神意満たされき」と解する人々あり。

3　アポルローン。この訳に於てはアポルローンをアポローンに縮む。

4　幣帛《へいはく》の類。

5　ウーリュムポス或ひはオリュムポス、神々の住するところ。

君は愛女を身に返し、その贖《あがな》ひを受け入れよ、
銀弓鳴らすアポローン――ヂュウスの御子《おんこ》惶《かしこ》みて』

アカイア全軍これを聞き、祭司を崇め、珍宝の
贖ひ得べく一斉に心合はせて諾《うべな》へり。
アガメムノーンただ独り怫然《ふつぜん》として悦ばず、
不法に祭司追ひ攘《はら》ひ、更に罵辱《ばじょく》を沿びせ曰ふ、

『老翁！　汝、水軍のかたへためらふこと勿《なか》れ、
再びここに推参の姿あらはすこと勿れ。
神の金笏《きんしゃく》「スチンマ」も汝に何の助け無し、
故山《こざん》を遠く後にしてあなたアルゴス[1]空の下《もと》、
わが館《たて》の中、機《はた》に寄り、閨《ねや》に仕へて老齢の
逼《せま》らん時の来るまで、なんぢの愛女放つまじ。
我を怒らすこと勿れ、今平穏に去らまくば』

1　アガメムノーンの領土、首府はミケーナイ。アルゴスは、またギリシャ全土の称となることあり。

威嚇の言に老祭司、畏怖を抱きて命に因り、
黙然として身を返し、怒濤轟く岸に沿ひ、
離れてやがて老齢の声を搾《しぼ》りて訴へり、
髪美しきレートーの産めるアポローン大神《おほかみ》に、

『ああクリュセーを、神聖のキルラを守り、テネドスを
猛くまつらふ銀弓の大神、我をきこしめせ、
スミンチュウス[1]よ、御《み》心に叶《かな》ひ神殿飾り上げ、
また牛羊《ぎゅうよう》の肥えし肉炙《あぶ》り捧げしことあらば、
我の願ひを聞こし召し、悲憤の涙わが頰に
流せしダナオイ族をして君の飛箭《ひせん》を受けしめよ』

切なる願ひ納受する神、プォイボス・アポローン、
包み掩《おほ》へる胡籙《やなぐひ》と白銀の弓肩にして
ウーリュムポスの高嶺《たかね》より怒りに燃えて駆け降る、

1 小アジアの諸都に於けるアポローンの称。恐らく野鼠を亡ぼせる者の意か。

夜の俄《にはか》に寄するごと凄く駆け来るアポローン、
怒りの神の肩の上、矢は戞然《かつぜん》と鳴りひびく。
やがてアカイア水軍のまともに立ちて鋭き矢、
切つて放てば銀弓の絃音凄く鳴りわたり、
騾馬《らば》の群れ、はた脚速き犬は真先《まさき》に斃れ伏し、
次いで軍兵陸続と射られ亡べば山と積む
死体を焼ける炎々の火焔収まる隙《ひま》も無し。

九日《ここのか》続き陣中に神矢あまねく降り注ぐ、
十日《とをか》に至りアキリュウス、衆を評議の席に呼ぶ。
(腕《ただむき》白きヘーレーの神女ダナオイ軍兵の
亡び眺めて傷心の思ひを彼に吹きこめり)
呼ばれ評議の席に着くその会衆のただ中に、
[1]脚神速のアキリュウス、身を振り起し陳じ曰ふ、

1　アキリュウスの常用形容句。

『アトレーデー[1]よ、我思ふ、戦争、悪癘《あくれい》わが軍を
かくも長らく害す時、死を幸ひに逃れ得ば、
諸軍再び漂浪の果てに故郷に帰るべし。
さもあれ、祭司に、予言者に、或ひは夢を説く者に、
（夢はヂュウスの告げなれば）究めしめずや、いかなれば、
神プォイボス・アポローン、かくも我らに憤る？
祈禱或ひは犠牲をば怠る故に咎むるや？
或ひは山羊と小羊の薫ずる匂ひ納受して
この悪癘を退くや？　答へを彼に求めん』と。

かく陳じ終へ、座に着けば、続いて衆の前に立つ
占術妙技すぐれたるテストリデース・カルハース、
現在の事、過去の事、未来の事をみな悟り、
神プォイボス・アポローン賜へる予言の能により、
アカイア軍をイーリオス[2]郷《さと》に導き率ゐたる

1　アトレーデースの呼格。
2　イーリオス、またイーリオン＝トロイアー。

そのカルハース慇懃《いんぎん》の思ひをこめて衆に曰ふ、
『ヂュウスの寵児アキリュウス、君我に問ふ、いかなれば
銀弓の神アポローン、かくも激しく怒るやと、
さらば解くべし、ただ我に誠をこめて先づ約せ、
言句《ごんく》並びに威力にて我救ふべく先づ盟《ちか》へ、
思ふ、恐らくアルゴスを統《す》べ、アカイアに君臨の
高き位にある者を我の言句は怒らせむ。
下なる者に怒る時、王者の御稜威《みいつ》ものすごし、
たとへ今日暫くはその憤激を抑ふるも
後日にこれを霽《はら》すまで胸裏に宿る炎々の
瞋恚の焔収まらず、君よく我を救はんや？』
脚神速のアキリュウス即ち答へて彼に曰ふ、
『信頼我に厚くして神託降るがままに曰へ、

ヂュウスの愛づるアポローン――これに祈りて神託を
ダナオイ族に君伝ふ――その神かけて我盟ふ、
我生命のある限り、我光明を見る限り、
わが水軍の傍らにダナオイ族の一人だも
君に兇暴の手を触れじ、今アカイアの中にして
至上の権を身に誇るアガメムノーンを名ざすとも』

その言信じ、玲瓏の心眼常に曇りなき
予言者即ち説きて曰ふ、『祈禱犠牲のなほざりを
怒るに非ず、アポローン、――愛女許さず贖ひを
受けず、祭司を侮りしアガメムノーンに憤り、
災難我に降したり、災難更になほ継がむ。
贖ひ受けず、父のもと、美目の少女返しやり、
浄《きよ》き犠牲を、クリュセース祭司の許に送らずば
疫癘荒るる禍を神アポローン退けじ、

もしかく為さば和らぎて我の祈りを納受せむ』

陳じ終りて座に着けばつづいて衆の前に立つ
アトレーデース、権勢のアガメムノーン、猛き威《おど》しも
胸裏は暗《やみ》に閉ざされて憤激やるに処なく、
双《ふた》つの眼《まなこ》爛々とさながら燃ゆる火の如く、
瞋恚はげしくカルハース睨みて暴《あら》く叫び曰ふ、

『常に楽しき事曰はず、ただ禍を予言しつ、
常に不祥を占ひて心楽しと思ふ者、
汝、好事を口にせず、はたまたこれを行はず。
クリュセーイスの身に代ふる好《よ》き賠償を収むるを
わが許さざる故をもて、遠く矢を射るアポローン、
ダナオイ族に禍を降《くだ》すと衆の集まりの
もなかに立ちて陳ずるや？——風姿、容貌、女性の技、

我その昔娶《めと》りたる夫人[1]クリュタイムネストレ、
これに比べて劣らざる――これに優《まさ》りてわが愛づる
少女は国に携へむ――わが情願のある処。
さもあれ、その事好しとせば少女を放ち去らしめむ、
禍難を衆の逃れ得て安きにつくはわが望み。
[2]今ただ急ぎ新たなる償ひ我のため探せ、
アルゴス人のただ中に我のみ戦利失ふを
正しとせんや？　見ずや今わが獲し者の立ち去るを』

脚神速のアキリュウスその時答へて彼に曰ふ、
『アトレーデーよ、高き名になど貪婪《どんらん》の激しきや？
わが寛大のアカイオイ、いかに補償を与へ得む？
皆知るところ、いづこにも今や戦利の残りなし、
城市を掠《かす》め獲たる物、皆ことごとく頒《わか》たれぬ、
今またこれを奪ひなば誰か不法と咎めざる？

1　クリュタイムネーストレーを縮む。
2　この要求は無理ならず、戦利を失ふは物質上の損害並びに名誉の毀損なり（リーフの説）。

君甘んじてかの少女、神の御もとに捧ぐべし。
ヂュウスの恵み厚くしてトロイア堅城壊《やぶ》る時、
アカイア軍は三重四重に君に補償を致すべし』

その時答へて権勢のアガメムノーン彼に曰ふ、
『汝、英武のアキリュウス、汝誠に勇なるも、
我を欺くこと勿れ、凌ぐを得せじ説きも得じ、
汝に戦利保つため我わが戦利失ふを
甘んずべしと思へるや？　少女棄てよと命ずるや？
もし寛大のアカイオイわが望むまま平等の
戦利を我に与へなば我諾《うべな》はむ、然らずば、
親しく行きてアキリュウス、汝、或ひはアイアース、
はたオヂュ’シュウス得しものを奪ひて共に帰るべし。
我かく行きて奪ふ者、彼は恐らく怒らんか。
さはれこの事計るべき時は後こそ、今は先づ、

わが神聖の海の上、黒き一艘の舟浮べ、
すぐれし水夫乗りこませ、中に犠牲を備へしめ、
頬美はしきわが少女クリューセーイス乗らしめよ、
首領のひとり共に行き、その一切の指揮を為せ、
イドメニュウスかアイアース、はたオヂュ，シュウス或はまた、
衆軍の中第一に畏《おそ》るべきものアキリュウス、
行きて犠牲をたてまつり飛箭《ひせん》の神を和らげよ』

脚神速のアキリュウス目を怒らして彼に曰ふ、
『ああ厚顔無恥にして偏《ひとへ》に私利を願ふ者、
アカイア軍中何ものか汝の命に従ひて、
汝のために道を行き、汝のために戦はむ？
長槍握るトロイア族何らの害も加へねば、
これに戦闘挑むべく我この郷《さと》に来しならず、
その民かつて牛羊を我に掠めしことあらず、

緑林掩《おほ》ふ連山と怒濤轟く海洋と
間にありて隔つれば、数多《あまた》の勇士うみいでし
プチーエー[1]の地未だその劫掠《きょうりゃく》受けしことあらず、
ただ汝とメネラオス、讐《あだ》トロイアに報い得て
喜ばんため、我人は顔は野犬の如くなる
無恥の汝に従へり、汝この事顧みず、
更に今またアカイオイ我の労苦に報ふべく、
我に頒ちし戦利をも汝は奪ひ去らんとや？
アカイアの軍トロイアの一都市先に破る時、
汝の戦利多くしてわが獲しところ小なりき。
戦闘激しく暴《あ》るる時、わが手最も善く勉《つと》め、
戦闘の利を頒つ時、汝最も多くを得《う》。
奮戦苦闘に疲れし身水陣中に休むべく
わが得しところ小なるも甘んじ受けて退きき。
いざ曲頸の船浮べプチーエー向け帰るべし

1　アキリュウスの領土。

故山に向かひ帰ること遥かに優る、恥受けて
ここに汝の富と利の増すを空しく眺めんや！』

アガメムノーン、衆の王、その時答へて彼に曰ふ、
『逃げよ、心の向くがまま、とく去れ何ぞためらふや？
わがためここに残るべく汝に願ふ我ならず、
衆人敬ひ我に聴き、至上のヂュウス我を守《も》る。
神寵受くる列王の中に最も憎むべき
汝、口論《くろん》と争ひと闘ひ、常にこころざす。
汝、もつとも勇ならばある神霊の恵みのみ。
いざ今部下と戦艦を率ゐて国に帰り行き、
[1]ミュルミドネスを司れ、我は汝を憚《はばか》らず、
汝の怒り顧みず、汝を嚇《おど》し更に曰ふ、
神、銀弓のアポローン、クリューセーイス求むれば、
わが船舶と部下をして彼女を返しやらしめむ。

1 アキリュウスの領民（単数ミュルミドーン）。

しかして汝の陣に行き、汝の獲たる紅頰《こうきょう》の
[1]ブリーセーイス奪ひ取り、わが威汝に優れるを
いたく汝に知らしめむ、衆人はたまた畏服して
わが眼前に憚らず、肩並ぶるを慎まむ』

その言聞きてアキリュウス悲憤の思ひ耐へがたく、
胸鬚《むなひげ》荒き胸のうち、心二つに相乱る。
鋭利の剣を抜き放ち、集へる衆を追ひ攘《はら》ひ、
不法の募る驕傲《きょうごう》のアトレーデース殺さんか？
或は悲憤の情抑へ、自ら我を制せんか？
思ひは乱れあひながら、鞘よりまさに長剣を
抜き放さんとしつる時、天より降るアテーネー、
二人を共にいつくしみ二人を共に顧みる
白き腕《かひな》のヘーレーの命伝へ来るアテーネー、（口絵①）
[2]アキルリュウスの後に立ち、衆には見えず、ただ独り

1　ブリーセーイスとはブリーセスの女といふ意味、本名はヒポダメーア。
2　アキルリュウス、またはアキリュウス。

彼に姿を示現《じげん》して、その金色の髪を曳く、
愕然《がくぜん》としてアキリュウス、後を見返り忽《たちま》ちに、
眼光爛とアテーネー射る神容を認め知り、
即ちこれに打向かひ[1]羽ある言句《ごんく》陳じ曰ふ、

『[2]アイギス持てるヂュウスの子、今何故の降臨か？
アトレーデース暴《あ》れ狂ふその驕慢の照覧か？
彼その不法を償ひて程なく命を失はむ、
この事必ず成るべきを今より君に誓ふべし』

藍光《らんこう》の目のアテーネー即ち答へて彼に曰ふ、
『汝二人をもろともに愛し、等しく顧みる
玉腕白きヘーレーの命を奉じて我来る。
わが厳命を畏《かしこ》まば棄てよ汝の憤り、
やめよ汝の争ひを、手中の剣を抜く勿れ、

1　言語は羽ありて飛翔すと曰はる。これよりして「羽ある言葉」の句あり。ある独逸の麗句集はこれを以て書名と為す。
2　恐るべき模様を有する楯の一種。

ただ意のままに言句もて飽くまで彼を恥ぢしめよ、
我今汝に宣し曰ふ、わが言必ず後成らむ、
即ち今の屈辱を償はんため三倍の
恩賞汝に来るべし、自ら制し我に聴け』

脚神速のアキリュウス即ち答へて彼に曰ふ、
『憤懣いかに激しとも高き二神の厳命を
奉ぜざらめや、奉ずるは賢きわざと我は知る、
神霊の命きくものを神霊嘉《よみ》し冥護せむ』
しかく陳じてアキリュウス、手を白銀の柄に留め、
パラスの命に従ひて長剣鞘に収め入る。
神女即ちアイギスを持てるヂュウスの殿堂に、
諸神の群れに交じるべくウーリュムポスに帰り行く。
ペーレーデース引き続きアガメムノーンに憤り、
彼に向かひて荒らかに更に罵辱《ばじょく》をあびせ曰ふ、

『卑怯の心鹿に似て醜き眼《まみ》は狗《いぬ》に似る、
酒に乱るるああ汝！　汝他と共戦闘の
ために武装を敢へてせず、アカイア勇士もろともに
埋伏するを敢へてせず、これを恐るる死の如し、
げにそれよりもアカイアの陣中汝に争へる
人の戦利を奪ひ取るわざこそ遥か優るらめ。
貪婪の王、ああ汝、ただ小人に主たるのみ、
アトレーデーよさもなくば、けふの非法は最後《いやはて》ぞ。
更に汝に神聖の誓ひをかけて曰ふを聞け、
誓ひはこれこの笏《しゃく》[1]に掛く、――この笏はじめ山上の
樹木の幹を辞してより再び枝を生じ得ず、
再びその芽萌え出でず、緑再び染むる無し、
青銅これが皮を剥ぎ、葉を払ひ去り、かくて今
高きヂュウスの命を受け、判《さばき》行ふアカイアの
法吏その手に執るところ、この笏にかけ曰ふを聞け、

1　この笏はアキリュウスの所有ならず、諸頭領共有の物。今彼の談論に当りて臨時に渡されしもの。

アカイア全軍他日我ペーレーデースに憧れむ、
トロイア勇将ヘクト，ルの手に衆軍の亡ぶ時、
汝いかほど悲しむも遂に施す術無けむ、
その時汝アカイアの至剛の者を侮りし
身の過ちを悟るべし、砕くる胸の悩乱に』
ペーレーデースかく陳じ、黄金の鋲ちりばめし
笏を大地に投げつけつ、やがておのれの座に帰る。
アトレーデースまた怒る――その時立てり衆の前、
ピュロスの弁者、温柔の言葉いみじきネストール、
蜜より甘き巧妙の言を舌より湧かす者、
彼その昔神聖の郷土ピュロスに生れ出で
共にひとしく育ち来し現世の友は先だちぬ、
先だつ二代[1]見送りて今三代に王たる身、
彼いま衆に慇懃《いんぎん》の誠をこめて説きて曰ふ、

1 ヘロドートス『歴史』第二巻一四二節に人間三代は一百年とあり、ネストールは七十歳位ならむ。

『ああ、ああ悲し、アカイアの族に大難降り来る、
ダナオイ族の中にして、智略にすぐれ戦闘に
すぐれし二人汝らの争ふ始末聞き知らば、
敵の大将プリアモス及びその子らことほがむ、
他のトロイア人一斉にまた起すべし大歓喜、
我汝らに歳まさる、我の苦諫《くかん》を聞き入れよ。
いにしへ我は汝らに優る諸勇士友としき、
その中誰か軽慢《けいまん》の心を我に抱きしや？
かかる勇士をその後見ず、今より後も見ざるべし、
ペーリトオスよ、衆人を広く治めしドリュアスよ、
エクサジオスよ、カイニュース、ポリュペーモスは神に似き、
〔[1]アイギュースの子、テーシュース、ひとしく不死の霊の類、〕
彼ら地上の人類の中に最も猛き者、
その敵ひとしく猛《もう》なりき、敵は山地のペーレス[2]の、
半獣半人末遂に激しく打たれ亡びにき。

1　二六五行は大概の写本に省かる、後世の添加。
2　いはゆるセントール。

我その昔ピュロスより、遠きはるかの故郷より、
招きに応じ来り訪ひ、彼らに結び交はりき、
与《くみ》して共に戦ひき、大地の上に住めるもの、
誰かはこれを敵として戦ふ事を得たりしや？
その勇者すら諫《いさ》め納《い》れ我の言葉に耳かせり。
汝ら等しく我に聞け、諫めを容るは善からずや？
アトレーデーよ、勇なるも少女を奪ひ取る勿れ、
勿れ、アカイア衆人の彼に与へし恩賞を。
ペーレーデース、汝また彼と争ふこと勿れ、
ヂュウスの寵を蒙りて笏をその手に握るとも、
彼と等しき光栄を誰かは外に授かりし？
汝神母の産めるもの、汝まことに勇なれど、
彼大衆に君として権威遥かに優らずや？
アトレーデーよ、憤激をやめよ、我今敢へて乞ふ、
彼を憎しむこと勿れ、存亡危急の戦ひに

彼ぞアカイア全軍の金城堅き守りなる！』

アガメムノーンその言に答へて即ち彼に曰ふ、
『叟《をぢ》よ、汝の曰ふところ皆ことごとく理に当る、
さはれこの者一切の衆を凌ぎて上に立ち、
治めて御して衆人に令を下すを冀《こひねが》ふ。
わが見る処、あるものはこの事彼に許すまじ、
不死の神霊よし彼を戦士となすもこれがため、
漫《みだ》りに非法の言吐くを神霊彼に許さんや！』

その時英武のアキリュウス彼を遮《さへぎ》り答へ曰ふ、
『汝の命に従ひて汝にすべて譲らんか、
即ち小人卑怯の名、我また辞《いら》ふことを得ず、
他人にかかる命下せ、我に命ずること勿れ、
〔[1]今より後に再びと我は汝の令聞かず。〕

1 アリスタルコスこの行を省く、諸評家によりて省かるる行は前後しばしばあり、本訳の註解中には一々これを指摘せず。ただ〔……〕の記号を折に用ゐて表示することあるべし。

我いま汝に曰ふ処、これを心に銘じおけ、
汝ら先に与へしを今取り去るに過ぎざれば、
ただに少女の故をもて我汝らと争はじ、
さもあれ黒き軽舟のほとりに我の持つところ、
わが意に背き一毫も汝ら掠《かす》め去る勿れ、
これを犯して衆人の目に触るるべく試みよ、
直ちに汝の暗黒の血潮わが手の槍染めむ』

かくして二人争ひの言句終りて立ち上がり、
かくしてアカイア水陣のほとりの会は散じ解け、
[1]メノイチオスの子と共に部下の衆兵引きつれて
ペーレーデース陣営と戦船さして帰り去る。
こなた軽舟浮ばせてアートレ，デース令下し、
漕手二十を撰びあげ、犠牲と共に紅頬《こうきょう》の
クリュセーイスを導きて来りて舟に移らしむ、

1　メノイチオスの子＝パトロクロス。

親しく舟を指揮するは智慧逞《たくま》しきオヂュッシュウス、
かくて衆人一斉に水路はるかに漕ぎ出だす。

アトレーデースの命により、こなたアカイア全軍に
潔斎式[1]は行はれ、衆人ひとしく身を清め、
洗ひし水を海にすて岸に集まり牛羊《ぎゅうよう》の
いみじき牲《にへ》を銀弓の神アポローンに奉る、
烟《けむり》と共にたなびきて牲の香高く天上に。

陣中にして衆はかく、而して先にアキリュウス
嚇《おど》せる怒り引きつげるアガメムノーン今更に、
伝令の役司り侍従の職にいそしめる
タールチュビオス及びまたユウリバテース召して曰ふ、
『汝ら二人つれたちてペーレーデース・アキリュウス
彼の陣より紅頰のブリーセーイスとり来れ、

1 恐らく疫癘の際、彼らは身を洗浄せず、また哀慟の記号として頭上に塵を撒きしならむ（第十八歌二三行参考）。

彼もしこれを与へずば我衆人を引きつれて、
行きて少女を奪ひ去り、更に苦悩を増さしめむ』

しかく宣して兇戻《きょうれい》の命を下して送りやる、
止むなく二人打ちつれて荒涼の海の岸に沿ひ、
ミュルミドネスの陣営とその水師とを訪ひ来り、
その陣営と水師とに勇士坐せるを眺め見る、
二人の来るを望み見てペーレーデース喜ばず、
二人恐れて敬ひて将軍の前立てるまま、
一言一句陳じ得ず、何らの問ひも出だし得ず、
されど将軍意に猜《さい》し二人に向かひて宣し曰ふ、

『来れ二人の伝令者、神明及び人の使者、
近くに来れ、我責めず、ただ汝らを遣はして
ブリーセーイス奪ひ取るアトレーデース責むるのみ。

パ[1]トロクロスよ、つれ来り少女彼らの手に渡し、
去り行かしめよ、しかはあれ異日禍難の起る時、
衆の破滅を救ふべく我の力を望む時、
その時二人わがために証者たれかし、慶福の
諸神の前に、無常なる諸人の前に、残忍の
王者の前に、――見ずや彼無慚《むざん》の心荒れ狂ひ、
アカイア人に水軍のほとりに勝ちを来すべく
等しく前後の計りごと廻《めぐ》らすことを敢へてせず』

かく陳ずるを聞き取りてパ[2]ートロクロス愛友の
言に従ひ、紅頬のブリーセーイス陣営の
中より出だし与ふれば、アカイア軍に引き返す
二人につれて愁然と少女去り行く――こなたには
ペーレーデースただひとり友を離れて、銀浪の
岸拍《う》つほとり潸然《さんぜん》と涙流して、渺々《びょうびょう》の

1・2　パトロクロスまたパートロクロス。両様の発音。

海を眺めて手を挙げて祈願を慈愛の母に斯《か》く、
『ああわが神母、早世[1]の運に生れし我なれば、
ウーリュムポスの高御座《たかみくら》、轟雷振ふわがヂュウス、
我に光栄賜《た》ぶべきを露ばかりだも顧みず、
アトレーデース、権勢のアガメムノーン威に誇り、
我の戦利を奪ひ去り、我に無礼を斯く加ふ』
涙を流し陳ずるを千仞《せんじん》深き波の底、
[2]老いたる父の海神のかたへに神母ききとりつ、
銀波忽《たちま》ちかきわけて煙霧の如く浮び出で、
潸然として涙なる愛児の前に向かひ坐し、
玉手《ぎょくしゅ》に彼をかい撫でて即ち彼に向かひ曰ふ、
『愛児なに故悲しむや、なに故心痛むるや?
胸に蔵《をさ》めず打ち明けよ、共に親しく知らんため』

1　青春にして死すべき運命すでに定まる。
2　後の神話にネーリュウスの名を以て呼ばるる者。

脚神速のアキリュウス吐息を荒く母に曰ふ、
『君はすべてを皆知れり、述ぶるも何の効かある？
エーエチオーンの聖き郷、テーベーの市に侵し入り、
これを掠めて一切をわが軍ここに齎《もたら》しつ、
アカイア人らその戦利宜《よ》きに叶ひて分かち取り、
クリュセーイスの紅頬はアガメムノーン収め得き。
さはれアポローンの祭司たるクリューセースは堅甲の
アカイア人の軽舟の陣を目ざして訪ひ来り、
囚《とりこ》の愛女救ふべく巨多の贖《あがな》ひ持ち来し、
手に黄金の笏の上、飛箭《ひせん》鋭き大神の
スチンマのせて衆人に、特に二人の元帥の
アートレデース兄弟に言懇《ねんご》ろに訴へぬ。
その時すべてアカイアの軍勢ひとしく声あげて、
祭司を崇め珍宝の贖ひ得るをうべなへり、
ひとり驕傲の威の募るアガメムノーン憤り、

不法に祭司斥けて更に罵辱の言加ふ。
祭司怒りて退きて祈りを捧ぐ、かくて見よ、
アポローン彼を愛すればその訴へを納受しつ、
無慚の飛箭射放てばアルゴス人は紛々と
共にひとしく斃れ伏す、続きて神の怒りの矢、
更にアカイア全軍の四方《よも》に隈なく降り注ぐ、
その時予言者銀弓の神の御旨を宣《の》り示す、
その時我は先んじて神意解く可く諫めたり。
されど権威にいや誇るアトレーデース憤り、
立ちて威嚇の言を述べ、その言遂に遂げられつ、
かくて少女を眼《まみ》光るアカイア人の軽舟に
神の供物ともろともにクリューセースに返しやり、
更に今はた伝令の使ひアカイア衆人の
我に与へし紅頬を陣の外へと奪ひ去る。
神母よ君の子を救へ——言葉或ひは行ひに

よりてヂュウスを君嘗《かつ》て喜ばしめしことあらば、
ウーリュムポスの頂にのぼりヂュウスに訴へよ。
しばしば聞けりわが父の宮殿の中ほこりかに
君の曰へるを――[1]その昔ウーリュムポスの諸神霊、
ヘーレー及びポセードーン、パーラス・アテーネー一斉に
雷雲かもす大神を鉄の鎖につけし時、
諸神の中に君ひとり彼の禍掃《はら》へりと。
君はその折、天上にブリアレオース、地の上に
勇力父に優るゆゑ[2]アイガイオーンの名を呼べる
百の腕ある怪物を、ウーリュムポスの頂に
急ぎて呼びてクロニオーン・ヂュウスの縛《ばく》を解かしめき。
怪物ヂュウスの傍らに揚々として誇らへば、
諸神は畏怖の念に満ち再び彼に触れざりき。
乞ふ、今行きて雷霆《らいてい》の神の前坐し膝抱き、
むかしを語り訴へよ、神恐らくはトロイア人

1 この奇怪の神話は他に何らの出所無し。アテーネーとヘーレーと与みしてヂュウスに抗す云々は奇怪の甚しきもの。説明し難し（リーフ）。

2 アイガイオーンは荒るる者を意味す。或る説は彼を海王ポセードーンの子とし、他はウーラノス（天）とガイア（地）との子とし、また或る説はポントスとクラッサとの子とす。

援《たす》け、アカイア軍勢を海に舳艫《じくろ》に追ひやらむ、
かくして彼ら王のため禍難を受けて悲しまむ、
かくして遂にかの王者自ら先にアカイアの
至剛の者を侮りし身の過ちを悟り得む』

テチスその時潸然と涙そそぎて答へ曰ふ、
『あはれ汝をいかなれば不運に産みて育てけむ！
汝の命は短くて遂に長きを得べからず、
水師のほとり涙なく禍なくてあるべきを、
など宿命のはかなくて、不運すべてに優れるや！
ああ運命の非なるより汝を宮にかく産めり。
こを雷霆の神の前、聞こえ上ぐべく雪積もる
ウーリュムポスに赴かむ、（神の納受のなからめや）
その中、汝激浪の洗ふ船中留まりて
アカイア人に憤れ、その戦ひに加はるな。

昨日《きのふ》ヂュウスは清浄の[1]アイチオペースの宴のため、
オーケアノスに出で行きて諸神ひとしく伴へり、
十二の日数過ぎ去らばウーリュムポスに帰り来む、
金銅の戸の彼の宮その時汝の為に訪ひ、
膝を抱きて訴へむ、彼の納受は疑はじ』

陳じ終りて辞し帰る、残れる彼は胸の中
心に叛き奪はれし帯美はしき子の故に
なほ憤悶の情やまず。――同時にかなたオヂュッシュウス
浄《きよ》き犠牲を携へてクリューセースを尋ね行く。
衆人かくて深き水湛へし湾に入りし時、
白帆《はくはん》おろし、折り畳み、黒く塗りたる船に入れ、
急ぎ綱曳き帆檣《はんしょう》を倒して叉《わく》に支へしめ、
これより櫂に漕ぎ入りて舟湾内に進ましむ、
つづいて衆は碇泊の重石沈め、綱繋ぐ。

1　アイチオペース族は敬信の念に満つ、神々はしばしば往きてその祭を受く。

これより衆は一斉に海岸さして進み行き、
飛箭の神に奉る浄き犠牲を曳き出だす。
クリューセーイスまた波を分け来し船を出で来る。
その時智あるオヂュッシュウス彼女を引きて祭壇に
進め、愛する父の手に渡して彼に陳じ曰ふ、
『ああクリュセー[1]よ、王者たるアガメムノーンの令に因り、
汝の愛女今返し、更にダナオイ族のため、
浄き犠牲をアポローンに——先にアルゴス軍中に
禍難くだせし神霊に——捧げて彼を和らげむ』

しかく陳じて彼の手に渡せば、祭司喜びて
愛女を受けつ、衆人は直ぐにりりしき祭壇を
めぐり犠牲を並べつつ、飛箭の神に奉り、
皆一斉に手を浄め、[2]聖麦《せいばく》おのおの手に取りぬ。

1 呼格
2 牲の角の間に、また神壇の上に蒔くもの。

その時祭司双の手を挙げて高らに祈り曰ふ、
『ああクリュセーを、神聖のキルラを護り、テネドスを
猛くまつらふ銀弓の大神、我を聞こし召せ、
神霊先にわが祈り納受ましまし、わが誉れ
高めて更にアカイアの軍勢いたく悩ませり。
更に今また新たなる我の祈りを納受して、
ダナオイ族の疫癘《えきれい》の禍難を攘《はら》ひ去りたまへ』

しかく祈願を捧ぐればアポローンこれを納受しぬ。
祈願終りて聖麦を牲《にへ》の頭上に蒔き散らし、
かくして牲[1]を仰向けて屠りてこれが皮を剥ぎ、
つづいて股を切り取りて二重の脂肪これを蓋《おほ》ひ、
更にその上精肉を載せて、かくして老祭司、
薪燃やして焼き炙《あぶ》り、暗紅色の酒灑《そそ》ぐ、

1　神々に捧ぐる時は仰向かしめ、冥府の霊に捧ぐる時は下向かしむ。

五叉《ごさ》の肉刺し携ふる若き人々側《そば》に立ち、
股の肉よく焼けし時、臓腑を先に喫しつつ、
残りの肉をことごとく細かに割きて串に刺し、
心をこめて焼き炙り、終りて串を取り除けつ、
料理終りを告ぐる時、酒宴の備へ整へつ、
かくて衆人席に着き、心のままに興じ去り、
飲食なして口腹の慾を満たして飽ける時、
[1]溢るるばかり壺の中神酒を充たし、まづ先に
奠酒《てんしゅ》をなして若き人遍《あまね》く衆に酌ましめぬ。
かくて終日アカイアの子ら讃頌の歌謡《うた》ひ、
飛箭鋭き大神を柔らぐべくも試みぬ。
アポローンこれを耳にして心喜び楽しめり。

かくて紅輪沈み去り、暗き夜の影寄する時、
衆人ともに船繋ぐ綱のかたへに打ち臥しつつ、

1　この前後不明、諸名家の訳も一致せず。初めに祭司らが飲食し、後に一般の参加者が飲食せしか。

薔薇《さうび》色なす指持てる曙《あけ》の神女の出づる時、
アカイア軍の大いなる水陣さして立ち帰る。
これを恵みて銀弓のアポローン追風《おひて》吹き送る。
かくして衆は帆檣を立てて白き帆高く張る、
快風吹きて帆のもなか満たし、波浪は紫を
染めて高らに艫《ろ》のめぐり鞺々《とうとう》として鳴り響く。
潮を蹴りて走る船かくて海路の旅果す。
やがてアカイア陣営の広きに帰り着ける時、
衆は黒船陸上に、白洲の上に引き揚げつ、
長き枕木その底に並べて布《し》きて業終り、
終り、おのおの陣営に或ひは船に散じ去る。
こなた脚疾《と》きアキリュウス・ペーレーデース、神の子は
その軽舟の傍らに坐して憤悶抑へ得ず、
勇士集まる席上に、また戦陣のただ中に
絶えて姿を現さず、鬱々《うつうつ》心蝕《むしば》めて

思ひ空しく戦闘に、また叫喚にあこがれぬ。

その後《のち》十二日《ひ》は移る、その曙に不滅なる
諸神ヂュウスに従ひてウーリュムポスの頂に
皆一斉に帰り来る――時に愛児の訴へを
忘れぬテチス渺々《びょうびょう》の波浪を分けて浮び出で、
曙早く天上のウーリュムポスに昇り行き、
見ればかなたに群神を離れて坐せり連峰の
聳ゆる中の絶頂にクロニーオーン、雷の神。
神女即ち近寄りてその前に坐し左手に
[1]その膝抱き、右の手をのばして彼の頤《あご》を撫で、
クロニーオーン、神の王ヂュウスに祈願述べて曰ふ、

『天父ヂュウスよ、群神の間に在りて我嘗《かつ》て、
君を助けし事あらばこのわが願ひ容れ給へ、

1　相手の膝を抱きその頤を撫づるは古来ギリシャ人一般の習ひ。

他よりも早く運命の尽くるわが子を愛《め》で給へ、
アガメムノーン、衆の王、今しも彼を侮りて
彼の戦利を奪ひ去り不法におのがものとしぬ。
ウーリュムポスを統べ給ふ君光栄を彼に貸し、
アカイアの民わが愛児崇め尊ぶ時来る、
その前トロイア軍勢に願はく力添へ給へ』

雷雲寄する天王はこれに答へず、黙然と
長きに亘り口緘《つぐ》む、膝を抱きしテチス今
更に迫りて身を寄せて、再び彼に問ひて曰ふ、
『わが情願を受け納れてうなづき給へ、然らずば
斥《しりぞ》け給へ、大神は何を恐れむ、しかあらば、
諸神の中にわが誉れ、いとも劣るを悟るべし』

深き吐息に雷雲のクロニーオーン答へ曰ふ、

『汝に迫《せ》られ、ヘーレーの憎しみ起し、彼をして
我を怒らす暴言を吐かしめんこと痛むべし。
彼は諸神の中にして常に不法に我を責め、
我救援を戦場にトロイア軍に貸すと曰ふ。
さはれ今去れ、ヘーレーに見咎められそ、我に今
求むる処、心して必ずこれを成らしめむ、
望まば垂れんわが頭、これに汝の信を措《お》け、
見よ群神の中にして我の至上のこの証《あかし》、
わがこの頭うなだれてうべなふ処欺かず、
回《かへ》るべからず、いたづらに無効の声と過ぎ去らじ』
[1]クロニーオーンしか宣し点頭《うなづ》き垂るる双の眉、
[2]アンブロシアの香漲《みなぎ》れる毛髪かくて天王の
不死の頭上に波立ちて震へり巨大のオリュムポス。

1　この三行に鼓吹せられてギリシャ最大の彫刻家フエーヂアースはヂュウスの像を造れりと曰ふ。
2　天上の霊液。

二神かくして議を終り別る、テチスは晃耀《こうよう》の
ウーリュムポスを辞し去りて波千仞の底深く、
ヂュウスは彼の神殿に――その時諸神の中にして
居ながら待てる者あらず、おのおのその座立ち上がり、
臨御を迎ふ一斉に。クロニーオーンかくてその
王座につけり、しかれどもヘーレー彼を窺ひて、
老ひの海神産みなせる愛女、その脚銀光を
放てるテチス、天王と計りし跡を察し知り、
憤然として言荒く[1]クロノスの子を責めて曰ふ、

『いづれの神ぞ狡獪《こうかい》の君もろともにたくらむは?
我を疎んじ外にして常に秘密の計らひを
君は好みて行へり、かくして未だ温情を
我に施し胸の中打ち明けしことあらざりき』

1 クロノスの子即クロニーオーン即ヂュウス。

人天すべての父の神即ち答へて彼に曰ふ、
『へーレー、汝一切の計らひ総べてを知るを得ず、
汝天王の配なれどこの事汝に許されず、
知るべき処いや先に天上及び人間の
あらゆるものを後にして聞く光栄は汝の身、
衆神ひとしく外にしてわが胸ひとり知る処、
汝もこれを探り得ず、汝の問ふを許されず』

その時牛王の目を持てるへーレー答へて彼に曰ふ、
『天威かしこきクロニデー[1]、仰せ何らの言音ぞ?
我究問の度を越して先に探りしことあらず、
悠然として君ひとり好めるままに計らへり。
今ただ恐る、年老いし海王産めるかの神女、
脚銀色のテチスより神慮あるひは誤るを。

1 クロニデース（クロノスの子）の呼格。

王座のもとに今朝はやく彼が御膝を抱きしを
見たり、思ふにアキリュウス崇めて更にアカイアの
軍を水師の傍らに斃さん約の整ふか?』

雷雲寄するクロニーオーン即ち答へて彼に曰ふ、
『奇怪の汝、疑ひを常に抱きて我覘《ねら》ふ、
かち得るところただ独り我の不興を増すのみぞ、
はては禍難のはげしきを汝の上に招くのみ、
かの事よし又ありとせば、我の心に協《かな》へばぞ、
口を閉ざして席に着き、わが命令を重んぜよ、
ウーリュムポスの群神の数はた如何に多くとも、
わが手の威力打たん時汝を救ふものなけむ』

しか宣すれば牛王の目あるヘーレー畏怖に満ち、
胸を抑へて黙然《もくねん》と返りておのが座に着けば、

ヂュウスの宮に天上の諸神ひとしく悲しめり。
ヘープァイストスすぐれたる神工、その時彼の慈母
玉腕白きヘーレーを慰め衆に陳じ曰ふ、

『下界の人間《ひと》の故をもて神霊二位のあらびより、
天上諸霊のただ中の騒ぎ起りて可ならんや？
その事誠に痛むべく、遂に堪ふべきものならず、
御宴の娯楽、絶え果てて不祥の禍難代るべし。
神母自ら悟らんも我は諫《いさ》めてかく曰はむ、
慈愛の父の大神に切に和らぎ求めよと、
さなくば再び彼怒り諸神の宴を妨げむ、
雷霆飛ばす大神の威力たれかは敵すべき、
怒らば天の群神の列座ひとしく倒されむ。
今願はくは温柔の言葉に彼を柔らげよ、
直ちに聖山一の神我に慈愛を施さむ』

しかく陳じて身を起し二柄の盃をとりあげて、
愛する母の手に捧げ再び言を嗣《つ》ぎて曰ふ、
『不満は如何にはげしくも胸をさすりて耐へおはせ、
君懲《こら》しめを蒙るをわが目いかでか忍び見む、
憤激わが血あふるとも威力誰しも及びなき
雷霆の神敵として君を助けんこと難し。
むかし助けを心せし我を天宮のしきみより、
踵によりて引き掴み投げ飛ばせしは彼のわざ、
終日空を飛ばされて沈む夕陽もろともに、
息絶えだえに逆さまに落ち来し郷はレームノス、
シンテーイスの人々の温情により助かりぬ』

かく陳ずるを腕白きヘーレー聞きてほほゑみつ、
笑みてその子の捧げたる二柄盃手に取りぬ。
つづきて天の霊液を諸神おのおの手に取れる

酒盃に注ぎ殿中をへーファイストス廻り行く。
そのあしらひに慶福の諸神ひとしくほほゑみつ、
のどけさつきぬ笑声は歓喜溢るる宮の中。

かくて終日夕陽の降り沈むにいたるまで、
御宴をつづけ群神の心に充たぬものもなし、
神アポローンの手に取れる瑤琴《ようきん》の音またひびき、
歌の神女の宛転《えんてん》の微妙の声もつぎつぎに。
かくて落日晃耀《こうよう》の光の名残り消え去れば、
諸神おのおのその宮に就きてやすらひ眠るべく、
へーファイストス跛《は》行神《こうしん》、巧みの技に天上の
霊おのおのに築きたる王殿さして帰り行く、
はたオリュムポス雷霆の天威かしこきクロニオーン、
甘眠来り襲ふとき憩ひ馴れたる床の上
登りて眠る——黄金の王座へーレー傍らに。[1]

1 第一歌中に本詩中の最も重大なる配役者（神も人も）が読者の前に現出す。人間中にアガメムノーン、アキリュウス、ネストール、パトロクロス、神明中にはヂュウス、へーレー、アテーネー。第三歌に到ってトロイア側の人と神とが現る。ヘクトール、パリス、プリアモス、——神女アプロヂーテー及び全局の中心ヘレネー。

# 第二歌

大神ヂュウス計りて夢の霊をアガメムノーンに遣はす。　夢の霊王の枕上に立ち詐《いつは》りて、トロイア落城の近きを告ぐ。　王起ちて諸将軍を召集す。　次に軍隊を集め、これを試さんために帰陣を命ず。　軍隊の擾乱。　神女アテーネーこれを憂ひ、来りてオヂュッシュウスに命じ、その擾乱を鎮せしむ。　オヂュッシュウス諸軍に勧告す。　テルシテース罵《ば》詈《り》の言を放つてアガメムノーンを責む。　オヂュッシュウスこれを懲す。　又衆軍を励まして戦ひを続けしむ。　ネストールこれを讃す。　犠牲を備へ神を祭りて戦勝を祈る。　アカイア軍の勢揃ひ。　戦役参加の諸将及びその船数。　トロイア軍集まる、その勢揃ひ。

諸神並びに諸将らの終夜の休み外《よそ》にして、
クローニオーン・ヂュウスの目[1]甘き眠りに囚《とら》はれず、
胸に計略たくらみつ、アキルリュウスに栄えあらせ、
アカイア軍の傍らに衆人斃さん術《すべ》思ひ、
思ひこらして元戎《げんじゅう》のアガメムノーンの陣営に
欺瞞《ぎまん》の「夢」を送るべく計りて自ら善しとなし、

1　第一歌の終りと矛盾すれど、その矛盾はさまで重大ならず。

即ち精を呼び出だし、飛翔の言を宣し曰ふ、
『欺瞞の「夢」よ、アカイアの水軍めがけ飛び行きて、
アトレーデース――元戎のアガメムノーンの営に入り、
正しく我の命のまま述べよ、戦備を髪長き[1]
アカイア人に迅速に為さしむるべく彼に曰へ、
「トロイア人の街広き都城この日に陥らむ、
ウーリュムポスの山上の衆神今は争はず、
女神ヘーレー懇《ねんご》ろに願ひ諸神の心曲げ、
ために悲惨の運命はトロイア城にかかりぬ」と』

しか宣すれば「夢」の霊その厳命をかしこみて、
アカイア人の軽舟の陣に急ぎて走り来つ、
やがて続きて元戎のアガメムノーンにおとづれて、
陣営の中、かんばしき甘き眠りの王を見つ、

1 アカイア人の長髪は唯に飾りのみならず、自由の記号（アリストテレスの『修辞』一ノ九、又クセノフォンの『ラケダイモンの政体』十一ノ三）。

即ち彼の枕上《ちんじょう》に立ち、ネストール（大王の
尊敬最も篤《あつ》うするネーリュウスの子、ネストール）
その影取りて「夢」の霊彼に向かひて宣し曰ふ、

『軍馬を御する勇猛のアトルリュウスの子たる者！
眠るや？　汝王者の身、民の信頼あるところ、
心に大事を思ふ者豈《あに》夜もすがら眠らめや！
今速やかに我に聞け、遠く離れて思ひやる
クロニーオーン憐れみて我を汝に遣はせり、
その命受けて長髪のアカイア軍を速やかに
準備せしめよ、街広きトロイアけふぞ亡ぶべき、
ヘーレー女神懇ろに求め、諸神の意を枉《ま》げつ、
ウーリュムポスの山上の群神今は争はず、
禍難はヂュウスの手よりしてトロイア城に今かかる、
汝心にこれを記せ、甘美さながら蜜に似る

眠り汝を去らん時わが曰ふ処忘るな』と。

しかく陳じて霊は去る、後に王者は胸の中、
成就すべくはあらぬ業《わざ》、プリアモス守《も》るトロイアを、
その日の中に奪ふべく愚かの心もくろみつ、
トロイア並びにアカイアの民にひとしく叫喚を、
禍難を来す戦争の猛きをヂュウス・クロニーオーン、
心ひそかに計らへるその計略を悟り得ず、
眠りさませる大王の耳に神秘の声は鳴る。
アトレーデース身を起し、新たに成れる美はしき
衣を纏《まと》ひ、戦袍の広きを上に打ちはふり、
光沢なめらの双脚にいみじき戦鞋《せんあ》穿《うが》ちなし、
銀鋲うてる長剣を肩に斜めに投げ掛けつ、
父祖相伝のいかめしき王笏《おうしゃく》手にし、青銅の
胸甲穿つアカイアの陣中さして出でて行く。

見よ今浄き[1]エーオース、ウーリュムポスに向かひ行き、
ヂュウス並びに群神に光を伝ふ、こなたには
アトレーデース音声《おんじょう》の朗らの諸使に令下し、
毛髪長きアカイアの衆を集議に招かしむ。
諸使その令を伝ふれば衆人はやく寄せ来る。
かくてすぐれし[2]元老の集議まさきにネストール
（ピュロスの王者ネストール）その船めぐり行はる。
かく群衆を集め得て大王[3]賢き策を曰ふ、

『諸友願はく我に聞け、尊き夢の霊夜半《よは》に
眠りの中に現れぬ、その風貌はさながらに、
その身の丈に到るまで、みなネストール見る如し、
わが枕上に立ち留り、我に向かひて彼は曰ふ、
「軍馬を御する勇猛のアトルリュウスの子たる者、
眠るや、汝王者の身、民の信頼するところ。

1 曙の女神。
2 一般に当時ギリシャの社会は三階級より成れり、王、元老、平民。
3 反語的か。

心に大事思ふもの豈《あに》よもすがら眠らんや。
今速やかに我に聞け、遠くはなれて思ひやる
クロニーオーン憐れみて、我を汝に遣はせり、
その命受けて髪長きアカイア人を速やかに
準備せしめよ、街広きトロイア今日ぞ亡ぶべき、
女神へーレー懇ろに求めて衆の意を枉《ま》げつ、
ウーリュムポスの聖山の衆神今は争はず、
禍ヂュウスの手よりしてトロイア城に今降る。
汝こころにこれを記せ」しかく陳じて夢の精、
飛び去り行きて、甘眠は再び我におとづれず、
さらばアカイア衆軍に準備せしめむ、よからずや。
我[1]まづ初め衆軍を試《た》めさむ（正し、かく為すは）
即ち舟を艤《よそほ》ひて邦に帰れと勧め見む、
即ち諸友、部を分かち、勧めて彼ら引き留めよ』

1　はなはだ当を得ず、又後に諸友が兵を引き留むる事なし。この前後矛盾多し、後世の添加なるべし。

しかく宣して座に返る。つづきて衆の前に立つ、
ピュロス沙岸の一帯を領し治むるネストール、
計量密に参列の衆に向かひて陳じ曰ふ、
『[1]ああアルゴスの諸君王及びわが友、諸将軍、
今聞くところ、この夢を他のアカイア人見しとせば、
欺瞞となして信頼をこれにおくべき由あらじ。
されども見しはアカイアの至高と自ら誇る者、
いざ、さは、アカイア軍勢に勉めて準備なさしめよ』

しかく陳じて集会の席をまさきに辞し去れば、
つづいて王笏もてる者、同じく立ちて群衆の
牧者の命に従へり。――今、軍勢は寄せ来る、
似たり恰《あたか》も巌石の隙《ひま》より絶えず新しく
陸続として繰り出だす密集無数の蜂の群れ、
群がり寄せて陽春の花をめぐりて飛び翔《か》けり、

1　ネストールの演説きはめて弱し、アリスタルコスは全くこれを省く。

ここに或ひはまたそこに紛々として乱る如く、
かく百千の軍勢は兵船並びに陣営を
出でて隊伍を順々に大海原の岸の上、
集会めがけ押し寄する——中にヂュウスの使ひたる
オッサ[1]姿を燦爛と照らして衆を逐ひ進む。
かくして寄する集会の騒ぎはげしく大地震《ゆ》る、
その擾々《じょうじょう》のただ中に立てる九人の伝令使、
朗々の声衆に呼び騒ぎを制し神明の
命を奉ずる列王の宣言聞けと命下す。
かくて漸《やうや》く座に着きて衆人席を占め終り、
叫喚やめばその中にアガメムノーン起ち上がる、
その手に握る王笏はヘープァイストス鋳たるもの、
ヘープァイストスの手より此《こ》を受けしは天王クロニーオーン、
天王これをアルゴス[2]を屠れる使者のヘルメース、
彼に譲ればヘルメース悍馬《かんば》を御するペロプス[3]に、

1　流言報告等を人化す。
2　アルゴスは百眼の怪物、而して都市アルゴスの建設者。ヘルメースはアルゲープォンテースと呼ばる。されど或る説によればこの句は「速やかに走るもの」を意味す。詳細はザイラアのホメール字書を見よ。
3　系統左の如し。

- タンタロス
  - ペロプス
    - チュエステース
      - アエギストス
    - アトリュウス
      - アガメムノーン
      - メネラオス

ペロプスこれを嗣がせしは衆を治むるアトリュウス、
そのアトリュウス臨終にチュエステースに、また次いで、
アルゴス[1]及び列島をこの笏取りて治めよと、
チュエステースはその順にアガメムノーンの手に譲る、
その王笏に身をもたせ王は遍く衆に曰ふ、

『友よ、ダナオイ諸勇士よ、神アレースの部将らよ、
見よ、クロニオーン、運命の非なるに我を屈せしむ。
イリオン城を覆へし、振旅《しんりょ》し国に帰るべく
先に応護の盟《ちか》ひもてクロニーオーン約せしを、
今は欺騙《ぎへん》をたくらみて衆兵すでに失へる
我に空しく誉れなき帰陣の酷《むご》き命下す。
威霊かしこき天王の神慮まさしく斯かりけり。
彼は幾多の城壁をすでに地上に打ち崩し、
この後《ご》つづきて崩すべし、彼の神威は物すごし。

1 この場合にアルゴスはギリシャ全土の称。

思へ、アカイア諸民族、この大軍を擁し得て、
ただに無効の戦伐《せんばつ》を事とし、数の劣りたる
敵軍前に相向かひ何らの蹟も挙げ得ざる、
この事子孫聞き知らば、思へ、何らの恥辱ぞや。
今トロイアとアカイアと両軍互ひに相約し、
斃れしものを葬りておのおの勢を数へんか、
トロイア城内一切の族ことごとく寄せ来り、
我アカイアの大衆は十人おのおの群れをなし、
その群れおのおの飲宴の給仕たるべくトロイアの
一人《いちにん》づつを採るとせば、トロイアの数なほ足らず、
アカイア人の数優《ゆう》に城内すめるトロイアの
数を凌ぐはかくばかり、さもあれ幾多の城市より、
長槍揮ふ衆勇士来りて彼の応援に
勢ひ猛く我防ぎ、壮麗堅固のイーリオン、
その城破り砕くべき我の希望を打ち絶やす。

天の照臨するところ星霜九年過ぎ去りて、
今わが船の材は朽ち、縄は腐れぬ、かくてわが
故郷に遠く恩愛の妻子淋しく日を送り、
我を待ちつつあるべきを、しかもわが軍遠征の
基《もとゐ》となりし業遠く容易《たやす》く成就すべからず。
いざ今我の曰ふ如く衆一斉に受け入れよ、
いざ今衆軍船に乗り、愛の故郷に帰り去れ、
街路の広きトロイアは遂に陥落の時あらず』

宣言かくてそのはじめ集議の席にあらざりし
群集すべての胸の中、その心肝をかき乱す。
天王ヂュウスの黒雲の中より飛べる東風《とうふう》と
また南風《なんぷう》と煽《あふ》り拍《う》つ渺々の海イカリオス[1]、
その激浪の立つ如く、群衆ひとしく乱れ立つ、
或は西風寄せ来り勢ひ猛く飄々と

1 正しく曰はばイーカリオス。ダイダロスの子イーカロス人工の翼を附けて天に上る、而して誤りて落下し海に沈む、これよりイーカリオス海と呼ばる。バートランド・ラッセル先年"Icarus"を著し、道義を伴はざる物質文明の没落を諷す。

無辺の麦隴《ばくろう》みだす時、穂の一斉に伏す如く、
群衆ひとしく乱れ立ち、即ち歓呼の声を揚げ、
水陣めがけ駆け出せば、脚下に塵は濛々と、
乱れて空に舞ひのぼる――衆人互ひに勇み合ひ、
船をおろして大海に浮かばしめよと罵りつ、
船渠《せんきょ》空しく残されて帰郷を急ぐ叫喚は
天にのぼりぬ、船舶を支へし材は払はれぬ。
その時へーレー声あげて藍光の目のアテーネー、
これに呼ぶこと無かりせば彼ら帰国を遂げつらむ、
『アイギス持てるヂュウスの子、アトリュウトーネー[1]、ああ見ずや！
かくアルゴスの諸軍勢祖先の宿にあこがれて、
渺々の海打ち渡り故郷に帰り去らんとや！
かくして彼らプリアモスまたトロイアに戦勝の
誉れ並びにアルゴスのヘレネー残し去るべきや？

1　アトリュウトーネーは倦まざるもの、制すべからざる者を意味す。アテーネーに対する常用形容句。アートリュウトーネー、またはアトリュウトーネー（Brasse's *A Greek Gradus*）。

ああこの女性の故を以てアカイア人の幾万は、
遠く故郷をはなれきてトロイアの地に斃れしを！
汝今行け、胸甲のアカイア人を巧辞もて、
とどめよ、船の激浪を躍り進むを押し止めよ』

藍光の目のアテーネーその宣命に順《したが》ひて、
ウーリュムポスの頂を飛ぶが如くに駆けくだり、
忽然としてアカイアの軽舟の陣訪ひ来り、
聡明さながら神に似るオヂュッシュウスの立つを見る。
将軍心に魂に且つ憤り且つ悶え、
楫《かぢ》取り多き黒船に未だその手を触れざりき、
藍光の目のアテーネー近より来り宣し曰ふ、
『[1]ラーエルチァデイ、神の族、妙算奇謀のオヂュッシュウよ、
楫取り多き船に乗り、汝らかくも憧憬の

1　共に呼格。オヂュッシュウスはラーエルテースの子、即ちラーエルチァデースなり。

地なる祖先の恩愛の宿をめざして去らんとや?
汝らかくてプリアモスまたトロイアに戦勝の
誉れ並びにアルゴスのヘレネー棄つや? 彼のため、
アカイア族の幾万は国を離れてトロイアの
郷に逝けるを! いざ立ちて彼らに向かへ、ためらひそ。
汝巧みの言により衆のおのおの押しとめよ、
波浪を越してその舟の躍り進むを警《いまし》めよ』

かくと陳ずるアテーネー、その忠言を聞き悟り、
将軍急ぎ駆け出だす、その脱ぎすてし戦袍は
従者《ずさ》イタケーの伝令者[1]ユウリバーテス運び行く。
かくて走りて総帥のアガメムノーンの前に行き、
相伝不朽の[2]王笏を彼より借りて携へて、
青銅鎧《よろ》ふアカイアの水陣指して駆け出だす。
かくして進むオヂュッシュウス、列王或ひは将師の

1 第一歌三二一行のは同名異人。
2 一〇一行以下に曰ふところの笏。

一人に逢へば引き留め、言句巧みに説きて曰ふ、
『豪勇の士よ、卑怯者の如くおののくこと勿れ、
汝何故沈勇を示して他にも勧めざる？
アトレーデースの秘意未だ君明らかに悟り得ず、
彼剛臆をためすのみ、やがて彼らを咎むべし、
集議の席に述べしことすべての人はまだ聞かず、
恐らく彼の憤激はアカイア人の利にあらじ、
神の寵する大王の怒りまことに恐るべし、
彼の光栄神に出で、神の愛護は彼に垂る』

或は卒伍《そつご》の卑《ひく》き者罵り呼ぶに出で逢へば、
王笏揮つてこれを打ち、おどし叱りて宣し曰ふ、
『友よ叨《みだ》りに動かざれ、優る他人の曰ふ処、
聞かずや！　汝戦ひに適せず力弱くして、

集議或ひは戦闘の場《には》には何らの効もなし、
アカイア人の一切はここに統治を行はず、
多数の統治宜《よ》しとせず、クロニーオーンの撰び上げ、
他の一切を治せんため、笏と律とを附するもの、
その者ひとり主たるべし、その者ひとり王たらむ』

かく彼至上の威を振ひ陣中めぐり令すれば、
衆人即ち水陣と陸営とより叫び出で、
集議の席に押し寄する、似たり高鳴る滄溟《そうめい》の
狂瀾岸の岩拍ちて怒潮うづまき吠ゆるさま。

かくて衆人ことごとくおのおの席に帰り着く。
テルシテース[1]はただ独りなほ叫喚の声やめず、
胸に無尽の迷妄の思ひ貯へ、列王に
みだりに抗し争ひて、首尾整はぬ乱言に、

1　この人物はまたソホクレースの作『プイロクテーテース』四四二行にあり。彼に関して奇異の伝説あり、即ち彼はホメーロスの後見人。而して彼の産を奪へるが故に詩人はその不朽の詩に於て彼に復讐すと。また第二の伝説――カリドーンの野猪狩りに於てメレアーグロスは彼を絶崖より落して不具者たらしむ云々。野猪狩りは第九歌五四四行に見る。

ただにアルゴス衆人の笑ひ起すを喜べる
彼、イリオンに寄せ来る衆中最も醜悪の
相を持つ者、斜視にして、一脚他より短かり、
左右の肩は聳え立ち胸に向かひて迫り来つ、
頂顱《ちょうろ》光りてまばらなる毛髪これが上に生ふ。
常に誹《ひ》謗《ぼう》の的なればペーレーデースとオヂュッシュウス、
彼を最も憎しめり、今はた彼の妄言は
アガメムノーンに向かひ来る、衆人これを顧みて
胸に瞋恚《しんに》の焔燃え、憤激彼に甚だし。
彼は即ち大音に叫びて王を責めて曰ふ、

『アトレーデーよ！　今更に何の不足ぞ？　欲求ぞ？
陣営の中、青銅は君に余れり、アカイアの
軍勢敵を屠る時、主として君に捧げたる
佳人の数も陣営の中に不足にあらざらむ。

或ひはとあるトロイア人、我か或ひはアカイアの
外の勇士に捕はれし子の償ひにイリオンの
城より取りて来るべき黄金を君欲するや？
はた妙齢の婦女を獲て、かたへ人なき密房に
愛に耽《ふ》けるを望めるや？　ああ全軍の将として
アカイア族を困厄に導き入れて宜《よ》からんや！
ああ柔弱者恥しらず、アカイア族の名は空し。
さもあれ我は船に乗り故郷に去りて王をして
あとトロイアに留まりて独り戦利に飽かしめむ。
然らば我の要あるや然らざるやを弁《わきま》へむ。
ああ彼優れる豪勇のアキルリュウスを辱しめ、
その獲し戦利その手より強奪なして身に収む、
さあれ微温のアキリュウス、胸裏の怒り大ならず、
アトレーデーよ、さもなくば君の非法は今最後！』
アガメムノーン総帥に、かかる毒舌あびせたる

テルシテースの傍らに、直ちに寄する、オヂュッシュウス、
将軍彼を睨《にら》まへて憤然として叫び曰ふ、

『[1]テルシタ、汝乱言者、弁は允《まこと》に雄なるも、
黙せよ、汝、列王を叨《みだ》りに誹謗する勿れ。
アトレーデースもろともにトロイア寄せし衆の中、
賤陋《せんろう》汝に優るもの我は知らずと敢へて曰ふ。
汝集会《しゅうえ》に口開き諸王を云々する勿れ、
彼らに無礼曰ふ勿れ、帰郷を語ること勿れ、
戦役何らの形とる？　商量未だ及び得ず、
アカイア族の帰郷また可否は未だに測られず、
アトレーデース、民の王、アガメムノーンに悪言し
彼にダナオイ諸将軍献ずる所多しとて、
そのため汝衆人の前に誹謗の言放つ、
さはれ汝に今宣す、宣する処屹《き》と成らむ、

1 呼格。

今なす如く乱言を吐くこと汝やまざらば、
我は汝を捕縛して服装すべて剥ぎ取らむ、
汝の恥を掩ふ処被袍と下衣と剥ぎ取らむ、
かくて汝を辱しめ、鞭に懲して集会の
席よりかなた軽舟の陣に泣き咆え去らしめむ。
我もしこれを能くせずば肩のへ頭《かうべ》戴かじ、
テーレマコス[1]は身を父とこの後またと呼ばざらむ』

しかく宣して彼の肩、背に打ちおろす笏の鞭、
妄人即ち身をかがめ、涙はげしくはふり落つ。
見よ金笏の打ちおろす肩は血にじむ疵《きず》の痕、
テルシテースはおののきて苦痛激しく、茫然と
あたり見廻し、流れくる涙ひそかに推し拭ふ。
衆人これを眺めやり、傷《いた》みながらも括然《てんぜん》と
笑みておのおの傍らに坐れる者に向かひ曰ふ、

1　オヂュッシュウスの愛児。——長男の名を一種の名誉の称号とすること他にも例あり。

『ああオヂュ，シュウス聡明の意見集議の端開き、
或ひは敵と闘ひて百千の功《いさを》建て来る、
されども今し傲慢の彼を集議の座より追ひ、
アカイア族に勲功の至上のものを齎しぬ。
驕慢彼を促して妄人さらに罵詈《ばり》の言、
放ちてまたと列王を侮ることは能くし得じ』

衆人かくぞ――こなたには都市の破壊者オヂュッシュウス、
金笏持ちて立ちあがる、側《そば》に神女のアテーネー、
伝令使者の姿取り、沈黙せよと衆人に
宣《の》る、アカイオイ、高きもの、また低きもの一斉に
彼の言句に耳を貸し、彼の意見を顧慮せよと。
将軍即ちその見《けん》を錬りつつ衆に宣し曰ふ、
『アトレーデーよ、[1]明朗の声ある人の目の前に、

1 人間を明朗の声あるものと称す。

アカイア族は今君を誹謗の的となさんとす。
駿馬産するアルゴスを立ち出でし時、衆軍の
誓ひ「トロイア堅城の破却の後の凱旋」と
等しく共に大王に約せし言は遂げられず。
幼齢の児の為す如く、或ひは寡婦のわざに似て、
衆人おのおの懐郷の嘆きに堪へず、悲しめり。
辛酸痛く嘗《な》めし後、誰か帰郷を勉めざる？
ただ一月も最愛の妻に、故郷に別れ来て、
激浪及び厳冬の嵐に悩む船の中、
留まるものは寂寞の思ひに堪へず悲しまむ。
況《ま》して春秋九回《ここのたび》、わが軍ここにつきてより
移りぬ、宜《うべ》し衆人の水師のほとりつぶやくは、
咎むべからじ、然れども滞陣の日の長くして、
功なく空しく帰らんは何らの恥辱！　いざや友！
暫く忍び留まりて究め知らんと欲せずや？

占ひ説きしカルハース、当るや或は非なるやを。
この事われ人、胸中に皆悉《ことごと》く銘じ知る、
死の運命を免れし諸卿はたまた証者たり、
事ただ昨日と見るばかり、アカイア水師アウリス[1]に
集まり、害をイリオンとプリアモスとに謀《はか》る時、
泉のほとり神聖の壇を設けて列神に
いみじき犠牲たてまつり、清冽の水迸《ほとばし》る
かたへ葉広きプラタンの樹の下、衆の立てる時、
大なる奇蹟現れき、オリュムピオス[2]の遣はせる、
背は血紅の恐るべき蛇現れて聖壇の
下より這ひ出、プラタンの梢めがけて這ひ上る、
その最上の枝のうへ、広き緑葉繁る蔭、
まだ声立たぬ可憐なる子雀八羽潜み居つ、
これらを産める母鳥と合はせて九羽を数ふるを
木昇る悪蛇進み寄り、悲鳴の子らを呑みさりぬ。

1　トロイアに向かふ諸軍船の集合点。
2　オリュムポスの神。

母鳥しきりに悲鳴して愛児の廻り翔け飛ぶを
悪蛇這ひ寄りその翼無惨に捲きて捕まへぬ。
されどその蛇母と子と九羽の鳥皆呑みし時、
彼つかはしし神霊は奇蹟をここに顕《あらは》しぬ、
神意微妙のクロニーオーン、悪蛇を化して石としぬ。
これを眺めし衆人は、身じろぎもせず茫と立つ、
牲《にへ》の祭の中にして神の降せるこの不思議、
起るを見たるカルハース未来を悟り衆に曰ふ、
「ああ長髪のアカイア族、何故黙し佇《たたず》むや？
クロニーオーン大いなる奇蹟を我に遣はせり、
事の成就は遅くとも成りて光栄朽ちざらむ。
悪蛇は雛とその母と合はせて九羽の鳥呑みぬ、
数は同じき九春秋、戦闘ここに続くべく、
暦数十たび移る時広き街路のイリオンの
堅城遂に破られてわが軍の手に落ちぬべし」

しか宣したる彼の言、今は正しく成らんとす。
敵の堅城イーリオンわが手の中に落つるまで、
陣営ここに張らしめよ、わが堅甲のアカイオイ！』

その言聞きてアルゴスの衆軍ひとしく歓呼しつ、
歓呼の声に水軍のほとり遍く震動し、
皆英豪のオヂュ，シュウス陳《の》べし処を讃美しぬ。
ゲレーナ騎将ネストール、その時衆に宣し曰ふ、

『ああ、痛むべし、集会の席に汝ら曰ふところ、
心に軍事留めざる幼稚《ようち》の輩にさも似たり、
先に結びし[1]約束と誓ひいづくに今ありや？
会議と男子の謀らひと盃挙げし約束と
信を繋げる握手とはすべて烟と消ゆべきや？
長時に亘り、ここにある衆は空しくいたづらに

1 ヘレネーの奪取を報復せずばトロイアより帰らずとの盟。

口論《くろん》に耽り、方策の宜《よろ》しきものを見出し得ず。
アトレーデーよ、先の如《ごと》、今も不撓《ふとう》の意気により、
奮戦苦闘のただ中にアルゴス族に令下せ、
衆軍の中、一二《いちに》の徒、説異にして雷霆の
ヂュウスの約の真否まだ知れざる前にアルゴスに
帰らんずるものありとせば（彼の願ひは成らざらむ）
その意にまかせ、彼をしてその運命に就かしめよ。
聞かずや昔、イリオンに流血破滅を加ふべく、
アルゴス衆軍一斉にその船舶に乗りし時、
神威無上のクロニーオーン、我の願ひを納受しつ、
[1]右手《めて》に電光閃かし、善き前兆を現しき。
衆人おのおのイリオンの女子を奪ひて冊《かしつ》かせ、
[2]かれヘレネーの嘆息と悩みを報ひ終らずば、
帰郷を急ぐべからざる故はかくこそ、了せりや？
されども国に帰るべき願ひ切なる者あらば、

1　右に現るるは吉兆。
2　すこぶる不明、――このままならばヘレネーの逃亡は暴力により止むを得ざりしこととなる。アリスタルコスはヘレネーのに非ず、ヘレネーのために国人の嘆息と解す。

漕座いみじき黒船に彼の手をして触れしめよ。
他に先んじて凶運と死とにその者出で逢はむ。
されば大王心して是より外の説を聞け。
わが曰ふ処、いたづらに汝棄つべきものならず、
大王、今わが衆兵を種族家族により分けて、
家族互ひに援《たす》けあひ、種族互ひに助けよと、
命下る時アカイアの衆みなこれに従はば、
諸将並びに諸兵士の勇怯忽ち悟り得む、
人々各その族のために戦ふものなれば。
また敵城の落ちざるは神意に因るや、あるは他に
諸軍の懈《け》怠《たい》、戦闘の拙によるやを弁《わきま》へむ』

彼に答へて権勢のアガメムノーン宣し曰ふ、
『ああ叟《をぢ》、集議にアカイアの子らを遥かに君凌ぐ、
ああ今我[1]にクロニオーン、またアテーネー、アポローン、

1 切なる祈願の時これら三神の名を呼ぶ、第四歌二八七行、第十六歌九七行にも。

賜ふ参与の十員の君に似るものあらましを。
さらば直ちにプリアモス彼の堅城陥りて
わが軍勢の手の中に奪はれ破壊さるべきを。
さるを天王クロニーオーン口論《くろん》と無用の争ひに
我を投じてこれがため禍難を我に降らしむ。
ただに少女の故をもて嗚呼《ああ》我並びにアキリュウス
口論はげしく戦ひつ、しかも我まづ怒りしよ。
両者再び一心に結ばば敵のトロイアの
禍難必ず遠からじ、必ず近く来るべし。
さもあれ今は戦闘の備へのために食に就け、
おのおの鋭く槍琢《みが》け、おのおの楯を整へよ。
おのおの糧を駿足の群れに与へて飽かしめよ、
おのおの戦闘心して隈なく兵車検し見よ、
夕陽沈み入らんまで奮戦苦闘為さんため。
暗夜到りて衆軍の勇み抑ゆること無くば、

瞬く隙《ひま》も戦闘を中止することあらざらむ。
かくしておのおの胸の上身を蓋《おほ》ふ楯の革紐は
汗にまみれむ、長槍を揮ふ堅腕倦み果てむ、
閃く兵車曳く馬も淋漓《りんり》の汗に苦しまむ、
はた曲頸の船のそば戦ひよそに遠ざかり、
残りわが目に触れんもの、彼豈《あに》鷙《し》鳥《ちょう》の餌《ゑば》となり、
野犬の腹を肥やすべき無慚の運を免《のが》れんや?』

しか宣すればアカイアの軍一斉にどよめきぬ、
そをたとふれば、絶崖のほとりの波を南風の
襲ひて駆りて聳《そばだ》てる危巌めがけて打つ如し、
巌はつねに波ひたる、あらしの向きに係はらず。
衆人かくて身を起し、水師の中に駆け走り、
陣に火煙を吹き揚げて糧食ひとしく喫し去り、
やがて応護の神霊に衆人おのおの牲《にへ》を上げ、

非命の戦死、悪戦の苦悩の救ひ祈り請ふ。
アガメムノーン大王は牲に五歳の肥えし牛、
天威至上のクロニーオーン・ヂュウスの前に奉り、
式にアカイア族中の宿老将士呼びあつむ。
初め来るはネストール、王イドメネーこれに次ぐ、
次ぐは二人のアイアース、同じく跡に続き来る
ヂオメーデース、第六は聡明理智のオヂュ，シュウス、
更に英豪メネラオス、自ら来る、その兄の
胸中の感、悟り得て招かれなくに来り訪ふ。
かくて犠牲の牛囲み、聖麦[1]握る衆の中、
アガメムノーン、権勢の王は声あげ祈り曰ふ、

『虚空に位し、雲湧かす光栄至上のクロニデー[2]！
イリオン城の宮殿を烟塵暗く覆し、
その城門をことごとく猛火の焔打ち崩し、

1　第一歌四四九行参照。
2　クロニーオーンの呼格。
牲を備へ神を祭る同様の儀式は詩経大雅の旱麓篇にあり。「清酒既に載せ、騂牡（赤牛）既に備はり、以て享し以て祀り、以て景福を介（まこと）にす」

勇将ヘクト，ル胸に着る甲を鋭刃つんざきて、
彼の廻りに同僚の一団ひとしく倒れしめ、
塵嚙ましめんその前に神願はくは許さざれ、
光輪西に落ち行くを、暗の大地に降り来るを』

クロニーオーンその祈願いまだ許さずその牲を
納受なせども辛労を王に対して増し加ふ。
衆は祈禱を上ぐる後、[1]やがて聖麦振り蒔きつ、
犠牲の首を仰向かせ、屠りてこれの皮を剝ぎ、
続きて[2]股《こ》肉《にく》切り取りて二重の脂肪に蔽はしめ、
四肢より截《き》りし精肉を更にその上重ね載せ、
葉を棄てさりし樹の枝を集め燃やしてこれを焼き、
ついで臓腑を串にして火上にかざし炙《あぶ》り焼く。
次に股肉の焼けし後、臓腑試み喫する後、
残れるところことごとく細かに割きて串に刺し、

1 第一歌四四九行とほぼ同じ。
2 股の肉は最上。

用意洩れ無く焼き炙り、炙りて火より取り出だし、
かくして準備終る時、酒宴の席を整へて、
衆人共にここに坐し、皆一斉に飽き足りぬ。
かくして宴飲了し果て口腹おのおの満てる時、
ゲレーナ騎将ネストール、衆中立ちて宣し曰ふ、

『アトレーデーよ、光栄のアガメムノーンよ思ひ見よ、
言論討議すでに足る、神明命じ我の手に
託せる事功いつまでか、またと延引さすべきや？
いざ伝令の使者をして青銅よろふアカイアの
衆水陣に集むべく声朗らかに宣らしめよ、
我また共に連れ立ちてアカイア陣に赴きて
急にアレース、勇猛の軍《いくさ》の神を目醒まさむ』

その進言に従ひてアガメムノーン統帥は、

直ちに音吐朗々の令使に命じ、長髪の
アカイア族を戦闘に皆ことごとく招かしむ。
令使即ち命伝へ、衆迅速に集《つど》へ来る。
アトレーデース取り囲む神寵厚き列王は
馳せて隊伍を整ふる、中に藍光の眼《まみ》持てる
アトリュトーネー・アテーネー不朽不滅の楯を取る、
楯に純金の百の総《ふさ》垂れたり、総は精好《せいごう》の
織りはいみじくおのおの価正しく百の牛[1]、
この楯取りてアテーネー、アカイア族の陣中を
縦横はげしく駆け廻り、衆を励まし胸中に
奮戦苦闘の勇ましき思ひおのおの湧かしめぬ。
衆忽然と勇み立ち感じぬ、戦ひ甘くして
船に乗じて恩愛の故郷に行くに勝れりと。

見よ、山岳の頂の大森林を焼き立つる

1　第六歌二三六行に、また「百牛の価」あり。

猛火暴《あら》びて、炎々の焔遠きに照る如く、
集まり来る軍勢の武具より燦と照り返す
光輝は高く空に入り、天に冲して物凄し。
たとへば空にとび廻る百千万の鳥の群れ、
雁、鷺、丹頂、頸長き白鵠《はくこく》ひとしく群れ翔《か》けり、
広きアシオス[1]原上に、ケーストロスの沿岸に
翼を延《の》して揚々と、あなた、こなたに飛び廻り、
嗷々《ごうごう》鳴きており立てば沼沢ために鳴りひびく、
様さながらにアカイアの衆軍陣と水師より、
スカマンダロスの岸の上、群がり来れば軍勢と
軍馬の脚の轟きに大地はげしく鳴りどよむ。
かくして春に花と葉と萌えづる如く百千の
衆軍並び立ち留る、スカマンダロスの花の野に。
陽和の春のうららの日、瓶に牛羊の甘き乳

1　アーシオス平野、リヂアにあり。

溢るる頃に、牧童の小舍に紛々飛び廻る
無数の蠅の密集の群れ見る如く、髪長き
アカイア族の軍勢はトロイア軍と相対し、
その覆滅を志し平野の中に立ち並ぶ。

たとへば羊百千の群れ牧場に混ずるを、
養ひ馴るる牧童ら容易《たやす》く認め知る如く、
諸将おのおのその部下の衆兵分かち整へて
戦場さして進ましむ。[1]アガメムノーン、その中に
頭と目とは雷霆の神明ヂュウス見る如し、
腰はアレース、胸許はポセードーンのそれに似つ、
百千群らがる牧の中、すぐれて目だつ牛王の
雄々しく列を擢《ぬき》んずる姿もかくや、陣中に
この日この時百千の勇将中に赫耀《かくよう》と、
アトレーデース神明の恵みに影を抜き出でぬ。

1　聯合軍の主将として堂々の威を振ふアガメムノーン。——本詩の中、他にまたかかる形容なし。

ああオリュムポス宮殿のムーサイ[1]今はた我に曰へ、
君は神霊、すべてを見、すべてを知りて隈あらじ、
我ただ風聞聴けるのみ、何らも見知ることあらず、
ダナオイ衆軍率ゐたる王侯将帥誰なりや?
アイギス持てるヂュウスの子、ウーリュムポスに住む詩神、
イリオンに来し衆軍を我に告ぐるに非ずんば、
口舌おのおの十あるも、疲労知らざる声あるも、
金銅不壊《ふえ》の意思あるも、かの衆兵を名ざすこと、
かの衆軍を挙ぐること、我豈《あに》いかで善くせんや?
いざ軍船の将帥を、また軍船の一切を――

ボイオーチア[2]族率ゐるはペーネレオース、レーイトス、
アルケシラオスまた更にプロテーノール、クロニオス、
そのあるものはヒリエーと岩石多きアウリスと、

1 歌の神女(英語のミューズ)、単数ムーサ。歌神に呼ぶことはこの後時々あり。
2 この「舟揃ひ」(四九四―八七七行)は後世の添加ならむ、評家の意見様々なり。初めにボイオーチアー軍(縮めてボイオーチアとす)。

スコイス及びスコーロス、また嶺多きエテオノス[1]、
またテスペーア、グライアー、また原広きミカレソス[2]、
これらを郷に、他はハルマ、エーレシオンとエリュトライ、
更に他はまたエレオーン、ヒュレー並びにペテオーン、
オーカレエーと堅牢に築きたる都市メデオーン、
ユウトレーシス、コーパイと鳩の産地のチースベー、
他はまた更にコローネーア、ハリアルトスの青草地《せいそうち》、
更に他は又プラタイア、更に他の領グリイサス、
更にその領堅牢にヒュポテーバイを築ける地。
オンケーストス、聖なる地、ポセードーンの美《うま》し森、
更に他の郷、葡萄の地、アルネー及びミイデーア、
聖なるニイサ、極境を占めたる城市アンテドン[3]、
これらの地より五十艘、兵船来り、船ごとに
ボイオーチア[4]の健児らは乗り込む一百二十人。

1 エテオーノスを縮む。
2 ミカレーソスを縮む。
3 アンテドーンを縮む。
4 ボイオーチアは、ここに劈頭に、しかも最も長く説かれしも後の巻々におけるその行動は微々たり。またこの船揃ひ中に録せられたる勇士にして全く戦争に加はらざるものあり。

アスプレドーン、ミニエーのオルコメノスに住める族、
将はアレース生める二子、アスカラポスとヤルメノス、
その誕生のゆかり聞け、アゼーオスの子アクトール、
その家《や》にむかし無垢の処女アスチオケーは楼の上
登り、軍神アレースと私《ひそ》かに契り生むところ、
三十艘の兵船は彼らをのせて進み来ぬ。

ポーキヤ族に将たるはエピストロポス、スケヂオス、
二人の父はイーピトス、そのまた父はノーボロス。
彼らの郷はキパリソス、また石多きピトーンの地、
聖きクリーサ、更にまたドーリス及びパノピュース、
アネモーレーア、更にまたヒアムポリスもその領土、
更に彼らの住む処、聖なるケーピソスの岸、
更にその領この川の源流に沿ふリライア市、
黒き兵船四十艘、彼らと共に進み来ぬ。

二将勉めてポーキアの衆の隊伍を整へて、
ボイオーチアの軍勢の左に接し陣取りぬ。

ロクロイ族に将たるはオイリュウスの子アイアース、
[1]テラモニデース・アイアースにその身長をくらぶれば
遥かに劣り小なるも、槍を取りてはアカイアと
[2]ヘルラス族を凌ぐもの、布の胸甲身に着けぬ。
ロクロイ族の住む処、キノス、オポース、カリアロス、
ベーッサ及びスカルプェー、更にいみじきアウゲーア、
更にタルペー、トロニオン、ボアグリオスの川に添ふ。
彼らの黒き兵船の四十こぞりてアイアースに
附きて聖なるユウボイア島のをちより進み来ぬ。

闘志はげしきアバンテス、彼らの領はユウボイア、
カルキス及びエレトリア、ヒースチアイア葡萄の地、

1 アキリュウスに次げる猛将軍、七七〇行を見よ。
2 ギリシャ全体の称としてヘルラスを用ゐるは、ホメーロスの詩中この一行あるのみ、六八三行はその一部の地の名（やまとの国といふ如し）。

ケーリントスの港市《みなといち》、更にギオスの高き都市、
更にその領カリストス、更にその郷スチュラの地、
エレペーノール（その父はカルコードーン）アレースを
祖先となして猛勇のアバンテス族導きぬ。
その脚速きアバンテス髪[1]をうしろに振り乱し、
敵の胸甲砕くべく長槍はげしく繰り出だし、
彼に従ひ奮闘の勇気はげしく続き来ぬ、
黒き兵船四十艘彼に続きて一斉に。

堅固美麗に築かれし都市アテーナイ、すぐれたる
[2]エレクチュウスの所領の地、ヂュウスの神女アテーネー、
豊かの「大地」産み出でし彼をいにしへ養ひき、
しかして彼をアテーナイ中の佳麗の殿堂に、
入れしこのかた年廻り、アテーナイ市の若き子ら、
牛と羊の牲《にへ》捧げ、親しく[3]これを祭りたる

1　うしろに髪を乱す——恐らく頭の前面を剃りしか、第四歌五三一行トレーケース人は結髪す。

2　大地より生れしエレクチュウスはアカイア以前の神話、ここに神女アテーネーその殿堂に彼を入ると説くが事実は正反対、アテーネーは後より来れるもの、然れど両者が同一殿堂に祭られしは、すこぶる早き時代よりなり。

3　「……これを祭りたる……」ある訳者はこれをアテーネーとし、他はこれをエレクチュウスとす。

その民族を率ゐるはペテオスの息[1]メネスチュ，ス、
普天の下に彼よりも馬と楯取る勇士とを
巧みに統ぶる者あらじ（独り老将ネストール、
年歯彼より優る者彼に競へり）黒く塗る
兵船あげて五十艘、彼に従ふ一斉に。

[2]十二の船をサラミスの地よりアイア，ス引き来り、
アテーナイ人水陣を据ゑし傍《かた》へに整へぬ。

アルゴス及び城壁を固く備へしチイリンス、
深き港湾含みたるアシネー及びヘルミオネー、
トロイゼーンとエイオナイ、エピドーロスの葡萄の地、
領する種族、更にまたアイギナ及びマーセース、
領する若きアカイオイ、率ゐる将は大音の
ヂオメーデース、また次ぎてカパニュウスの子ステネロス。

1 メネスチュウスを縮む。
2 アイアースの如き特に勝れし勇将に只二行を与ふるは怪しむべし（リーフ）。

祖父はタラオス、王たりしメーキスチュウス父として、
勇武さながら神に似るユウリュアロスは将の三、
されども高き音声のヂオメーデース全隊を
統べたり、黒き八十の船は彼らに附き来る。

堅固美麗に築かれし都市ミケーネー領と為し、
更に富強のコリントス、クレオーナイの堅固の市、
オルネーアイと美しきアライチレーを郷となし、
またシキュオーン（そのはじめアドレーストス治めし地）
ヒュペレーシエイ、嶮要の地なるゴノエサ、ペレーネー、
領して更にアイギオン、アイギアロスの一帯を、
また大いなるヘリケーのほとりを領し占むる者、
その民族の百の船、率ゐる王は権勢の
アトレーデース、アガメムノーン、精鋭及び数の上
優る衆軍従へり、率ゐる彼は燦爛の

黄銅の武具身に穿《うが》ち、勇武秀でて軍勢の
数はた及ぶもの無きを昂然として誇らへり。

山岳四方《よも》に聳え立つラケダイモーン、スパルテー、
パーリス及び鳩多きメッセー領し住める者、
ブリュセーアイと秀麗のオーゲーアイを郷となし、
アミュクライと港市ヘロスを領し住める民、
更にラースを領と為し、オイチュロスに住める者、
その民族の六十の船を王弟――猛勇の
将メネラオス[1]従へり、衆軍区々に陣取りぬ。
わが猛勇に信を措き、衆を鼓舞して戦闘に
進む彼は、ヘレネーの逃亡並びに涕涙の
怨報《うらみ》へん情願は衆に優りて激しかり。
ビロスと美なるアレイネー、アルペーオスの貫ける

1 メネラーオスを縮む。以下同様。

トリュオン、更に堅牢のアイピュの郷に住めるもの、
キュパリッセース、プテレオス、アムピゲネーア、ドーリオン、
更にヘロスに住める者、(詩の神むかしこの郷に
トレーケー人タミュリスに会し、その歌亡ぼせり。
オイカリエーのユウリュトスその許《もと》辞して帰り来て、
歌人誇れり『アイギスを持てるヂュウスの神女《かんむすめ》
ムーサイよしや歌ふとも競ひてこれに勝つべし』と。
怒れる神女彼を打ち、盲目となし加ふるに
彼の歌謡を奪ひ取り更に弾琴忘れしむ)
これらの族を率ゐるはゲレーニャ[1]騎将ネストール、
兵船九十、一斉に彼に従ひ進み来ぬ。

キュルレーネーの高き山、麓の郷のアルカヂア、
アイピチオスの墓の傍《わき》、接戦手闘の武士の郷、
ペネオス及び牧羊地オルコメノスに住める族、

1 ゲレーニアーを略す。

リペー並びにストラチイ、また風強きエニスペー、
テゲエー及び美はしきマンチネエーを占むる者、
スチュンペーロス領となし、パルラシエーに住める者、
その民の舟六十をアンカイオスの生むところ、
アガペーノール将として率ゐぬ、舟のいちいちに
戦術特に巧みなるアルカヂア人多く乗る、
アガメムノーン統帥は櫂揃ひたる黒き船、
彼らに賜ひ、黯紅《あんこう》の海を走れと下命しぬ。
その船舶を造るべき技《わざ》に彼らは疎かりき。
ブープラシオンと神聖のエーリスに住む民の群れ、
その領の端ヒュルミネー、またミュルシノス、岩勝ちの
オーレニエーとアレーション、中に含める民の群れ、
四人の将帥これを統べ、おのおの率ゆ十の船、
その船舶に数多くエペーオス族乗り込めり、
アムピマコスとタルピオス、彼を生めるはクテアトス、

これを生めるはアクトルの系より出でし[1]ユウリトス、
二人おのおの将となる。オーゲーアスの子たる王、
第三将はヂオーレス、アマリンキュウスの勇武の子。
アガステネスの生むところ、ポリュクセーノス第四将。

海のあなたに[2]エーリスと向かひ対する島二つ、
ドーリキオンとエキナデス、その民族を率ゐるは、
メゲース、勇は軍神のアレースに比す、雷霆《らいてい》の
神の愛するピュリユウスの生みたる子息メゲースは
父に対して憤りドウリキオンに退きき。
黒き船舶四十艘附き従へりメゲースに。

ケパルレーネス勇猛の民を率ゐるオジュ’シュウス、
彼らの領はイタケーと緑葉震ふネーリトン、
クロキュレーアと嶮要のアイギリープス、更にまた

1　先文五九六行は同名別人。
2　エーリスとエキナデスとは相向かはず、地理についての不明の一例。

ザキュントスの地領となし、更にサモスを郷となし、
本土並びに諸々《もろもろ》の岸を領とし占むる民、
智は神に似るオヂュ，シュウス率ゐてこれが将となる、
艫《ろ》は紅の兵船の十二ひとしく彼に附く。

アイトウロイ族率ゆるはアンドライモーン生める息、
トアス、その領プリュウローン、オーレノスまたピュレーネー、
海に臨めるカルキスと岩石多きカリュドウン、
先に英武のオイニュウスそのもろもろの子と共に、
この世を辞して金髪のメレアグロスもまた逝きぬ、
アイトウロイ族一切を挙げてトアスの指揮仰ぎ、
今一斉に従へる黒き兵船四十艘。

槍の名将イドメネー[1]、クレーテ，[2]ス族導けり、
彼らの領はクノーソス、城壁堅きゴルチユス、

1 イドメニュウスのフランス訓み。
2 地名クレーテー、族名クレーテース。

リュクトス及びミレートス、更に白堊のリュカストトス、
更に戸数の豊かなるパイストスまたリュウチオン、
その他に更に百城のクレーテーの地住める族、
率ゐてこれに将たるは槍の名将イドメネー、
メーリオネースこれに副ふ、神アレースに似たる者、
八十艘の黒き船みな一斉に従へり。

へーラクレース生みたる子、トレーポレモス丈高き
勇将かなたロドスより郷土の諸豪従へて
九艘の兵船率ゐ来ぬ、彼らは別る三の郷、
リンドス及びイエーリュソス及び白堊のカメーロス、
トレーポレモス、誉れある槍の名将これを統ぶ。
アスチュオケーは彼の母、へーラクレース獲たるもの、
神寵うけし勇士らのあまたの都城やぶる後、
セルレーエースの川の岸、エピュレーよりし獲たるもの。

トレーポレモス壮麗の宮殿中に養はれ、
長じてヘーラクレースの叔父老齢の傾ける
リキュムニオスを（アレースの裔《えい》を）俄かに討ち果たし、
長じて多く船造り、衆を集めて渺々《びょうびょう》の
海に浮べり、力あるヘーラクレ，スの他の子孫、
彼に報復計れるを恐れて海に浮び去り、
辛苦を経つつ飄零《ひょうれい》の果てにロドスにたどり来ぬ、
部下の衆人族に因り分かれて三の郷開き、
諸神諸人を司どる天王これに愛を垂る、
クロニーオーン豊饒の富を彼らに授けたり。

ニーリュウスまた三艘の等しき船をシュメーより、
ニーリュウス、母はアルガイエ、王者カロポス彼の父、
ニーリュウス、彼イリオンに寄せしダナオイ族の中、
ペーレーデース・アキリュウス除けば無双の美貌の身、

されども彼は弱くして只少数の兵率ゆ。

ニーシュロスまたクラパトス領し、並びにカソスの地、
ユウリュピロスの都市コース、カリュドナイの群島を
領する族《やから》率ゐるはペーヂッポスとアンチポス、
二人の父はテッサロス、ヘーラクレース祖父にして。
三十艘の兵船は彼に従ふ一斉に。
ペラスゴスなるアルゴスを領する族、アーロスに、
居を占むる者アロペーとトレーキスとに住める者、
プチエイ及び美はしき女性の産地ヘルラスを、
領する族その称はミルミドネスとヘレーネス、
またアカイオイ、その船の五十を率ゆ、アキリュウス。
されどもこれを戦場に駆るべき将は今あらず、
衆兵こぞりて喧囂《けんごう》の戦ひ今は心せじ。
髪美はしき妙齢のブリーセーイス本として

脚疾く走るアキリュウス怒りて船に留まれり。
苦戦の末にそのむかしリュルネーソスを陥れ、
テーベー城を打ち砕き、セレーピオスの子たる王、
ユウエーノスの二人の子、槍の名将ミネースと
[1]エピストロポス打ち斃しリュルネーソスに少女獲き。
今は怒りて休らへど程なく立たんアキリュウス。

族ありその郷ピュラケーとデーメーテール[2]の聖地たる
花咲き匂ふピューラソス、羊産するイトーンの地、
海に臨めるアントローン、緑草深きプテレオス、
[3]プロ，テシラ，オス雄豪の将軍彼ら統べたりき、
されども亡び黒き土彼を蔽へり、その妻は
半ば成りたるピュラケーの館に残りて気は狂ふ、
アカイア族に先んじて将軍船より飛びおれる
その時彼を殺せしはダルダニエーのとあるもの、

1　五一七行と八五六行とに同名異人二人あり。
2　農業の神女。
3　プローテシラーオスを縮む。

新たの将帥欠かざれど衆みな切に彼偲ぶ、
アレース神の苗裔《びょうえい》のポダルケースは今首領。
ピュラコスの子イピクロス牧羊多く持てるもの、
ポダルケースを生みなせり、プロ，テシラ，オス老練の
武人即ちその義兄、プロ，テシラ，オス英豪に
齢も勇も優れりき、亡きを継ぎたる将あれど
部下の民族過ぎさりし名将軍を今思ふ。
黒き兵船四十艘みな一斉に従へり。

ボイベーイスの湖に沿へるペライに住める者、
ボイベー及びグラピュライ、更に堅固のヨールコス、
その族の舟十一をユーメーロスは率ゐ来ぬ。
アドメートスは彼の父、母は美貌の勝れたる
アルケースチス、ペリアスの息女の中に秀でたり。

メートーネーとトーマキー占め従へる民族の
またその領地メリボイア、また嶮要のオリゾーン、
その民族の七艘を率ゐるピロクテーテース、
弓の名将、そのもとに舟各々にのりこめる
漕手は五十、弓術にすぐれて奮ひ戦はむ。
されど将軍[1]島の中、聖なるレームノスの中、
苦悩激しく悪霊の水蛇の嚙める疵《きず》により、
アカイア人に棄てられてひとり淋しく打ち伏せり。
さはれ苦悩に打ち伏せど水師のほとりアカイアの
衆軍ピロクテーテース勇将ほどなく思ひ出む、
部衆は将を欠かざれど、かの勇豪をなほ思ふ、
あらたに彼ら率ゐるはメドーン、都城を破壊する
将オイリュウス生める庶子、レーネー彼の母なりき。
トリッケイまた山多きイトウメーまたオイカリエ、

1 この有名の将軍に関してホメーロスは只如上を記す、ソポクレースの悲劇『ピロクテーテース』に七艘の舟を率ゐることを述ぶ、明らかにこの一段より来るなり。

オイカリエーのユウリトス嘗《かつ》て領せしその都城、
これらを占むる民族をアスクレーピヨス生める息、
ポダレーリオス、マカオーンすぐれし二人の医は率ゆ。
三十艘の兵船はこれに従ふ一斉に。

オルメニオスに住める民、ヒュペーレーアの源泉と
アステリオンまたチタノスの雪嶺近く住める者、
ユウアイモーンの秀れし子、ユウリュピロスの令を受く、
黒き兵船四十艘彼に従ふ一斉に。

民ありその領アルギッサ、ギュルトーネー、更にまた、
オルテー及びエーローネー、オロオッソンの白堊の府、
その民族を率ゐるはポリュポイテース、武勇の士、
ペーリトオスは彼の父、神霊ヂュウス生むところ、
ペーリトオスはその昔長髪乱す怪物[1]を、

1　怪物は即ち Centaurs（第一歌二六七行）。

ペーリオンより駆り出だし、アイチイケスに放ちし日、
ヒポダメーアと契り得てポリュポイテース生み出でぬ。
その副将はレオンチュウス、かれアレースの裔にして
父は英武のコローノス、更にその祖父カイニュウス。
黒き兵船四十艘みな一斉に従へり。

キュポスの地より二十二の舟率ゐるはグーニュウス、
エニエーネス族また強きペライボイ族従へり。
彼らその居を定めしはドウドウネーの冬の郷、
その耕作の労積むはチタレーショスの岸の上、
その清き水流れ入りペーネーオスに注げども、
ペーネーオスの銀浪と混ずることは絶えてなし、
油の如くいたずらにその表面を走るのみ、
凄き陰府のスチュクスに別れ来りし水なれば。

テントレードーン生める息、マグネテス族率ゐ来ぬ、
ペーネーオスの流れ、また緑葉震ふペーリオン、
そのほとりなる民族を率ゆ、脚疾きプロトオス、
[1]黒き兵船四十艘みな一斉に従へり。

かくぞダナオイ軍勢を率ゐし列王将士の名、
詩神今はた我に曰へ、アトレーデース率ゐ来し
衆中至剛の者は誰ぞ？　至上の軍馬またいづれ？

軍馬の最も優るもの[2]ペーレースの子のそれなりき、
ユウメーロスはこれを御す、駆けて飛鳥にさも似たり、
その年齢と背の丈と毛色と両馬相同じ、
神、銀弓のアポローン、ペーライエーの牧場に
畏怖の戦ひ広ぐべきこの両牝馬養へり。
英武無双のアキリュウス並びに彼の聯乗の

1　以上列挙するところ、舟の数は一千一百八十六、乗組員の最多は百二十人、最少は五十人、その平均八十五人とすれば遠征軍の人数は十万人なり（リーフ）。
2　ペーレースの子アドメトス、アドメトスの子ユウメーロス。

馬も遥かに優れども怒りて陣に退けば、
テラモニデース・アイアース今人中に勝れたり。
波浪を分くる曲頸の舟の中にし横たはる
ペーレーデース怫然《ふつぜん》と、アガメムノーン大王に
怒り抱けり、その部下は鞺々《とうとう》波うつ岸の上、
円盤長槍投げ飛ばし、或は弓矢に興をやる。
軍馬はたまたそれぞれに兵車のそばに立ち留り、
ロートス或は沼沢のほとりに生える芹を噛む。
兵車また善く蔽はれて部下の諸将の営中に
蔵《をさ》まり立てり、その諸将ペーレーデースを惜しみ合ひ、
陣営の内さすらひて、なほ戦闘に加はらず。

かなた大地を焼き払ふ猛火の如く進む軍、
大地は下に震ひ鳴る、雷霆の神憤り
チュポーンの郷のアリマの地（怪人[1]そこにその床を

1 地震の神話的説明、日本は鯰！一笑。

構ふと人は伝へ曰ふ）その地激しく撃つ如く、
大軍過ぐる足もとに大地高らに震ひ鳴る、
大軍かくて歩を速く広野よこぎり進み行く。

かなたヂュウスの命に因り、憂ひの報を齎して、
迅速恰も風に似るイーリス[1]、トロイア軍を訪ふ、
そこにトロイア満城の老少共に集まりて、
イリオン城の廻廊に評議の席を開きあり。
プリアモス王生める息ポリテースの声をまね、
脚疾きイーリス近寄りて傍へにその時立ちて曰ふ、
（その健脚に依り頼み、トロイア哨の役を帯び、
老いしアイシューエーテース[2]その墳塋《ふんえい》の高き地に、
アカイア軍勢兵船を出で来る時を窺へる）
そのポリテースに身を似せてイーリス衆の中に曰ふ、

1 使ひの神女。
2 古のトロイア王。

『ああ老父王、君は今平和の時に於けること、
はてなき議論喜べり、されど戦乱今起る。
我人間の戦ひにしばしば会へり、然れども
今寄せ来る軍勢の如きは未だ嘗て見ず、
数はさながら深林の緑葉或は海の沙、
我の都城を攻めんため敵は平野を進み来る。
ああ英豪のヘクトール、君に忠言特に曰ふ、
プリアモス王の大いなる都市に援軍集まれり、
さはれ四方に分かれ布く諸人の言語一ならず、
されば衆将率ゐ来し部下におのおの令下せ
おのおの所属の衆軍を整へこれを繰り出だせ』

しか陳ずれば、ヘクトールその言聞きて誤らず、
ただちに衆議の会を解く、衆人はしりて武器を取り、
あらゆる城門推し開き歩兵団また騎兵団、

全軍ひとしく奔《はし》り出で騒ぎは激し囂々《ごうごう》と。

都城の前に平原の中に離れて丘陵の
高く立つありその四方おのおの道は開かるる、
この丘陵を人界に呼ぶ名称はバチイエー、
されども神は脚速きミュリーネーの墓と呼ぶ。
トロイア軍並びに応援[1]の衆軍ここに陣取りぬ。
トロイア軍を統ぶるものプリアミデース・ヘクトール、
堅甲光る飛将軍、その最鋭の軍勢は
数はた他《ほか》に抜きいでて長槍振ひ戦へり。

アンキーセース生むところ、アイナイアース勇にして
ダールダニアの兵率ゆ、アプロヂーテー、美の女神、
イデーの丘に人間と契りて彼を産れしむ、
アンテーノールの二人の子、戦術すべて巧みなる

1　応援軍の中トレーケース、キコーネース、パイオニエースは欧洲人、他は亜細亜人。

アルケロコスとアカマース、彼とならびて将となる。

イデーの丘の麓端《ふもとはし》、ゼレーアの地に住める民、
トロイアの族、富み栄えアイセーポスの水に飲む、
その民族を率ゐるはリュカーオーンの子パンダロス、
神アポローン勇将に親しく弓を授けたり。

アドレーステーア占むる族、アパイソスの地占むる族、
またピチュエーア、更にまたテーレーエーを占むる族、
率ゐてこれに将たるはアドレーストスと胸甲を
布もて造るアムピオス——ペルコーショスのメロポスは
彼ら二人の父なりき、人に勝りて将来を
占ふ術に長ずれば、二児の従軍宜《よ》しとせず、
されども二人順《したが》はず死の運命に引かれ来ぬ。

ペルコーテーとプラクチォスそのほとり住みアビードス、
またセーストス、更にまたアリスベーの地、聖き地を
占むる民族率ゐるはヒュルタキデース・アーシオス、
アリスベーの地貫けるセルレーエースのほとりより、
その軍将を丈高き黒き駿足乗せ来る。

土地豊饒のラーリッサ領して槍に名ある族、
ペラースゴスの民族を率ゐる将はヒポトオス、
並び将たりアレースの系勇猛のピュライオス、
二人の父のレートスはチュウタモスの生むところ。

将ペーロオス、アカマース、奔潮高きわだつ海、
ヘレースポントス境するトレーケー族並び統ぶ。

ユウペーモスはキコネスの長槍揮ふ民率ゆ、

神の寵せるケアスの子、トロイゼーノス彼の父。

遠きあなたのアミドーン、アーキシオスの岸辺より、
地上に走る至美の水、アーキシオスのほとりより、
ピュライクメース曲弓のパイオネス族導けり。

荒き野生の騾馬《らば》出づるエネタイ人の故郷より、
ピュライメネース勇将はパプラゴス族引き来る。
彼らの領はキトウロス、更にその領セーサモス、
パールテニオス流水のほとりの名家、更に占む、
アイギアロスとクロームナ、エリュチイネーの高原地。

エピストロポスとオヂオスはハリゾノス族率ゐ来る、
銀の鉱山あるところ遠きアリュベイ彼の領。

ミューソイ族を率ゐしはクロミス及びエンノモス、
後者は鳥に占へど死の運命を免れず、
他のトロイアの勇将と共に亡べり、脚速き
アイアキデース[1]流水の中に彼らを打ち取りぬ。

ポルキュス更にプリュギアの好戦の民導けり、
アスカニエーの遠きよりアスカニオスともろともに。

ギューガイエーの湖上にてタライメネース生む処、
メストレースとアンチポス、メーオネス族導けり、
トモウロス山、その下に生れし同じ民族も。

蛮語[2]あやつるカーレスの族を率ゆるナステース、
彼らの領はミレートス、緑葉の山プチイレス、
マイアンドロスの諸川流、はたミュカレーの高き嶺。

1　アイアキデース即ちアキリュウス。この名は祖父アイアコスより来る。
2　「蛮語」の句はホメーロス詩中只この一行のみ。

アムピイマコスとナステース彼らを率ゐ将たりぬ、
アムピイマコスとナステース、二人の父はノミオーン、
アムピイマコスは金冑《きんちゅう》を少女の如く飾り着ぬ、
愚かや黄金無慚なる破滅を彼に防ぎ得ず、
流れの中に脚速きアイアキデース彼を討ち、
彼は亡びてアキリュウスかの黄金を獲て去りぬ。

遠きリュキエーあなたより、クサントスの流れより、
来るリュキエー族率ゆサルペードーンとグローコス。

# 第三歌

両軍の会合。　パリスの出陣。　メネラーオスを見てパリス恐れて退却す。　ヘクトール大いにパリスを叱る。　パリスの弁解並びに決闘の提案。　両軍休戦して決闘を待つ。ヘレネー侍女をつれて、トロイア城のスカイアイ門に現る。　プリアモス王の問に答へてアカイア軍中の諸将を説明。　王戦場に進み盟約並びに祭事を行ふ。　メネラーオスとパリスとの決闘。　パリス負けて逃げ帰る。　神女アプロヂーテーこれを救ふ。　アガメムノーン盟約の履行を迫る。

おのおの将に随ひて衆軍隊に就ける時、
トロイア軍は叫喚と喧囂《けんごう》あらく進み行き、
群鶴高く雲上に翔けりて鳴くにさも似たり、
厳冬並びに淫霖《いんりん》を避けて長鳴空にあげ、
オーケアノスの潮流の上に飛翔を続けつつ、
ピュグマイオイの族人に悲運と死とを齎して、
暁天高く奮闘を挑む[1]群鶴かくあらむ。

1　小人国と群鶴との戦ひ——昔の伝説。

[1]これに反して勇を鼓し相互の救ひ念じつつ、
アカイア軍は堂々と無言の中に進み行く。

南風吹きて濃霧湧き、石を抛《なげう》つ距離の外、
視線くらますばかりなる——そを牧人は厭《いと》へども、
賊は夜よりも喜べる——その霧に似て濛々と
進み来れる軍勢の脚下はげしく塵起る。
かくして彼ら脚速く大野横ぎり進み行く。

両軍向かひて相進み互ひに近く迫る時、
トロイア軍の先頭に[2]艶冶《えんや》のアレクサンドロス、
現れ出でて豹[3]皮着るその肩の上短弓と
利剣を負ひつ、青銅の二条の槍を振り廻し、
来りて彼とまのあたり向かひ勝敗決すべく、
アルゴス軍中勇猛のすぐれし者に呼び挑む。

1 第四歌四二九行にも同様の記事。
2 即ちパリス——プリアモス王の子、ヘクトールの弟——ヘレネーを奪へる元兇。
3 豹、獅子、また狼の皮を鎧の上に着くるは当時の習ひ、夜行の時は特に。第十歌二三行にも同様の記事あり。

アレース神の寵児たる王メネラオス、悠然と
衆のまさきに進み来る敵を望見しつる時――
たとへば獅子王餓ゑ迫り、めぐり逢ひたる巨大なる
角逞《たくま》しき大鹿を、或ひは荒き山羊を獲て
欣然として貪りつ、彼のうしろに迫り来る
猟の一群、速き犬強き壮士を見ざるごと、
王メネラオスかくばかり、艶冶のアレクサンドロス
来るを眺め喜びつ、罪あるものを懲らさんと、
武器を携へいち早く兵車をおりて地に立てり。

かく戦陣の真つ先に彼の出でしを望み見て、
艶冶のアレクサンドロス愕然として胸打たれ、
死の運命を逃るべく陣中さして逃げ帰る。
たとへば、とある山麓に毒蛇見出で驚きて、

歩みすばやく飛びしざり、両膝そぞろおののきて、
両頬ともに青ざめて逃ぐる恐怖の人や斯く、
艶冶のアレクサンドロス、アトレーデース[1]に恐《お》ぢ怖れ、
自方トロイア軍勢の陣中さして逃げ帰る。
こを眺めたるヘクトール憤然として叱り曰ふ、

『無慚の汝、姿のみ艶美、好色の詐欺の子よ、
汝この世に生れずば、或は女性に逢はずして
逝かば却つて優《まし》ならむ、汝のために斯く願ふ、
衆の目の前、冷笑と侮蔑の的にならんより。
見よ長髪のアカイア族、汝の美貌の故に因り、
勇武に長《た》けし闘将と汝を見なし、声あげて
嘲《あざ》み笑へり、ああ無慚！　汝勇なし、力なし。
かくありながら大海の波浪を渡る船に乗り、
親しき友ともろともに航し渡りてトロイアの

1　弟アトレーデース即メネラーオス。

人と交はり、歓待を裏ぎりつつもその郷の
勇士の夫人艶麗の女性ヘレネー奪ひしか、
果ては汝の老親に、故郷に、民に大いなる
禍難、敵には喜びの勝利、汝にただ恥辱。
アレースの寵《ちょう》メネラオスこれに汝は向かひ得じ、
知るべし汝奪ひたる美婦の夫を何ものと。
肝脳塵にまみる時、アプロヂ’テーの恵みなる
美貌も髪も絃琴も汝に何の効あらじ。
トロイア人は卑怯なり、さなくば彼に来したる
禍難の故に汝とく石[1]の衣を着しならむ』

艶美のアレクサンドロスその時答へて彼に曰ふ、
『汝の呵責《かしゃく》皆正し、ああヘクトール皆正し、
汝の心ああ強し、船造るべく巧妙に
巨木つんざく人の手の揮へる手斧――揮《ふ》るごとに、

1　石に打たれて死せむ。

力いよいよ優り来る斧の如くに、ああ強し。
げに勇猛の精気こそ常に汝の胸中に。
アプロヂーテー恵みたる恩寵[1]さはれ、咎むるな！
諸神賜へる恩寵は棄つべきならず、何人も、
ただにおのれの意思により受くべきものに非ざるを。
今もし汝、戦闘に我の奮ふを望まんか、
トロイア並びにアカイアの両軍さらば対せしめ、
その先頭にアレースの寵児、敵王メネラオス、
並びに我を立たしめよ、ヘレネー及び財宝を
賭けて戦ひ、勝ちを得て優者たるものその許に
彼女並びに一切の財宝を獲て帰るべし、
両軍かくて親睦と堅き約定整へて
我はトロイア豊沃の郷に向かはむ、はた彼は
馬の産地のアルゴスと美人に富めるアカイアに』

1　美貌。

かく陣ずるを耳にして歓喜大なるヘクトール、
トロイア軍の陣中に馳せ、長槍のただなかを
握りて衆を留めれば、全軍ひとしく静まれり。
その時長髪のアカイア族彼をめがけて矢を放ち、
或ひは石を抛《なげう》ちて彼を打たんと騒ぎ立つ。
アガメムノーン統帥はされど大音挙げて曰ふ、
『やめよ汝らアルゴスとアカイアの子ら、射る勿れ、
[1]堅甲光るヘクトール今わが軍に叫ぶらし』
その言聞きて戦闘をやめて衆人たちまちに、
鳴りしづむればヘクトール二軍にひとしく叫び曰ふ、
『トロイア、アカイア両軍士、我を通じて争ひの
本たるアレクサンドロス彼の主張を耳にせよ。
トロイア、アカイア両軍士、汝らおのおの一斉に

1　ヘクトールの常用形容句。

大地の上に美はしき汝の武器を横たへよ、
彼と勇武のメネラオス、ヘレネー及びその産を
賭けて両人相対し、正に勝敗決すべし。
その戦ひに勝ちを得て優者たるものその許に、
彼女並びにその産を皆ことごとく取り去らむ、
しかして二軍友好と堅き盟約整へむ』

しか宣すれば衆軍は皆寂然と鳴りしづむ。
その時高き音声《おんじょう》の王メネラオス衆に曰ふ、

『衆人我にも耳をかせ、大なる苦痛わが胸に
迫る、我またアカイアとトロイア軍の解散を
望めり、我の争ひとはたまたアレクサンドロス、
始めし非行本《もと》とせる二軍の辛労すでに足る。
死と運命と臨めるはわが両人の中いづれ？

その者は逝け、他は早く和らぎ、散じ分かるべし。
汝ら地霊[1]と日輪に黒白二頭の羊の子
捧げよ、我も一頭を別にヂュウスに捧ぐべし、
またプリアモス老王を呼びて犠牲を屠らせよ。
年まだ若き彼の子ら驕慢にして信を欠く——
その僭越のわざによりヂュウスの誓ひ破ること
無からんためぞ——年少の心は常に定まらず。
されど老者の係はらば双方最も善しとする
その結末を来すべく前後ひとしく顧みむ』

しか宣すれば、トロイアとアカイア軍勢もろともに、
悲惨の軍《いくさ》終るべき希望に満ちて喜べり。
すなはち軍馬を列に留め、おのおの兵車を下りて立ち、
戦具を棄てて地の上に互ひに近く横たへつ、
両軍互ひに向かひ合ふ、間の距離は大ならず。

1　誓約の時にはヂュウスと日神（ヘーリオス）と地神（ゲーア）とに牲を捧ぐる古代の習ひ。

二人の使者をヘクトール都市に遣はし、速やかに
小羊二頭求めしめ、プリアモス王招かしむ。
アトレーデースこなたには水陣さして使者として、
タルチビオスを遣はして同じく小羊求めしむ、
アガメムノーンの厳命に使者は背くを敢へてせず。

玉腕白きヘレネーを今[1]イーリスは訪ひ来る、
借れる姿はその義妹[2]アンテーノ’ルの子の夫人、
アンテーノリデ’ス・ヘリカオーン王の娶《めと》れるラオヂケー。
プリアモス王産みいでし息女の中にすぐれし美。
ヘレネー時に宮中に大機《おおはた》据ゑて紫の
[3]二重の綾を織り出だす、図は青銅の鎧きる
アカイア人と馬馴らすトロイア人の戦闘を
写す、彼女の故をもてアレースの手のなせしもの。
脚疾きイーリス近寄りて傍へに立ちて陳じ曰ふ、

1 使ひの女神。
2 アンテーノールはトロイアの有名な老将軍、その子（アンテーノリデース）の名はヘリカオーン。
3 二重に身を蔽ふべき幅の。

『いみじき姫よ、来り見よ。悍馬《かんば》を御するトロイア人、
青銅穿《うが》つアカイア人、行はんずる晴業を。
先に悲惨の戦ひを願ひ、平野に軍神の
あらび互ひに被らし涙の雨を蒔けるもの、
今は戦ひ収まりて彼らは楯に身を凭《も》たせ、
槍を大地に突き立てて鳴りを鎮めて休らへり。
ただ彼アレクサンドロス、アレース愛づるメネラオス、
長槍取りて戦ひて君一身を争はむ、
その戦ひに勝つ者の妻とし君は呼ばるべし』

先の夫に双親に故郷に、向かふ纏綿《てんめん》の
思ひを、かくてヘレネーの胸に神女は湧かしめぬ。
今純白の垂絹に面を掩ひ悄然と、
涙にくれて速やかに彼女は室を立ち出でつ、

身ひとりならず傍らにピトチュウスの女アイトレー、
明眸の人クリメネー二人の侍女を伴ひて
かくて進みてスカイアイ[1]城門のもと立ち留る。
ここにトロイア諸元老、群がり坐せり、プリアモス、
チュモイテース、パントオス、ランポス及びクリュチオス、
アレースの裔《えい》ヒケタオーン、更に二人の智ある者、
ウーカレゴーン、老巧のアンテーノール、城門に――
齢《よはひ》の故に戦場の難を避くれど論弁の
席にいみじき、たとふれば深林の中、枝高く
声朗らかに秋蝉[2]の歌ふ姿やかくあらむ。
かかるトロイア諸元老今塔上に坐する者、
その塔前にヘレネーの来るを眺め見たる時、
声を潜めて翼ある言句互ひに陳じ曰ふ、
『[3]容顔さながら凄きまで不死の神女に髣髴《ほうふつ》の

1　「西門」の意、また「ダルダニアイ門」とも曰ふ。
2　プラトーンの『ファイドロス』四十一章に蝉に関する意味深き神話の起原を説く。
3　有名の詩句――ヘレネーの美を想像せしむ。レッシングが『ラオコーン』二十一章に弁ずるところ。

かかる女性の故に因り宜《む》べなり猛きトロイアと、
脛甲堅きアカイアと多年の戦禍忍べるは！
さはれ美貌も何かせむ、ああこの女性船に乗り、
故郷に去りて禍を我の子孫に残さざれ！』

衆はしか曰ふ。プリアモスその時呼びてヘレネーに
曰ふ、『わが愛児、ここに来てわが傍らに座を占めよ、
先夫並びに姻戚と親しき友ら望み見よ、
（汝に何の罪も無し、アカイアの族惨憺《さんたん》の
戦ひ我に加へしは責[1]むべき諸神の所為《せい》なりき）
かなた雄々しき一人《いちにん》の名を今我に知らしめよ、
誰そ？　かの目だつアカイア人、威風あたりを払ふ者、
躯幹《くかん》彼より高きもの他に我は見る、然れども
けだけき威容、秀麗の姿を彼に比する者、
わが目まだ見ず、帝王の相を正しく彼具ふ』

1　人間の不幸と罪過とは神明の所為と信ぜられたり（第六歌三五七行）。

女性の中にすぐれたるヘレネー答へて彼に曰ふ、
『ああ恩愛と威光とを兼ぬるかしこき舅君《しゅうとぎみ》、
君の御子《おんこ》の跡慕ひ、わが閨房を兄弟を
愛児[1]を更に、年齢の等しき友を打ち棄てし
その時凄き死の禍難我を襲はば善かりしを、
運命[2]これを許さねば今は悲涙にくるるのみ。
いざ今君の問ひたまふ事の次第を陳ずべし。
アトレーデース、権勢のアガメムノーン、彼こそは、
すぐれし[3]王者、勇しき戦士ひとりに兼ぬる者、
ああ、いにしへは義兄とし仰ぎしものを、無恥の我』
老王聞きて嘆称の声を放ちて陳じ曰ふ、
『アトレーデー[4]よ、幸多し、神寵厚し、運強し、
アカイア健児ひれふして附くもののいかに多きかな、
葡萄の実るフリギエー[5]、その地をむかし我訪ひて、

1 唯一の児ヘルミオーネ。
2 自殺せんとせしも遂げず、第六歌三四五行に同様の懺悔を述ぶ。
3 アレクサンダー大王の愛誦の句。
4 アトレーデースの呼格。
5 ホメーロス以後の小フリギエーと混ずべからず。

駿馬を御するフリギアの無数の族を眺め見き、
そは[1]オトリュウス、また神に似しミグドーンに附けるもの、
サンガリオスの流域にその時彼ら陣取りぬ、
その応援の将として我その数に加はりぬ、
むかし勇なるアマゾーン女軍寄せ来し時なりき。
されど彼らも眼光《まみ》るアカイア族に数若《し》かず』

次に見たるはオヂュ，シュウス、老王即ち問ひて曰ふ、
『愛女よ更に我に曰へ、かなたに見るは何人《なんぴと》ぞ、
アトレーデース大王に躯幹の丈は劣れども、
眺むる処《ところ》双の肩、胸の広さは優るもの。
[2]豊かに恵む地の上に彼その武器を横たへて、
その身親しく群衆の列の間を駆け廻る。
わが見る処たとふれば厚き毛を着る牡羊の
悠然として行く如し、白き羊の群れ分けて』

1　この二将の妹ヘーカベーはプリアモス王の妃。
2　大地は一切のものを養ふ。

ヂュウスの生める艶麗のヘレネー答へて彼に曰ふ、
『ラーエルテースの子なり彼、聡明叡智オヂュ，シュウス、
イタケー辺土の民族の中に育てど百千の
策に巧みに賢明の言をしばしば出だすもの』

アンテーノール、賢明の元老即ち答へ曰ふ、
『然《しか》なり女性、君が今述ぶる言句《ごんく》ぞ誠なる、
[1]いにし日偉なるオヂュ，シュウス、君に関して使者として、
武神のめづるメネラオスもろともここを訪ひし時、
我両人を客としてわが殿中にもてなしつ、
その性情と賢明の言句を共に学び得き。
彼らトロイア集会の席に列なり立てる時、
ゆゆしき双の肩広くまさりて見えき、メネラオス、
されどその座に就ける時威容勝れき、オヂュ，シュウス。
かくて彼らの[2]弁論と討議に進み入りし時、

1 戦争の前アカイアの二将来りてヘレネーを取り返し平和の解決を得んとしたり。
2 アンテーノールは当時和睦を唱ふ、他はこれに反す。

彼メネラオス急速に彼の所懐を披瀝しつ、
その言ふ処少なれど言はすこぶる明快に、
齢《よはひ》は比して若ければ、岐路に走らず、多弁せず。
されども次に聡明の将オヂュ，シュウス語る時、
立ちて俯《うつむ》き双の目をしかと大地に据ゑ付けつ、
手に取る笏《しやく》を後ろにも前にも絶えて揺るがさず、
しかと握れるその挙動痴人のわざに似たりけり。
「勇には富めど愚かなり」見しものかくも曰ひつらむ、
されど胸より朗々の声迸《ほとば》り、弁論の
言句さながら厳冬の吹雪の如く出づる時、
何らの人か巧妙をオヂュッシュウスに競ひ得む、
今勇将の姿見てかくあることを怪しまず』

プリアモス王第三にアイアース見て尋ね問ふ、
『見よ彼秀れて偉なるもの、頭と厚き肩と共

アルゴス人を凌ぐ者、かのアカイア人何ものぞ？』
垂絹長く面を掩《おほ》ふ艶美の女性答へ曰ふ、
『彼アイアース、すぐれたるアカイア軍の堅き城、
こなたは英武イドメネー、クレーテース[1]の衆中に
神の如くに立ち上がり、諸将士彼を取り囲む。
クレーテーより出でし時、アレースめづるメネラオス、
わが宮殿の中にしてしばしば彼をもてなしき。
その他すべての眼光《まみ》るアカイア人を我は見る、
彼らを我は能《よ》く知れり、彼らの名を皆語り得む、
ただ民族の二将軍今わが眼は見出し得ず、
馬術巧みのカストール、ポリヂュウケース、拳闘者、
兄弟二人我とともに同じ胎より生れし身、
ラケダイモンの故郷より二人はここに来らじか？
或ひは波浪つんざける船の上《へ》ここに来れども、

1 地中海中の一大島クレーテーに住める民族（第二歌六四九行）。

我に基づく数多き恥辱と汚名恐るれば、
衆の争ふ戦闘の列にまじるを願はじか?』
かくは陳じぬ、然れども二人はすでに一切を
生める大地に帰り去る、ラケダイモンの故郷にて。

かなた府中に伝令の使者は神への供へ物、
小羊二頭、また地[1]より来り心を慰むる
酒を壺中に運び行く、別に他の使者イダイオス、
燦然として光る瓶、また黄金の盃を
手に老王の傍らに寄りて促し陳じ曰ふ、
『[2]ラーオメドーンの御子《みこ》よ起て、かの原上に降り行き、
神の供物を屠るべく、馬術巧みのトロイア人、
青銅鎧ふアカイア人、二軍の首領君を呼ぶ、
やがてアレクサンドロス、武神のめづるメネラオス

1 大地は一切を生ず。
2 ラーオメドーンはトロイアの先王、プリアモス、ランポス……らの父。

長槍取りてヘレネーの一身賭して戦はむ、
彼女並びにその資産勝ちたる者の手に落ちむ。
而して衆は友好と盟約堅く結び得て、
我は豊沃のトロイアに帰らむ、彼はアルゴスの
駿馬産するその郷に、美人の産地アカイアに』

その言聞きて可憐なる老王そぞろ慄《をのの》きつ、
車馬の備へを命ずれば、従者はとみに従へり。
プリアモス王駕に乗りて双の手綱をかいとれば、
アンテーノール傍らに華麗の台に身を乗せて、
スカイアイ門通り過ぎ馬を大野に駆り進む。

かくてトロイア、アカイアの陣門近く着ける時、
車馬より出でて、豊沃の大地の上に降り立ちつ、
トロイア並びにアカイアの二軍の中に進み入る。

アガメムノーン衆の王その時ただちに身を起す、伝令使、
また聡明のオヂュ，シュウス同じく立てば、
神に捧ぐる盟約の牲を集めて宝瓶の
中に神酒[1]を混じ入れ、列王の手に水灑《そそ》ぐ。
アトレーデース長剣の巨大の鞘の傍らに
常に携ふ短剣をやがて手中に抜きかざし、
牲の頭を厚く掩ふ柔毛[2]ざくと斬り落す、
そをトロイアとアカイアの貴人に令使分かちやる。
アトレーデースやがて手を挙げて大事を祈り曰ふ、

『霊山イデーの高きよりまつらふ至上のわが天父、
また一切を見渡して一切を聞くヘーリオス[3]、
更に川流また大地、また偽りの誓言を
盟《ちか》へる者にその死後の罰を冥府に課する者、
諸霊願はく証者たれ、また冥護せよこの盟ひ。

1　恐らくトロイア人の齎せる酒とアカイア人のそれとを混ぜるならむ。
2　分かれし毛を衆は祈りの前、火に投ず。
3　日の神。エーエリオス（詩的）。

もし彼アレクサンドロスわがメネラオス殺しなば、
ヘレネー及び一切の資産は彼の物たらむ、
而《しか》してわが軍ことごとく海を渡りて辞し去らむ。
されど金髪のメネラオス、アレクサンドロス斃しなば、
トロイア人はヘレネーとその資産とを渡すべし、
また正当の賠償をアルゴス人に払ふべし。
この事永く将来の子孫に因つて伝はらむ、
アレクサンドロス斃るるも、プリアモス王及び諸子
否みてここに約さるる賠償払ふを欲せずば、
我は即ち償ひのためにこの地に留まりて、
最後の望みを遂ぐるまで戦闘続け止まざらむ』

かく宣べ牲の小獣の喉《のんど》を酷き青銅の
刃は劈《つんざ》きて地の上に喘ぐがままに斬り倒す、
無慚や青銅生命を体より奪ひ息たやす。

かくて瓶より金盞《きんさん》に酒を満たして、更に地に
灑《そそ》ぎ、天上常住の不死の諸神に祈りつつ、
トロイア並びにアカイアの両軍おのおの陳じ曰ふ、

『至上至大のわが天父、また他の不死の諸神霊、
両軍の中まつさきに盟ひを破り棄てんもの、
彼も子孫も肝脳は今この酒を見る如く、
地上に灑げ、その妻は敵の手中に奪はれよ』
かく陳ずれど、クロニオーン未だ願ひを納受せず。

ダルダニデース・プリアモスその時彼らに告げて曰ふ、
『聞けトロイア人、脛甲の善きアカイア人、共に聞け、
高きイリオン風強きあなたに我は今帰る、
アレース愛づるメネラオス、彼とわが子の戦ふを
我今親しく我の目に眺むることを忍び得ず、

両者いづれに運命の終りの既に定まるや、
ヂュウス並びに天上の諸霊正しく知ろし召す』
しかく宣して神に似る老王やがて、小羊の
遺骸と共に駕《が》に乗りて手綱を双の手に繰れば、
アンテーノール傍らに華麗の台に身を乗せつ、
二人は共にイリオンの都城をさして立ち帰る。

プリアモスの子ヘクトール及び英武のオヂュ，　シュウス、
その時現場先づ測り、次に青銅の甲を取り、
中に二条の鬮《くじ》を入れ、これを揺るがし両人の
いづれか先に鋭槍を投ずべきかを定めんず。
その時衆人もろもろの神に祈りて手を挙げて、
アカイア及びトロイアの両軍ひとしく陳じ曰ふ、
『霊山イデーの高きよりまつらふ至上のわが天父、

いづれにもあれ両軍の中に真先に争ひを
起さんものの命を絶ち、冥王の府に入らしめよ、
友好及び盟約は我らの上にあらしめよ』

しか陳ずれば大いなる堅甲光るヘクトール、
面《おもて》をそむけ打ちふればすぐにパリスの鬮《くじ》出でぬ。
つづいて衆は隊列を為して地上に座を占めつ、
その傍らに駿足の軍馬は休む、武具も地に。
艶冶のアレクサンドロス、髪美はしきヘレネーの
夫、[1]その時肩の上《へ》に華麗の鎧投げかけつ、
これに続きて白銀の締金《しめがね》具せる脛甲の
美なるを左右《さう》の脛《すね》めぐり堅くよろほひ終る後、
彼の兄弟リュカオーン常に帯びたる青銅の
胸甲いみじく彼の身に適ふを借りて胸に着け、
肩のあたりに銀鋲を飾りて美なる青銅の

1　軍将の武装の順序、第十一歌十八行、第十六歌一三一行、第十九歌三六九行などほぼ同じ。

長剣懸けて大いなる堅楯《けんじゅん》更にその上に、
次にりりしき頭上に堅甲着れば、その上に
馬尾の冠毛ものすごく勢ひ猛く震り揺らぐ、
次に鋭き長槍をしかとその手に握り持つ、
アレースめづるメネラオスその軍装はまた等し。

軍装おのおの両陣の中に終りて、トロイアと
アカイア勢のただ中に二人の武将いかめしく、
睨み進めばトロイアの駿馬を御する軍勢と
脛甲堅きアカイアの陣勢畏怖の念に見る。
測り定めし場の中にかくて両雄相近く、
おのおの槍を振りかざし互ひに憤怒の情に燃ゆ。
直ちにアレクサンドロスまさきに、影を長く曳く
長槍ひやうと投げ飛ばし、アトレーデースの楯を打つ、
青銅さはれ貫かず、槍の穂先は堅剛の

楯に曲りぬ、引きついで長槍とりて進み出で、
アトレーデース・メネラオス祈念を神に捧げ曰ふ、

『天王ヂュウス[1]、我をして真先に我を傷《そこな》へる
これこのアレクサンドロス今懲《こ》らさしめ、わが手もて
彼を斃すを得さしめよ、後世これに鑑《かんが》みて
主人の尽す歓待に仇報ゆるを畏るべし』

しかく宣して影長き大槍揮りて投げ飛ばし、
プリアミデースの満月に似たる円楯《えんじゅん》ひやうと打つ。
燦爛光る円楯を堅剛の槍貫きつ、
巧み尽せる銅冑のただ中更に刺し通し、
更にその槍脇腹に添うて胴衣を劈《つんざ》きぬ。
その時アレクサンドロスその身屈めて死を逃る。
アトレーデース嗣ぎてまた銀鋲飾る剣を抜き、

1　歓待を裏切るものを懲罰する神としてヂュウスに呼ぶ（第十三歌六二四行にも）。

高く振り上げ堅甲の頂めがけ切りおろす、
されども三つにまた四つに長剣折れて飛び散れば、
アトレーデース大空を仰ぎて嘆じ叫び曰ふ、
『ああクロニデー！　何神か君に残忍優らんや！
無道のアレクサンドロス討たんと我の盟ひしを、
長剣砕け手より落ち、槍また我の掌中を
離れて飛びて効あらず、ああわが敵は傷つかず』

しかく叫んで飛びかかり、馬尾の冠毛戴ける
堅甲つかみ彼を曳きアカイア陣に引き返す。
その堅甲を顎《あご》の下結びて刺繍美はしき
革紐彼の柔軟の咽喉《いんこう》いたく引き締めつ、
かくて捕へて勇将は不朽の誉れ得べかりし、
そを速やかに認め来てアプロヂーテー、ヂュウスの子、

猛に屠りし牛王の革にて造る紐断てば、
頭はづれし堅甲はアトレーデースの手に残る、
そを脛甲のすぐれたるアカイア軍の陣中を
めざし打ち振り投げやれば親しき朋は収め去る。
更に新たにメネラオス飽くまで敵を斃すべく、
鋭槍取りて憤然と走り出づれば敵将を
アプロヂ，テーは神力に易く雲霧の中隠し、
香を燻じてかんばしき閨房の中つれ来る。
神女かくしてヘレネーを呼ぶべく進み、高塔の
中に多数のトロイアの友の間に彼を見て、
神酒の如き薫香を放つその衣《きぬ》取りて引き、
ラケダイモンにそのむかし久しく仕へ美しき
羊毛彼のために織り、いたくも彼に愛されし
今は老齢進みたる——女性の姿とり来り、
アプロヂ，テーはヘレネーに向かひて即ち宣し曰ふ、

『来れこなたに、パリス今汝を呼びて帰らしむ、
彼今中に閨房《けいぼう》に美なる臥榻《かとう》に横たはり、
容姿耀き華衣を着く、その様人と戦闘を
為すべく来るそれならず、舞踏の会に赴くか、
或は舞踏を今やめて休らふ様にもさも似たり』

その言聞きてヘレネーは胸裏の思ひ乱されつ、
やがて神女の艶麗の首筋、情を刺戟する
胸もと及び明眸の光を認め知りし時、
愕然として声をあげ、アプロヂ，テーに向かひ曰ふ
『ああ非道なり、わが神女！　我を欺く何故ぞ？
今また我を遠き地に――フリギエイまた[1]メ，オニエー、
戸口豊かのとある郷――そこに[2]明朗の声放つ
人間のうち君めづる人ある庭に――引き行くか？
今メネラオス秀麗のパリスに勝ちてその郷に、

1　リヂアの古名。
2　人間は言語明らかのもの。

無慚の我を率ゆべく望むが故にまたここに、
君現れて陰険の策謀またもたくらむや？
ああ君、神明の域を棄て、進んで彼の前に坐せ、
足に再び神聖のウーリュムポスを踏む勿れ、
今より永く彼のそば悲しみ嘆け、彼護れ、
やがては彼の婦とならむ、或ひは彼の婢とならむ。
そこに臥床を備ふべく罪を犯して我行かじ、
行かばトロイア満城の人ことごとく我責めむ、
しかして無限の憂愁を我は心に抱くべし』

アプロヂ，テーは憤り即ち答へて宣し曰ふ、
『愚かなる者警《いまし》めよ、我を激すること勿れ、
我怒る時一朝に憎愛処《ところ》を換ゆべきぞ、
二軍の中に怨恨を生ぜしむべきわが思索、
今はた汝恐れずや？　悲惨の最期恐れずや？』

しか宣すればヂュウスの子ヘレネー聞きて畏怖を為し、
光り耀く銀色の被衣《かつぎ》に隠れ黙然と
行くをトロイア軍は見ず、神女は彼に先立てり。

かくてパリスの壮麗の館に再び来る時、
従者はすべて急がしくおのおの彼の業に就き、
麗人ひとり宏壮の高き屋の下、閨房に。
笑ひ嬉々たるアプロヂ’テー彼女のために椅子を取り、
親しくこれを運び来てそを愛人の前に据う。
アイギス持てるヂュウスの子ヘレネーこれに身を托し、
目をそむけつつ良人を咎めて彼に陳じ曰ふ、

『[1]君戦場を逃げ帰る、そこにはじめのわが夫、
英武の彼に斃されて君生命を棄つべきを。
武力に腕に、槍術に武神のめづるメネラオス、

1 ヘレネーの性格を現す、——一方に於て高き義憤あり、しかも他方に於ては賤しみながらも愛するパリスの安全を慮る。

これに優ると高言をああ君先に吐きながら。
今のあたりまた更に武神のめづるメネラオス、
彼に戦ひ挑むべく行かずや――ああ否、今君に
勧む、戦ふこと勿れ、彼金髪のメネラオス――
彼を敵とし愚かにも勝負決すること勿れ、
恐らく彼の長槍に忽ち命を失はむ』

その時アレクサンドロス答へて彼に陳じ曰ふ、
『妻よ苛酷の言葉もて我を咎むること勿れ、
神アテーネー助くれば今メネラオス我に勝つ、
我また機会なからめや、我にも神の助けあり。
いざ今共に閨に入り愛を飽くまで味ははむ。
恋情我を襲ふこと今の如きはあらざりき、
ラケダイモンの好土より君を誘ひてその昔、
舟に乗り行き、クラナエーその島の中温柔の

閨裏に君と語らひし、その日も今に猶若《し》かじ、
今身を襲ふ恋々の情はそぞろに耐へ難し』
しかく陳じて先立てばヘレネー後に従へり、
やがて美麗の榻《とう》の上二人は共に打ち臥しぬ。

アトレーデースこなたには艶冶のパリス探すべく、
獅子奮迅の勇なして諸軍の間巡り行く。
されどトロイア軍勢もその援軍もアレースの
めづる勇将メネラオスにパリスの姿示し得ず、
愛せし故に隠せしに非ず（パリスを見しとても）
死の運命を見る如く彼はすべてに憎まれき。
アガメムノーン、衆の王、その時衆に向かひ曰ふ、
『トロイア、アカイア両軍と援軍共に我に聞け、
アレースめづるメネラオス今明らかに打ち勝てり、

いざアルゴスのヘレネーとその資産とを皆我に
渡せ、而してふさはしき賠償我に今払へ、
この事永く後世の記録の上に伝はらむ』
[1]アトレーデースかく宣しアカイア軍勢みな賛す。

1 第三歌はここに終れどメネラオスとパリスとの決闘の仕末は第四歌二一九行に到つて定まる。ホメーロスの両作を各二十四歌に分かつは遥か後世（アレクサンドリア時代）ならむ（リーフ）。

# 第四歌

オリュムポス山上神々の評議。天王クロニオーンはアカイア、トロイア両軍を和せしめんとす。天妃へーレーの怒り。クロニオーンの答へ、トロイアは天妃の意のまま亡滅せしむべし、然れども同様に天王は他日天妃の愛する城市をもその意の欲する時は破滅すべしと曰ふ。天妃の承諾。天王はアテーネーをトロイア軍に遣はし、先の約定を破らしむ。使ひの神女はトロイアの将パンダロスに勧め敵王メネラーオスを射て負傷せしむ。その出血を見てアガメムノーン悲しむ。軽傷なることを告げてメネラーオス兄を慰む。軍医マカオーンの施薬。アガメムノーンの戦ひの準備。陣中を巡り勇者を励まし、怯者を責む。諸将の態度。両軍の形勢。混戦の叙述。アーンチコロスの奮戦。エレペーノールの死。ロイコスの死。オヂュッシュウスの怒り。敵王の庶子を討つ。アカイアの勝利の叫び。トロイアの困難。トロイア勢を励ますアポローン。ヂオーレスの死。パイロオスの死。両軍相互の討死。

ここにヂュウスを中心に黄金の床に座を占めて、
群神評議行へる――中にへーベー[1]端麗の
神女彼らにネクタルを捧げ廻れば相つぎて、

1　ヂュウスとへーレーとの女、宴席に侍するもの。

金の盃干しながらトロイア城を眺めやる。
その時すぐにクロニオーン天妃ヘーレーの胸の中、
瞋恚を起すつらき言紆余曲折に宣し曰ふ、

『二位の女神はアカイアの王メネラオス助くめり、
そはアルゴス[1]のヘーレーとアラルコメネー[2]のアテーネー。
されど二神は遠ざかり、ただ傍観を喜べり、
これに反してパリスには、嬌笑好むアプロヂ，テー
絶えず伴ひ、運命の非なるを常に払ひ除け、
今はた最期覚悟せる彼の一命助けたり。
されども正に戦勝はアレースめづるメネラオス。
その終局をいかにせむ、この事我ら計らはむ。
更に新たに残虐の奮戦苦闘起さんか？
或は平和を両軍の中に今更来さんか？
もし今すべて衆こぞり和議を喜び納《い》るべくば、

1・2　二神の崇拝はこの二都を中心とす。

プリアモス王領有の都府は豊かに栄え得む、
またメネラオス、ヘレネーを勝利の家に伴はむ』

しか宣すれば向かひ坐し、トロイア軍の禍を
計らひ居たるアテーネー、ヘーレー共につぶやきつ、
アテーナイエー[1]黙然と口を閉ざしてもの曰はず、
激しき憤怒身を焚きて父なる神に憤る。
されどヘーレー胸中の怒り抑へず叫び曰ふ、

『ああ恐るべきクロニデー[2]、今何事の仰せぞや、
わが心労と流汗を（疲労の故の流汗を）
君今空しくなさんとや？　プリアモスらの一族を
絶やさんためにわが戦馬人間に似て皆疲る、
よし為さば為せ、他の諸神断じてこれを讃し得ず』

1　アテーネー、またアテーナイエー。
2　クロニデース（クロノスの子）の呼格。

雷雲寄するクロニオーン怒りて彼に答へ曰ふ、
『非道の汝、プリアモス並びにその子何程の
害を汝に加へしや？　汝はげしくイリオンの
堅固の都城倒すべく願へるまでに加へしや？
その城門を城壁を崩して汝、生きながら
プリアモス王及び子ら、及びその他のトロイアの
民を貪《むさぼ》り食らふ時、汝の怒り癒《いや》されむ。
汝の望むままに為せ。この争ひはこの後に
我と汝の間との難題たること無かれかし。
我また汝に別に曰ふ、汝心に銘じおけ、
我また情願切にして、汝のめづる民族の
住まへる都城壊《え》ぶるべく望まん時に、汝わが
怒り止むること勿れ、任せよ我に一切を。
わが意に反し行ふを今日は汝に許すべし。
日輪及び天上の諸星の下に人間の

住む一切の都府の中、高き聖なるイリオンを、
プリアモス王及びその槍術まさる民族を、
我はその他の一切に優りていたく愛《め》で思ふ。
彼らは我に祭壇を捧げ、供物を怠らず、
神酒犠牲を怠らず、こは神明の受くる礼』

その時牛王の目を持てるヘーレー答へて彼に曰ふ、
『あらゆる都城の中にしてわが最愛のものは三、
アルゴス[1]及びスパルテー、更に広街のミケーネー、
君憎悪の的たらばこれらすべてをくつがへせ！
よし我怒りその破壊禁ぜんとても効あらじ、
怒るも何の効あらじ、君の力はいや優る。
されども我の辛労を無効に帰すること勿れ、
我は神なり、その本は正しく君と相同じ、
巧智に富めるクロノスの至上の子とし生《あ》れし我、

1 アルゴスは一般にギリシャ国全部を指す、されどこの行のは一都市の名称。

彼の子にしてまた君の正配の名を呼ばるれば、
二重に崇《たか》し、君はまた神明すべてを皆率ゆ。
さは当面のこの事についておのおの譲るべし、
君はこの身に、身は君に、而《しか》して他は皆従はむ。
トロイア、アカイア両軍の戦場中にアテーネー
今速やかに遣はして試みしめよ、いかにして
トロイア軍は真つ先に盟ひに背き、戦勝の
アカイア軍を破るべく、その開端をいたさんか』

しか宣すればクロニオーン人間並びに神の父、
これに従ひアテーネー呼びて直ちに彼に曰ふ、
『今迅速にトロイアとアカイアの軍さして行け、
トロイア軍の真つ先に盟ひにそむき、戦勝の
アカイア軍を破るべきその方法を試みよ』

しかく宣してアテーネー（素《もと》よりこれを望みたる
神女）を激し励ませばウーリュムポスの高きより、
彼は飛び降る、たとふればクロノスの子の降《くだ》す星、
爛々として海人に、また軍隊に兇兆を
なすもの、而して光芒を四方に遠く放つ者、
神アテーネーこれに似て大地の上に飛び降り、
二軍の中に現るる、これを眺めて驚くは
馬術巧みのトローエス[1]、脛甲堅きアカイオイ。
おのおのこれを眺め見て近きに隣る者に曰ふ、
『更に新たに残虐の畏怖の戦ひ起らんか？
或は人間の戦ひの審判者たるクロニオーン、
トロイア、アカイア両軍の間に平和来さんか？』
アカイア及びトロイアの各人かくぞ陳じたる、
今トロイアの陣中をあまねく巡るアテーネー、

1 トロイア人＝トロース、またトローオスその複数はトローエス。

アンテーノールの子ラオドコス勇士の姿借り来り、
英武恰も神に似るパンダロースを探し行き、
[1]リュカーオーンの剛勇の子のたたずむを見出だしぬ。
彼を囲むは楯持てる精悍無比の若き子ら、
アイセーポスの流れより彼に伴ひ来る者、
即ち彼に近寄りて羽ある言句述べて曰ふ、

『リュカーオーンの勇武の子、君今我に聴くべきか？
勁箭《けいせん》飛ばしメネラオス王を射ること能《よ》くせずや？
能くせばトロイア全衆の感謝並びに賞賛を、
特にもアレクサンドロス・パリスのそれをかち得べし。
彼真つ先に莫大の恩賞君に与ふべし。
アトレーデース、軍神のアレースめづるメネラオス、
君の飛箭《ひせん》に斃されて火葬の堆《たい》に登る時。
いざ立て、立ちて光栄の敵王目がけ矢を放て。

1　第二歌八二六行。

さはれアポローンに先づ盟へ、リュキエ生れの銀弓の
神に初生の子羊のすぐれし牲を捧げんと、
聖なる都ゼレーアに君の帰郷のあかつきに』

しかく宣するアテーネー、浅慮の彼は従ひて、
直ぐに[1]光沢うるはしき弓を取り出づ、その弓は
山羊の角より成れるもの、彼そのむかし岩窟に
埋伏しつつ飛び出でし獣の胸を貫きて、
地上に仰《あふ》に倒れしめ頭《とう》より出づる右左、
十六束の長さなる二条の角を得たる時、
良工巧みにその角を合せ整へ滑らかに、
磨き終りて黄金の端を上下に附せるもの、
その剛弓を張り終へてこれを地上にさしおけば、
勇武の友らその前に楯を並べて押し隠し、
アレースめづるメネラオス敵の勇将射る前に、

1 レッシングの『ラオコーン』十五章・十六章にこの一段を評す。

アレースめづるアカイアの健児の襲ひなからしむ。
かくして彼の箙《や》筒《づつ》より蓋を開きて一条の
新たの羽箭――恐るべき苦痛の本を取り出だし、
弦上直ちに惨酷の飛行の武器をあてがひつ、
聖なる都ゼレーアにおのが帰郷のあかつきに、
清き初生の子羊の牲捧ぐべく銀弓の
神アポローン――リキエーに生れし神に盟ひかけ、
矢と牛王の筋[1]と共矢《や》筈《はず》を取りて引きしぼる、
弦は胸許、鋼鉄の鋭き先は弓端に。
かくて大弓満月の如くに張りて射放てば、
弓高らかに鳴りひびき弦は叫んで鋼鉄の
鏃《やじり》するどき勁箭は、衆軍の上翔けり飛ぶ。
されど不滅のもろもろの神は汝を、メネラオス、
忘れず、特にアテーネー、戦利の司ヂュウスの子、
汝の前に身を進め飛箭の害を減ぜしめ、

1 弦。

安らに眠る小児より蠅を慈愛の母払ふ
跡見る如く、勇将の身より飛箭をはづれしむ。
神女即ち佩帯《はいたい》の金の締金、胸甲の
二重[1]の上に合ふ処、ここに勁矢《けいし》の路を向く。
今惨毒のつらき矢は飛んで帯のへ進み来つ、
その精妙に造られし帯を貫き跳り入り、
同じく共に精妙の胸甲、更に金属の
胴衣を穿《うが》つ――、その胴衣矢を防ぐべき身の護り、
至上の護り彼は着る、これをも飛箭貫きて、
今肉体の外の端、皮膚を破れば忽ちに、
黯紅色のすごき血は疵口よりし流れ出づ。
メーオニスまたカエーラのとある女性が、染料の
赤きを以て純白の象牙の馬具を色どりつ、
こを室内に陳ずれば多くの騎士は憧憬の
目を光らせど求め得ず、ただ帝王の珍宝と

1 体の上部を蓋ふ鎧、下部を蔽ふ鎧と合する処。

なるのみ、彼の乗る駒の飾り、並びに御者の栄――
かくこそ染むれメネラオス、汝流せる紅血は
真白き汝の股《もも》と脛《すね》、更に下りて足首を。

その黯紅の血の流れ疵より出づるを眺め見て、
アガメムノーン、衆の王、愕然としてをののけば、
アレースめづるメネラオス、同じく共に身は震ふ。
されどつづいて附け紐[1]と矢じりと共に体外に
あるを認めてメネラオスその沈着を取りもどす、
アガメムノーン、然れども、その弟の手を取りて、
僚輩ともに叫喚の声もはげしく陳じ曰ふ、

『ああわが弟、トロイアと戦はんため陣頭に
汝を立たせ盟ひしは汝にとりて死なりしよ、
トロイア人は神聖の盟ひを破り、汝射ぬ。

1 鏃《やじり》を箆《やがら》に固着せしむる紐なるべし。

さはれ盟ひと子羊の血と純粋の灌奠《かんてん》と
信頼おける握手とは遂に空しきものならず。
よし迅速ならずとも、ウーリュムポスの神霊は
遅くも必ず成し遂げむ、彼らは重く償はむ、
彼らの頭、また妻子すべてを挙げて償はむ。
この事今我明らかにわが胸中に感じ知る、
[1]聖なるイリオン・プリアモス及び槍術秀でたる
かの族挙げて一斉に亡滅の時来るべし。
高き玉座に、天上に宿れるヂュウス・クロニオーン、
彼らの不信憤り黒暗々のアイギスを
彼らすべてに動かさむ、この事必ず効あらむ。
さはれ、ああわがメネラオス、汝亡びて一生の
運命ここに閉づべくば我の苦悩はいかばかり、
かくて乾けるアルゴスに責むべき我は帰らんか、
直《す》ぐにアカイア軍勢は祖先の郷にあこがれむ、

1 第六歌四四八行に同様の予言ヘクトールの口に述べらる。

プリアモス王、トロイアの誇りのままにアルゴスの
ヘレネーここに残し行き、汝の骨は地下に朽ち、
成すべき業は成らずしてトロイアの地に葬られ、
かくて無慚のトロイアのあるもの、汝メネラオス
埋まる墓に飛び上がり跳り叫びてかく曰はむ、
「ここに空しくアカイアの軍勢率ゐ来し如く、
アガメムノーンの一切の怒りの果てはかく成らむ、
見よ善良のメネラオスここに残して、空虚なる
船に乗じてなつかしき故郷に彼は去り行けり」
他日あるもの斯く曰はむ。――大地その時[1]身を掩《おほ》へ』

その時金髪メネラオス彼を慰め答へ曰ふ、
『悲しむ勿れ、アカイアの衆を嚇《おど》かすこと勿れ、
鋭き鏃《やじり》、幸ひに急所を外れ、佩帯は
表に我を防ぎ得つ、下に胸甲また胴衣、

1　その時は予は死を願ふ。

銅工巧みにわがために造りたるもの、身を救ふ』
アガメムノーン・クレーオーン[1]その時彼に答へ曰ふ、
『しかあれかしと我念ず、ああ友愛のメネラオス、
さはれ負傷を調べ見て上に良薬貼《ちょう》すべく、
辛き苦痛を救ふべく今一人《いちにん》の医を呼ばむ』
しかく宣して伝令のタルチュビオスに向かひ曰ふ、
『タルチュビオスよ、速やかにここにマカ，オーン呼び来れ、
アスクレーピヨス——すぐれたる名医の息を呼び来れ、
来りて彼は検すべし、アカイア軍の首領たる、
アレースめづるメネラオス、トロイア或は援軍の
リキアの弓に射られたり、彼の光栄わが苦痛』
しか宣すれば伝令使、命を奉じて誤らず、

1 「権威あるもの」

銅冑《どうちゅう》うがつアカイアの軍を横切り、すぐれたる
マカーオーンを探しつつ、やがて佇《たたず》む彼を見る、
彼を囲むは楯持てる健児一団、トリケーの
地より、良馬の産地より彼に従ひ来る者、
即ち傍《そば》に近寄りて羽ある言句《ごんく》を陳じ曰ふ、
『駆けよ、アスクレーピヨスの子、アガメムノーン、君を呼ぶ、
往きて宜《よろ》しく検すべし、アカイア軍の主領にて
アレースめづるメネラオス、トロイア或は援軍の
リキアの弓に射られたり、彼の光栄、わが苦痛』

しかく陳じて胸中の彼の心を動かしつ、
アカイア族の大軍の列を二人は過ぎて行く。
かくて金髪メネラオス飛箭に打たれ疵つける
地点に着けば、もろもろの将軍彼を取り囲む、
すぐれし軍医マカ’オーン、妙技は神に似たる者、

真《ま》中《なか》に立ちて負傷者の帯より直ぐにその矢抜く。
鋭きその矢抜き去れば鋭き鏃砕け落つ。
光る佩帯やがて解き、つづいて下の胸甲と、
青銅の具を作りなす工人の手になる胴衣、
解き、惨毒の矢の射りし疵をくはしく検し了へ、
血を吸ひ出だし、熟練の医は妙薬をその上に
貼《ちょう》しぬ、むかしケーローン、彼の父愛でたびしもの。
衆人かくて豪邁《ごうまい》の将メネラオスいたはれる、
その時かなたトロイアの楯持つ軍勢寄せ来る、
アカイア同じく戦闘を思ひ再び武具を帯ぶ。
そこに見るべし英邁のアガメムノーン怠らず、
畏れず、荒ぶ戦闘に対し辟易敢へてせず、
光栄得べき奮戦をめがけ激しく苛《いら》だつを。

戦馬並びに青銅のいみじき戦車彼は棄つ、

ペーライオスの孫にしてプトレマイオス生める息、
ユウリュメドーンは扈従《こじゅう》して、喘ぐ双馬を傍らに
駐《と》むれば王は命下し、傍《かた》へ離れず近く立ち、
諸隊経巡り指揮の果て、疲労の折りに備へしむ。
かくして歩足《かち》にもろもろの部隊を王は巡り行き、
駿馬を御するアカイオイ勇みはやるを望む時、
その傍らに近寄りていたく励まし宣し曰ふ、

『アルゴスの子ら、勇しき英気弛《ゆる》むること勿れ、
天父ヂュウスは虚偽の子を絶えて援くることあらず、
真先に盟ひ破り棄て暴を行ふ不義の者、
鷙鳥《しちょう》彼らの柔らかき肉食らふべし、その愛づる
妻女並びにいとけなき子らは我らの兵船に
運び去るべし、イーリオン陥落なさん暁に』

これに反して戦闘にためらふ者を望む時、
憤怒の言に激しくもアガメムノーン責めて曰ふ、
『ああ、汝らアルゴスの怯《おそ》れたるもの恥ぢざるや？
いかなればかく茫然と鹿の子の如く佇むや？
広き大野を翔け走り疲るる時に立ち留り、
勇気は絶えて胸中に湧かざる子鹿見る如し、
汝らかくも茫然と立ち戦闘に加はらず。
クロニーオーン手を延《の》して救ふや否や見んがため、
白浪寄する海の岸、わが兵船を曳き上げし
ほとりに近くトロイアの軍近づくを待たんとや』

諸軍諸隊に命令を伝へてかくて巡り行き、
クレーテー人豪勇のイドメニュウスを取り囲み、
軍装しつつある処、諸隊を経つつ王は訪ふ。
イドメニュウスは先頭の中に猛き猪《い》見る如し、

メーリオネース彼のため後陣を励まし進ましむ。
アガメムノーン、衆の王、これを眺めて喜びて、
甘美恰も蜜に似る言に直ちに讃し曰ふ、

『駿馬を御するダナオイのすべてに優る君を我、
イドメニュウスよ尊べり、戦場並びに他の役に、
また宴席に尊べり、アルゴス軍の諸頭領、
その盃中に宿老の酌むべき美酒を混ずる時、
他の髪長きアカイアの族は酌むべき分量に
限りあれども只君に、我と等しく充ち溢る
盃つねに前にあり、心のままに酌み得べし、
いざ戦闘に奮ひ立て、先に高言せし如く』

クレーテー族率ゐたるイドメニュウスは答へ曰ふ、
『アトレーデーよ、そのむかし約し盟ひし時のごと、

君に対してとこしへに我忠誠の友たらむ。
他の長髪のアカイア族、さはれ励ませ迅速に
闘はんため――盟約を踏みにじりしはトロイエス、
彼を未来に待つものは死と荒廃の二つ也。
彼は真先に約破り我に禍害を加へたり』

しか陣ずれば喜びてアトレーデース過ぎ去りつ、
次に隊伍を経巡りてアイア,スの許訪ひ来る、
アイア,ス二人、鎧ほひて歩兵の群れは雲に似る。
山羊を牧《か》ふ者、展望の高き場《には》より海のうへ、
[1]ゼピュロス吹きて駆けり来る飛揚の雲を望む時、
漫々として限りなき潮を下に瀝青《れきせい》の
色を深めて寄する雲すごき颶風《ぐふう》を誘ふ時、
牧人震ひ慄《をのの》きて洞窟のもと群れを駆る、――
その雲に似て勇猛の二人アイア,ス取り囲み、

1 西風。

ヂュウスの系の少壮の密集の隊物凄く、
楯と槍とを振りかざし戦場さしてゆるぎいづ。

アガメムノーン、権勢の王は眺めて喜びて、
彼らに向かひ口開き羽ある飛揚の言を曰ふ、
『青銅鎧ふアカイアの衆を率ゐるアイアンテ[1]、
君に指令の要を見ず（君を鼓舞する不可なれば）
君は衆人励まして戦闘はげしく勉めしむ。
ああわが天父クロニオーン、またアテーネー・アポローン、
かくある心意一切の人の胸中存し得ば！
プリアモス王統ぶる都府、今迅速に陥らむ、
わが軍勢の手よりして劫掠《きょうりゃく》受けむ荒されむ』

しかく宣してその場に彼らと別れ他に進む。
次に見たるはネストール、ピュロスの首領、朗々の

1 呼格。

声を放ちて戦闘に軍を整へ進ましむ。
かたへに立つはペラゴーン、アラストールとクロミオス、
王ハイモーン更にまたビアス、諸民の主たるもの、
戦馬兵車を備へたる騎兵まさきに進ましめ、
後陣は勇気凛々のあまたの歩兵、戦ひの
防壁として守らしめ、劣れるものを中央に
据ゑてかくして好まずもやむなく戦闘勉めしむ。
彼は真先に命令を騎兵に下し警《いまし》めて
軍馬を制し、隊列の中に乱入なからしむ。

『誰しも馬術と勇気とに信頼なして他の前に
ひとりトロイア軍勢と戦ふことを求むるな、
また何人《なんぴと》も退くな、しかせば汝弱からむ。
さはれ誰しも戦車より敵のそれへと移るもの、
槍を揮ひて衝《つ》き進め、この事遥かに優るべし。

正に等しくいにしへの勇者は彼の胸中に
かかる思ひと心とを具して都城を破りにき』

戦術永く善く知れば老将かくは励ましぬ、
これを眺めて喜べるアガメムノーン、権勢の
王は即ち彼に向き羽ある飛揚の言を曰ふ、
『老将軍よ願はくは君の心の望むまま、
双脚君にしなやかに、勇力君に強かれよ、
しか念ずれど老齢は他におけるごと君を打つ、
ああ他の誰か代り得て、君少壮の勇ならば！』

ゲレーニャ騎将ネストール即ち答へて彼に曰ふ、
『アトレーデーよ我もあと切に望めり、その昔
[1]エリュウタリオーン斃したるその日の如くあれかしと。
さはれ諸[2]神は人間にすべてを同時与へ得ず、

1　第七歌一三三行以下。
2　第十三歌七二八行、第十八歌三二八行。

ああ少壮の身は昔、——今は老齢身を襲ふ、
さはれ我なほ騎兵らの列に加はり、忠言と
[1]論弁を以て令すべし、これ老齢の分ならむ。
その年齢の若きより我に優りて武具を取り
その精力にたよるもの宜しく槍を揮ふべし』

その言聞きて喜びてアトレーデース過ぎ去りつ、
ペテオースの子、強き騎士メネスチュウスの立つを見る。
彼を囲むはアカイアの鯨波の叫び高き群れ、
その傍らに近く立つ聡明智謀のオヂュ’シュウス。
ケプァレー人の剛強の群れ、将軍を囲み立つ、
彼らは未だ衆軍の挙ぐる鯨波の音聞かず、
戦馬を御するトロイアとアカイアの軍もろともに
今辛うじて起ち上がるその形勢を見る彼ら、
アカイア軍の他の部隊トロイア軍を敵として

1 第二歌五三行。

奮ひ進みて戦闘を始むるを待ち佇《たたず》めり。
アガメムノーン、衆の王、これを眺めて叱り責め、
即ち彼に打ち向かひ羽ある飛揚の言を曰ふ、

『ペテオースの子、ああ汝ヂュウスの系の王の子よ、
ああまた汝策謀に富みて偽り多き者、
汝らなどて離れ立ち、怖れ慄ひて他を待つや？
先鋒中に身を措けば汝ら宜しく身を起し、
奮戦苦闘のただ中に勇みて進むべからずや！
アカイアの人、宿老のために酒宴を開く時、
その宴席にいや先に汝二人を余は招く、
そこに汝ら燔肉《はんにく》の美味を口にし、蜜に似る
甘き芳醇酌み干して、欲するままにつねに飽く。
さるを汝に先んじてアカイア軍の十部隊
剣戟《けんげき》取りて戦ふを汝ら空しく眺むるや？』

智謀に富めるオヂュ，シュウス目を怒らして彼に曰ふ、
『アトレーデーよ何らの語、君の歯端を洩れ出づる？
我戦闘を棄つるとや？　軍馬を御するトロイアの
衆に対してアレース[1]をアカイア人の醒ます時、
欲せば或は念頭に置かば君また眺むべし、
テーレマ，コスの父は善く軍馬を御するトロイアの
先鋒めがけ闘はむ、空し君の語、風に似て』

アガメムノーン・クレーオーン彼の怒りを認め知り、
先の言句を打ち消して笑みを含みて彼に曰ふ、
『ラーエルチアデー、神の裔、智謀に富めるオヂュ，シュウス、
我は過分に君責めず、過分に君に指令せず。
君胸中に明策を蓄ふことを我は知る、
君の心に思ふこと我も同じくまた思ふ。
いでやこの事この後に我ら善くせむ、もし辛き

1　アレース（軍神）を醒ますとは戦ひをなすこと。

言句わが口洩るとせば——神明すべてを打ち消さむ』

しかく宣してその場《には》に彼らと別れ他に進み、
チュウヂュウスの子、剛勇のヂオメーデース、堅牢に
組まれ戦馬に曳かれたる兵車の上に立つを見る、
その傍らに立てるものカパニュウスの子ステネロス。
アガメムノーン・クレーオーン彼らを眺め叱り責め、
羽ある飛揚の言放ち彼に向かひて宣し曰ふ、

『軍馬を御する豪勇のチュウヂュウスの子、ああ汝、
何故恐れ慄《をのの》くや、戦場眺め怖るるや?
汝の父は畏怖知らず、常に親しき同僚に
先んじ進み戦闘を敵に挑むを喜べり、
その戦場に勤むるを眺めしものの曰ふ如し。
我は彼見ず彼知らず彼の優秀人は説く。

彼その昔客としてミュケーネーの地往きて訪ひ、
ポリュネーケースもろともに従軍の徒を呼び集め、
(二人その時テーベー[1]の聖なる都市と戦へり)
すぐれし援軍与ふべく彼らに切に乞ひ求む、
ミュケーネー人諾《うべな》ひて彼らの請を賛せしも、
ヂュウスはこれをひるがへし、不吉の兆を現しぬ。
二人はかくて辞してたち行路進めてアソーポス、
高き蘆荻《ろてき》と青草の繁れる郷にたどり来ぬ。
そこにアカイア衆民の令を奉じて使者となる
彼チュウヂュウス、カドモスの多くの子らの飲宴を
エテオクレース勇将の居館の中に認め得つ、
馬術巧みのチュウヂュウス彼ただ一人客として、
カドモス族の数多き最中《もなか》にありてをののかず、
彼らに競技挑みつつ、容易に彼ら一切に
勝ちを制せり、アテーネー神女の助けかしこかり。

1 即ち七門を有する城市(四〇七行)。

カドモス族は憤懣《ふんまん》にたへず、その帰路伺ひて、
五十の少壮誘ひ来て密に埋伏《まいふく》の陣を布く。
その五十人率ゐるは二人の勇士、その一は
ハイモニデース・マイオーン、不滅の神に似たる者、
アウトポノスを父とするポリュボンテースまた強し、
されどもこれに打ち勝ちて無慚の運に終らしめ、
神の示験をかしこみて只マイオーン一人を
許して国に帰らしめ他を一斉に打ち取りぬ、
アイトーリオス、チュウヂュウスかかりき、生める彼の子は
武勇は父に劣れども弁論の上彼に勝つ』

しか宣すれど豪勇のヂオメーデース物曰はず、
高き王者の叱責を黙然として惶《かしこ》みぬ、
されど名誉のカパニュウス生める子[1]答へて王に曰ふ、
『アトレーデーよ偽りそ、事明らかに知りながら。

1 ステネロス。

父に遥かに優れりと我ら自ら誇り曰ふ、
諸神の示験かしこみて、ヂュウスの助け蒙りて、
ただ少数の軍勢をアレースの壁潜《くぐ》らせて、
城[1]門七つ備へたるテーベーの都市取りし我。
しかして敵は愚かにも気の錯乱に亡び去る、
されば同じき光栄に我と父[2]とを置く勿れ』

しか曰ふ彼を豪勇のヂオメーデース睨《にら》め曰ふ、
『叟《をぢ》よ黙して座に返り我の言句を受け入れよ、
脛甲堅きアカイアの軍、戦場に駆り立つる
アガメムノーン総師を我豈《あに》敢へて咎めんや？
アカイア軍勢打ち勝ちて聖地イリオン陥れ、
トロイア軍を亡ぼさば光栄彼の身にあらむ、
アカイア軍勢敗れなば大哀彼の身にあらむ。
そはともかくも我二人身の豪勇を省みむ』

1 十年後再び攻めてテーベーを取る。
2 父に優ると自賛す、東洋的ならず。

しかく宣して兵車より大地の上に飛び降る、
その将軍の穿《うが》ちなす青銅の武具鳴りひびき、
屈強の勇士なほ聞きてその心肝を冷やすべし。

たとへば海の潮流の鞺々《とうとう》として岸の上、
西吹く風に駆られ来て波また波と砕け散り、
初めは沖に高まりてやがて大地に打ちつけつ、
怒号はげしく更にまた岬のめぐり、波がしら
立てて泡沫飛ぶ如し――正にその様見る如く、
ダナオイ族の軍団は隊また隊と休みなく、
つづいて戦場さして行き、諸将おのおの令下し、
兵[1]は無言に進み行く、かかる多数の軍勢の
胸裏に声の有り無しを人の疑ふばかりにも、
黙然として粛々と進む衆軍、身に穿つ

1　第三歌八行に同様の叙述あり。

種々の武装は燦爛とあたりに映じかがやけり。
これに反してトロイアの軍は豊かの村人の
獣欄《じゅうらん》の中、数知れぬ牝羊――乳を搾られて、
立つ時児らの声を聞き、絶えずも叫び鳴く如し。
かくトロイアの大軍の中に叫喚湧き乱る、
衆の叫びは一ならず、また唯一《ゆいいつ》の声ならず、
種々の言語は相混じ種々の人種は相交じる。
アレースかなた励ませば更にこなたを励ますは
藍光の目のアテーネー、「畏怖」と「恐懼《きょうく》」と入りまじる。
渇のはげしき「不和」も起つ、そは人殺すアレースの
姉妹また友、[1]そのはじめ小《ち》さく育てど天上に
今は頭を支へしめ、脚は大地を踏みて立つ。
彼また群衆横切りて争ひあまねくその中に
投じ乱して衆人の呻吟苦叫《しんぎんくきょう》起らしむ。
彼らかくして一斉に進みて、とある地に着けば、

1 不和は小なる原因に生じ、大なる結果を来す。

獣皮の楯は相拍《う》ちて、長槍及び青銅を
鎧ふ勇士の猛勇と[1]飾り鋲ある大楯と、
互ひに当り相拍ちて轟々の音湧き起り、
撃たるる者と撃つ者の歓呼或ひは叫喚の、
音一斉に喧《かまび》しく紅血地上を流れ行く。
白雪《はくせつ》融けて量増せる二条の流れ山降り、
怒号の水をもろともにその源泉の高きより、
深く凹める峡谷に合流なして注ぐ時、
離れて遠き山上に牧童その音聞く如く、
混じ戦ふ軍勢の中より音と畏怖と湧く。

タリシュオスの子エケポ’ロス、トロイア軍の先陣の
中にすぐれし勇将を、アーンチロコス先づ斃す、
馬尾の冠毛振りかざす甲の天辺《てっぺん》打ち砕き、
鋭刃凄く骨に入り、その額上を貫けば

1　楯の外面の中央に隆起す。

一命亡び死の暗《やみ》は忽《たちま》ち彼の目を蔽ひ、
乱軍中にどうと伏し塔の倒るを見る如し。
その倒るるを脚取りてエレペーノール[1]曳き来る、
カルコウドーンの生める息、アバンテース[2]の族の長、
乱箭《らんせん》中より引き出だしその軍装を迅速に
剥ぎ取るべくと望みたるその労遂に空しかり、
屍体を曳ける彼を見て敵の勇将アゲ，ノール[3]、
槍を飛ばして楯の側《そば》かがめる彼の脇腹の
隙を覗《ねら》ひて打ち当てつ、[4]手足の力弛《ゆる》ましむ。

かくして去れる彼の魂——彼を廻りてトロイアと、
アカイア二軍、猛烈の技を演じて群狼の
如く、人々飛びかかり人々互ひに相撃てり。

かなたアイア，ス、テラモーンの子は花やかの若き武者、

1 第二歌五四〇行。
2 第二歌五四二行。
3 アンテーノールの子。
4 死すること。

アンテミオーンの若き息、シモエーシオス打ち取りぬ、
イデーの嶺を降り来しその母むかし、両親に
附きて羊群守るべく、来りし時にシモエース、
流れのほとり彼を産み、シモエーシオスと名を呼びぬ、
慈親に受けし養育の恩を酬ゆる遑《いとま》なく、
命薄うしてアイア’スの槍に斃され亡び去る。
その前方に進み行く彼を、胸のへ右側の
乳房に添うてアイア’スの鋭槍酷く刺し通し、
青銅肩を貫けば大地に斃れ塵に伏す。
たとへば広き沼沢の地に白楊の生え出でて、
幹滑らかに、頂きに近く枝葉のしげるもの、
車匠はこれを耀ける斧を揮ひて切り倒し、
造る華麗の車駕のため曲げて輪縁《わぶち》となさんとし、
乾燥のため川流《せんりゅう》の岸に晒《さら》しておく如し。
かくの如くに英豪のアイア’スの手に斃さるる

シモエーシオス塵に伏す、そのアイアース目ざしつつ、
プリアミデース・アンチポス[1]群集中に槍飛ばす、
覘ひは外《そ》れてオヂュ，シュウス率ゐたる伴《とも》リュウコスを、
鼠《そ》蹊《けい》のほとり丁と射て、屍《かばね》曳きずるままに打つ。
リュウコスかくて倒れ伏し屍は彼の手より落つ。
その殺されし伴のため忿然としてオヂュ，シュウス、
光る冑に身を固め先鋒中に進み出で、
敵に近づき立ち留り、あたり見廻し、燦爛の
投槍飛ばす――かくと見てトロイア軍はあとしざる。
槍は空しく飛ばざりき、デーモコオーン――アビドスの
駿馬産するほとりより呼ばれ来りし一勇士、
プリアモス王生みなせる庶子を鋭刃うちとめぬ。
伴の死滅を憤り、槍もて彼の顳顬《こめかみ》を
撃つ豪雄のオヂュ，シュウス、その青銅の槍凄く、
穂先かなたに貫けば暗黒彼の目を蔽ひ、

1 プリアモスとヘカベーとの子後アガメムノーンに殺さる（第十一歌一〇九行）。

倒るる時に地はひびき介冑《かいちゅう》彼の上に鳴る。
先鋒並びにヘクトールかくて後陣に退けば、
雄叫びすごきアカイアの衆は屍体を曳きずりて
なほ奮進を続け行く——これを怒れるアポローン、
ペルガモスより見おろしてトロイア軍に叫び曰ふ、
『駿馬を御するトロイアの汝ら奮へ、アカイアの
軍に敗るるな、彼らの身岩石ならず、鉄ならず、
肉を劈《つんざ》く鋭刃に打たれて堪ふるものならず、
髪美はしきテチスの子、ペーレーデース戦ひを
休み、水師の中にしてその憤悶を養へり』
かく城壁の高きより怒りに燃ゆるアポローン、
こなたアカイア軍勢の弱り見る時、群衆の
間を廻り励ますはトリートゲネーア[1]・アテーネー。

1 トリートニス湖上に生る。

アマリンケース生みなせるヂ[1]オーレ，スいま命つきぬ。
鋭き石は踝《くるぶし》のほとり右脛を猛に打つ、
イムブラソスの子、ペーロオス、トレーケースの族の長、
アイノスよりし来るもの尖る石もて彼を打つ、
無慚の石に筋二条並びに骨を砕かれし
彼は斃れて塵に伏し、天を仰ぎて双の手を
その僚友にさしのべつ、最後の息を引き取れば、
馳せ近づきてペーロオス、槍とり直し、しかばねの
腹部のもなか突き通す、無慚や臟腑ことごとく
溢れ地上にひろがりて暗黒彼の目を閉ざす。
そのペーロオスを更にまたアイトーロスの将[2]トアス
槍を飛ばして打ちたふし、鋭刃肺を貫けり、
トアスつづきて近寄りて、倒れし敵の胸部より
その大槍を抜き取りつ、更に鋭利の剣をとり、
彼の腹部の中央を切りて生命奪ひ去る。

1 第二歌六二三行。
2 第二歌六三九行。

されど甲冑剥ぐを得ず。髪を結べるトレーケ，ス
族の同僚長槍を手中に取りて囲み立ち、
身の丈高く勇猛の著名の敵を追ひ払ふ、
争ひかねて悄然とトアス後ろに引き返す。
かくて二将は並び伏す、エペーオイ族青銅を
鎧へる者とその敵のトレーケースの族の長。
之をめぐりて数多く他もあと共に亡び去る。
幸ひにして青銅に射られず絶えて疵《きず》受けず、
戦場中を巡る者――アトリトーネー・アテーネー
その手を取りて導きて猛き飛刃を外らしむる――
かくある者は陣中にありて戦闘恨むまじ。
[1]この日トロイア、アカイアの衆勢ともに相並び
ともに地上に斃されて等しく塵の中に伏す。

1　最後の二行全く衍文《えんぶん》。

# 第五歌

神女アテーネー勇将ヂオメーデースを励ます。　両軍諸将の奮戦。　ヂオメーデース敵将パンダロスを殺し更にアイネーアースを傷つけ、これを救はんとする神女を追ふ。　アプロヂーテー馬をアレースに借りオリュムポスに逃る。　ヂオーネーこれを慰めて傷を治す。　アポローン、アイネーアースを救ひてペルガモスに帰る。　アレース、トロイア軍を励ます。　ヘクトールの進撃。　ヂオメーデース退く。　サルペードーンとトレーポレモスの戦ひ。　神女ヘーレーとアテーネー、オリュムポスを下りアカイア軍を援く。　ヂオメーデース神女に励まされてアレースを討つてこれを傷つく。　アレース逃れてオリュムポスに登り、ヂュウスに訴へて叱らる。　負傷の治療。　二神女また帰り来る。

見よ今パラス・アテーネー、ヂオメーデース、チュ，ヂュウスの
子に与へたり勇と威を、アルゲーオイ[1]の一切の
中に抜き出で光栄の誉れを彼の得んがため。
即ち彼の兜より楯より光焔放たしめ、
初秋の空に爛々と耀く星[2]を見る如し、

1　アルゴス族＝アカイア族。
2　シリアス即ち天狼星。

その星、海の大潮に浴し衆星凌《しの》ぎ照る。
かかる光焔頭より肩より彼に耀かし、
彼を促し群衆の繁きが中に推し進む。

トロイア族の中にしてダレースの名を呼べるあり、
ヘーファイストスの祭司にて、正しく富みて生みなせる
二子ペーギュウス、[1]イダイオス[2]戦術すべて精《くは》しかり、
今隊列を離れ出でヂオメーデースに向かひ行く。
彼ら二人は兵車の上《へ》、これは地上に歩を進む、
かくて双方進み出で互ひに近く来る時、
先づペーギュウス影長く引く鋭槍を投げ飛ばす、
鋭利の穂先敵将の左の肩の上を越し、
彼に当らず、これに次ぎチュウデーデース進み寄り、
手中の槍を投ずれば、覗ひ違はず敵の胸、
乳房の間貫きて馬より彼を打ち落す。

1　第三歌二四七行は同名異人。
2　剣に槍に、車戦に歩戦に遠近共に長ず。

これを眺めてイダイオス華麗の兵車うち棄てて、
すばやく逃れ、同胞の屍体防ぐを敢へてせず、
おのれ自ら辛うじて死の運命を避けしのみ、
ヘーファイストス暗影の中に隠してこを救ひ、
彼の老父に限りなき悲嘆に沈む勿らしむ。
ヂオメーデースこなたには捕獲し得たる馬二頭、
その同僚の手に渡し水師の中に送らしむ。
かくダレースの二人の子その一人《いちにん》は逃れ去り、
兵車のかたへ他は斃る、これを眺めてトロイアの
衆人、恐れをののけば藍光の目のアテーネー、
はげしく荒るるアレースの手を取り彼に宣し曰ふ、
『嗚呼《ああ》ああ、アレース、人類の災《わざはひ》、汝、血に染みて
都城を破壊する汝、トロイア並びにアカイアの、
いづれにヂュウス光栄を、贈るも彼の戦闘を

後にし我は退きて、彼の怒りを避くべきぞ』
しかく宣して、荒れ狂ふアレース引きて、戦場を
去らしめ、これを坐らしむスカマンドロスの岸の上。

今アカイアの軍勢はトロイア軍を打ち破り、
将帥おのおの一人の敵を打ち取る、――いや先に
ハリゾウノスのオヂオス[1]をアガメムノーン射て斃す、
即ち先に逃るべく退きかくる彼の背《せな》、
左右の肩のただ中を飛槍は射りて胸に入る。
車上よりして敵は落ち、落ちて介冑《かいちゅう》鳴りひびく。

地味豊沃のタルネーを出で来りたるパイストス――
メーオネス人ボーロスの子をイドメネー屠り去る、
槍の名将イドメネー兵車の上にのりかかる
敵をねらひて長槍に彼の右肩《うけん》を突き通す、

1　第二歌八五六行。

兵車よりして落つる敵、死の暗黒に蔽はれぬ。
その軍装をイドメネー率ゐる部下は剥ぎ取りぬ。

ストロピオスの生む処、狩猟の術に巧みなる
[1]スカマンドリオス亡ぼさる、槍の名将メネラオス
アトレーデースの鋭刃に。山の深林養へる
猛き獣を射る術を教へたりしはアルテミス、
されど弓矢を弄《もてあそ》ぶ神女も、先に彼の身の
飾りとなれる弓術もその時彼を救ひ得ず。
槍の名将メネラオス・アトレーデース目の前に
逃げ行く彼の背を突けば、肩の間《あひ》より胸にかけ、
貫く槍にこらへ得ず、大地の上にうつ伏しに
倒れて亡ぶ、亡ぶ時鎧甲《がいこう》高く鳴りひびく。

更にこなたにペレクロス——ハルモニデース工匠の

1 ヘクトールの子もまた、これと同じき名称を有す（第六歌四〇二行）。

生みたる子息倒されぬ、メーオリネ，スの手によりて。
神女パラスに恵まれて、技工すべてに長ぜる身、
パリス率ゐしもろもろの船造りしは彼なりき、
船は禍難の基にしてトロイア及びおのが身に
破滅来せり、神明の警《いまし》め彼は知らざりき。
メーオリネース彼を追ひ、彼に近づき、長槍を
揮ひて彼の右の腰、突けば鋭きその穂先、
貫き通り膀胱のほとり恥骨の下に入り、
うめき叫びて地に伏せば、死の暗黒は彼をおほふ。

アンテーノ，ルの子ぺ，ダイオス、メゲースにより亡ぼさる。
庶子なりしかど貞淑のテア[1]，ノー愛児もろともに
その良人の意を迎へ思ひをこめてはぐくみぬ。
槍の名将メゲースは彼に迫りて鋭刃を
飛ばして首のくぼみ撃つ、歯牙の間を貫きて、

1　アンテーノールの正妻にしてアテーネー殿堂の祭司（第六歌二九八行以下）。

舌を無慚に槍は截《き》りその一命を亡ぼせば、
冷たき刃先嚙みながら彼塵中に倒れ伏す。

スカマンドロスの祭司たり、神の如くに仰がれし
ドロピオーンの生める息ヒュプセーノール勇将は、
ユウアイモーン生みなせる[1]ユウリピュロスに打ち取らる。
ユウアイモーンのすぐれし子、ユウリピュロスは目の前に
逃げ行く敵を追ひかけて、迫り近づき長剣を
揮ひて彼の肩を撃ち、重き腕《かひな》を切り落す、
鮮血凄く大地染め、死の暗黒と兇暴の
運命彼に迫り来てその両眼を閉ぢしめぬ。

かく猛烈の戦闘に衆人ひとしく倦み疲る。
さはれチユウヂュース生める子[2]は、トロイア或はアカイアの
いづれに与《くみ》し戦ふや、殆ど弁じ得ぬばかり、

1 第二歌七三六行。
2 ヂオメーデース。

縦横無碍《むげ》に原上を走り駆け行く、たとふれば
水量増して荒るる河、溢れて堤坡崩し去る、
堅く築ける堤防もその奔流を留め得ず、
ヂュウスの雨に勢ひを増して俄《にはか》に襲ふとき、
沃野の土工またこれを防ぎ抑ゆること難し、
村の少壮努めたる工事はすべて破壊さる、
かくの如くにトロイアの密集諸隊破られて、
軍兵乏しからねどもヂオメーデースに抗し得ず。
かくて諸隊を目の前に乱し破りて原上を
進める彼を認めしは、リュカオーンのすぐれし子[1]、
チュウデーデース的としてすぐに強弓円く張り、
馳せ来る彼の右の肩、その胸甲の結節に
はげしく飛んで射当てたる勁矢《けいし》はこれを貫きつ、
勇将穿《うが》つ胸甲は凄く黯紅《あんく》の血に染みぬ。

1　パンダロス（第四歌八八行）。

リュカオーンの子これを見て、大音あげて叫び曰ふ、
『起て豪勇のトロイア人、駿馬巧みに御する者、
アカイア軍の最勇士射られぬ、我は敢へて曰ふ、
勁矢に永く彼耐へじ、リキアよりして急ぎ来し
我をアポローン、ヂュウスの子、励まし力貸すとせば』

かく誇らへり、然れども勁箭敵を亡ぼさず、
ヂオメーデース退きて、戦車戦馬を前にして、
カパニュースの子ステネロス呼びて即ち陳じ曰ふ、
『[1]カパネーイアデー、願はくは汝の兵車下り来れ、
下りて無慚の勁《つよ》き矢を我の肩より抜き棄てよ』

その言聞きてステネロス馬より下りて地に降り、
傍へに立ちて彼の肩貫く勁矢抜き去れば、
[2]そのしなやかの被服越し、鮮血高く迸《ほとばし》る。

1 呼格。
2 鎖帷子の類か。

その時乱軍の勇士たるヂオメーデース祈り曰ふ、
『アイギス持てるヂュウスの子、アトリュトウネー[1]！ 我に聞け、
凄き苦戦の中にして我と父との傍らに、
応護を垂れて立ちし君、今もしかあれ、アテーネー！
我に先んじ我を射り、更に今また我を誣《し》ひ、
再び長く光輪の影は見まじと叫ぶ彼、
許せ、飛ばさんわが槍の射程に入りて亡びんを！』
しかく祈願を陳ずれば、こを納受するアテーネー、
彼の肢体を、両脚を、更に双手を軽くしつ、
傍《かた》へに立ちて翼ある言句《ごんく》を彼に宣し曰ふ、
『ヂオメーデスよ[2]、信を取りトロイア人に渡り合へ、
堅楯《けんじゅん》揮ふチュウヂュウス持ちしが如き強烈の

1 「屈せざるもの、弱らざるもの」の意、アテーネーの名称。
2 呼格。

威力汝の胸中に、すでに送れり、恐るるな、
我また汝の双眼を蔽ひし霧を、吹き去りぬ、
かくして汝明らかに神と人とを弁ずべし。
たとへば汝を試すべく、ある神ここにおとづれむ、
汝心を警めて他の神霊と戦ふな、
されどヂュウスの娘たるアプロヂーテー来りなば、
彼と戦ひ青銅の刃《やいば》を以て彼を打て』

藍光の目のアテーネーしかく宣して引き去れば、
更に再び先鋒にチュウデーデース加はりつ、
トロイア軍と奮戦の先の思ひをいやましに、
烈々として三倍の威力を増せり――たとふれば、
野に群羊を飼ふ牧者、その牧場に躍り入る
獅子に微傷を負はすれど、これを制することを得ず、
ただその猛威増すばかり、群羊救ふに術なくて、

震ひて小舍にすくまれば、可憐の群れは怖ぢ恐れ、
やがて累々重なりて血は原頭を染むる時、
獸王たけりて牧場を再び跳り飛ぶ如し、
ヂオメーデースかく暴《あ》れてトロイア軍に馳せ向かふ。

その場に彼に討たれしは[1]アスチュノオスとヒュペーロン、
一人は彼の長槍に胸のただ中貫かれ、
他は肩の上、大刀に鎖骨に掛けて斬られ伏し、
かくして頸よりまた背より肩は無慚に劈《つんざ》かる。
これを後にしまた向かふ[2]ポリュイードスとアバスとに——
夢を占ふ老夫子ユウリュダマスの二人の子、
その戦場に来るとき父はその夢占はず、
ヂオメーデース猛勇に二人を屠り且つ剥ぎぬ。
その老齢にパイノプス生める子二人クサントス、

1　第十五歌四五五行のと同名異人。
2　第十三歌六六三行と同名異人。

並びにトオーン[1]また撃たる、父頽齢《たいれい》に衰へて、
家産を譲り伝ふべき他の子を遂に儲け得ず、
ヂオメーデース両人を屠りて魂を奪ひ去り、
ただ慟哭と悲痛とを彼の老父に残すのみ、
父は故郷に帰り来る二児を迎ふることを得ず、
家産は遂に親属の間に分かち配られぬ。

プリアモス王生める二子エケムモーンとクロミオス、
一つ戦車に並び乗り同じく共に亡ぼさる、
たとへば森に草を喰むその牧牛の群れ目がけ、
跳り来りて獅子王が彼らの首を砕くごと、
ヂオメーデース戦車より二人の敵を打ち落し、
猛威を奮ひ亡ぼしてその戦装を剥ぎ取りて、
部下に命じて生け捕りし馬を水師に送らしむ。
かく戦陣を荒し去る勇将を見てアイネア，ス[2]、

1 第十一歌四二二行と同名異人。
2 トロイアの名将軍、アイネアース、またアイネーアースとも訓む。

立ちて戦場横切りて飛槍の間通り過ぎ、
探し廻りぬ弓術は神明に似るパンダロス、
そのパンダロス、リュカオーンの勇武の子息見出だして、
その傍らに立ち留り彼に向かひて陳じ曰ふ、

『ああパンダロス、いづくにぞ汝の弓は？　勁箭は？
はた名声は？　何人《なんぴと》もここに汝に比せぬもの、
リキア軍中何人も優ると誇り得ざるもの、
いざ今ヂュウスに手を挙げて祈りて彼に矢を飛ばせ、
彼何者ぞ？　我に勝ち、多くの禍難トロイアに
来たし、多くの勇将をすでに地上に倒れしむ、
神に非ずば彼を射よ、犠牲の故にトロイアに
怒れる神に非ざらば、——神の怒りは恐るべし』
リュカオーンのすぐれし子その時彼に答へ曰ふ、

『青銅よそふトロイアに忠言寄するアイネアス！
我いま彼を勇猛のチュウデーデースと眺め見る、
その楯により、その兜――冠毛振ふものにより、
その馬により、しか思ふ、彼神なりや我知らず。
わが曰ふ如く人にして只チュウヂュースの子なりせば、
神助なくしてかくまでに猛きを得まじ、神明の
あるもの彼の側に立ち、雲霧に彼の肩を掩ひ、
彼に当りし勁箭を別の道にと外らしめぬ。
正しく我は一箭を彼に飛ばして右の肩、
その胸甲の鉸《つがひ》より他の端までも射通しぬ。
彼を冥王の府の底に沈めさりぬと我言ひき。
とある怒りの神明の助けに彼は免《のが》れ得ぬ。
我の乗るべき戦ひの車も馬も今あらず。
リュカオーンの殿中に戦車十一うるはしく、
新たに成りて装はれて飾りの被《ひ》帛《はく》これを蔽ふ、

そのおのおのに繋がれて二頭の馬は首ならべ、
白き大麦裸麦噛みつつ共に地を踏めり。
父、老練のリュカオーンその美はしき殿中に、
門出の我に喃々《なんなん》と幾多の事を説き勧め、
奮戦苦闘のただ中に戦車戦馬に身を乗せて、
トロイア軍に令せよと我に命じき慇懃《いんぎん》に、
されども我は聴かざりき、(聴かば遥かに善かりしを)
衆人密に群がれば、多量の食を取り馴れし
戦馬恐らくその糧を欠乏せんの懸念より。
かくして我はこれを捨て、徒歩にイリオン訪ひ来り、
ただ勁弓にたよりしよ、今見る我に効なきを。
まさしく我はメネラオス、ヂオメーデース両将を
覘ひて勁矢飛ばしめつ、これを傷つけ鮮血を
流さしめしもいたづらにただその勇を増せしのみ、
我イリオンの堅城にトロイア軍を導きて、

わがヘクトール助くべく立ちしかの日に凶悪の
運命弓を掛け釘の上より我に取らしめき。
他日帰りてわが故郷、またわが家妻、またわが屋、
高き楼閣、この目もて親しくまたも見なんとき、
わが知らぬ人忽ちに我の頭を斬り落せ、
もし我弓を折り砕き炎々燃ゆる火の中に
投ずることを為さずんば――無効は風の如き弓』

アイナイアース、トロイアの将軍その時答へ曰ふ、
『しか曰ふ勿れパンダロス、我々二人彼目がけ、
戦車戦馬を駆り進め、武器を揮ひて彼を討ち、
彼を試さんその前は局面何の変なけむ。
いざ乗れ我の戦車の上《へ》、乗りて知るべしトロイアの
[1]軍馬の良きを、原上に縦横無碍《むげ》に駆け走り、
敵を逐《お》ふ時、逃ぐる時、共に軍馬は飛ぶ如し。

1 二六五行以下参照、また第二十歌二二一行。

ヂュウス再び恩寵をヂオメーデースに垂るべくば、
その時両馬安らかに我を都城に返すべし。
いざ今鞭と輝ける手綱汝の手に握れ、
汝の御する車の上《へ》立ちて我かの強敵を
撃たむ、さなくば汝撃て、我は戦馬を御すべきに』

その時リュカオーンのすぐれし子、彼に向かひて答へ曰ふ、
『アイナイアース、手綱とり戦馬御するは汝たれ、
ヂオメーデースの手を逃れ退かんとき、その馴れし
主人のもとに迅速に車を両馬引き得べし。
彼ら恐怖し駆け狂ひ、汝の声の無きがため、
戦場よりし安らかに我を乗せ去ることなくば、
ヂオメーデース、英豪のチュウヂュウスの子飛びかかり、
我を倒してすぐれたる戦馬捕へて引き去らむ。
されば汝の戦車また戦馬は汝御し進め、

向かひて来る強敵を鋭槍揮ひ我受けむ』
しか曰ひ二将、雑色に塗りし戦車に身を乗せつ、
熱情燃えて駿足をヂオメーデース目がけ駆る。
これを眺めてステネロス、カパニュウスのすぐれし子、
チュウデーデースに打ち向かひ羽ある言句陳じ曰ふ、
『チュウデーデー[1]よ、わが愛づるヂオメーデス[2]よ、我は見る、
二人の勇士量りなき威力を持ちて猛然と、
汝に向かひ進み来て汝を敵に戦はむ、
一人は弓に秀でたる彼パンダロス、リュカオーンの
子とて自ら誇る者、他はアイネアス、彼もまた
アンキイセースの子と誇り、アプロヂ，テーを母と曰ふ。
いざ今戦車に身をのせて退き去らむ、先鋒の
中の奮戦戒めよ、恐らく命を失はむ』

1・2 共に呼格。

しか曰ふ彼を睨め見てヂオメーデース叱り曰ふ、
『恐怖の言を吐く勿れ、汝の諫《いさ》め我知らず、
戦闘中にたぢろぐは、或ひは震ひをののくは、
わが本性のわざならず、我の猛威はなほ強し、
我は乗車を歓ばず、今あるままに徒歩にして、
向かはむ、パラス・アテーネー許さず我の戦慄を。
よし一人は免《のが》るとも彼らの駿馬両将を
もろとも乗せて陣中に駆け帰ることなかるべし。
我また汝に更に曰ふ、汝心に銘じおけ、
垂示《すいじ》かしこきアテーネー、二将を共に倒すべき
光栄我に賜《た》ぶべくば、その時汝わが馬を
駐《とど》め、手綱を引きしめて戦車の縁[1]に繋ぎ置け。
しかも必ず忘れずに彼の戦馬に飛びかかり、
擒《とら》へてこれをアカイアの軍陣中に曳き到れ。

1　兵車の前面と側面とに添へる欄。

声朗々の神ヂュウス[1]、ガニュメーデースの償ひに、
父トロースに与へたる馬と正しく同じ種、
暁光及び日輪の下に至良の馬はこれ、
ラーオメドーン[2]の目を掠め、牝馬をこれに触れしめて、
私《ひそ》かに種を偸《ぬす》みしはアンキイセース、民の王、
かくして彼の城中に六頭の駒生れ出づ、
かくて自ら心こめ中の四頭を養ひつ、
畏怖の基なる他の二頭、子のアイネアス求め得ぬ。
今もしこれを擒《とら》へ得ば我の声誉は大ならむ』

かくも如上の事に付き二人互ひに陳じ曰ふ。
そこに直ちに二敵将駿馬を駆りて迫り来つ、
リュカオーンのすぐれし子まさきに声を放ち曰ふ、
『英豪勇武のああ汝、チュウデーデース、先にわが
射りし勁箭《けいせん》、苦き武器、遂に汝を倒し得ず、

1 トロースの美貌の子ガニュメーデースを奪ひ、その償ひに名馬を与ふ（神話）。
2 トロースの馬を托されし者、彼はプリアモス王の父。

鋭刃効を奏するや？　今わが槍に試みむ』

しかく叫んで影長き大槍揮ひ投げとばし、
チュウデーデースの楯打てば、穂先はこれを貫きて、
勢ひ猛く衝きて入り、その胸甲に迫り来る、
これを眺めてパンダロス勇み高らく叫び曰ふ、
『汝腹部を貫かる、その重傷を時長く
耐《こら》へは得まじ、光栄を汝は我に与へたり』

ヂオメーデース威を奮ひ、憤然として答へ曰ふ、
『汝誤る、長槍は我に当らず、然れども
汝戦ひやめざらむ、汝のひとり倒されて
その血を以て猛勇のアレース神を飽かすまで』

しかく叫びて飛ばす槍、槍を導くアテーネー、

鼻を打たしむ目の下に、槍は真白き歯を砕き、
堅き青銅更にまた根本に舌を打ち落し、
更にその穂は顎《あご》の端、貫き外に抜け出でぬ。
戦車を落つるパンダロス、その燦爛の戦装は
戛然《かつぜん》として鳴りひびき、脚疾き駒はをののけり。
魂と力ともろともに、彼の体より逃れ去る、
そのしかばねを、アカイアの将士奪ふを恐れたる
アイナイアース、楯と槍とりて兵車を下り来つ、
獅子の如くに身の威力信じ、倒れしなきがらを
めぐり、身の前、長槍と円楯《えんじゅん》かざし、大音に
叫喚しつつ、なきがらを奪はんものを倒すべく、
勢ひ猛くめぐり立つ。チュウデーデースこれを見て、
巨大の石を高らかに——今の時見る人間の
二人合して上げ難き石を容易《たやす》くただ独り、
振り上げとばし、敵将の臀部《でんぶ》に——股と接合の

局所——そはまた髀臼《はいきゅう》と呼ばるる者に打ち当てつ、
髀臼砕き更にまた二条の筋を断ち截りぬ。
その大石に肉割かれ剥ぎ去られたるアイネアス、
大地に倒れ膝つきて両手わづかに身を支へ、
その双眼は迫り来る黒暗々《こくあんあん》の夜に閉ぢぬ。

かくしてそこに人の王、アイナイアース死せんとす、
そを速やかに認めたる、アプロヂーテー、ヂュウスの子、
(彼の母なり、牧牛のアンキーセイスにこの子産む)
翔けり来りて白き腕のして愛児をかき抱き、
駿馬跨《またが》るアカイアの一人《いちにん》彼の胸を刺し、
彼を倒さん恐れより、槍に対する防ぎとし、
彼のめぐりに輝ける被袍広げておほひ去る。
神女かくして戦乱の中よりその子救ひ出す。

カパニュウスの子こなたにはヂオメーデース英豪の
将軍先に令したる約を忘れず、混乱の
外に離れて単蹄《たんてい》の彼の両馬を引き出だし、
手綱をつよく張り締めて兵車の縁に繋ぎ止め、
アイナイアース乗せて来し二頭の駿馬、たてがみの
美麗のものに飛びかかり、これを奪ひてアカイアの
陣中に引き、親友のデーイピロスに（同齢の
友の間に同心の故もて特にめづるもの）
彼に渡して水軍の中に曳かしめ、かくて彼、
耀く手綱ひきしめて強き蹄の馬を駆り、
兵車飛ばして迅速にヂオメーデースの跡を追ふ。
その勇将は無慚なる青銅揮ひキュプリス[1]を
逐ひ行く、弱き神と知り、戦闘中に人間に
令する神女アテーネー、あるは城壁打ち砕く
猛きエニューオー[2]、あるはその類に非ずと認め知り、

1 アプロヂーテー。
2 アレースに伴ふ神女、本歌五九二行にもあり。

群衆中を駆け走り、逐ひ行きこれに迫り来て、
ヂオメーデースましぐらにその長槍を振り上げて、
鋭き穂先柔軟の玉手のおもてはたとつく。
奉仕の仙女織りなせる微妙の帛《きぬ》を貫きて、
鋭刃直《す》ぐに掌《たなそこ》の端に当りて肉に入り、
アプロヂ，テーの血を流す、そは透明の清き液、
そは慶福のもろもろの神明の身に宿る液、
神明もとより麺麭《めんぽう》を喫《き》せず、葡萄の酒飲まず。
(故に人間の血に非ず、故に不滅の身と呼ばる)
打たれて神女泣き叫び、地上に愛児振り落す、
そを手の中に収めしは神プォイボス・アポローン、
暗き雲中隠し去り、駿馬を御するアカイアの
中の一人もその胸を射て倒すこと勿らしむ。
その時勇将たからかにアプロヂ，テーに叫び曰ふ、

『戦闘軍事の間より退け、汝ヂュウスの子！
かの繊弱の女性らを欺き得ても足らざるや！
また戦場に身を置かば、これを恐れて震ふこと
疑ひあらじ、遠くよりその乱闘を聞かん時』

その言聞きて狂ほしく苦痛激しく去る神女、
そを疾風の脚速く救ひ、イーリス群衆の
外に出だせば、激痛に悩み、美麗の膚染めて、
行きてアレース戦場[1]の左にあるを見出だしぬ、
雲霧の中にその槍と二頭の駿馬そばにして。
神女即ちその愛づる同胞の神の膝の上、
倒れて彼の金甲をつけし駿馬を乞ひ求む、

『ああわが同胞、憐憫《れんびん》を垂れて汝の馬を貸せ、
神の聖座のあるところ、ウーリュムポスに行かんため。

1 スカマンダロスの岸上、戦場の左に（三五―三六行）。

負傷の痛み堪へがたし、チュウデーデース我を撃つ、
ああこの地上の人の子はヂュウスとすらも戦はむ』

その言聞きてアレースは彼に金甲の馬与ふ。
神女かくして痛心のその身兵車の上にのす、
その傍らに座をしめてイーリス手中に綱を取り、
快鞭《かいべん》馬に加ふれば勇みて兵車曳き走り、
忽ち高きオリュムポス、神の聖座に到り着く。
そこに疾風《はやて》の脚速きイーリス戦馬引きとめて、
兵車の外に解き放ちこれに微妙の糧与ふ。
その時神母ヂオーネー[1]、アプロヂーテー声あげて、
膝に倒るをかき抱き、玉手静かに艶麗の
愛児を撫でて口開きこれに向かひて宣し曰ふ、
『愛児よ、天の何者か汝をかくは傷めたる?

1　ヂオーネーはホメーロスの作中、ただ単にアプロヂーテーの母神としてのみ記され、局面中何らの行動に加はらず。

さながら汝一切の目の前、悪をなせしごと』
[1]嬌笑めづるアプロヂ，テー即ち答へて母に曰ふ、
『ヂオメーデース我を撃つ、彼チュウヂュース生める息、
我わが愛児アイネアス——人中最もめづるもの、
そを戦場の間より救ひ出でたる故をもて。
今戦闘はトロイアとアカイア族のそれならず、
ダナオイ族はおほけなく神明をさへ敵と為す』

神女の中にすぐれたるヂオ，ネー答へて諭し曰ふ、
『耐《こら》へよ愛児悩む時、忍べ汝のつらきわざ、
ウーリュムポスに住める者、多く地上の人間と
互ひに禍難蒙らせ互ひに悩み苦しめり。
かくアレースは苦しめり、アロウユウスの二人の子、
エピアルテース、オートスが鎖を彼に掛けし時、
堅き牢中囚はれし月数算ふ十と三、

1 「嬌笑を好む」の意なるプィロンメーデースはこの女神の常用形容句。

二人の継母うるはしきエーエリボイア憐れみて、
ヘルメーアスに訴へて弱れるアレース救はしむ、
もし然らずば戦闘に猛きアレース弱り果て、
無慚の戦身《いくさ》を責めて遂に最後を遂げつらむ。
天妃ヘーレー苦しめり、アムピトリュオーンの猛き子[1]が、
鏃《やじり》三つある矢を射りて彼の右胸《うきょう》を撃ちし時、
時に殆ど治しがたき苦痛は天妃悩ませり。
冥府の王者ハイデース同じく共に苦しめり、
アイギス持てるヂュウスの子、前と同じき猛き者[2]、
冥府の門に飛ばす矢に彼の苦悩を受けし時。
勁箭彼の肩を射て疵に悩めるハイデース、
ヂュウスの宮を、——大いなるウーリュムポスをたづね行き、
負傷の故にその心悩乱しつつ堪へやらず。
その時彼にねんごろに苦痛鎮むる薬塗り、
癒やせし者は巧妙のパイエーオーン——神のわざ。

1　ヘーラクレースがヘーレーを傷つけしこと古き神話にありと見ゆ。
2　ヘーラクレース。

ああ強暴の人の子はかくも不敬を敢へてして、
ウーリュムポスの神明にその矢放つを憚《はばか》らず。
藍光の目のアテーネー、神女今はたかの者を
挙げて汝に向かはしむ、愚かや彼の胸中に
ヂオメーデース悟り得ず、神と戦ふ人間は
寿命長きを得べからず、戦争軍旅の間より、
帰らん時にその膝に寄りて甘ゆる子は無しと。
ヂオメーデース勇なるも今すべからく思ふべし、
彼に優れるある神は彼に手向かふことあらむ、
アドレーストスの愛娘《まなむすめ》[1]、アイギアレーアいたく泣き、
アカイア中の至剛なる若き良人哭しつつ、
睡る家人を起たしめむ。ああかの賢婦英豪の
ヂオメーデース失ひて哭する時ぞ来るべき』
しかく宣して双の手をのし透明の血を拭ひ、

1 ヂオメーデースの妻。

これを癒やせば忽ちにアプロヂ，テーの苦は軽し。
こを眺めたるアテーネー、天妃ヘーレーもろともに
辛辣胸を刺す言にクロニオーンを激せしむ。
藍光の目のアテーネーまづ口開き宣し曰ふ、

『ああ父ヂュウス、我の今述ぶる言句《ごんく》を怒らんや？
見よキュプリスは限りなく愛づるトロイア軍勢の、
跡を追ふべくアカイアのとある女性を促しつ、
美麗の衣纏《まと》ひたるその女性[1]をばかい撫でて、
その黄金の止め金に彼女繊手《せんしゅ》を傷つけぬ』

その言聞きて人間と神との父は微笑みつ、
黄金のごと美はしきアプロヂーテー召して曰ふ、
『愛児、汝に戦争のつらき仕業は課せられず、
そは猛勇のアレースとアテーネーとの司のみ、

1　ヂオメーデースに傷つけられしを反語的に曰ふ、勇将を一女性と呼びつつ。

汝はひとり温柔の婚嫁《こんか》の術に身を尽せ』

かくして諸神相対しこれらの事を談じ合ふ。
ヂオメーデースこなたにはアイナイアース追ひ迫り、
神アポローン応護の手、彼に延ばすと知りながら、
偉大の神をいささかも恐れず、敵のアイネアス
屠りて彼の戦装のいみじきものを剥がんとし、
飽くまで敵を倒すべく三たび激しく追ひ迫る、
三たび燦爛の楯揮りてアポローン彼を追ひ返す。
更に四たびの試みに神の如くに迫るとき、
銀弓強きアポローン嚇《おど》し叱りて叫び曰ふ、

『退け汝チュウデーデー、汝神明に相如《し》くと
思ひなはてそ、永遠の不滅の神は地の上に
歩む無常の人間とその本性を一にせず』

その言聞きて二歩三歩チオメーデース後しざり、
勁箭飛ばすアポローン神の怒りを避け逃る。
その群衆を遠ざかり、アポローン行きて彼の宮
建てる処のペルガモス、聖地に移すアイネアス、
そこにレートウまた弓矢好める神女アルテミス、
秘宮の中に彼を治し、彼に光栄あらしめぬ。
また銀弓のアポローン一の幻影作り成し、
アイナイアース及びその武具に全く似せしむる、
その幻影を取り囲み、アカイア及びトロイアの
両軍互ひに[1]牛皮張る円楯あるはその総《ふさ》の
乱るる小楯その胸をおほへるものを撃ち合へり。
その時猛きアレースに向かひアポローン宣し曰ふ、
『[2]嗚呼ああアレース、人間の禍、汝、血に染みて

1　全身を掩ふ大なるもの（第二歌三八八行、第六歌一一七行）。
2　このアポローンの言は第五歌三一行と同じ。

城壁砕くああ汝、来りかの者豪勇の
ヂオメーデース攘《はら》はずや？　ヂュウスにさへも手向かはむ
彼真つ先にキュプリスを打ちてその手を傷付けぬ、
而して更に神明の如くに我に迫り来ぬ』

しかく宣してアポローン行きて位す[1]ペルガモス。
こなたアレース激励をトロイア軍に施して、
トレーケースの[2]アカマース武将の影に身を似せて、
ヂュウスの裔のプリアモス王の衆子に命じ曰ふ、

『ああヂュウスより伝はれる王プリアモスの子ら汝！
汝の堅き城門の前の戦闘来るまで、
アカイア諸軍汝らを亡ぼすことを諾《うべな》ふや？
アンキーセース生みなせるアイナイアース、猛き者、
わがヘクトールもろともに我の尊ぶ猛き者、

1　アポローン戦ひを見るべく、しばしばペルガモスに坐す（第四歌五〇八行）。
2　第二歌八四四行のと同名異人。

倒る、いざ立て紛擾《ふんじょう》の中より勇士救ひ出せ！』

しかく宣しておのおのの魂と勇とを鼓舞せしむ。
その時猛きヘクト，ルをサルペードーン[1]叱り曰ふ、
『ああヘクトールいづくにぞ先に汝の持てる勇？
汝は曰へり兄弟と姉妹の夫もろともに、
自方並びに友軍の力用ゐず独力に、
トロイア城を保たんと、さはれいづこに彼らある？
獅子の前なる犬のごと彼ら震ひてすくだまる。
これに反して友軍に過ぎざる我は戦はむ。
さなり友軍に過ぎぬ我、遠き郷よりここに来ぬ。
リュキエは遠し、クサントス[2]渦巻く流れある処、
そこに恩愛の妻と子を残して我はここに来ぬ、
はたまた貧者羨《うらや》めるあまたの資産残し来ぬ。
我はリュキエの郷人を励まし進め自らも、

1　リュキエーの将軍（第二歌八七七行）。
2　トロイア平野を流るる同名の川（一名スカマンドロス）あり。

戦闘切に今望む。しかもアカイア衆軍の
掠めて奪ひ去らんもの、ここに微塵《みじん》も我持たず。
さるを汝は立ち留り動かず、絶えて衆人に
奮ひ起りてその妻女防ぎ護れと指令せず。
思へ、恐らく大網に洩れなくかかる魚のごと、
汝ら敵の戦利また餌《ゑば》となることなからずや？
敵は汝の堅城を破壊することなからずや？
この事汝昼に夜に常に心に戒めよ。
汝よろしく遠来の友の将士に懈怠《けたい》なく
任につくべく乞ひ求め、彼の誹謗を免れよ』

サルペードーンしか曰へば、慚愧《ざんき》に堪へず、ヘクトール、
直ちに武具を携へて兵車を降り地に立ちて、
鋭利の槍を揮ひつつ、諸隊の間かけめぐり、
衆を促し進ましめ凄き戦乱めざさしむ。

衆軍即ち引き返しアカイア軍に立ち向かふ。
アカイア軍勢また密に列を造りてたぢろがず、
髪金色《こんじき》の農の神[1]デーメーテール、強く風
吹くに乗じて穀物と糠《ぬか》とをふるひ分かつとき、
農家の清き床の上、風の齎す細粉の
積りて白く高まるを見るが如くに、アカイアの
軍勢白く塵被《かぶ》る――トロイア軍の兵車曳く
戦士再び盛り返し、戦場中に駆けしむる
軍馬の蹄《ひづめ》、空中に蹴揚げし塵に白くなる。
かくて衆軍堅剛の腕の力を推し進む。
更にあたりに猛勇のアレース霧を暗うして、
トロイア軍を援け行き、[2]黄金の剣身に帯ぶる
アポローン、下せし令を遂ぐ。ダナオイ軍を助けたる
藍光の目のアテーネー去るを眺めてアポローン
彼に命じてトロイアの軍の勇気を覚まさせき。

1　オリュムポスに住まず、ただ地上にありて農業禾稼を司る神女。
2　この句はひとりアポローンに属す。

銀弓の神また更に聖殿外にアイネアス、
送り出だして胸中に鋭き英気満たさしむ。
勇将かくて陣中に入れば衆人喜べり、
彼の生けるを、更にまた健やかにして凛々《りんりん》の
勇を奮ふを喜べり、されど何らの問ひをせず。
神アポロ'ンと、アレースと、果てなく荒るる争闘の
[1]霊ともろとも成す業はその糾問を扣《ひか》へしむ。

アイアス二人オヂュ'シュウス、ヂオメーデースもろともに
ダナオイ軍を一斉に戦闘中に進むれば、
衆は勇みてトロイアの威力並びに叫喚を
物ともせずに悠然と立てり――颯々《さつさつ》の呼吸より
朗らに吹きて惨憺の陰雲払ふ強き風、
ボレアスの類睡る時、空静穏に返る時、
連山高き頂にウーリュムポスのクロニオーン、

1　エリス（第四歌四四一行）。

雲を留めて動かさず、――その雲のごと悠然と
ダナオイ軍勢トロイアの軍を迎へてたぢろがず。
アトレーデース陣中を廻りあまねく令し曰ふ、

『友よ男児の面目に汝の勇気振り起せ、
はげしき軍旅の中にして汝ら互ひに恥を知れ、
見よ恥を知る人中に死よりも生の数多し、
怯《おそ》れて逃ぐる者の上光栄あらじ、益あらじ』

しかく宣して槍飛ばしアイナイアスの友にして、
将ペルガソス生めるもの、デーイコオーンを打ち倒す、
彼は勇みて先鋒の中に交りて戦へば、
プリアモス王生める子の如くに衆に尊ばる――
その堅楯《けんじゅん》をひやうと射るアガメムノーンの長き槍、
楯は鋭刃支へ得ず、槍は激しく劈《ひきさ》きて、

更に腹帯また下の腹部を突きて打ち倒す、
突かれて敵はどうと伏す、鎧甲《がいこう》高くひびかして。

かなたダナオイ勇将を、ヂオクレースの二人の子、
オルシロコスとクレ，トーンをアイナイアース打ち倒す、
二人の父は堅牢に築かれし都市ペーレーに
住みて家計は豊かなり、ピュロスの原を貫ける
アルペーオスの広き河、河霊の裔は彼の父。
河霊[1]は衆の王としてオルシロコスを生まれしめ、
オルシロコスは英豪のヂオクレースの父となり、
そのヂオクレース双生のオルシロコスとクレートーン、
善く戦術に通じたる二人の子らの父となる。
二人長じて暗黒に染めし兵船身を托し、
アガメムノーン、メネラオス二将に誉れ加ふべく、
良馬の産地イリオンにアカイア軍に伴へり、

1 河霊を父とするオルシロコスよりヂオクレース生れ、ヂオクレースより祖父と同名のオルシロコス生る。

死の運命は無慚にも二人をここに亡びしむ。
たとへば山の頂に繁る叢林奥深く、
母獣によりて養はれ長ぜし荒き獅子二頭、
牧牛並びに肉肥えし群羊屠り餌食とし、
獣欄《じゅうらん》いたく荒らす後、遂に主人の手にかかり、
その青銅の鋭刃に撃たれて斃れ伏す如し、
二人正しくその如く、アイナイアースの手によりて、
撃たれて伏して、大いなる樅の倒れを見る如し。
その斃れしを憐れみてアレースめづるメネラオス、
燦爛、光る青銅の鎧穿《うが》ちて先頭に
進みて槍を打ち揮ふ――アイナイアースの手に因りて
斃れんことを望みたるアレース彼を励ませり。
アーンチロコス（英豪のネスト，ルの子）はこれを見て、
王の危険を憂慮しつ、その禍にアカイアの
労苦空しく成るべきを思ひ真先に駆け出づる。

アイナイアース、メネラオス二将互ひに相面し、
戦ひ望み鋭刃の槍をおのおの振りかざす、
アーンチロコス進み来て王にまちかく並び立つ。
二人の勇士相並び助けて立つを眺め見て、
アイナイアース勇猛の将軍ながら引き返す。
こなたの二将アカイアの陣に二友のなきがらを、
携へ帰り同僚に渡し終りてまた更に、
激しく戦闘勉むべく先鋒中に引き返す。

楯を備ふる猛勇のパフラゴニアの首領たる
[1]ピュライメネース、アレースに似るもの車上に立つ処、
槍の名将メネラオス、アトレーデースその槍を
飛ばして彼を覘ひ撃ち鎖骨に当てて斃れしむ。
アチュムニオスの勇武の子ミュドーン兵車を御する者、
逃れ去るべく単蹄の馬を後へと返す時、

1 同名の将、第十三歌六四三、六五九行に現る。恐らく別人か。ある評者はこの矛盾を以て『イーリアス』が同一作者の手に成るに非ずといふ一論拠と為す。

アーンチコロス石投げてはげしく彼の臂《ひぢ》打てば、
象牙を飾るその手綱彼の手はなれ塵に落つ、
アーンチコロス飛び掛かり、剣を揮ひこめかみを
衝けば堅固の兵車より呻《うめ》きを揚げてさかさまに、
沙塵の中に倒れ落ち頭と肩を地に埋む、
沙塵の堆は深くして長く逆さに立てる彼、
やがて屍体をその双馬蹴りて地上に斃れしむ、
アーンチコロスは鞭うちて馬をアカイア陣に駆る。

戦陣中にヘクトールこれを眺めて大声を
揚げて進めば、勇猛のトロイア軍勢これにつぐ。
その真つ先にアレースと並びて進むエニューオー[1]、
女神その手に残忍のキュードイモス[2]を齎せば、
更にアレース手の中に巨大の槍を打ち揮ひ、
前に或ひはまた後に将ヘクト，ルに添ひて行く。

1 戦ひの女神。
2 騒ぎを人化する名。

混戦中に勇奮ふヂオメーデースこれを見て、
をののき震ふ、たとふれば大平原をたどる者、
海洋さして速やかに流るる川の岸に立ち、
泡沫たてて咳くを驚き眺め歩を返す、
チュウデーデースこれに似てたぢろき衆に告げて曰ふ、

『友よ勇武のヘクトール、槍に巧みに戦闘に
すぐるる彼を驚嘆の目もて我らは眺め来ぬ、
ある神明は傍らにたちて禍難を免《のが》れしむ、
見よ今アレース人間の形をとりて前にあり、
今トロイアの軍勢に面しながらも引き返せ、
返せ、効なく神明に対し戦ふこと勿れ』

かくは陳じぬ。トロイアの軍勢真近く寄せ来り、
戦術長けし二勇将メネステースとアンキアロス、

同じ兵車に立ちたるを討ちて倒せりヘクトール、
その倒るるを憐れみてテラモニデース・アイアース、
近くに寄せて燦爛と光る大槍投げ飛ばし、
アムピイオスを（セラゴスの子たる）武将を射て斃す。
財に領土に豊かにてパイソスの地に住めるもの、
運命彼を導きてトロイア軍を援けしむ。
テラモニデース、アイアース彼の帯射て影長き
槍に下腹部貫けば地響きなしてどうと伏す、
その戦装を剥がんとしアイア，スこれに飛びかかる、
トロイア軍はこれを見て燦爛光る投槍を
彼に飛ばせば楯の上その幾条はつき刺さる。
かくて屍体を足に踏み青銅の槍抜きとれど、
斃れし敵の美麗なる戦装更に双肩の
上より剥ぐを善くし得ず、乱槍彼を襲ひ来る。
猛威にはやる敵軍はその数多く槍振ひ、

勢ひ凄く迫り来る。将軍さすが勇なるも、
その身長も高くして、その名声も高けれど、
これに手向かふことを得ず、次第に後に引きさがる。
両軍かくて烈々の奮戦苦闘に渡り合ふ。

その時辛き運命はヘーラクレース生むところ、
トレーポレモス勇将をサルペード，ンに向かはしむ、
雷雲寄するクロニオーンその子並びにその裔の、
[1]二将互ひに近よりてやがて面して立てる時、
トレーポレモスまづ先に口を開きて陳じ曰ふ、
『サルペードーン、リュキエーの参謀、汝戦闘の
術知らずしていかなればここに震ひてくぐまるや?
アイギス持てる天王の裔と汝を呼ぶものは
偽れるかな、そのむかしクロニーオーン生み出でし
そのもろもろの英豪に汝遥かに劣らずや?

1 サルペードーンはヂュウスの子、トレーポレモスはヂュウスの子たるヘーラクレースの子。

されども人の曰ふ如く豪勇にして獅子王の
心を持てる我の父へーラクレース偉なるかな、
ラーオメドーンの馬のため彼その昔ここに来つ、
ただ六艘の舟及びただ僅少の人を率《ゐ》て、
イリオン城を陥れ、これの市街を破壊しぬ。
さるを汝は怯にして率ゐる民も弱り果つ。
リュキエよりしてここに来て、更に今より猛しとも、
思ふに汝トロイアに何らの救ひ与へ得ず、
我に討たれて冥王の関門通り過ぎんのみ』

リュキエ軍勢率ゐたるサルペードーン答へ曰ふ、
『トレーポレモス、げに然り、トロイア領主ラーオメドーン、
愚なるが故にその城は汝の父に亡ぼさる。
領主は彼に功立てし勇士をいたく罵《ののし》りて、
そのため遠く彼の来し[1]馬を恩賞なさざりき。

1 ガニメーデースを天上に奪ひ去りしその償ひとしてヂュウスがトロースに与へ、トロースこれをその子ラーオメドーンに与へし馬――ヘーラクレースはラーオメドーンの女を救ひ、この名馬を賞として受くる約を得、されどその約果されず。

されど汝にわが手より死と暗黒の運命と
来らむ、汝わが槍に斃れて我に名声を
与へむ、更に良馬持つ冥府の王に魂魄を』

サルペードーンかく陳じ、トレーポレモス更にその
利刃振り上げ、両将の手より同時に長き槍、
はなれ激しく飛び行きて、サルペードーンは敵の頸
真中を打てば、物すごき鋭刃刺して内に入り、
暗黒の夜は双眼を掩ひて彼を倒れしむ、
トレーポレモス投げ突けし槍は敵将の左腰
打ちて鋭くその穂先貫き通り骨に触る、
されど天父の救ひあり、彼に死滅を逃れしむ。
その神に似る英豪のサルペードーンを戦ひの
場よりその友救ひ出す、その身に立てる長槍は
曳かれ行くまま悩ますを、危急の際に何人も

気つかず、これを腰部より抜き去り彼を地の上に
立たしめんこと思ひ得ず、辛労かくも大なりき。
脛甲堅きアカイアの友乱戦の場の外に
トレーポレモス運び出す、そを眺めたるオヂュッシュウス、
心肝堅く忍ぶ者さすがに痛く胸動く、
その時彼は胸中に思ひ煩ふ、まづ先に
雷霆《らいてい》の威のヂュウスの子サルペードーンを追ふべきか？
或ひはリキア郷軍の夥多《かた》の命を奪はんか？
されどヂュウスの猛き子をその鋭利なる長槍に
倒さんことは英豪のオヂュッシュウスに許されず。
リキアの群れにその心向かはしむるはアテーネー。
かくして討たるコイラノス、アラストールとクロミオス[1]、
アルカンドロス、ハリオスとノエーモーンとプリュタニス。
堅甲光るヘクトールこれを認むるなかりせば、

1　同名異人（一五九行）。

リュキエー勢の他を多くオヂュッシュウスは討ちつらむ。
かくてダナオイ軍勢に恐怖もたらし、ヘクトール、
耀く武具に身をかため先鋒中に進めるを、
サルペードーン、ヂュウスの子喜び悲痛の声に呼ぶ、
『プリアミデーよ、敵人の餌食と我の斃る身を
忍ぶことなく今救へ、止むを得ずんば後の日に
一命ここになげうたむ、かくして我は本国に、
祖先の郷に立ちかへり、恩愛深きわが妻に、
わが幼弱の子に歓喜与ふることのあらざらむ』

かく陳ずるにヘクトール答へず、堅甲ゆるがして、
アカイア族を速やかに攘《はら》ひ斥《しりぞ》け、その軍の
多数の命を奪ふべく勇み躍りて進み行く。
而して勇武神に似るサルペードーンを同僚ら、
共にいたはり、アイギスをもつ天王のめづる樹[1]の

1　このぶな樹はスカイアイ門の前にあり（第六歌二三七行）。

下に横たへ、その腰に立つ白楊の堅き槍、
槍を親しき剛勇のペラゴーン引きて抜き去りぬ。
その時濃霧彼の目を掩ひて魂は彼を棄つ、
されど程なく生き返る――北風吹きて奄々《えんえん》の
呼吸苦しき勇将を再び生に返らしむ。

かなたアレース軍神と黄銅鎧ふヘクト,ルに
向かひ対するアルゴスの軍勢船に帰り得ず、
また奮然と進み出でこれと戦ふことを得ず、
トロイア陣中アレースのあるを悟りて後しざる。
プリアミデース・ヘクトール及びアレース軍神に
殺され武具を剥がれたる最初は誰か？　最終は？
神に類するチュートラス、馬術すぐるるオレステス、
アイトーロスのトレーコス、オイノマオスはこれに次ぐ、
オイノピデース・ヘレノスと耀き光る佩帯《はいたい》の

オレスビオスはまた次に――オレスビオスの住む処、
ケーフィーシスの湖に隣りて特に豊沃の
ピューレー、これの傍らにボイオーチアの富民住む。

かく猛烈の戦ひにアルゴス軍勢数多く、
討たるるを見る皓腕《こうわん》の神女へーレー、傍らに
藍光の目のアテーネー立てるに向かひ叫び曰ふ、
『アイギス持てる天王の常勝の児よ、ああ見よや！
もし無慚なるアレースの斯かる兇暴捨ておかば、
堅城イリオン亡ぼして勇み故郷に帰るべく、
メネラーオスに約したる我の盟ひの辞は空し。
いざ立て、共に猛烈の救ひの道を許らはむ』

宣する旨に藍光の目のアテーネー順《したが》へり。
かくてへーレー端厳の神女――偉大のクロノスの

子は黄金の頭甲ある戦馬の具装整へつ、
侍女ヒーベイは速やかに鉄の車軸をただ中に、
輻《や》の数八の黄銅の輪を車体にぞ据ゑ付くる、
車輪の縁は不壊《ふえ》の金、その上更に黄銅の
被覆いみじく外縁をなして見る目を驚かし、
銀より成れる両轂《もろこしき》左右ひとしく廻り行く、
戦車の床は黄金と白銀の紐編み成して、
而して二重欄干は前後左右を取り囲む。
車体の先に銀製の轅《ながえ》突き出づ、その端に
美なる黄金の軛《くびき》附け、これに黄金の紐を垂れ、
軛の下の疾風の脚疾き馬をヘーレーは
手づから御して戦闘とその喊声にあこがれぬ。

アイギス持てる天王の愛づる明眸《めいぼう》アテーネー、
その多彩なる精妙の衣自ら織り出だし、

自ら工み成せるもの、天父の堂に脱ぎ棄てて、
雷霆の神クロニオーンもてる[1]被服を身に着けつ、
かくて涙の基《もとゐ》たる暴《あら》びの戦具整へり、
双の肩のへ投げ掛くる大楯——総《ふさ》を垂るるもの、
凄し「恐怖」はその中に至重の位保つめり、
「闘争」そこに、「暴力」も、紅血冷やす「追撃」も、
また恐るべきゴルゴーンの怪物すごき頭あり、
アイギス持てる雷霆の神の示せる畏怖の像。
また頭上にアテーネー兜戴く、その上に
二本の角と隆起四つ、[2]百の都城の兵を掩ふ、
かくて親しく燦爛の兵車に神女立ち上がり、
重くて堅き大槍をその手に取りぬ、槍により
手向かふものをアテーネー奮然として打ち敗る。
へーレーかくて迅速に駿馬に鞭を打ち当てて、
駆れば天上もろもろの門は豁然《かつぜん》と開かるる、

1 アテーネーが父神の武装を身に着くること。第八歌三八五行にもあり、特殊の恩愛を見るべし。
2 意味分明ならず、七三九行以後この一段に関して学者の意見紛々。

門の司は「時の霊」[1]——上天及びオリュムポス
これに托さる、濃雲を開き或ひは閉ぢるため、
ここを二神はその命に応ずる駿馬駆り去りぬ。

諸峰群れ立つオリュムポス、その最高の頂に
諸神と離れ悠然と坐せる雷霆クロニオーン、
これを眺むるヘーレーは、兵車をそこに引きとどめ、
天威かしこきクロノスの子に問ひかけて陳じ曰ふ、

『天父ヂュウスよ、アレースのかく兇暴に狂へるを
君怒らずや？　アカイアの族の幾何《いくばく》、何人を
彼は無慚に斃せしぞ！　悲哀かくして我にあり。
さるをキュプリス、銀弓のアポローン共に狂暴の
彼を励まし荒れしめて悠然として喜べり！
天父ヂュウスよ、アレースをいたく懲らして戦場の

1　ホーライの数と名とをホメーロスは（ムーサイと同様に）詩中に説くこと無し。

外に我もし攘《はら》はんに君それ我に怒らんか？』
雷雲寄するクロニオーンその時答へ宣し曰ふ、
『彼に対してアテーネー、勝利のわが子、起たしめよ、
わが子すべてに優る彼、アレース懲らす術に馴る』
しか宣すれば皓腕のヘーレーこれに従ひて、
劇しく鞭を加ふれば、両馬即ち飛ぶ如く、
大地と星の空のあひ勇みて遠く駆け出だす。
岸上高く展望の岬に立ちて人遠く、
葡萄の酒の色湧かす大海眺めわたすごと、
蹄の音も高らかに神女の双馬遠く馳《は》す。
かくてトロイア平原に[1]スカマンダロス、シモエース、
二つの流れ相混じ合する場《には》に着ける時、
馬を駐《とど》めて戦車より玉腕白きヘーレーは、
これを放ちてそのめぐり厚く雲霧を掩ひ布く、

1 別名クサントス。

またシモエースこれがため[1]アムブロシアを生ぜしむ。
共にアルゴス軍勢に力添ふべく念切に、
怯《おび》ゆる鳩の行く如くそこより二神歩を進め、
馬術巧みの豪勇のヂオメーデース取り囲み、
軍勢中の至剛なる、数また最も優るもの、
生肉喰らふ獅子のごと、或ひは猛く容易《たやす》くは
打ち勝ちがたき野猪のごと、群れゐるほとり訪ひ来り、
玉腕白き端厳《たんごん》の神女へーレー高らかに、
声黄銅のごとくして五十の人の声合はす
[2]ステントールの雄剛の姿を借りて宣し曰ふ、
『恥ぢよ汝らアルゴスの卑怯なる者、形のみ
優る、先にはアキリュウス軍陣中にありし時、
[3]ダルダニエーの城門の前に、トロイア敵軍は
彼の鋭き槍恐れ、それの姿を見せざりき、

1　ここは芳草を意味す。
2　この名はこの後『イーリアス』中に現れず。しかも大音の諺となる。アリストテレスの政治論第七歌四行「ステントールの声を持たずしては……」
3　即ちスカイアイ城門（第三歌一四五行）。

見よ今敵はその都城離れて船を前に攻む』
しかく宣して将卒の魂を励まし勇を鼓す。
更に藍光の目の神女チュウデーデース訪ひ行けば、
兵車駿馬の傍らに猛き将軍その疵を――
先にパンダロス射りし矢の疵を治めて座を占めつ、
その円形の楯むすぶ太き革紐、その下の
淋漓《りんり》の汗に悩みつつ腕疲れたる勇将は、
即ち紐を解き緩め疵の黒血を吹き拭ふ。
その時神女その馬の軛に触れて彼に曰ふ、
『ああチュウヂュース生める子は痛くも父に似ざるよな！
将チュウヂュース身の丈は短かりしも勇ありき。
[1]むかし身独りテーバイに、使ひになりてカドモスの、
種族の中に往ける時、（我その時に庁中に

1 第四歌三七六行以下。

彼を酒宴に招かしむ）武勇の示し、競技《きほひわざ》、
彼に対して我はつゆ求めざりしも例のごと、
英武の彼はテーバイの子らに挑みて技競ひ、
すべてに於てことごとくその一同に打ち勝てり、
[1]（容易く勝てり、そこに我彼に援助を施しき。）
今我汝の側《そば》に立ち、汝を守り、心より
敵軍トロイア軍勢と戦ふことを命じ曰ふ。
さはれ夥多《あまた》の戦闘によりて汝の四肢疲る、
或ひは卑怯の恐怖より汝は絶えて動き得ず。
知るべし汝、勇猛の[2]オイネーデースの子に非ず』

ヂオメーデース――勇猛のチュウデーデース答へ曰ふ、
『アイギス持てる、ヂュウスの子、神女よ君を我は知る。
されば進んで聊《いささ》かも隠さず君に打ち明けむ。
卑怯の恐れ、怠慢は我を抑ゆるものならず、

1　チュウヂュース自らの勇を今女神は説きつつあり。この行は矛盾、誤つて挿入さる（リーフ）。
2　オイニュウスの子即チュウヂュース。

君が降せる厳命を思ひ出づるが故にのみ。
慶福享《う》くるもろもろの神に対する戦ひは
すべて許さず、ただ独りアプロヂ，テーの戦場に
来らん時は青銅の刃をあげて討つべしと。
その命により退きてここに留まり、同僚の
アルゴス将士誡《いまし》めてここに等しく陣せしむ、
アレースかなた戦場に命を下すを知るが故』

藍光の目のアテーネー神女答へて彼に曰ふ、
『ヂオメーデース、わが愛づるチュウヂュースの武勇の子、
恐るる勿れ、アレースを、はたまた神明の中にして
何もの彼に与《くみ》するも、我は汝を助くべし。
いざ単蹄の馬を駆り、まづアレースに突きかかれ、
近きに迫り、アレースを——かの暴《あ》れ狂ふ慓悍《ひょうかん》の
神——反覆の禍《まがつみ》を打ちて憚《はばか》ること勿れ。

先には天妃ヘーレーと我とに彼は約し曰ふ、
アルゴス勢に味方してトロイア軍を討つべしと、
その約忘れ、彼ぞ今トロイア軍の援けなる』

しかく宣して兵車より神女手づからステネロス
引きて大地に降らしむ、勇士直ちに降り立てり。
かくして神女豪勇のヂオメーデースの傍らに
勇み戦車に乗りたてば、樫の軸木は高らかに、
神と人との恐るべき重さのもとに鳴りきしる。
即ち鞭と手綱とを手にしてパラス・アテーネー、
アレースめがけ単蹄の駿馬ただちに駆り進む。
アレースときにペリイパス（オケーシオスの生む処、）
アイトーロスの族中にすぐれし巨人の武具を剥ぐ、
血汐に染みて武具剥げるそのアレースに見られじと、
[1]アーイデースのその兜《かぶと》いただく神女アテーネー。

1 冥府の王の名は「目に触れざる者」の意。アイデースまたアーイデース（Brasse）。

こなたアレース、人間の禍の神、英豪の
ヂオメーデース眺め見つ、倒して魂を奪ひたる
長身の敵ペリイパス斃れし場に棄ておきて、
馬術巧みの豪勇のヂオメーデースに馳せ向かふ。
かくして両者真近くに互ひに迫り来る時、
敵の生命絶やすべき一念切にアレースは、
軛手綱の上こして黄銅の槍投げ飛ばす、
その槍宙に手に握る藍光の目のアテーネー、
かくて空しく飛び来る槍を戦車の外に投ぐ。
つづいておのが順来る雄叫び凄き豪勇の
ヂオメーデース、黄銅の槍繰り出せばアテーネー　（口絵②）
こをアレースの革帯のほとり腹下に衝き入らす。
勇将かくてアレースに疵を負はして肉破り、
槍を手許に繰りもどす、その時強きアレースの
叫ぶ音声たとふれば九千或は一万の

軍勢ともに同音に戦場中に叫ぶごと、
トロイア及びアカイアの両軍ひとしくこれを聞き、
恐怖に震ふ、アレースの叫喚かくも凄かりき。

天蒸し暑く風荒び怒号の中に夜のごと、
雲霧まくろく湧き出づる――その様みせて物凄く、
ヂオメーデース、剛勇の将の目の前アレースは――
暴《あら》びの神は雲に乗り、大空高く昇り去る。

かくて諸神の住む処、ウーリュムポスの頂に
早くも着きて雷霆のクロニオーンのそばに坐し、
受けし疵より流れづる浄血示し惨然と、
悲憤の念に駆られつつ、羽ある言句を陳じ曰ふ、

『天王ヂュウス、ああ君はこの凶暴を怒らずや?
我ら諸神は人間に恵みを加へ施して、

好みて相互争ひて激しき苦難忍び受く。
狂ふ無慚のかの息女――常に不法をたくらめる――
彼に父たる故をもてすべては君に相叛《そむ》く、
ウーリュムポスに住める他の不滅の神はことごとく、
君に忠順尽しつつ、その命令に従へり。
言句或ひは業に因り君はかの女を警《いまし》めず、
子[1]たるの故に君はその狂暴のわざ励ませり。
彼女はかくて剛勇のヂオメーデースをそそのかし、
不死の諸神に逆らひて彼の暴威を奮はしむ。
アプロヂ，テーの手首をば彼は真先に傷《そこ》なひて、
次にさながら神のごと我を目がけて襲ひ来ぬ。
さもあれ我の速き脚我を救へり、然らずば
死屍《しし》累々のただ中に長く悩みを受けつらむ、
或ひは彼の鋭刃に打たれ虚弱になりつらむ』

1　ホメーロスの詩中にアテーネー誕生の詳説なし。ヂュウスの頭より生る云々は、後世の説。

雷雲寄するクロニオーン睨みて彼に答へ曰ふ、
『わが傍らに座を占めて嘆くを止めよ、反覆者、
ウーリュムポスに住む神の中に最も憎き者、
汝は不和を争ひをまた戦闘をつねに好《す》く。
汝を生めるヘーレーの耐ふべからざる屈せざる
性《さが》を汝は受け嗣《つ》げり、彼を制すること難し。
恐らく彼の助言より汝この難受けつらむ。
汝の長く苦しむをさもあれ我は忍び得じ、
汝正しく我の種、ヘーレー我に生みなせり。
忌み恐るべき汝他の神より生《あ》れしものならば、
ウーラニオーンの諸子[1]よりも低きにとくに落ちつらむ』

しかく宣して命くだしパイエーオーンに治癒せしむ、
即ち鎮痛の薬もてパイエーオーン忽ちに
彼を癒やしぬ、畢竟は死すべき質に非ざれば。

1 クロノス及びイーアペトス（第八歌四七九行）。

たとへば白き乳液に無花果《いちじく》の汁搾り入れ、
掻き乱す時忽ちに凝りて固体となる如く、
かく迅速に猛烈のアレース傷を癒やされぬ。
ヒーベイ彼の身を洗ひ美麗の衣纏《まと》はしむ、
即ち彼は傲然とクロニオーンの側に坐す。
更にアルゴスのヘーレーとアラルコメネー・アテーネー、
共にヂュウスの宮殿に帰り来れり、人間の
禍の本アレースの屠殺を絶やし平らげて。

# 第六歌

神々去る後、両軍相戦ふ——アカイア軍の優勢。ヘレノスに説かれてヘクトール城中に帰り、母ヘカベーをして神女アテーネーを祭らしめんとす。グラオコスとヂオメーデースとの会見。彼らの父祖の親交。これを思ひ、戦はず、武具を交換して別る。ヘクトール城中に帰る。神女アテーネーに捧ぐる宝と祈り。ヘクトールその弟パリスを責む。ヘクトールその妻子との会見及び告別。パリス武装してヘクトールと共に戦場に進む。

（諸[1]神退き）戦闘はトロイア及びアカイアの
軍勢中に行はれシモエースまたクサントス、
両河の間、原上のあなたこなたに黄銅の
槍は互ひに揮はれて奮戦正に今激し。
テラモニデース・アイアース、アカイア軍の堅き城、
真先に立ちてトロイアの陣を破りて、光明を

1　この句原文に無し。

その友僚に齎しつ、トレーイクスの族中に
至剛のほまれアカマース[1]、(ユウソーロスの子)を討ちぬ。
アイア’ス即ち真つ先に長き冠毛振りかざす
その敵将の甲突けば覘《ねら》ひ違はず鋭刃の
槍は骨まで深く入り、暗黒彼の目を蔽ふ。

雄叫び高き豪勇のヂオメーデース討ち取るは、
チュウトラースの生めるもの、堅き城市のアリスベー[2]
領とし富みてよく人に愛を受けたるアキシュロス、
その邸宅は街道にのぞみ親しく人を容る。
されどもここに何人もその面前に走り来て、
彼の悲惨の運命を救はず。二人命おとす、
彼と従者のカレーシォス、――彼の戦馬を御する者、
二人等しく斃されて共に黄土の底に行く。

1 第二歌八四四行、第五歌四六二行。
2 第二歌八三六行。

ユウリアロスの討ち取るはオペルチオスとドレーソス、
ついで二将のあとを追ふ、アイゼーポスとペーダソス、
二将の母は水の仙、アバルバレエー、そのむかし
ブーコリオーンに二子産みぬ、ブーコリオーンはすぐれたる
ラーオメドーンのはじめの子、私《ひそ》かに母の産むところ、
彼群羊を牧《か》ひし時、そこに仙女に契り逢ひ、
仙女かくして身ごもりてやがて双児の母たりき。
メーキスチュウス産める子[1]は今その二人打ち倒し、
威力と肢体亡ぼして更に肩より武具を剥ぐ。

ポリュポイテース次にまたアスチュアロスを討ち取れば、
ペルコーテーのピヂュテスをオヂュッシュウスは黄銅の
槍にて倒し、チュウクロスまたアレタオーン討ち取りぬ。
アブレーロスを槍をもてアーンチロコスは討ち取りぬ、
アガメムノーン、民の王、王は倒せりエラトスを、

1 即ユウリアロス。

サトニオエース清流のほとりに近く、嶮要の
ペーダソス市に住む者を——またピュラコスの逃げ行くを、
討ちて倒せりレーイトス、メランチオスをユ，リピュロス。

雄叫び高きメネラオス、[1]アドレーストスを生きながら
擒《とら》へり、彼の戦車曳く二頭の馬は原上を、
恐れ狂ひて駆け走り、柳の枝にからまりて、
為に轅《ながえ》の端の上戦車を砕き、他の人馬
怖れて逃ぐる路の上共に城市に向かひ去る、
車上の彼は逆さまに振り落されて、地の上に
車輪のほとり塵嚙みて俯せば、傍へに迫り来る
アトレーデース・メネラオス手には大身の槍を取る、
その膝抱き声あげてアドレーストス乞ひ求む、

『アトレーデーよわが命助け、賠償受け入れよ、

1 第二歌八三〇行、同名異人。

富めるわが父蓄ふる種々の財宝数知れず、
黄銅並びに黄金をまた鉄製の具を備ふ、
アカイア水師の中にして我の生けるを知らん時、
父喜びて莫大の賠償君に贈るべし』

しかく陳じて将軍の胸裏の思ひ動かせば、
彼はアカイア軽舟の中にその捕虜送るべく、
これを従者に附せんとす、その面前にとぶ如く、
アガメムノーン駆けて来て大喝なして叫び曰ふ、
『ああ懦弱《だじゃく》なるメネラオス、など敵人を憐れむや？
トロイア族の大いなる好意を汝館内に
嘗《かつ》て受けしや？　一人だも我らの手より蒙らす
無慚の破滅避けしめな、まだ胎内にある子すら
免《のが》るべからず、ことごとく皆絶やすべし、一片の

墳墓も跡もトロイアの空に留めず絶やすべし』

アガメムノーンかく宣《の》ぶる忠言聞きて弟は、
心を変じ手をのしてアドレーストスを引き握《つか》み、
投げてあなたに打ち飛ばす、倒るる彼の脇腹を
突きて殺して、勇猛のアトレーデースその胸を
踵《かかと》に踏まひ鋭刃の槍を死屍より引き抜きぬ。

その時高くネストール、アルゴス勢に叫び曰ふ、
『友よ、ダナオイ諸勇士よ、神アレースの従者らよ、
汝らの中何人《なんぴと》も、戦利の品を飽くまでも
水師の中に運ぶべく、後に留まりて掠奪の
業にいそしむこと勿れ、ただ敵人を打ち倒せ、
後に静かに原上に彼らの死屍を剥ぎ得べし』

しかく陳じておのおのの意気と勇とを奮はしむ。
その時トロイア軍勢はアレース愛づるアカイアの
軍に追はれてイーリオス城内さして逃げんとす。
プリアモスの子へレノスはすぐれし占者[1]かくと見て、
アイネーアスとヘクト，ルの傍《かた》へに立ちてこれに曰ふ、
『アイネーアスよ、ヘク，トルよ、戦闘並びに評定の
席に汝ら一切に優る、汝らトロイアと
リキア二族の信頼を最も多くおくところ、
汝四方を廻る後ここに留まり、わが軍を
城門前に引き止めよ、さらずば逃げて城に入り、
婦女に抱かれ戯れて敵の嗤笑《ししょう》を招くべし。
かくてすべての軍隊を励まし勇を鼓する後、
疲労厭はずもろ共にここに留まり、アカイアの
軍に敵して戦はむ、運命我に迫り来ぬ。

1　プリアモス王の子にして占術を能くする者は彼と妹カッサンドレーとのみ。

ヘクト，ル、汝城に入り我ら二人の母に曰へ。
母は丘の上《へ》祭らるる藍光の目のアテーネー、
神女パラスの殿堂の聖門鍵もて開き入り、
中にトロイア城内の主婦を遍《あまね》く集むべし、
母はしかして館中にもてる衣裳の数々の
中に、最美と最秀と認め最も愛づる者、
そを雲髻《うんけい》のアテーネー神女の膝に[1]捧ぐべし。
更に母また盟ふべし、トロイア城と城中の
妻子老幼憐れみて、神女許りてイーリオン
そこより猛き敵の将、恐怖を我に起すもの、
ヂオメーデース攘ひなばその壇上に一歳の
無垢の子牛の十二頭感謝をこめて捧げんと。
チュウデーデースは敵中の、わが見るところ最勇士、
怖るべきかな、女神より生《あ》れしと伝ふアキリュウス、
それにも増して恐るべし、ああ猖獗《しょうけつ》やこの敵士、

1　座像と見ゆ。衣を神女に捧ぐる模様の彫刻はアテーナイ府のパルテノーン殿堂にあり。

その烈々の剛勇を彼と比すべき者あらず』

しか宣すればヘクトールその同胞の言に聴き、
武具を携へ戦車よりひらり大地に飛び降り、
鋭利の槍を振り廻し諸隊遍く経廻りて、
これを励まし猛烈の戦闘に駆け進ましむ。
かくして彼ら引き返しアカイア勢に向かひ立つ。
アルゴス陣は退きてその殺戮の手を留め、
心に思ふ、衆星の羅《つら》なる天を降り来る
とある神明トロイアを助けてかくも奮はすと。
その時トロイア軍勢に大音に叫ぶヘクトール、

『ああ豪勇のトロイア族、また遠来の援軍ら、
わが友！　汝の勇を鼓し、その面目を恥ぢしめそ。
我イリオンに赴きて而して評議司る

長老及び妻女らに勧め促し、慇懃《いんぎん》に
諸神に祈禱捧げしめ、犠牲の盟ひ為さしめむ』

堅甲光るヘクトール、しかく宣して立ち去れば、
今背に負へる彼の楯[1]隆起の飾りもてるもの、
その縁《へり》をなす黒き革、頸と踵を乱れ打つ。

ヒポロコスの子グローコス、またチュウヂュースの武勇の子、
各々はげしく戦闘を望み二陣の前に出づ、
かくして二将間《あひ》近く互ひに迫り寄する時、
雄叫び高き豪勇のヂオメーデース先づ陳ず、
『ああ無常なる人間の中に秀づる君は誰《た》ぞ？
名誉を競ふ戦場に我は初めて君を見る、
影長く曳く鋭鋒の、これこの槍に手向かへば、

1 楯は枠《わく》の上に黒き皮革を張り、上に金属の板を蔽ふ。皮革は金板の外に食み出で縁を為す。退く時はこの楯を背に負ふ。楯は大にして足に届く。

君は正しくその勇気凛々《りんりん》として他に勝る。
わが剛勇を敵とする子らの父こそ不幸なれ。
さはれ君もし天上を降れる神の一ならば、
我戦はず、[1]天上の神を敵とし戦はず。
ドリアスの子のリュコエルゴス勇すぐれしも天上の
神を恐れず敵として遂に寿命は永からず。
ニューセイオンの丘の上ヂュオニューソスのもろもろの
保姆をいにしへ駆りし彼、リュコエルゴスは無慚なる
尖れる棒に追ひたてて、彼らの杖をことごとく
地上に投じ棄てしめぬ、ヂュオニューソスは恐ぢ震ひ、
海の潮の底くぐる、テチスその時その胸に
人のおどしに震ふ彼、恐怖の彼を抱き取りき。
リュコエルゴスを悠々の生を送れる神明は
かくして憎み、雷霆のヂュウスは彼の目を奪ふ。
不死の諸神の憎しみに、かくて程なく彼逝けり。

1　ヂオメーデースが神と戦ひしこと前の第五歌にあり、この段と矛盾す。

我慶福の神明と戦ふことを敢へてせず、
されど大地の産物を食ふ人間の身なりせば、
汝近づけ、速やかに死滅の域に入らんため』

ピッポロコスの勇しき子息答へて彼に曰ふ、
『ああチュウヂュースの勇武の子、我の素生をなど問ふや？
[1]樹の緑葉のそれのごと人の素生もまた然り、
風は樹葉を吹き去りて大地に散らし、森林は
春の新たに回る時他をまた芽出し長ぜしむ。
かく人間の世代も時に生れて時にやむ。
されど多くの人々のよく知る如く、我の系、
君もし委細知らまくば今我君に陳ずべし。
馬匹の産地[2]アルゴスの郷の一都市エピュレーに、
いにしへ住めるシーシュポス・アイオリデース、策略は
衆に優りき、優る者生みたるその子グローコス、

1 有名の句。シモニデス曰く、『キオスの人（ホメーロス）の句に云々あり』人生の無常は第二十一歌四六四―四六七行にも説かる、人間の不幸を嘆ずるは第十七歌四四五―四四七行、第二十四歌五二五行。
2 ここはペロポンネソス全部を指す。エピュレーは恐らくコリントス。

そのグローコス比類なきベ[1]レロポンテース生みなせり、
神の恵みにこの勇士美にして威あり猛からず。
彼に国王プロイトス禍害たくらみ領土より
放ちて外に遣はしぬ、王プロイトス、アルゴスの
中にギュウスの寵によりあまねく部下を服せしむ。
これより先に彼の妻、艶麗の妻アンテーア、
私かに勇士慕へどもベレロポンテ，ス警めて、
操正しく身を守り邪恋の声に耳貸さず。
[2]淫婦怒りてプロイトス夫王に讒《ざん》し告げて曰ふ、
『ああプロイトス、亡び去れ、さなくば我に不義の恋、
迫りし彼の命を絶て、ベレロポンテ，ス疾く殺せ』
しか陳ずるを耳にして王ははげしく憤る。
されども彼を恐るればその殺害を敢へてせず、
リュキエの郷に彼をやり、たたむ書板のその中に
その殺害の命令を記[3]せるものを齎して、

1　淫婦の邪恋の物語。ギリシャに於て他に有名なる者はヒポリュトスのそれ、ユーリピデースこれを悲劇となす、後代にセネカまた更に後代にラシイヌの作あり。
2　本名はヒッポノス、その族人ベレロスを殺せる故にベレロポンテースと呼ばる。
3　当時文書の技ありしことを示す。

岳父の許に致さしむ、彼の一命絶やすため。
かくて諸神に導かれ行きて流れのクサントス
リュキエの郷に着ける時その広大の地のあるじ、
リュキエの王は慇懃に勇士を崇め、もてなしつ、
九頭の牛を屠りつつ、九日続きて宴開き、
明くるあしたに、紅の薔薇《さうび》色なる指もてる
曙の神エーオース現れし時、彼に問ひ、
その愛婿《あいせい》のプロイトス送れる帖を求め取り、
これを開きて中にある凄き命令読める時、
彼に命じてまづ先に打ち勝ち難きキマイラを、
神の系たるキマイラを敵とし行きて破らしむ、
怪物の身は前は獅子、後はドラゴン、中は山羊、
炎々として物凄き火焔口より吐けるもの。
ベレロポンテ，ス神明の教へ奉じて怪物を
倒せる後に引き続きソリュモイ族と戦へり。

その戦闘は人中の至難のものと彼は曰ふ。
更に続きてアマゾネス、勇武の女軍亡ぼせり。
その凱旋の途《みち》待ちて王は新たにたくらみつ、
広き領土のリュキエの地、中の至剛の徒を撰び、
埋伏せしむ、然れども彼らは家に帰り来ず、
ベレロポンテ’ス勇奮ひ皆ことごとく打ち取りぬ。
その時王は神明の種とし彼を認め知り、
彼を留めて彼の手に愛女を与へ、更にまた
王者の名誉一切の半ばを割きて譲り去る、
リュキエの族は加ふるにすぐれし領土一部割き、
彼に与へり、豊沃の果樹と穀との美《うま》し地を。
ベレロポンテ’ス勇将の妻は三児を挙げ得たり、
イーサンドロス、ヒポロコス、ラオダメーアを挙げ得たり、
ラオダメーアにクロニオーン、雷霆の神契りつつ
黄銅鎧ひ神に似るサルペードーンを生みなしぬ。

ベレロポンテ，ス、さりながら後に諸神[1]に憎まれつ、
心を蝕し悄然と、一人さびしく漂浪の
旅に人目を避け行きぬ、アレーイオスの原上に。
ソリュモイ族の勇士らとイサンドロスの戦へる
時にアレースあらびつつイサンドロスを亡ぼしぬ、
またアルテミス憤りラオダメーアを亡ぼしぬ。
残るは独りヒポロコス、彼ぞ正しく我の父。
我をトロイア戦場に送りて我を警めぬ、
つねにすべてに立ち勝れ、すべての中の至剛たれ、
エピュレー及び広大のリュキエの郷に生まれ来て、
歴代常にかち得たる祖先の名誉汚すなと。
系統及び血族のいはれは斯くと我誇る』

しか陳ずれば大音のヂオメーデース悦喜《えつき》しつ、
即ち槍を取り直し大地の胸に衝き立てつ、

1 晩年狂ふ。

睦みの言句向かひ合ふ将に対して宣し曰ふ、

『さてこそ君は昔より祖先伝来我の友、
我の勇祖父オイニュウス[1]その館中にそのむかし、
ベレロポンテ，スもてなして二十日《はつか》に亘り宿らしめ、
更に互ひの友愛に美麗の品を取り換へき、
紫染めし燦爛の帯をわが祖父彼の手に、
黄金製の盃をベレロポンテ，スわが祖父に、
その盃は門出《かどいで》に我邸中に残しきぬ。
アカイアの軍テーベーに敗れし昔、家を辞し
父チュウヂュース去れる時我幼くて見覚えず。
我今かなたアルゴスに主として君を迎ふべし、
我リュキエの地を訪はん時、君また我を迎ふべし。
さらばこれこの戦場に互ひの槍を避けしめよ。
神明我に恵み垂れ、わが健脚の及ぶもの、

1 第九歌五三三行以下にまたオイニウスを説く、彼はチュウヂュースがテーベーに戦死の後、孫ヂオメーデースを育つ。

トロイア及び援軍の中に打ち取る者多し。
同じくアカイア軍勢の多くを君は打ち取らむ。
いざ今軍装我と君換うべし、父祖の伝来の
友たることを両軍の戦士ひとしく知らんため』

しかく陳じて[1]戦車より両将等しく飛びおりつ、
互ひに手と手握り合ひ誓言互ひに曰ひ換はす。
[2]その時ヂュウス・クロニオーン、グローコスの智を奪ふ、
ヂオメーデース勇将と彼は武装を取り換へぬ、
百牛の値の黄金を九牛の価ある黄銅に。

こなた英武のヘクトール、[3]西大門と山毛欅《ぶな》の木に
着けばトロイア城中の夫人息女ら寄せ来り、
子弟と友と良人の消息切に尋ね問ふ。
将軍さはれ厳然と誡《いまし》め、神に祈るべく、

1　二一三行に槍を大地につきたつとあり。矛盾。
2　この奇異なる結末は了解に苦しむ。
3　スカイアイ（西門の意）。

禍害を憂ひおびえたるすべてに命をのべ伝ふ。
かくて華麗の宮殿に王プリアモス住む処、
彫琢こらす柱廊を具へるほとり到り着く。
そこに磨ける石の室、互ひに隣り築かるる
その数五十、元戎《げんじゅう》の王プリアモス生みなせる
諸王子おのおの正妻と共に起き伏しする処、
更に同じく国王の息女のために設けられ、
広き中庭隔てたる向かひの側に彫琢の
石にて成れる室十二、王プリアモスの愛婿《あいせい》ら、
その貞淑の妻共に隣り起き伏しする処、
そこに慈愛の母夫人、息女の中に艶麗の誉れの
高きラオヂケイ倶し、将軍に向かひ来つ、
親しく彼の手を執りて彼に対して陳じ曰ふ、
『我が子何故戦場の荒びを棄ててここに来し？

荒びて狂ふアカイアの軍勢迫り城壁の
側に戦ふ、かるが故汝の心イリオンの
高き壁上神明に祈り上げよと命じけむ。
暫《しば》く休め、甘美なる芳醇我はもたらさむ。
クロニーオーン及び他の諸神にはじめ奉り、
次にわが子よ口にして汝の元気とり直せ、
疲れし人に玉盃はすこぶる可なり、汝今
　勇を奮ひて同胞を禦《ふせ》ぎて痛く疲れたり』

堅甲光るヘクトール即ち答へて陳じ曰ふ、
『あはれわが慈母、甘美なる酒を齎すこと勿れ、
恐らく我を弱らしめ、勇と力と棄てしめむ。
洗はざる手に黒き酒クロニオーンに捧ぐるを
我は憚《はばか》る、雷雲を集むる神に血と塵に
まみる不浄の手を挙げて祈らんことは許されず。

さはあれ君は香料を携へ、老いし女性らを
倶して藍光の目の神女、アテーネーの宮詣《まう》づべし。
居館の中に蓄ふる最上最美のよき衣、
君の最も愛づるもの、そを取り出だし、鬢毛《びんもう》の
美なる神霊アテーネーその膝の上《へ》に奉れ、
而して誓へ、神女もしトロイア及び城中の
女性並びに小児らを憐れみおぼし、チュウヂュース
生める猛将、恐るべき戦将、禍難を醸す者、
彼を聖なるイーリオン城外遠く攘《はら》ふ時、
初歳の牝牛十二頭無垢なるものを捧げんと。
いざやわが慈母アテーネー神女の宮をさして行け、
我はパリスの許を訪ひ彼に命ぜむ、わが言に
彼もし耳を貸すとせば。[1]ああ今大地忽然と
彼に向かひて開けかし、ウーリュムポスの神彼を
育て、トロイア、プリアモス並びに諸子の大いなる

1　第四歌一八一行。

詛《のろ》ひとなせり、彼にして冥王の府に落ち行くを、
わが目親しく見るとせば苦き不幸を忘るべし』

しか宣すれば母夫人その館中をめざし行き、
従者に命じ城内の老いし女性を集めしむ。
しかして香を薫じたる奥に進めり――もろもろの
千紫万紅身を飾る衣服はそこに数知らず。
美貌のアレクサンドロスひろき海原漕ぎ返し、
名家の娘ヘレネーを誘ひし同じ途《みち》の上、
シドーン[1]の地より得たるもの、シドーンの少女織りしもの。
中の一枚とりあげてヘカベーこれを奉る、
そは巧妙を極めたる最美最麗、燦として、
星の如くに耀きて、すべての下に蔵めらる。
即ちこれを携へて侍女を率ゐて宮に行く。
かくして高き丘の上、神女パラスに詣づれば、

1　ポエニキエー（ヘニキア）の最古の都。

頬美しき[1]テアーノー、アンテーノルの配にして
父は老将キッセイス、トロイア人に撰ばれて、
宮の祭司となれる者、彼らのために戸を開く。
悲しみ叫ぶ女性らは神女に向かひ手を挙げつ、
頬美はしきテアーノー衣服を取りて鬢毛の
美なる神女の膝の上、献じ捧げて雷霆の
クロニオーンの大いなる息女に祈り求め曰ふ、
『ああ端厳のアテーネー、尊き神女、わが応護、
ヂオメーデースの大槍をくじかせたまへ、願はくは
彼スカイアイ大門の前に真《ま》逆《さか》に落ちよかし。
トロイア及び城中の女性小児に哀憐を
賜はば初歳の子牛らの無垢なるものを十二頭、
直ちにここに牲《にへ》としてこの神殿に捧ぐべし』

1　第五歌七〇行、第十一歌二二四行。

祈願をかくは陳ずれど、そを納受せずアテーネー。

かく雷霆の神の子に彼らは祈る――かなたには
パリスの華美の邸さして脚を進むるヘクトール、
邸はトロイア城中の勝《すぐ》れし工匠もろともに、
主公自ら建てしもの、居室と堂と中庭と
精美を窮め高き地に造られ、王者プリアモス
及び英武のヘクトール、彼らの邸は皆近し。
神の愛するヘクトール、今この邸に進み入り、
十一ペークス長き槍燦爛《さんらん》たるを手に握る、
穂は黄銅の製にして、根元を金の環包む。
パリスは室の中にして華麗の武具を整へつ、
楯と胸甲、角弓をその手に取りて調べ居り、
侍婢《じひ》の間に座を占むるアルガエエーのヘレネーは、
これを督して工芸のいみじき業に勤めしむ。

将軍その時パリスを見、罵辱《ばじょく》の言句吐きて曰ふ、
『奇怪の汝、憤慨[1]を胸裏に宿すこと勿れ、
見よ、衆軍は城壁に、或は城市の傍らに
陸続として討死にす、城市のほとり戦闘の
叫喚高く乱るるは汝の故ぞ、汝また
他の者戦場逃げ去らば必ずこれを罵《ののし》らむ。
起たずや、敵の兵燹《へいせん》に都城の亡び焼くる前』
容姿は神の如くなるパリス答へて彼に曰ふ、
『ああヘクトール、剴切《がいせつ》の君の呵責《かしゃく》を我は受く、
さらば答へむ、願はくは心に留め、我に聞け、
トロイア軍に憤り、怨み怒りて我ここに
坐するに非ず、只独り悲哀[2]に浸り耽けるため。
今わが妻も温柔の言句によりて励まして

1　メネラオスと一騎討し危ふきに臨める時トロイア軍は彼を助けざりき。
2　一騎討に失敗せるが故に。

我を戦場に駆らんとす、我またこれを善しと見る、
勝利の運は敵自方互ひに遷《うつ》るものなれば。
さはれ君待て、軍装を我の整へ終るまで
或ひは先に進み行け、続きて君に追ひ附かむ』

堅甲光るヘクトール黙然として答へ無し、
[1]その時ヘレネー蜜に似る甘美の言を陳じ曰ふ、
『ああわが義兄、禍の基《もとゐ》となりて恐るべき
我は狗《いぬ》にも似たる者――わが母我を産みし時、
颶風《ぐふう》の気息《いぶき》我を駆り山上或は大海の
潮の底に行くすゑを消すべかりしを、さありせば
山海我を葬りてこれらの禍難起り得じ。
さはれ神明この難をその意に決し遂げし後、
我なほ衆の憤慨と罵詈を解し、その責を
感じて更に良き人の妻としならば善かりしを！

1 可憐なる美人の懺悔（第三歌一七五行参照）。

あはれこの人その心堅固に非ず、後も亦
然らむ、かくて応報をいつしか受けむ、我は知る。
さはれ君今内に入り、この椅子につけ、わが義兄、
狗にも似たるわが故に、パリスのなせる咎《とが》ゆゑに、
他の一切を打ち越して君の心は悩めるよ。
ああクロニオーン、[1]運命の悪きを加ふ、かくありて
末代遠き人々に我醜名を歌はれむ』

堅甲光るヘクトールその時答へて彼に曰ふ、
『ヘレネー、汝、慇懃に我を留むること勿れ、
従ひ難し、わが心トロイア勢の応援に、
我を駆り立つ、彼ら今我無き故に悲しめり。
励ませ汝この人を、彼また自ら急ぐべし、
わが城中にある中に来りて我に会すべく。
いざ今行きてわが邸を訪ひて家臣と恩愛の、

1 第三歌一六五行。

妻と可憐の子とを見む、ああ我知らず、後にまた、
この一身を全うし帰りて彼ら見るべきや、
あるは神命アカイアの手中に我を委すべきや？』

堅甲光るヘクトール、しかく宣して別れ去り、
建造いみじきその邸に到る、されども邸中に
アンドロマケー、皓腕《こうわん》の恩愛の妻見出ださず、
妻女は幼児携へて美服纏《まと》へる一侍女と
共に城上の塔の中、慟哭しつつ立ち留る。
貞淑の妻邸中に見出だし得ざるヘクトール、
戸口に行きて立ち留り、侍女らに向かひ宣し曰ふ、
『侍女らよ、汝、真実を委細に我に打ち明けよ、
邸中去りて皓腕のアンドロマケー今いづこ？
我の姉妹や訪ひ行きし？　或は美服の義妹にか？
或はトロイア女性らが鬢毛美なる恐るべき

神女に祈禱奉るパラスの高き殿堂か？』

その時とある忠勤の老女答へて彼に曰ふ、
『正しき報道我に君、命じたまへり、ヘクトール。
君の姉妹に、或はまた、美服を纏ふ義妹らに、
はたトロイアの女性らが鬢毛美なる恐るべき
神女に祈禱奉る宮に夫人の脚向かず、
トロイア軍勢迫られて敵軍盛んに奮へるを、
聞けるが故にイリオンの大塔さして脚運び、
さながら狂女見る如く、急ぎ走りて城壁に
今たたずめり、乳母また共に幼児を抱き行く』

その言聞けるヘクトール、直ちに邸を走り出で、
先に来りし道の上、再び急ぐ脚進め、
城中過ぎてスカイアイ（その大門を駆け出でて

戦場さして進むべき）ほとりに来り着ける時、
彼に逢ふべく[1]高貴なるアンドロマケー馳せ来る。
（森の蔽へるピラゴスの高地の麓テーベーに
住みてキリケス民族の主領なりけるエー，チオーン、
エー，チオーンの生みたるはアンドロマケー、――トロイアの
黄銅鎧ふヘクトール、娶《めと》りて彼の妻としき）
夫人近より来る時、ひとりの侍女は従ひて、
胸に幼齢の児を抱く、恩愛の父ヘクトール
めでいつくしむ幼児《をさなご》は美麗の星にさも似たり。
（父ヘクトール命ぜし名、[2]スカマンドリオス、然れども
衆人呼べる彼の名は[3]アスチュアナクス――その父は
ひとりイリオン守るため）、彼今無言にほほゑみて
愛児眺むる傍らにアンドロマケー近よりて、
涙を流し彼の手を執りて言句を宣し曰ふ、（口絵③）

1 結納の豊富なる意。
2 河神スカマンダロスより？
3 「防都者」

『あはれ良人、勇により君は亡びむ、幼齢の
子をも不幸のわが身をも君憫《あわ》れまず、速やかに
ああ我寡婦となりぬべし、――アカイア勢は一斉に
君を襲ひて斃すべし、君失はば我むしろ
泉下に入るを善しとせむ――君その破滅告ぐる時、
我には一の慰藉なし、残るは独り幽愁の
暗《やみ》のみ、あはれ恩愛の父母もろともに我に無し。
アキルリュウスはわが父を殺しぬ、彼は殷賑《いんしん》の
キリケス族の都なる城門高きテーベーを
荒らしつくして我の父エー[1]チオーンを亡ぼしぬ。
さはあれ彼は憚《はばか》りてその戦装を剥ぎ取らず、
その精巧を尽したる武具もろともに彼を焼き、
その上《へ》に墓を打ち立てつ、後に雷霆のクロニオーン
産める、山住む仙女らは、めぐりに楡《にれ》の樹を植ゑぬ。
はた我ともに殿中に育ちし同胞七人は、

1　第二十一歌四二行は同名異人。

皆ことごとく同じ日に冥王の府に落ち行きぬ、
皆ことごとく蹣跚《ばんさん》と歩む群牛、銀色の
羊児のそばに脚速きアキルリュウスに殺されぬ。
森の蔽へるプラゴスを領せし我の母夫人、
そを擒《とりこ》にしアキリュウス他の数多き鹵獲《ろかく》とも
ここに連れ来てその後に、無量の賠償受け入れて
放ちぬ、されどアルテミス[1]、父の居城に母を射ぬ。
さればヘクト，ル、君は今我にとりては父と母、
兄弟を兼ね、しかもなほ勇気盛んのわが所天《しょてん》。
されば自ら身を愛し、ここ塔中に留《とま》れかし、
愛する者を無慚にも孤児また寡婦と為す勿れ。
また衆軍を無花果樹《いちじく》のほとりに留めよ、そのほとり
防禦薄くて敵の軍容易に中に入り得べし。
三たび最強の敵の軍、来りてこれを試みき、
二人のアイア，ス、高名のイドメニュース、また更に

1 第六歌二〇五行に他の例。

アトレーデース、勇猛のヂオメーデース将として。
恐らく誰か神託を悟りてこれを勧めしか？
或ひは彼ら自らの武勇促し寄せ来しか？』

堅甲光るヘクトールその時答へて彼に曰ふ、
『妻よ、この事ことごとく同じく我の胸にあり、
されど怯者《きょうじゃ》の如くして我もし戦ひ避くとせば、
トロイア満城男女らは何とか曰はむ、恐るべし。
我の心もこれを責む、我は学べり剛勇に、
常に振舞ひ、トロイアの先鋒中に戦ひて、
祖先の名誉、わが名誉、露だも汚すべからずと。
ああ我は知る、心中に我明らかに感じ知る――
[1]日は来るべしイーリオン、聖なる都城亡びの日、
槍に秀づるプリアモス、民衆ともに亡びの日。
[2]さはれ来らんトロイアの禍難、わが母ヘカベーの

1 著名の句（第四歌一六四行参照）。カルタゴー落城を眺めしシピオ（アフリカヌス）この句を吟ぜしと曰はる（アッピアンのカルタゴ戦争百三十二章）。
2 父母以上に妻を悲しむ、偽らざる告白か。東洋倫理とのコントラスト。

それすら、父王の禍難すら、はた勇猛に戦ひて
敵に打たれて塵中に、俯伏しなさん同胞の
その禍難すら、汝ほど我の心を悩まさじ。
黄銅鎧ふアカイアの一人《いちにん》酷《むご》く縛《いま》しめて、
涙にくるる汝の身囚へ引き去るその禍難。
かくて恐らくアルゴスに主人の命に従ひて
布帛《ふはく》織らんか、或はまたメッセーイスかヒュペレーア、
泉の水を担はんか、つらき運命身を圧《お》して。
しかして流涕の汝を見、ある者他日かく曰はむ——
「彼の夫はヘクトール、イリオン城の戦ひに
馬術巧みのトロイアの陣中最も猛き者」
かくこそ他日人曰はめ、新たの悲哀汝の身
襲はむ、奴隷の境地より救ふべき者あらずして。
ああ我汝の囚はれと悲痛の叫び聞かん前、
大地穿《うが》ちて墳塋《ふんえい》の暗なす底に入らまほし！』

しかく宣してヘクトール、愛児に向かひ手を延《の》せば、
父を眺めつ、燦爛の甲に恐れつ、甲の上
馬尾の冠毛おそろしく揺らぐを眺め、驚怖せる
幼き者は泣き出だし、叫喚高く面背け、
華麗の帯を纏《まと》ひたる乳母の胸に身を隠す。
これを眺めて恩愛の父と母とは微笑みつ、
すぐに英武のヘクトール頭《とう》より甲を取りはづし、
燦爛として輝けるままに地上に据ゑおきつ、
胸に愛児を抱き取り、手中に彼をあやしつつ、
クロニーオーン及び他の諸神に祈願捧げ曰ふ、

『ヂュウス並びにもろもろの神霊願はく我の子を、
我と等しくトロイアの中に著名の者と為し、
勇猛の威も等しくてイリオン城を治せしめよ。

然らばわが子戦ひの場《には》より帰り、血と塵に
まみれし鹵《ろ》獲《かく》もたらして母の喜びたらん時、
「父にも優る英豪」と讃して人は称ふべし』

しかく宣して愛妻の手中に愛児抱きとらす、
涙ながらも微笑みて香焚きこむる胸の中、
愛児抱くを眺めつつ、燦爛そぞろ堪へ難く、
手を延《の》し妻をかい撫でて慰め語るヘクトール、
『不憫《ふびん》の者よわが為に悲しみ過ごすこと勿れ、
何らの敵も運命に背きて我を倒し得ず、
[1]一たび生を享くる後、勇怯《ゆうきょう》を問はず、人間の
いかなる者も運命を逃るべからず、ああ思へ！
いざ今家に立ち帰り、おのれの業に心せよ、
機《はた》と杼《かせ》とに心せよ、而して侍女に命下し、
おのおの業に就かしめよ、戦ひこそはイリオンに

1 第十二歌三二一五行。

住める男児の身の勤め、特に中にも我の分《ぶん》』
しかく宣してヘクトール馬尾冠毛の兜取り、
頭《かうべ》にのせぬ、可憐なる妻ははてなき涕涙に
潸然《さんぜん》としてあまたたび見返りながら別れ去り、
やがて堅固に築かれし英豪の将ヘクト，ルの
館に帰りて数多き侍女に委細を物語り
その哀号を挙げしむる、——その時侍女ら館の中、
大ヘクトール、その主公、生ける間に悲しめり、
アカイア族の勇猛の手を免れて戦ひの
場より再び帰ることとあり得べしとは信ぜねば。

かなたパリスは棟高きその館中に留まらず、
黄銅製のすぐれたる武装にその身固めつつ、
その健脚に信をおき、城中過ぎて急ぎ行く。

そをたとふれば廏中《きゅうちゅう》に飽くまで糧を喰みし駒、
繋げる手綱ふりほどき、原上さして駆け出だす、
清き河流に浴すべく馴れたる駒は揚々と、
高く頭を振り上げつ、肩のめぐりに鬣《たてがみ》を
乱しつ、かくて雄麗の姿に誇り、神速の
脚を飛ばして牧草の繁れる場に行く如し。
かく丘上のペルガモス降り、燦爛の武具ひかる
プリアモス王生める子のパリスあたかも日輪の
如く輝き、高らかに笑ひて速き脚進め、
直ちに兄のヘクトール、妻と語れるその場より
別れ去る時認め得つ、容姿さながら神に似る
弟アレクサンドロスまづ口開き陳じ曰ふ、
『わがためらひの長くして急げる君を留めしを、
君、乞ふ許せ、尊命の如くに我は来り得ず』

堅甲光るヘクトールその時答へて彼に曰ふ、
『正しき心持てる者、誰も汝を戦闘の
技に暗しと賤しめず、汝まことに勇士なり、
ただ惜しむらく怠りてその意志弱し、その為に
我は悲しむ、トロイアの人の口端悪評を
汝の上に聞ける時、汝の故に我悩む。
さはれ今起て！　この事を他日正して補はむ、
黄銅鎧ふアカイアの軍をトロイア城外に、
駆逐し去りて、掌中に天の永遠の神明に
感謝の盃《はい》を捧ぐべく、クロニーオーン恵む時』

# 第七歌

アテーネーとアポローンの二神、戦ひを終らんがためヘクトールを促し、敵の最勇者に一騎討ちを挑ましむ。　アカイアの勇将九人応じて立てる中、籤《くじ》によつてテラモニデース、アイアース撰に当る。　両雄の勇戦。　夜に到りて中止、アガメムノーンの陣に食事の後ネストール休戦して屍体を焚かんとす、また城壁と塹壕とを設けしむ。　トロイア軍にアンテーノール和議を提出しヘレネーを返さんとす、パリス反対す。　翌日プリアモス使ひをアカイア陣に送る。　談判成らず。　両軍屍体を葬る。　アカイア軍土工を起す。　海神ポセードーン怒る。　両軍眠る間、雷鳴はげし。

しかく陳じて城門を急ぎて出づるヘクトール、
弟アレクサンドロスこれに伴ふ、両将は
情念切に激烈の奮戦苦闘こころざす。
たとへば水夫海上によく磨かれし楫《かぢ》使ひ、
波浪の上を長く漕ぎ疲労に四肢の弱る時、
神憐れみて順風を望める彼に恵むごと、

しか待望のトロイアの軍に二将は現れぬ。

その時パリス討ち取るはアレーイトオス王の息、
アルネーに住むメネスチオス、父は巧みに矛使ふ、
目は牛王のそれに似るプュロメヅウサは彼の母。
エーイオニュウス黄銅の兜戴くその縁《へり》の
下にその頸鋭刃の槍に貫くヘクトール。
ピポロコスの子グローコス[1]、リキアの軍に主たる者、
乱軍中に槍投げて、デキシアデース、イーピノス、
速き戦車に飛びのれる彼の肩射て貫けば、
真つ逆様に戦車より地上に落ちて息絶えぬ。

かく猛烈の戦ひにトロイア諸将アルゴスの
軍を破るを眺めたる藍光の目のアテーネー、
ウーリュムポスの頂を降り聖なるイリオンに

1 第六歌二三四行。

着きぬ。その時ペルガモス丘上高くアポローン、
神女を眺め、トロイアの戦勝願ひ降り来つ、
二神かくして樫の木の傍《かた》へ互ひに相向かひ、
銀弓の神アポローンまづ口開き宣し曰ふ、

『クロニーオーン、雷霆《らいてい》の神の息女よ、新たなる
何らの思念切にしてウーリュムポスを下り来しや？
戦運決しアカイアに勝利を恵むためなりや？
ああ亡び行くトロイアの運命、君は憐れまず。
さはれ君もし諾《うべな》はばその事遥かに善かるべし、
今日はしばらく両軍の戦争ここに止めしめよ、
後日再び奮闘を始めて遂にトロイアの
亡滅あらむ、この都城破壊し去るは、君及び
他のもろもろの神明の心に協《かな》ふことなれば』

藍光の目のアテーネーその時答へて彼に曰ふ、
『しかあらしめよ、勁箭《けいせん》を遥かに飛ばす君――我も
同じ思ひにトロイアとアカイア陣のただ中に
来りぬ、さはれいかにしてこの戦闘をとどむべき?』

ヂュウスの神子アポローンその時答へ陳じ曰ふ、
『戦馬を御するヘクトル の勇気を奮ひ起たしめよ、
彼はアカイア陣中の勇士に挑み、まのあたり、
戦慄すべき戦ひを一人と一人決すべし、
黄銅鎧ふアカイアの軍勢はたまた憤り、
猛きヘクトル敵とする一人の勇士励まさむ』

藍光の目のアテーネーその言聞きてうなづきぬ。
しか計らへる二位の神、神意悦ぶ計らひを
王プリアモス生める息[1]ヘレノス胸に感知して、

1 第六歌七五行。

行きて英武のヘクトール訪ひて向かひて陳じ曰ふ、
『王プリアモス生める息、智は神に似るヘクトール、
君と我とは同じ胞《はら》、君いま我に聴くべきか？
トロイア及びアカイアの軍勢ひとしく坐らしめ、
アカイア勢の中にして至剛の者に君挑め、
戦慄すべき決闘に来りて我と戦へと。
死の運命は未だなほ君に到らず、しかく我
天上不死の神霊の声を正しく聞き取りぬ』

しか陳ずればヘクトール聞きて大いに歓喜しつ、
陣中行きてその槍のもなかを握り、トロイアの
すべての部隊押し留む、衆は即ち地に坐しぬ。
黄銅鎧ふ自方をばアガメムノーン坐せしめぬ。
藍光の目のアテーネー、銀弓の神アポローン、
両軍眺め喜びて、アイギス持てる天王の

聖なる樫の樹の上に、身を[1]猛禽の形にして、
坐せばトロイア、アカイアの両軍おのおの密集の
部隊をなして地に坐しぬ、楯と兜と槍並《な》めて。
新たに起るゼピュロスの気息巨海にかかる時、
下に海潮そのために黒むが如き様見せて、
アカイア及びトロイアの両軍共に原上に
坐せり。その時ヘクトール間に立ちて宣し曰ふ、
『我に聞けかし、胸中の心の命を今日はむ、
トロイア勢よ、脛甲の善きアカイアの軍勢よ。
高き位のクロニオーンわが[2]盟約を遂げしめず、
禍難心にたくらみて、こを両軍に課せんとす。
やがて汝ら壁高きトロイア城を奪はんか、
或は汝ら水軍のほとり我らに敗れんか。

1　神々の変形、第十四歌二九〇行にも。
2　本篇六七行後の一段を後世の添加とするはリーフ。また曰く先に第三歌に於てメネラオスとパリスとの決闘あり、而してトロイア軍の盟約の破壊あり、今また再度の決闘は詩作上一貫の道に非ず、第三歌よりも本篇は古き作なるべし云々。

全アカイアの軍勢の諸将汝の軍にあり、
その中一人その心わが敵たるを望むもの、
ここに来りてヘクトール我と勝敗決せずや？
いま我宣す、わが言の証者たれかしクロニオーン！
もし黄銅の鋭刃に我を倒さば、わが武具を
剥ぎ取りこれを水軍の中に持ち去れ、然れども
我の屍体は返すべし、かくてトロイア城中の
男女ひとしくわが死屍《しし》に火葬の礼を行はむ。
もしアポローン光栄を我に与へて、我彼を
討たば[1]武装を剥ぎ取りて聖イリオンに運び行き、
神、銀弓のアポローン祭る祠堂《しどう》に掲ぐべし、
而して死屍は汝らの水師の中に返すべし、
さらば長髪のアカイアの衆人これを葬りて、
[2]ヘレースポントス広原のほとりに墓を築くべし。
さらば将来生るべき人のあるもの、舟にのり、

1　鹵獲の武具を神に捧ぐるは古来の習ひ。
2　広き意味に於ての。

暗緑そむる大海を漕ぎめぐりつつ見て曰はむ、
「こは古の遠き日の人の墳塋《ふんえい》、すぐれたる
彼を光栄のヘクトール戦ひ勝ちて倒しぬ」と。
かくこそ曰はめ、かくありて我が名声は亡ぶまじ』

しか宣すれば黙然と衆人共に鳴り静む。
その挑戦を拒まんは恥辱、受くるは身の危難、
やがてはげしくメネラオス身を振り起し、憤慨の
吐息もあらく衆人を罵詈《ばり》の言句に叱り曰ふ、

『嗚呼ああ汝ら大言者、汝ら今はアカイアの
男児に非ず、婦女子のみ、ダナオイ族の一人も、
彼ヘクト，ルに向かはずば何ら無上の屈辱ぞ！
嗚呼ああ汝ことごとく水[1]と土とに成りはてよ、
汝ら全く誉れなく皆茫然とここに坐す。

1 呪詛の意を包む、「空しく元の水土に帰せよ」この罵詈の言メネラオスに相応せず、全軍は彼のヘレネーの故に悩む。

いざ今彼に向かふべく武装を我は整へむ、
勝敗いづれ、天上のただ神明の旨にあり』

しかく宣してメネラオス華麗の武具を身に装ふ。
ああメネラオス！　その時にアカイア諸王立ち上がり、
汝を止《とど》め、更にまたアガメムノーン自らも、
汝の右の手を取りて汝に叫ぶなかりせば、
汝の命はヘクト，ルの手中に遂に落ちつらむ。
トロイア名将ヘクトール、はるかに汝の上にあり。

アガメムノーン叫び曰ふ、『汝狂へり、メネラオス、
その狂何の要もなし、扣《ひか》へよ怒りはげしとも、
汝に優る英豪に敵し戦ふこと勿れ、
プリアミデース・ヘクトール、彼を諸将は皆恐る、
ペーレーデース・アキリュウス遥かに汝に優るもの、

それすら恐るヘクトール、彼に敵すること勿れ、
汝今行き友軍の間《あひ》に汝の席占めよ。
アカイア軍は敵すべき他の勇将を起たしめむ。
その者誠に勇にして戦ひつねに飽かずとも、
凄き兵乱、恐るべき格闘逃れ出でん時、
[1]思ふに彼は喜びて疲労の膝を息《やす》ませむ』

アガメムノーンかく宣し、その愛弟を説き諭す、
理の当然にメネラオス聴けり、その時喜びて
彼の肩より戦装を従者ら共に解きおろす、
ついで老将ネストール立ちてアカイア軍に呼ぶ、

『嗚呼ああ悲し、大哀[2]はアカイア軍に降り来ぬ。
ああ汝らヘクト'ルを恐れ震ふを耳にせば、
いかに嘆かんペーリュウス、騎馬の老将すぐれたる

1 ヘクトールと戦ひ生還せば幸ならむ。
2 第一歌二五四行。

ミルミドネスの評定者、また弁論者、そのむかし、
その館中[1]に我に問ひ、アルゴス族の血統と
素生を聞きて喜べる、ああ彼老雄ペーリュウス、
高く手を挙げ神明に祈り求めむ、魂魄の
肢体を離れ暗《やみ》深き冥王の府に落ち行くを。
ああ、わが天父クロニオーン、またアテーネー、アポローン、
むかしペーアの城壁のほとり、急流ケラドーン、
またヤルダノス[2]岸上にピュリオイ[3]族と槍使ふ
アルカデス族戦ひし、その時我は若かりき。
その日真先に戦ひて猛勇神の如くなる
エリュウタリオーン[4]穿《うが》ちしはアレーイトスの着し武装。
アレーイトスは戦争に弓を用ゐず、長槍を
使はず、独り鉄の矛揮ひて敵の堅陣を
破るが故に人々は、帯美はしき女性まで、
矛の勇士と綽名しき。アレーイトスを勇将を

1 ネストール先にペーリュウスの館に来りアキリュウスを訪ひトロイアに向かはしめき。
2 ヤルダノスはセミチク起原ヨルダンと同じ。
3 ネストールの族。
4 矛の勇士アレーイトスをリュコエルゴスは倒してその鎧を奪ひ後これをエリュウタリオーンに譲る。そのエリュウタリオーンをネストール討ち取る。

力に因らず計略に因り、狭隘《きょうあい》の道の上、
打ち倒せしは[1]リュコ，ルゴス、そこには彼の鉄の矛、
彼の破滅を救ひ得ず、不意に襲ふてリュコ，ルゴス、
槍もて腹部貫けば彼は地上に打ち斃る、
かくて軍神アレースの賜へる鎧剥ぎ取りつ、
その後つねに戦乱の場《には》にその武具身に着けつ、
やがてさしものリュコ，ルゴスその殿中に老いし時、
エリュウタリオーン愛臣にこれを譲りて穿《うが》たしむ。
これを穿ちて傲然とあらゆる勇士挑みしも、
勇士ら共に恐ぢ震ひ彼に抗するものあらず。
その時衆中年齢に於て最も若かりし
我奮然と進み出で、かの勇将に手向かへる
戦ひの果て、光栄を我に賜へりアテーネー、
躯幹最も大にして、勇気最も勝れたる
彼はわが手に倒されて大地の上に身を延《の》しぬ。

1　正しき発音はリュコエルゴス、第六歌一三〇行のと同名異人。

その時のごと我若く勇力今に続き得ば、
堅甲光るヘクト，ルに忽《たちま》ち向かひ戦はむ。
汝らアカイア全軍の中の至剛と誇るもの、
汝ら立ちてヘクト，ルと戦ふことを敢へてせず』

老将しかく罵《ののし》れば勇将九人立ち上がる、
真先に早く衆の王アガメムノーン身を起し、
次にチュウヂュース生みなせるヂオメーデース、また次に
勇気飽くまで逞しき同名二人アイアース、
彼らの後にイドメネー、また彼の友英豪の
メーリオネース、その勇はアレース神に似たるもの、
[1]ユウリュピロスはこれに嗣ぐ、ユウアイモーン生める息、
つづくは[2]トアス、その父はアンドライモーン、また次に
神明に似るオヂュ，シュウス、みなヘクト，ルと戦はむ。

1 第二歌七三六行。
2 第二歌六三九行。

ゲレーニャ老将ネストールその時彼らに告げて曰ふ、
『何人撰に当るべき？ そを籤《くじ》に因り決めしめよ。
善き脛甲のアカイアの全軍彼を喜ばむ。
彼また自ら心中に深く喜悦を感ずべし、
凄き兵乱、恐るべき格闘逃れ出でん時』

しか宣すれば諸将軍おのおの籤に記号附け、
アガメムノーン総帥の兜の中にこれを入る。
その時衆は高らかにその手を挙げて大空を
仰ぎ、おのおの神明に祈願捧げて陳じ曰ふ、
『神、願はくはアイアース、ヂオメーデース、或はまた
黄金富めるミケネーの王[1]にこの籤落ちしめよ』
衆はかく曰ふ、ゲレーニャの老将兜打ち振れば、
籤は兜の外に出づ、正しく衆の望むもの、
アイアースのそれ、伝令使即ちこれを手に取りて、

1 アガメムノーン。

右より始め順々に諸将のもとを巡り行く。
アカイア陣中他のものはこれを認めず、こを知らず、
かくてあまねく経廻りて、末アイアース、その籤に
記し兜に投じたる勇士のもとに到るとき、
アイアース手をさしのぶる、使者近よりてその籤を、
渡せば記号[1]認め得て勇将そぞろ歓喜しつ、
脚下にこれを地に投じ衆に向かひて叫び曰ふ、

『見よや同僚この籤を！　嬉し正しく我の者、
我は正しく大豪の彼ヘクト，ルに打ち勝たむ。
さはれ今我戦装を着くる間にわがために、
クロニオーン雷霆《らいてい》の神に祈願を奉れ、
声をな立てそ、トロイアの軍勢これを聞き取らむ、
否、公然と曰ふもよし、我何ものも恐れねば。
何もの敢へて勇力にはた計略に意のままに、

1　これに因らば当時文書の術あることは明らかならず。第六歌一六八行と矛盾す。以上はある評家の説なれどこの場合は記号を用ゐるが正当なり。

我を敗らむ、サラミスに生れ育ちしアイアース、
我甘んじて敗れんや！　我戦術に暗からず』

しか陳ずれば雷霆のクロニオーンに祈りつつ、
アカイア軍勢天上を仰ぎてかくも叫び曰ふ、
『イデーの嶺にまつらへる至上至高のクロニデー！
勝利並びに光栄を賜へ、我らのアイアスに。
さはれ等しくヘクト，ルを愛さば共に両雄に
賜へ、等しき勇力を、賜へ等しき光栄を』

しかく衆軍祈るまに黄銅光る鎧着つ、
武具一切を身のめぐり整へ終るアイアース、
さながら巨大のアレースの進むが如く駆け出だす、
雷霆の神クロニオーン荒き戦ひ果すべく、
命じ進むるもろもろの勇士の中に軍神の

進むが如くアカイアの堅き城壁アイアース、
大身の槍を打ち揮ひ、顔面凄く笑み浮べ、
歩武堂々と軍勢の中より立ちて駆け出づる――
その勇猛の姿見てアカイア軍は歓喜しつ、
トロイア軍は戦慄の肢体めぐるを禁じ得ず。
ヘクトールなほ心臓の鼓動高まる、然れども
挑戦我より始むれば逃避するを得べからず、
はた退きて同僚の隊伍の中に混じ得ず。
近きに迫るアイアース、巨塔に似たる楯を取る――、
牛七頭の皮重ね、更にその上黄銅を
張りし大楯、ヒュレー[1]の地住める名匠チュキオスの
精を尽して彼のため造りしところ、燦爛《さんらん》の
光を放つ黄銅は第八層を成せる楯、
その楯胸の前にしてテラモニデース・アイアース、
近く英武のヘクト，ルに迫り威嚇の言放つ、

1　ボイオーチアーの一市（第二歌五〇〇行）。

『知れ明らかに、ヘクトール、威は獅子王の如くして、
敵の軍陣打ち砕くアキルリュウスを外になほ、
アカイア陣中剛勇の将軍ここに数あるを。
ああアキリュウス、彼は今潮に浮ぶ曲頸の
船中残り衆の王アガメムノーンに憤る。
汝を敵に戦はんわが同輩は数多し、
起て今汝、いざ我と戦ひ、勝負決すべし』

堅甲光るヘクトールその時答へて彼に曰ふ、
『神より生《あ》れしアイアース・テラモーニオス[1]、衆の将、
戦闘の技覚えなき弱き小児を見る如く、
或ひは女性見る如く我を侮ること勿れ、
我戦闘の技を知り善く殺戮《さつりく》の技を知る、
我牛革の大楯を右に左に打ち振りて、

1　テラモニデースに等し。

常勝の威を振ふべく勇み戦ふ技を知る、
我迅速の馬の駆る兵車の上の馳駆《ちく》を知る、
我健脚を踏み鳴らすアレース神の歩武を知る、
されどさすがの勇猛の汝を我は埋伏の
途には打たず、打つべくば我公に戦はむ』

しかく叫びて影長く曳く大槍を打ち飛ばし、
革七重の恐るべきテラモーンの子の楯に当て、
まづ貫くは外の端、第八枚の黄銅皮、
鋭き槍は六枚の革つんざきて内に入り、
第七枚に触れて止む。やがて続きておのが順、
神より生《あ》れしアイアース影長く曳く槍飛ばし、
プリアミデース・ヘクトール持つ円楯《えんじゅん》に打ち当てつ、
その燦爛の大楯を鋭き槍は貫きて、
巧み窮むる胸甲の裏をかきつつ進み入り、

利刃は更に脇腹のかたへに被服つんざきぬ。
敵はその時身をそばめ死の運命を免れぬ。
ついで両将手を延《の》しておのおの槍をぬきとりつ、
奮然として彼と此、互ひに襲ひ生肉を
食ふ獅子王を見る如く、暴べる野猪を見る如し。
プリアミデース敵将の楯のもなかを槍あげて、
突けど黄銅貫かず、鋭刃脆《もろ》く先曲る。
いま奮進のアイアース、敵の楯打ち猛然と
貫き通しヘクト，ルを勇みながらもよろめかす。
見よ鋭刃は彼の頸触れて鮮血迸《ほとばし》る、
堅甲光るヘクトールされど戦闘まだ止めず、
数歩すざりて路の上その目に触れし巨大なる
黒き巌石逞しき腕に取り上げ振り飛ばし、
アイアス持てる七重の楯を目がけて投げつけつ、
楯のもなかの浮彫を打てば鏘然《しょうぜん》鳴りひびく、

続いてやがておのが順、更に一層の大いなる
石振り上ぐるアイアース、怪力こめて打ち当てつ、
碾臼の石見る如き巨大の打撃楯砕き、
楯に潰され打たれたる敵将の膝疵つけて、
身を仰向きに倒れしむ、アポローンこれを引き起す。
ついで両将剣を取り互ひに迫り近づきて、
撃たんずる折、神明と人との使ひ、彼と此、
トロイア及び黄銅を鎧ふアカイア軍勢の
中より来るイダイオス、タルチュビオスも細心に。
両使即ち両将の間に笏をさし入れつ、
忠言馴るるイダイオス知慮ある使者は宣し曰ふ、

『汝ら二人戦ひをやめよ、争ふこと勿れ、
汝ら共に雷霆のクロニオーンのめづる者、
汝ら共に勇猛の戦士、我らの知る処、

夜は来れりその命に因りて休むを善しとせむ』

テラモーニオス・アイアースその時答へて彼に曰ふ、
『汝の言に答ふべくヘクト，ルに曰へ、イダイオス、
わが軍陣の諸勇士にまづ挑みしはヘクトール、
彼ははじめに答ふべし、彼従はば従はむ』

堅甲光るヘクトールその時答へて彼に曰ふ、
『ああアイアース、神明に長躯と智慮と勇武とを
合はせ恵まれ、アカイアの中に無双の名槍手、
けふの奮戦格闘をこれまでに留め引き分けむ。
後日新たにまた汝敵とし我は戦はむ、
神明二者を相判じ、勝ちをひとりに賜ふまで。
夜は来れり、その命に因りて休むを善しとせむ。
かくして汝水軍のかたへ、アカイア全軍を——

特に汝の朋友とめづる同僚慰めむ。
プリアモス王司る城壁の中我もまた、
帰りトロイア軍勢と長く裾曳く女性らを
喜ばすべし、わがために祈らむ彼ら神殿に。
別れに臨み贈答のすぐれし品を換へしめよ、
しかせばアカイア、トロイアの各人やがてかく曰はむ、
「心を砕く憤激に因りて彼らは闘へり、
されども後に和らぎて友誼結びて別れたり」』

しかく陳じて銀鋲を打てる長剣、その鞘と
合はせて更に、精巧の革帯加へ与ふれば、
こなた勇武のアイアース紅《こう》燦爛の帯贈る。
かくて両将別れ去る、彼はアカイア軍陣に、
これはトロイア友僚の中に。——友僚恙《つつが》なく
テラモーニオス・アイアスの勇武の手より免れて、

生きて帰れる彼を見つ、その安全を期せざりし
衆は歓喜の情に満ち、彼を城裏に導きぬ。
脛甲堅きアカイアの軍勢こなたアイアスを、
勝ちを喜ぶ総帥のアガメムノーンに連れ来る。
[1]アトレーデースの陣営に彼らかくして着ける時
アガメムノーン衆の王、彼らのために雷霆の
クロニオーンに牲《にへ》として[2]五歳の牡牛奉る。
即ちこれが皮を剥ぎ、これを調理し四肢分かち、
巧みに肉を切り割きて串に貫き火にかざし、
心用ゐて善く炙《あぶ》り、炙りて火より取り出だす。
調理の技の終る時、宴の準備の終る時、
衆はおのおの食に就き、皆平等に飽き足りぬ。
されどもひとりアイアース受けしは背筋長き切れ、
アガメムノーン、民の王、彼の誉れにこを与ふ。
かくて衆人口腹の慾を飽くまで満たす後、

1 第七歌後半の初まり。
2 第二歌四〇二行参照。

ゲレーニャ騎将ネストール—評議の席に至上なる—
彼今先に忠言を試みんとし立ち上がり、
思慮を豊かに慇懃に彼らに向かひ陳じ曰ふ、

『アトレーデース及び他の全アカイアの諸将軍、
見よ長髪のアカイアの衆人亡び、鮮血は
スカマンダロス奔流のほとり、アレース軍神に、
無慚に蒔かれ、魂魄は冥王の府に沈み去る。
されどあしたの暁にアカイア軍を休ましめ、
我一斉に集まりて牛また騾馬《らば》に痛むべき
屍体をここに運ばしめ、かくしてこれを水陣の
近くに焼かむ、しかすれば他は故郷に帰る時、
彼ら可憐の子息らにその白骨を分かち得む。
更に火葬の場《には》近く土を原頭集め来て、
すべてのために墳塋《ふんえい》を、また速やかにそのそばに、

船舶及び軍勢の禦《ふせ》ぎに壁を築くべし。
また堅牢のもろもろの門を設けて、その中に
戦馬の通る一条の道をおのおの開くべし、
壁を廻りて外傍に塹壕深く穿《うが》つべし、
かくせば軍馬軍勢を外に留むることを得む、
荒び高ぶるトロイアの戦禍襲ふを防ぎ得む』

しか宣すれば一斉に諸将はこれに賛し聴く。
こなたトロイア衆族の会は恐ろし、かまびすし、
王プリアモス司るイリオス城の門のそば。
アンテーノール思慮深くその時衆に宣し曰ふ、
『トロウエス[1]またダルダノイ、また援軍も我に聞け、
わが胸中の心肝の命ずるままに我曰はむ、
急ぎて起ちてアルゴスのヘレネー及びその資財、
アトレーデ，スに引き渡せ、わが軍今は誓約を

1　トロイア人（複数）。

破りてここに戦へり、その誓約を果さずば、
わがトロイアの陣中に何らの好事望み得ず』

しかく宣して座に着けば、続いて立てり鬢毛の
美なるヘレネー妻とする美貌のアレクサンドロス、
彼に答へて怫然《ふつぜん》と羽ある言句陳じ曰ふ、

『アンテーノール！　君の言、我の喜ぶものならず、
これより優る他の言句、君は宣《の》ぶべき術を知る、
今曰ふ処真実に述べりとなすや？　さもあらば
神明君の分別を定めし奪ひ去りつらむ。
馬術巧みのトロイアの諸軍に我は今曰はむ、
そのまのあたり我曰はむ、わが妻敵に返さずと、
さはれかの時アルゴスの地より、わが家に齎しし
資財は彼に返すべく更に我のも附け足さむ』

しかく陳じて座につけば、続きて立てりトロイアの
ダルダニデース・プリアモス聡明神に似たる者、
思慮をこらして慇懃に衆に向かひて陳じ曰ふ、
『トロウエスまたダルダノイ、また援軍も我に聞け、
わが胸中の心肝の命ずるままに我曰はむ、
例の如くに城中に帰りて今まづ食を取れ、
而して守備を心してその警戒を解く勿れ。
明くるあしたにイダイオス敵の水軍さして行き、
アガメムノーン、メネラオス二将に面し、今パリス
陳ずるところ伝ふべし、ああ彼戦禍の基《もとゐ》なり、
使者また思慮の言述べむ、敵人これに応じ得ば、
叫喚怒号の戦ひをしばらく止めて、戦場の
屍体を焼きてその後に更に新たに戦はむ、
神明二軍を相判じ勝ちを一方に恵むまで』

しか宣すれば衆人は耳傾けて聴き賛じ、
次に部隊に相別れおのおの夜の食を取る。
明くるあしたにイダイオス使ひとなりて、アカイアの
水陣を訪ひ、アレースに仕ふる諸軍もろともに、
アガメムノーン総帥の舟のめぐりに集《ゐ》るを見る、
その集団の中に立ち使者大音に叫び曰ふ、

『アトレーデース及び他の全アカイアの諸将軍、
聴けプリアモス及び他のトロイア諸将命下し、
我に曰はしむ（その言を願はく諸君賛せずや）
言は正しくパリスの語（彼は禍難の基なり）
いにしへアレクサンドロスその舟中にトロイアに
持ち帰りたる財宝を（その前死せば善かりしを）
皆ことごとく返すべく、更におのれの財足さむ、
ただ光栄のメネラオス王の王妃は返し得ず、

パリスかく曰ひ、トロイアの諸人の諫止《かんし》きき入れず、
更に彼らの曰ふ処伝へて我は陳ずべし、
叫喚怒号の戦ひをしばらくやめて、戦場の
屍体を焼きてやがて後、神明二軍を相判じ、
勝ちを一方に恵むまで戦ふことを欲せずや?』

しか宣すればアカイアの全軍鳴りをしづめ聞く、
中に憤然立ち上がるヂオメーデース叫び曰ふ、
『今何人もパリスより、財宝或はヘレネーを
得ること勿れ、トロイアに破滅の運の迫れるは、
すでに明らか、聡明を欠ける者すら皆知らむ』

しか陳ずればアカイアの全軍共に声あげて、
賛し、馬術に巧みなるヂオメーデースの言に聴く。
アガメムノーンかくと見てイダイオスに向かひ曰ふ、

『汝自ら、イダイオス、聞けりアカイア族の言、
彼らの答へ、今聞けり、我が意も、これと相同じ。
さはれ屍体に関しては我は火葬を拒むまじ、
生命すでに亡びたる死者に対して何人も、
火葬によれる迅速の霊の慰藉を拒むまじ。
雷霆の神クロニオーン、わがこの誓ひ聞こし召せ』

しかく宣して神明に向かひて笏をさし上げぬ。
かなた使ひのイダイオス、トロイアさして帰り去る。
トロウエスまたダルダノイその衆共に一斉に、
集議の席に座を占めて使者の帰りを待てる時、
帰り来れるイダイオス、彼らの中に立ちながら、
齎し来る使命述ぶ。衆人これに従ひて、
屍体を運び薪材を求むる業の用意しつ。
同じくかなたアカイオイ、急ぎ水師を立ち出でて、

死体或ひは薪材を運ばんためにいそしみぬ。
滉瀁《こうよう》として静かなるおほわだつみを昇り来る
日輪天に耀きて光大地に触るる時、
トロイア・アカイア両軍はまた原頭に相会す。
血汐にまみれ汚されて、面貌分くるよしもなき
死屍におのおの水灑《そそ》ぎ、洗ひてかくて両軍は
熱き涙を潸然《さんぜん》と流し車上にこれをのす。
さはれ偉大のプリアモス号泣するを禁ずれば、
黙々として炎々の火上に屍体積みて泣き、
火葬を終へて神聖のイリオンさして帰り行く。
同じかなたの堅牢の脛甲つくるアカイオイ、
心傷めて炎々の火上に屍体積み上げつ、
火葬終りて中広き軍船さして帰り行く。
その夜深更、空おぼろ、暁光未だ出でぬ前、

火葬の場の傍らに立てるすぐれしアカイオイ、
原頭、土を運び来てそこに一つの共同の
墳墓を築き、更にまたその傍らに長壁と
高塔造り、兵船と軍勢共に防がしめ、
中に堅固に組み立てし諸門を設け、門内に
戦車駆るべき道備へ、また長壁を取りまきて、
その外端に幅広く水量深く、大いなる
塹壕《ざんごう》穿ち、壕中にあまたの杙《くひ》を植ゑつけぬ。
毛髪長きアカイアの軍勢かくもいそしみぬ。
電光飛ばすクロニオーン・ヂュウスの傍へ座を占むる
諸神これらの大いなる作業見おろし驚きぬ。
大地を震ふポセードーンその時真先に宣し曰ふ、
『ああわが天父クロニオーン、果てなき地上人間の
ある者この後神明に心を意思を宣《の》ぶべきか？
君は見ざるや？　髪長きアカイア族はその船の

前に長壁築き上げ、更にめぐりに塹壕を
穿ちて、しかも神明に[1]いみじき犠牲怠れり。
壁の誉れは暁光の広まる限り大ならむ、
而して我とアポローン、ラーオメドーンのためにして、
力尽してかの都城築きし声誉忘られむ』
雷雲寄するクロニオーン慨然として答へ曰ふ、
『ああ大地を震ふ者、威力の汝、何を曰ふ！
神明の中汝より腕力及び豪勇の
劣れる者はかの業に恐怖抱くもさもあらむ、
さはれ暁光布く限り汝の声誉大ならむ、
奮へ、長髪のアカイアの軍勢ここを一斉に、
船を率ゐて打ち上げて彼らの郷に去らん時、
その時汝かの壁を倒し怒潮に投じ入れ、
広き岸上ことごとく沙塵の山におほひ去れ、

1　重大の事に当りて神に祈り、牲を捧ぐるは古の聖き習ひ、アカイア人忽々の際この式を怠る。

かくてアカイア軍勢の壁はあとなく亡ぶべし』
かく天上に神々は言を交はして相謀る。
まなく夕陽沈み去り、アカイア軍の作業成る。
かくて陣中牛屠り衆は夕べの食を取る。
レームノスより船あまた、ユウネーオスの遣はせる、
酒積みのせて岸にあり、彼を生めるはイエーソーン、
民の王たるイエーソーン、ピュプシピュレーは彼の母。
アガメムノーンとメネラオス、アトリュウス生む両子息、
これに醇酒の千「メトラ」ユウネーオスは贈り来ぬ。
毛髪長きアカイアの諸人、舟より酒を買ふ、
そのあるものは黄銅に、或ひは光る鋼鉄に、
或ひは皮に、あるものは牛に、或ひは囚へたる
奴隷に代へて酒を買ひ、豊かの宴を用意しつ、
かくて夜すがら長髪のアカイア族は楽しめり。

トロイア及び同盟の軍勢かなたまた同じ。
されど夜すがらクロニオーン、その胸中に災難を
たくらみ高く雷震ふ。ために衆みな畏怖の色、
その盃を傾けて大地に灑《そそ》ぎ、クロニオーン
神に灌酒の礼終へて、初めて酒盃口に触る、
つづきて衆人床に就き甘き睡眠味はへり。

# 第八歌

ヂュウス衆神に命じて両軍に助力すること勿《なか》らしむ。　アテーネーはその命に従へどアカイア軍に忠言せんことを乞ふ。　朝より正午に到り両軍互ひに死傷あり。　正午を過ぎヂュウス黄金の秤を取り出だし二軍の運命を量る。　アカイアの非命決定せらる。　アカイア諸将退却。　ヘクトール追撃。　ヘーレーこれを見て悲しみポセードーンを促してアカイア軍を助けしめんとするも聴かれず。　アガメムノーン憤然として諸将卒を励ます。　アカイア諸将の奮戦。　射手チュウクロスの功名。　――ついでヘクトールのために敗られ退く。　ヘーレーとアテーネーはアカイア軍の退却を悲しむ、しかもヘクトールの死を予言す。　両神進んでアカイア軍を助けんとするを認めてヂュウス大いに怒りイーリスを遣はしてこれを止む。　夜にいたりて休戦、ヘクトール衆軍を激励す。　クサントス川とトロイア城との間、原上の夜営と篝火《かがりび》。

番紅花《さふらん》色の衣着る[1]曙光の神女エーオース、
全地照らせば雷霆《らいてい》のクロニーオーン、連峰の
ウーリュムポスの頂に、[2]諸神の会議催しつ、
親しく言を宣すれば諸神ひとしくこれを聞く。

1　第十一歌及びその他曙光の神の出現を以て始まる篇多し。
2　第四歌一行参照。

『諸神並びに諸神女ら、我の宣する言を聞け、
わが胸の中、心肝の命ずる処我のべむ。
何ら神女もまた神も我の言句《ごんく》に抗すべく
試みなせそ、一斉にこれを賛せよ、しかあらば
これらの業を迅速に我は遂ぐるを得べからむ。
汝らの中誰にてもひとり離れてトロイアに
或ひはかなたアカイアに救助を望み行かんもの、
ウーリュムポスに帰る時、恥づべき打撃被らむ。
我はそのもの引き捕へ、投ぜん暗きタ[1]ータロス、
遠きほとりに、その中に地下最深の淵湛《たた》ふ。
その城門は鉄にして黄銅これが門戸たり。
冥府の下のその距離は天と大地の距離に似る。
神威至上の我たるをそのもの斯くて悟るべし。
或は汝ら望みなば悟らんために試みよ、

1　反抗する者を罰する場処（第八歌四八一行参照）。

黄金製の一条の鎖、天より垂れ下げて、
諸神ら及び諸神女ら、汝らこれに取りすがれ、
されど天より地の下にクロニオーンをおろし得じ、
力合はせて勉むるも至高の我をおろし得じ。
されども我もし心きめ汝をしかく為さまくば、
大地を海を汝らを皆一斉に下すべし、
[1]ウーリュムポスの頂に我その時にその鎖
繋がば共に汝らは釣られて空に漂はむ。
諸神並びに人間に我の優るは斯くと知れ』

しか宣すればもろもろの神明黙し静まりぬ、
威風するどき宣告を諸神等しく驚きぬ。
藍光の目のアテーネーその時彼に答へ曰ふ、
『ああわが天父クロニデー、神明すべての中にして、

1　ウーリュムポスは神々の居として天と混同さるることあり、テサリアにある実際の山なれども。

君の威力の至高なる、我らすべての知るところ、
されど飛槍に巧みなるアカイア種族、運命の
非なるを満たし亡ぶるは、我の悲しみ泣くところ。
君命じなば戦ひに加はることを敢へてせじ、
されど彼らを益すべき忠言彼に与へんず、
君の怒りの故による彼らの破滅なきがため』

雷雲醸すクロニオーン、笑みを含みて答へ曰ふ、
『トリートゲネーア[1]、わが愛女、安かれ、他には懇情の
言句用ひず、然れども汝に対し我やさし』

しかく宣して黄銅の脚、鬣《たてがみ》は黄金に、
迅速さながら飛ぶ如き軍馬に車曳かしめつ、
身に黄金の装ひ着け、黄金の鞭、精巧を
尽せるものを手に取りてかくて車上にクロニオーン、

1　アテーネーの別名（第四歌五一五行参照）。

鞭を加へて励ませば、勇む双馬は衆星の
羅《つら》なる天と地の間飛ぶが如くに駆けり行く。
清泉多く湧き出でて野獣むれゐるイデー山、
その一隅のガルガロン[1]、聖なる森と神壇の
薫ずるところ人間と神との父は駒とどめ、
戦車の外に解き放し、雲霧あたりに振り蒔きつ、
その光栄に誇らひて嶺上《れいじょう》高く座をしめて
見おろすトロイア城中とアカイア族の水陣を。

毛髪長きアカイアの軍勢はやく陣中に、
おのおの糧を喫し終へ、ついで軍装身に纏《まと》ふ。
同じくかなたトロイアの軍、城中に武装しつ、
婦女と小児を護るべき要に迫られ、その数は
敵に劣るも奮然と勇み戦闘こころざす。
かくて諸門は一斉に開かれ、歩兵また騎兵、

1 ガルガロンはイデーの最頂、海抜五六〇八フィート。

皆一斉に駆け出でて動乱四方《よも》に湧き起る。

両軍かくて相進み原上互ひに逢へる時、
矛を打ち合ひ、槍飛ばし、黄銅鎧ふ軍勢の
勇と勇とを闘はし、浮彫高き大楯を
互ひに近く迫り寄す、かくて戦乱湧き起り、
討たるる者と討つ者と叫喚怒号紛として
両軍乱れ闘ひて血は戦場を流れ行く。

曙光はじめて照りしより日の中天に昇るまで、
飛刃はげしく両軍を撃ちて彼これ相たふる。
かくて光輪めぐり行き天の真中を過ぐる時、
クロニーオーン黄金[1]の秤《はかり》取り出しその中に、
駿馬を御するトロイアと黄銅鎧ふアカイアの
運を――すべてに懸り来る死の運命を投じ入れ、

1　ヂュウスの秤は第二十二歌二〇九行、第十九歌二二三行にも出づ。

秤の真中手に取ればアカイア非命の運沈み、
運傾きて惨憺と大地の上に垂れさがり、
これに反してトロイアの運は高くも天のぼる。
やがてイデーの高きより雷霆の神雄たけびつ、
アカイア軍に閃々《せんせん》の電火飛ばせばこれを見て、
衆はひとしく驚愕に打たれて畏怖に青ざめぬ。
イドメニユウスも留まらず、アガメムノーンも、アレースに
仕ふる二人、アイアース共に留らず、引きのきて、
ゲレーニャ騎将ネストール、アカイア軍を守るもの、
その馬[1]撃たれ斃るれば独り留まる、やむを得ず。
鬢毛《びんもう》美なるヘレネーの夫のアレクサンドロス、
一矢飛ばしてその馬の頭を鬣生ゆるきは、
正しくぐさと射貫き、致命の傷を負はしむる、
矢は脳中に貫けば苦痛にたへず飛び上がり、
もがき狂ひて駆けめぐり戦車戦馬をかき乱す。

1　斃されしは所謂脇馬なり。軛に附けらるる者に非ず、車の側面に繋がる。

と見る老将跳り出で利剣を抜きて曳き革を、
切れば忽《たちま》ち猛然と、戦場さしてヘクトール、
プリアミデース剛勇の将軍兵車駆けり来る。
かくて老将一命はほとんど亡び去らんとす、
その時これを目にとむるヂオメーデース、大音の
勇将すごく雄叫びて、オヂュッシュウスを叱り曰ふ、

『神より生《あ》れしオヂュ，シュウス、汝智謀に富めるもの、
軍勢中の卑怯者の如くに汝背をむけて
いづこに逃る？　恐らくは背を鋭槍は貫かむ。
返せもろとも強敵を攘ひ老将救ふべし』

しか叫べども忍従のオヂュッシュウスは[1]聞き取らず、
急ぎて馳せてアカイアの水陣中に身を潜む。
ヂオメーデース只一人残り先鋒の中に入り、

1　或ひは「聞き入れず」と解す、しかせば勇将の性質と矛盾す。

ゲレーニャ騎将ネスト，ルの馬前に立ちて声揚げて、
危急に迫る彼に呼び羽ある言句陳じ曰ふ、

『あはれ将軍、激しくも若き戦士は君を攻む、
君の威力は衰へて苦の老齢は身に纏ふ、
君の従者は弱くして君の戦馬は脚おそし、
我の戦車に乗り移れ、トロースの馬原上を
縦横無碍《むげ》に駆け廻り、進退共に勇ましく
飛ぶが如きを君は見む、アイネーアスの御せる者、
無双の駿馬[1]、先に我彼より奪ひとりしもの、
君の戦車と戦馬とを我の従者は心せむ。
いざわが車馬をトロイアの陣中向けむ。ヘクトール、
知るべし我の手の中に鋭槍いかに強きかを』
しか陳ずればゲレーニャの老将これに従へり。

1 第五歌二二一三行。

ユウリュメドーンとステネロス、二人の従者猛きもの、
心やさしくネスト，ルの戦馬いたはり引きしざる。
かくて両将もろともにヂオメーデースの車の上《へ》、
燦然として耀《かがや》ける手綱を取りてネストール、
馬に鞭あて迅速にヘクト，ル目がけ迫り来つ、
ヂオメーデースましぐらに彼に鋭刃投げ飛ばす。
覘《ねら》ひ外れてその槍は戦車の手綱とれる者、
テーバイオスの生める息エ，ニオピュウスに打ち当る、
車上に立てるその従者、乳のほとりを貫かれ、
兵車の外に逆落ちて馬はあとへと引きしざる、
撃たれし彼はそのままに魂魄去りて地に返る。
これを眺めしヘクトール悲哀に堪へず、然れども
斃るるままに伏さしめて、更に新たの勇猛の
御者求むれば、程もなく得たるはアールケプトレモス、
猛き勇士はイピトスの子息、忽ち脚速き

双馬の車上身を乗せて、新たの御者は左右《さう》の手に
綱をかいとり、ヘクト，ルの傍へに立ちて任に就く。

その時禍難近づきて悲惨の業は湧き起り、
トロイア軍は小羊の如く城裏に入らんとす。
されど諸神と人間の父なるヂュウスこれを見て、
高く雷音轟かし、霹靂《へきれき》飛ばし、爛《らん》として
ヂオメーデース乗る馬のその眼前にひらめかし、
炎々として燃え上がる硫黄の焔舞ひ起る、
これに驚怖の双の馬戎車《じゅうしゃ》のもとにひれ伏せば、
燦爛の綱その手より緩めてはづすネストール、
恐怖に満ちて慄然とヂオメーデ，スに叫び曰ふ、

『チュウデーデース、単蹄《たんてい》の馬を返して逃げ走れ、
神の下せる戦勝は汝にあらず、悟らずや？

雷霆の神クロニオーン今光栄を敵の手に
与へり、後日我にまた好まばこれを与へんか？
勇力いかにすぐるるも塵界の子は大いなる
威力遥かに優る神ヂュウスの旨に抗し得ず』

ヂオメーデース、大音の勇将答へて彼に曰ふ、
『老将軍よ君は今正しくこれらの事宣す。
されどしかせば恐るべき悲嘆は我の胸打たむ、
トロイア族の集会に曰はむ、後の日、ヘクトール、
「我を恐れてその船にチュウデーデース逃れき」と
彼高らかにかく曰はむ、その時我に地よ開け[1]』

ゲレーニャ・ネストール、その時答へて彼に曰ふ、
『ああチュウヂュース生める息、汝何をか今曰へる？
卑怯無力とヘクトール汝をいつか罵《ののし》るも、

1　死すること。

何かはあらむ、トロイアとダルダニエーの男児、また
トロイア女性信ずまじ、女性の夫、屈強の
勇士を汝塵中に斃したること幾何《いくばく》ぞ？』

しかく宣して単蹄の馬を返して戦場を
後に逃ぐればトロイアの軍勢並びにヘクトール、
叫喚はげしく槍投げて彼の後追ひ迫り来つ、
堅甲光るヘクトール大音挙げて彼に曰ふ、
『チュウデーデーよ、駿馬駆るアカイア族は光栄の
席に酒肉の饗宴に汝を特に尊びき、
今は汝を侮らむ、汝女性に今似たり、
卑怯の少女逃げ走れ、我を敗りてひるまして、
わが城壁を攀ぢ登り、我らの女性水陣に
奪ひ帰るを善くせんや、その前汝命尽きむ』

ヂオメーデースこれを聞き思ひは二途に相分かる、
馬首を転じてヘクト，ルに向かひ勝敗決せんか、
戦場あとに逃れんか、三たび心に迷ふ時、
三たびイデーの高きより迅雷震ふクロニオーン、
トロイア軍に応援のしるし勝利を報ずれば、
トロイア軍にヘクトール大音あげて叫び曰ふ、
『トロイア勢よ、リキオイよ、接戦死闘のダルダノイ！
汝わが友、勇猛の威力を奮へ、男子たれ！
クロニーオーン喜びて戦勝及び光栄を
我に、敵には敗亡を与へしことを我は知る。
愚かや、彼ら築きたる長壁脆く弱くして、
効なし、さはれその為に我の力を分かつまじ、
広き塹壕たやすくも我の駿馬はとびこさむ。
而して中の空虚なる敵の諸船に到る時、
焚焼《ふんしょう》凄き炎々の火焔を汝忘れざれ、

猛火に船を焚《や》き掃ひ、烟《けむり》に迷ふアカイアの
軍勢、船の傍らにわが手親しく亡ぼさむ』

宣し終りてヘクトール更にその馬激し曰ふ、
『クサントスまたポタルゴス、ランポス及びアイトーン、
汝ら飼養の恩思へ、アンドロマケー、大いなる
エーエチオーンのまなむすめ、すぐれし女性蜜に似る
甘味の麦をはましめて、さらに汝の願ふとき、
彼女の配と誇る我、我に先んじ芳醇の
酒を汝に飲ましめし飼養の恩を今払へ。
急ぎて駆けよ、ネスト，ルの楯を我いま獲んがため、
矛も取柄も黄金の、——その名声は天上に
ひびきし楯を獲んがため、更に巧みに造られし
ヂオメーデースの介冑を、ヘーファイストス鋳るがため
労せしものを、勇将の肩より奪ひ取らんため、

これらの二つ奪ひ得ばアカイア勢は今宵にも
——我は望まむ、迅速に航する船に乗り込まむ』

祈りかく曰ふヘクトール——かなたに怒る端厳《たんごん》の
ヘーレーその座立ち上がりウーリュムポスを揺がしつ、
即ち行きてポセードーン大神の前宣し曰ふ、
『ああ大地をゆする者、遠く威力の及ぶ者、
ダナオイ[1]族の壊滅に汝心を傷めずや?
ヘリケー[2]及びアイガイに豊かの供物齎しし
彼らを思へ、戦勝を彼らの為に心せよ。
アカイア族に身方する我ら、トロイア軍勢を
攘ひ、雷霆のクロニオーン神に抗して起たん時、
イデーの嶺にただ独り坐りて彼は悲しまむ』
大地をゆするポセードーン、慨然として答へ曰ふ、

1　ダナオイ＝アカイオイ＝アカイア族＝アルゴス族。
2　ペロポンネソスの北岸（第二歌五七五行）ポセードーンを崇拝の二市。

『ヘーレー何ら大胆の言句を汝宣するや！
クロニオーンに外の神あらがふ事をわが心
敢へて願はず、我らより彼は遥かに強ければ』

二位の神明相向かひ、しかく談じぬ。こなたには
塹壕並びに長壁と船との間《あひ》に横たはる
大地の上に一斉に、戦馬並びに楯持てる
戦士群がる——アレースに似たる勇将ヘクトール、
プリアミデース、光栄を神より受けて此《こ》を集む。
その時アカイア軍勢を急ぎて立ちて鼓舞すべく
アガメムノーンを端厳の神女ヘーレー励ましつ、
かくしてアカイア水陣は凄き兵燹《へいせん》免れぬ。
大王即ち水軍と陣営さして進み行き、
権威を示す大いなる紫袍を腕にかいとりつ、
オヂュッシュウスの黒き船、舷側広き前に立つ、

船は真中に位置を占め、テラモニデース・アイアース、
またアキリュウス両将の陣営左右に見渡して、
呼ばば彼らに聞かるべし（腕の力と勇気とを
信じ、両将その船を左右《さう》の真先に並べしむ）
大王かくて朗々の大音放ち叫び曰ふ、

『恥ぢよ、汝ら、形のみ優る卑怯のアカイオイ、
先の広言いづこぞや？　思ひ出でずや？　レームノス[1]
かしこにありて大言し、至剛の者と誇らひつ、
角真直《ますぐ》なる牛王の肉を喫《き》しつつ、芳醇の
溢るる盃《はい》を傾けて叫びし声はいづこぞや？
汝ら曰へり、戦場に一もて敵の百人に、
更に二百に当らんと、さるを一人のヘクト，ルに
敵するを得ず、彼は今猛火に我の船焼かむ。
ああわが天父クロニオーン、人界の王の孰《いづ》れをか

1　遠征の途中に上陸せる地。

君はかくまで懲[1]らししや？　かくも誉れを奪へりや？
禍害の運にここに来し楫《かぢ》取り多き船の上、
途に荘厳の君の壇すぐるたびごと、堅城の
トロイア軍の壊滅を祈りて、為に牛王の
脂肪美肉を捧げしを今明らかに我は曰ふ。
ああクロニオーン願はくは我の祈りを受け入れよ！
危難逃れて一命を保つを許せ、トロイアの
軍勢我に打ち勝つを、ああ願はくは許さざれ』
涙流して陳ずるをクロニーオーン憐れみつ、
アカイア軍に破滅なく免るべきを首肯しつ、
禽鳥中にすぐれたる鷲を下せば、猛鳥は
足敏捷の牝鹿の子、可憐のものをその爪に
攫《つか》み舞ひおり、荘厳の神壇の前、アカイアの
衆その牲《にへ》を神明に捧ぐるほとり投げおろす。

1　第二歌一一一行参照。

鳥はヂュウスのもとよりと見たる軍勢勇み立ち、
トロイア軍を進み撃ち、奮闘すべくこころざす。

その時接戦つとむべく戦馬を敵に向け直し、
塹壕躍り越さしめし、諸軍の数は多けれど、
[1]チュウデーデース凌げりと誇り得るものあらざりき。
ヂオメーデース真つ先に駆けてトロイア一勇士、
プラドモーンの生める息、[2]アゲラオスを討ち取りぬ、
馬を回して逃るべく、退く敵の背を槍に、
肩と肩との間うち胸貫けば車上より
大地に落つるアゲラオス、黄銅の武具高なりぬ。
[3]ヂオメーデース追ひ、次ぎて、アガメムノーン、メネラオス、
またこれに次ぎ勇猛の威勢の二人アイアース、
イドメニュウスはまた次に、続きて彼の従者たる
メーリオネース、殺戮のアレース神に似たる者、

1　即ちヂオメーデース。
2　第十一歌三〇二行。ヘクトールに殺されしアカイアの将、同名異人あり。
3　この二六一―二六五行と第七歌の一六二―一六七行とを比べ見るべし。

ユウアイモーンのすぐれし子、ユウリピュロスはまた続く、
順は九番の[1]チュウクロス、弾力強き弓を取り、
テラモーンの子アイア，スの楯のうしろに立ち留る、
そのアイアースその楯を時に少しく擡《もた》ぐれば、
その隙間よりチュウクロス四方眺めて敵陣の
中の一人を覘ひ射る、敵は斃れて命おとす、
脚を返してチュウクロス、母の蔭なる子の如く、
燦爛光るアイア，スの楯のうしろに身を隠す。

彼の矢先にトロイアの陣中斃れし者や誰？
[2]オルシロコスは真つ先に、これにつづくは[3]オルメノス、
[4]オペレステース、ダイトール、リュコポンテース、[5]クロミオス、
ポリュアイモーンの生める息、アモパオスまたメラニポス。
その諸勇士は順々に彼に射られて地に倒る。
アガメムノーン、衆の王、これを眺めつ、トロイアの

1　アイアースの異母弟。
2　第五歌五四六行は別人。
3　第十二歌一八七行は別人。
4　第二十一歌二一〇行のと別人。
5　第五歌一五九行、六七七行、第十七歌二一八行のと別人。

堅陣彼の強弓に崩れ乱るを悦喜《えつき》しつ、
進みて彼の側に立ち、羽ある言句を宣し曰ふ、
『天晴《あっぱれ》、汝チュウクロス、覇者テラモーンのいみじき子、
アカイア軍に光明を、汝の父に光栄を
与へんとせば射続けよ、庶子なりしかど館内に
汝の幼稚なりし時、彼は汝を愛撫しき。
故郷に遠く離れたる彼の誉れに名をあげよ。
我いま汝に宣すべし、宣するところ、きと成らむ、
アイギス持てるクロニオーンまたアテーネー恵み垂れ、
建造堅きイーリオン都城の破壊許す時、
我のすぐ後恩賞を汝手中に受け取らむ、
鼎《かなへ》或ひは神速の二頭の駿馬、戦車とも、
或ひは美人、その閨《けい》を汝と共に分かつもの』

いみじき若きチュウクロスその時答へ陳じ曰ふ、
『威光至上のアトレーデ、自ら焦る我の身を
など励ますや？　勇力のあらん限りは奮戦を
やめじ、わが軍イリオンをめがけ進みし日よりして、
羽箭《うせん》飛ばして敵人を我はしばしば射倒しつ、
鏃《やじり》の長き勁箭《けいせん》を我は八条射放ちて、
若く勇める敵人の体中深く沈ましむ、
されど我かの狂犬[1]を未だ射倒すことを得ず』

しかく宣してヘクト，ルを斃さん思ひ胸に燃え、
彼をめがけて新たなる一矢弦より切り放つ。
その矢当らず、然れども王プリアモス生める息、
ゴルギュチオーン、勇猛の武者の胸をぞ貫ける、
カスチァネーラ、彼の母、その美神女に似たる者、
[2]アイシュメーより嫁し来るこの麗人は彼産みき。

1　ヘクトール。
2　トレーケースの一市。

園中咲ける罌粟《けし》の花、その結ぶ実の重きより、
また陽春の露によりうつむく様を見る如く、
射られし彼は戴ける兜の重みにうなだれぬ。

更に一箭チュウクロス、ヘクトール射て斃すべき
思ひに駆られ奮然と弦音高く切り放つ、
されどアポローンその矢先外《そ》らして胸を射せしめず、
矢は戦場に急ぎ来る[1]アールケプトレモスの胸、
剛勇の武者ヘクト’ルの戦車駆るもの、その胸を
乳のほとりをひやうと射る、射られて戦車落ち降る
勇士地上に命おとし二頭の駿馬あとかへす。
御者の落命憐れみて悲痛にたへぬヘクトール、
傷心いとど切ながら、屍体をそこにふせるまま、
のこして更に傍らの[2]ケブリオネース同胞に
戦馬のたづな握らしむ、その命彼は応じ聴く。

1　第八歌一二六行。
2　第十一歌五二二行、第十六歌七三八行。

その燦爛の兵車より大地に降るヘクトール、
大音声に叫びつつ、手に大石を振り上げて、
若き弓手を斃すべく奮然として飛びかかる、
その矢筒より一条の勁箭更に抜き出だし、
その弦上にあつる時、堅甲光るヘクトール、
ねらひて弦をひく彼の肩に真近く、頸と胸、
鎖骨によりて分かたれて致命の急所ある処――
そこにぎざある大石を投げてはげしく敵を撃ち、
筋断ち切れば彼の手は麻痺しつ、彼は膝突きて
地上に倒れ、剛弓は彼の手はなれ地に落ちぬ。
されど英武のアイアース、倒れし弟眺め見て、
奔《はし》り来りて彼を守《も》りその大楯に彼を掩ふ。
而して更に友二人、一はエキオス生める息、
[1]メーキスチュウス、また一はアラーストール、近よりて
はげしくうめく負傷者を兵船中に搬び去る。

1　第十三歌四二二行。

ウーリュムポスのクロニオーン、今また更にトロイアの
勇を鼓すれば奮ひ立ち、アカイア軍を塹壕に
追ひつむ、それの先頭に勇みて進むヘクトール、
脚神速の猟の犬、野猪を或ひは獅子王を、
追ひつつこれに飛びかかり、腰に或ひはその下肢に
噛みつき、彼の悩めるを見守る如くヘクトール、
毛髪長きアカイアの軍勢駆りて追ひ攘ひ、
後れしものを討ち取れば慌てふためき逃る敵、
逃げ塹壕と壕中の杭とを返り過ぎし後、
トロイア軍の手にかかり無慚の打撃受けし後、
アカイア勢は兵船のかたへ留りて休らひつ、
互ひに諫め励まして更にその手を高く挙げ、
神明皆に心こめ切に祈願をたてまつる。
こなた勇めるヘクトール、ゴルゴー[1]或ひはアレースの

1 恐ろしき怪物（第十一歌三六行）。

面見る如く物凄く、鬣《たてがみ》美なる駿足を
あなたこなたに進むれば、敗れしものを腕白き
ヘーレー眺め憐れみて藍光の目の神に曰ふ、

『ああ無慚なり、汝見よ、アイギス持てるヂュウスの子！
アカイア軍の亡ぶるを猶この際に救はずや？
運命悪くつらくして只一人《いちにん》の猛勇の
故に彼らは亡びんか、プリアミデース、ヘクトール
飽くまで禍害行へり、彼の兇暴忍ばれず』

藍光の目のアテーネー、その時答へて彼に曰ふ、
『アカイア軍の手に懸かり、勇気と生と一斉に
亡び、故郷の土の上、彼は遂には斃るべし。
さはれわが父クロニオーン、奇怪の計慮胸にして、
つれなく常に剛愎《ごうふく》に我の努力を妨げつ、

[1]ユウリスチュウス命じたる役に悩める彼の子を
しばしば助け救ひたるわが勲労を顧みず。
天を仰ぎて悲しめる子に救援を与ふべく、
雷雲寄するクロニオーン我を天より遣はしき、
忌み嫌はるる[2]ハイデスの城門堅き館に入り、
そこエレボスの暗きより猟犬引きて帰るべく、
主命を彼のうけしとき、今日あるを我知らば
彼スチュクスの奔流の水をいかでか免れむ。
テチスの願ひ納受して父いま我を憎しめり。
都城を破るアキリュウス誉れを得るを祈願しつ、
彼、天王の膝抱き軟手に彼の頤《あご》撫でき。
「藍光の目の愛女よ」とさはれ天父はまた曰はむ。
いざ今単蹄の駿足を我らの間《あひ》に引き出だせ、
アイギス持てる天王の宮に進みて戦闘の
武装を我は整へむ、しかして我は眺むべし、

1　天妃ヘーレー計りてミケーネーの王者ユウリスチュウスにヘーラクレースを服従せしめ、十二の難事を行はしむ（第十五歌六四〇行、第十九歌一三二行）。
2　冥府の王ハイデース。

プリアミデース・ヘクトール堅甲光るかの勇者、
我ら二神の戦場に入るを果して喜ぶや？
見よ、アカイアの船のそば、トロイア軍の一人[1]は
斃れ、その肉その脂、野犬野鳥を飽かしめむ』

[2]しか宣すれば皓腕《こうわん》の神女ヘーレー欣然と、
（いみじき神女ヘーレーは偉なるクロノス生む処《ところ》）
これに順ひ黄金を装へる戦馬曳き出だす。
アイギス持てる天王の愛《め》づる明眸アテーネー、
その多彩なる精妙の衣、自ら織り出だし、
自ら巧みなせるもの、父神《ふしん》の堂に脱ぎ棄てつ、
雷霆の神クロニオーンもてる胸甲身に帯びつ、
かくて涙の基《もとゐ》なる暴びの戦具整へり。
かくて親しく燦爛の兵車に神女立ち上がり、
重くて堅き大槍をその手にとりぬ（槍により

1 ヘクトールの死を予言す。
2 二神女の武装の叙述は第五歌七二〇—七五二行にもあり。

手向かふ者をアテーネー奮然として打ち敗る)
ヘーレーかくて迅速に駿馬に鞭を打ちあてて
駆れば天上もろもろの門戛然《かつぜん》と開かるる、
門の司は「時」の霊、上天及びオリュムポス、
これに托さるる、濃雲を開き或ひは閉ぢるため、
そこを二神はその命に応ずる駿馬駆り去りぬ。

されどイデーの高きよりクロニーオーンこれを見て、
大いに怒り、黄金の羽あるイーリス呼びて曰ふ、
『汝、イーリス、疾く行きて後に引かせよ、わが前に
彼ら来るを押しとめよ、我に抗せば害あらむ。
今、我敢へて宣し曰ふ、宣する処きと成らむ。
戎車《じゅうしゃ》の下に脚速き彼らの馬を疵つけむ、
彼らを車下に打ちおとし、車輪微塵《みぢん》に砕くべし、
わが轟雷の打つところ、重き負傷に悩むべく、

月と日廻る[1]十年に亘りて傷は癒えざらむ。
我に抗する禍はかくと知るべし、アテーネー、
我へーレーに対しては怒らず、瞋恚《しんに》催さず、
我の計画するところ破るは[2]彼の習ひのみ』

しか宣すれば疾風の脚疾きイーリス命伝へ、
イデーの峰を降り来てウーリュムポスに翔け向かひ、
渓谷多きオリュムポス、そのいやさきの門の前、
二神に逢ひておしとどめヂュウスの言を宣し曰ふ、

『いづくに馳すやああ汝？　胸ぬち何の悖狂《はいきょう》ぞ！
クロニデースはアカイアの救援汝におしとどむ。
クロニデースはかく嚇《おど》す、しかしてその事きと成らむ、
戎車の下に脚速き汝の馬を疵つけむ、
汝を車下に打ちおとし、車輪微塵に砕くべし、

1　月と日廻る十年とは満九年の意。九は神聖の数と日はる。三も同様。
2　第五歌八九二行、第一歌五一八行。

彼の轟雷打つところ重き負傷に悩むべく、
月と日めぐる十年に亘りその疵癒えざらむ。
彼に抗する禍はかくと知れかしアテーネー、
彼、へーレーに対しては怒らず瞋恚催さず、
彼の計画するところ破るは彼の習ひのみ。
さもあれ汝、アテーネー、ああ狂妄の無恥の狗子《くし》、
クロニオーンに逆らひて汝の槍を挙ぐとせば……』
しかく宣して疾風の脚疾きイーリス帰り去る、
その時へーレー口開き藍光の目の神に曰ふ、
『ああ無念なり、アイギスを持てるヂュウスのまなむすめ、
已《や》むなし、我ら人間の故にヂュウスと争ふを
やめむ、彼らのあるものは亡び、あるもの永らへむ、
そは運命のあるがまま、クロニーオーン胸の中、
トロイア及びアカイアに施すところ定むべし』

しかく宣して単蹄の駿馬あとへと曳き返す。
ホーライ[1]その時鬣の美なる駿馬のもろもろを、
放ちて解きてアムブロシア匂ふ馬槽の前繋ぎ、
燦爛光る壁に倚り彼らの戦車駐《とど》め据う。
二位の神女は黄金の玉座に着きてもろもろの
他の神明に相まじり、惨然として楽しまず。

その時イデーの高きよりウーリュムポスの峰さして、
兵車と馬を駆り来りヂュウス諸神の会に着く。
大地をゆするポセードーンその時馬を解き放し、
兵車を台の上に据ゑ、据ゑて布蓋《ふがい》にこれを掩ふ。
雷音遠く鳴りひびくヂュウスその時、黄金の
玉座によりて大いなる山を脚下に震はしむ。
ヘーレー及びアテーネー彼に離れて席を占め、
彼に何らの句も曰はず、何らの問ひも打ち出でず。

1　単数はホーレー（時）、複数の形にては天候の管理者（女性）、またヘーレーの侍女。

クロニーオーン然れども心に猜《さい》し宣し曰ふ、
『などかく悲哀催すや？　へーレー及びアテーネー、
汝ら深き怨恨をトロイア軍に向け起し、
これと戦ひ亡ぼすを念じて休むことあらず。
我の力と我の手は抗すべからず、もろもろの
ウーリュムポスに住める神我を攘《はら》ふを得べからず。
戦闘及びその来す恐るべき業見る前に、
汝ら二神耀ける四肢は恐怖に震ふべし。
我今汝に宣すべし、宣する処きと成らむ、
雷に撃たるる汝らは戦車に乗りてこの場《には》に——
不死の神明集まれるウーリュムポスに帰り得じ』
[1]しか宣すれば、向かひ坐しトロイア軍の禍を
計らひ居たるアテーネー、へーレー共に舌打ちぬ。

1　四五七—五六二行は第四歌二〇—二五行に同じ。

黙然として言葉なき藍光の目のアテーネー、
唯烈々の憤懣をクロニオーンに抱くのみ。
されどヘーレー胸中の怒り抑へず叫び曰ふ、
『ああ恐るべきクロニデー、何らの言を宣するや？
[1]君の威力の微ならざる、既に我らの知るところ、
ただ運命に恵まれず、亡びんとするアカイアの
可憐の勇士思ひやり、我は悲憤を抑へ得ず。
されど厳命下る時、我戦闘に加はらじ、
君の憤怒の故によりアカイア全軍ことごとく
亡ぶることの無きがため、ただ忠言を与へんず』
雷雲よするクロニオーン彼に答へて宣し曰ふ、
『望まば汝あした見む、汝、牛王の目を持てる
ヘーレー、汝、つよき我威力無上のクロニオーン、
アカイア軍を今よりもなほ痛烈に破《は》すべきを。
見よ、猛勇のヘクトール、水師のほとり脚速き

1　四六三―四六八行は第八歌三二―三七行にほぼ同じ。

ペーレーデース立たんまで、戦闘やむることあらず、
その日船尾の傍らに彼ら激しく戦はむ、
パトロクロスの死の故に接戦苦闘凄からむ。
かく運命は定まれり。我は汝の憤激を
心に掛けず、[1]地と海の果てに汝の行かんとも、
[2]イーアペトスとクロノスのやどるその場、そのほとり、
ヒペリーオーン耀ける[3]エーエリオスの光線も、
風もかしこに音づれず、ただタータロス四方《よも》にあり。
汝飄零《ひょうれい》の果てそこに行かんも我は顧みず、
汝の怒り顧みず、汝無上の無恥のもの』

しか宣すれど皓腕《こうわん》のへーレー彼にもの曰はず。
やがて燦たる日の光オーケアノスに沈み去り、
大地の面に暗黒の夜陰の幕を降らしむ。
その夕陽の沈めるをトロイア軍は喜ばず、

1　「地の底海の果てに行きて彼らの助けを求むるとも我は恐れず」の意。
2　ウーラニオーンの子ら、敗れて地底に住む（第五歌八九八行）。
3　エーエリオス（太陽）の詩的別名。

三たび祈れるアカイアの軍は暗夜を歓呼しぬ。

その時耀くヘクトール、水師離れて、渦巻ける
川の岸の上《へ》鮮血にまみれし屍体無きところ、
率ゐ来りしトロイアの衆の会合打ち開く。
衆人即ち兵車より大地の上に降り立ち、
ヂュウスのめづるヘクトール宣ぶる言句に耳を貸す。
彼の手中の長き槍、黄銅の穂は耀きて、
穂先の根元、黄金の環を廻らせり、その槍に
身をもたせつつヘクトール、トロイア軍に宣し曰ふ、

『ダルダニエーとトロイアの軍勢及び諸援軍、
わが言を聞け、アカイアの軍船軍勢亡ぼして、
風すさまじきイリオンに帰陣なすべく我曰へり。
されども暗《やみ》は寄せ来る、暗は救へり、波荒ぶ

海の岸の上《へ》カイアの軍勢並びにその船を。
我また黒き夜の命奉じてここに休らはむ。
いざ晩食の備へせよ、鬣《たてがみ》美なる駿足を
兵車よりして解き放ち、馬糧をこれに与ふべし。
今速やかに都城より肥えし牛羊曳き来れ、
甘美の酒と麺麭《めんぽう》を陣営よりし運び来よ。
更に加へて薪材の多くをここに集め来よ、
あすの暁光出づるまで、炎々の火を夜もすがら、
わが軍陣の前に焚き、光焔天に冲《い》らしめむ。
暗に乗じて長髪のアカイア軍勢蒼惶《そうこう》と、
渺々《びょうびょう》広き海上に逃れ去ること得べからず、
また傷みなく静穏に船に乗ること得べからず、
船に乗る時、わが軍の放つ飛箭に投槍に、
撃たれて敵のあるものは故郷に疵を養はむ。
これを眺めて他の者は馬術巧みのトロイアの

軍に対して戦闘を挑むを遂に憚《はばか》らむ。
ヂュウスのめづる伝令使、いま城中を触れ廻れ、
神の造れる塔上にわが世の花の少年[1]と、
鬢毛白き老人と併せて共に寄るべしと、
また繊弱の女性らはおのおの家に炎々の
火を燃やしつつ、警戒の備へ、怠ること勿れ、
隙に乗ずる敵軍の不意の襲ひの無きがため。
わが剛勇のトロイア軍、わが言ふ如く成らしめよ。
わが曰ふ処今に足る、たしかの言句今日に足る。
残る処は明くる朝宣ぶべし、トロイア陣中に。
望みて我はクロニオーンまた他の神に《へ》乞ひ祈る、
ケーレス[2]神に遣はされ、黒き船の上この郷に
来りし狗群《くぐん》、速やかに追ひ攘ふべく今祈る。
夜を徹してわが軍の警備怠ること勿れ。
あしたの夜に身を起し黄銅武装ととのへて、

1 或る版には「少年と」の代りに「少女らと」
2 死の運命。

アカイア水師ほど近く攻撃強く試みむ。
ヂオメーデース、猛勇のチュウデーデース、水師より
城壁かけてヘクトール我を果たして攘はんや？
彼を或ひは我斃し血染めの鎧剥ぎ得んや？
あすの日彼はその勇をいかにと知らむ、わが襲ふ
槍を迎へて立たん時。さはれ思ふに傷つきて
先鋒中に横たはり、多数の友ももろともに
倒れむ、朝日昇る時。かくして我はとこしへに
不死と不老の身となりて、藍光の目のアテーネー、
銀弓の神アポローン――神とひとしく誉れ得む。
アカイア軍に禍の襲ひくること確かなり』

しかく宣するヘクトール、トロイア軍は歓呼しぬ。
かくて汗する駿足を軛《くびき》よりして解き放ち、
革紐によりおのおのの兵車にこれを繋ぎ留む。

衆軍やがて速やかに肥えし牛羊都城より、
もたらし来り、陣屋より甘美の酒と麺麭を
搬び来りつ、更にまた薪材多く集め来る。
〔[1]衆軍かくて神明にいみじき牲をたてまつり、
風はその香を天上に原頭よりし搬びゆく。
さはれいみじき諸神霊いづれもこれを受け入れず、
これを望まず、イーリオン白楊の槍手に揮ふ、
王プリアモス眷族《けんぞく》を、民をひとしく憎しめり。〕

衆軍かくて功名の念に燃えつつ夜もすがら、
戦場中に休らへり、篝《かがり》は光煌々と。
[2]たとへば風無き夜半《よは》の空、澄める月球とりかこみ、
燦々として衆星の光照り出で、もろもろの
山も岬も渓谷もひとしく影を示す時、
天上高く限りなく光る衆星仰ぎ見て、

1　五四八—五五二行、括弧内の数行はいかなる写本にも無し、プラトーンの作と称せらる『アルキビアデース』IIの中に引用さる、トロイアの破滅は諸神一切の願ひに非ず、只一部の神のみこれを願ふ、ヂュウスはトロイアを憎まず、その敬信を嘉みすること第四歌四四行以下に見るべし。

2　この比喩は有名のもの、テニスンこれをいみじく訳す、何故彼は更に多くを訳さざりしか？マシュー・アーノルドはその論文「ホーマア翻訳について」の中にこの第八歌の五五三行以下を試訳す。ポープは最後を誤訳す。フォッスの独訳はすこぶる妙。

牧人あすの晴れ思ひ欣然として勇むごと、
かばかり多くトロイアの軍勢燃やす篝の火、
舟と流れのクサントス、間《あひ》、イーリオン城の前。
原上、篝の数は千、そのおのおのに相添ひて、
兵員五十、炎々の焔の前にやすらへり。
白き大麦裸麦嚙める軍馬も一斉に、
兵車の前に列《なら》びたち、あすの曙光を待ちつくす。

# 第九歌

アカイア軍の憂怖。アガメムノーン退去を説く。ヂオメーデースとネストールこれに反対す。塁壁及び塹壕の防備。諸将の評議。ネストールの発議。アキリュウスを起たしめんとす。アガメムノーン後悔し、彼に莫大の贈与を盟ふ。使者としてオヂュッシュウスとアイアースとプォイニクスら行く。アキリュウスこれを歓待す。オジュッシュウス弁を振つて説く。アキリュウスこれを拒む。プォイニクスまた勧めて先例を説く。アイアースも諫む。効なし。使者帰り報ず。ヂオメーデース衆を励ます、衆軍眠りに入る。

かくトロイアの軍勢は警備に勉《つと》む、アカイアは
辛き「恐怖」の伴《とも》にして神の送れる「逃走」の
霊に憑《つ》かれて、最剛の武者も憂愁抑へ得ず、
鱗族《りんぞく》多きわだつみの水をボレース、ゼプュロスと——
[1]トレーケーより湧き起る二つの風の——忽然と
襲ひて吹きて乱す時、狂瀾怒濤一斉に

1 本詩は小亜細亜に成るとの説を唱ふるもの、これらの行を引く。

暴《あら》び起りて海草を水のうちとに散らすごと、
アカイア族の胸中の思ひはげしく砕かれぬ。

アトレーデース殊更に心憂ひに打ち沈み、
あなたこなたに歩を進め、声朗々の伝令の
使ひに命じ、叫喚を禁じ静かに名を呼びて、
評議の席に諸将軍招き自ら先に立つ。
憂ひに満つる席上にアガメムノーン悄然と、
暗き洞より陰惨の泉溢れて巉崖《ざんがい》を、
流れ落して来る如く、涙流して立ち上がり、
長嘆しつつアカイアの衆に向かひて陳じ曰ふ、

『ああアカイアを導きてこれを治むるわが友よ、
クロニーオーン、大いなるヂュウス先には、堅牢の
イ，リオン城を亡ぼして帰陣すべしと約したり。

彼いま酷《むご》く大いなる禍難に我を沈め去り、
悪しき欺騙《ぎへん》をたくらみて、我に命じて軍勢を
失ひし後アルゴスに誉れなくして帰らしむ。
天威かしこきクロニオーン、しかあることを喜べり。
ああ彼既に数多く都城の頭《かうべ》打ち砕く、
更にこの後しかなさむ、無上の威力彼にあり。
されば汝ら、我の今宣する処聴き入れよ、
船に乗じて恩愛の故郷に向かひ逃げ帰れ、
街路の広きトロイアの陥落遂に得べからず』

しか宣すれば黙然と衆軍鳴りをおし静め、
無言に長くアカイアの子ら一斉に悲しめり。
程経て高き音声のヂオメーデース陳じ曰ふ、
『アトレーデーよ、我は先づ評議の席にふさはしく、
君の浅慮の言責めむ、願はく怒ること勿れ。

さき頃君は陣中に我[1]を誹謗し罵《ののし》りぬ、
闘志はあらず勇なしと、而してこの事ことごとく、
アカイア将軍一斉に老いも若きも皆知れり。
クロニデースは意地あしく君に二物を施さず、
すべてに優り王笏の光栄君に与へしも、
至大の力、豪勇の徳をば君に施さず。
訝《いぶ》かし、君はアカイアの子ら闘志なく勇なしと、
君の宣する言の如《ごと》あるを望みてやまざるか?
帰国の途《みち》につくことを切に願はば速やかに、
立ち去れ、途は開けたりミケーネーより従ひて、
君に附き来し数多き舟は岸辺に皆待てり、
されどその他の長髪のアカイア族はトロイアの
城落つるまで残るべし、更に彼らも一斉に、
舟に乗じて郷めざし遁逃《とんとう》なさんことあるも、
我とわが友[2]ステネロス、トロイア城の最後まで、

1 第四歌三七〇行以下。
2 第二歌五六四行参照。ヂオメーデースは言行共に勇まし。

奮戦つづけやまざらむ、神明我と共にあり』
しか宣すればアカイアの衆一斉に歓呼して、
悍馬《かんば》を御する英豪のヂオメーデースの言を褒む。
その時騎将ネストール列座の中に立ちて曰ふ、
『チュウデーデーよ、戦闘の中に汝は至剛の身、
また評定の席の上、同輩中の至上たり。
アカイア族の何人も汝の言を責めざらむ、
争ふ事はあらざらむ、されど言論なほ足らず、
汝は未だ年若し、齢《よはひ》を問はば汝なほ
我が最少の子の如し、しかも理により説くが故、
アカイア族の王侯に堂々の言吐き得たり。
齢は汝に優れるを誇り得る我今ここに、
陳じてすべて打ち明けむ、わが言ふ処何人も、
アガメムノーン大王も敢へて侮ること無けむ。

[1]恐るべきかな同士討ち、これを好める儕輩《さいはい》は
[2]眷属あらず、法あらず、炉辺の平和またあらず。
暗黒の夜は今到る、夜に応じていざ共に
食事の準備なさしめよ、夜を警《いまし》むる各隊は
長壁の外穿たれし塹壕に沿ひ守備を為せ。
我少壮にかく勧む、されどこれらの命令は、
アートレ，デーよ、君にあり、君は至上の権あれば。
また宿老に[3]饗宴を君具ふるを善しとせむ。
君の[4]陣中蓄ふる好き酒多し、アカイアの
舟大海を渡り来てトレーケーより持ち来る。
君款待《かんたい》の力あり、君は多数を統べ治む。
衆人ひとしく評定の席に着く時、その中に
至上の説を吐くものに聴くべし、アカイア全衆は、
美なる正しき忠言を要せむ、敵は舟近く
煌々として篝《かがり》焚く、誰かはこれを喜ばむ？

1　アキリュウスとの調停をほのめかす。
2　眷属と法と家庭とは古の社会の三大根底。
3　宴を催してその後協議せんとす。
4　第七歌四六八行参照。

わが軍隊を亡ぼすも救ふも正に今宵なり』
しか宣すれば衆人は耳傾けてこれに聴き、
警備の隊は武器具して蒼惶《そうこう》として奔り出づ、
率ゐるものはネスト,ルの生みたる[1]トラシュメーデース、
[2]アスカラポスとアレースの豪勇の子の[3]ヤルメノス、
メーリオネース、アパリュウス、デーイピュロスまた次ぎて、
クレーオーンの生める息、[4]リュコメーデースまた猛《たけ》し。
指揮の七将、おのおのに従ふ者は、百人の
若き勇卒、手の中におのおの槍を携へて、
長壁及び塹壕の間、真中に陣を張り、
炎々篝焚きながらおのおの食の備へなす。

アトレーデース陣中に、アカイア軍の数多き
宿老招き、盛大の宴を彼らのため設く、

1 第十歌二五五行、第十四歌一〇行、第一六歌三二一行、第一七歌三七八、七〇五行。
2 第十三歌四七八行。
3 第二歌五一二行。
4 第十二歌三六六行、第十七歌三四五行。

備へ設けし飲食に諸将おのおの手を延ばす。
かくておのおの口腹の慾を満たして飽ける時、
先に至上の忠言を述べし老将ネストール、
今また衆に先んじて勝れし意見述べんとす。
老将即ち慇懃の思ひをこめて宣し曰ふ、

『アトレーデーよ、光栄のアガメムノーン、衆の王、
[1]わが言最初君に向き、最後同じく君に向く、
君は最多の衆を統ぶ、笏と権威をクロニオーン
君の手中に托しつつ、衆人のため計らしむ。
さればすべてに抜き出でて君は説くべし、他の説に
耳を貸すべし、他の善しと思ひて進言する処、
君は為すべし、実行はひとへに君の上にあり。
我いま最も善しとする我の意見を陳ずべし。
他の何人も恐らくはこれに優れる説無けむ。

1 この句は神を讃美する時に用ゐるもの、今ネストールはアガメムノーンがあたかも地上におけるヂュウスの代表たるが如くに曰ふ。

わがこの意見抱けるは一日ならず、先つ頃
雷霆の神生める君、明眸ブリーセーイスを
アキルリュウスの陣よりし、彼の憤激顧みず、
奪ひ来りし時よりぞ、我らの賛せざりしもの、
我もろもろの理によりて諫めたりしも君聴かず、
権威に誇り紅頬の少女を君は奪ひ取り、
神明さへも尊べるアキルリュウスを辱《はじ》しめぬ。
甘美の言と珍宝の贈与によりて和らげて、
彼に説く道――今になほ能《あた》はば――講ずべからずや?』

その時彼に衆の王アガメムノーン答へ曰ふ、
『ああ叟《をぢ》、我の過ちを君は正しく説き得たり、
我あやまてり、あやまてり、今更これを否み得じ。
ヂュウスの愛づる英豪は百千人に相当る、
彼を崇めてアカイアに神は禍難を降したり。

無慚の情念我を駆り、これに過失を犯さしむ。
今莫大の贈与もて願はく彼を和らげむ。
その償ひの珍宝を今衆前に披露せむ。
まだ火に触れぬ鼎《かなへ》七、十タランタの黄金と、
光り耀く釜二十、その神速の脚により
賞を儲けし屈強の良馬揃へて十二頭、
この単蹄の駿足のわがため先に獲しところ、
さほどの財を獲なん者、乏しき人と曰はるまじ、
人の望める黄金の財に乏しと曰はるまじ。
更に手芸に勝れたる女性七人贈るべし、
そは堅城のレスボスを彼の破りし時に我、
自ら撰び取りしもの、艶美秀づるレスボスの
これらの少女贈るべし、中に彼[1]より奪へりし
ブリーセーイス加はらむ、更に盟ひて我曰はむ、
その閨房に進み入り、男女の間、世の常の

1 アキリュウスの名を指さず、只彼といふ、アキリュウスはこれに反して「憎むべきアートレーデース」を繰り返す。

習はしなれど慇懃の語らひなせしこと無きを。
即時にこれらもろもろの贈遺を彼に整へむ、
而してこの後神明の恵みによりて、イーリオン
都城の破滅あらん時、アカイア軍勢その戦利
分かたん時に彼来り、黄金黄銅その船に
満たして、更にトロイアのすぐれし女性十二人、
かのアルゴスのヘレネーに次ぐ者自ら撰ぶべし、
而して異日アルゴスの豊沃の地に帰る時、
彼を養ひ子となして、富裕の生に育ちたる
我の末の子最愛のオレステースに劣るなく、
彼を崇めむ。わが館の中に三人《みたり》の息女あり、
[1]クリュウソテミス、ラーオヂケー、イーピアナッサ——その中の
一人《いちにん》、彼の望む者、[2]結納なくて彼の父、
ペーリュウスのもと彼連れよ、その時我は何人も
まだその女《ひと》に与へざる多量の贈遺致すべし。

1 ギリシャ悲劇作中にはこれらの名に相違あり、イーピアナッサはイプィゲネーアか、然らばアウリスにおけるイプィゲネーアの牲の話はホメーロスに全く知られざりしなり。イーピアナッサこの時健在なれば。

2 嫁の父に資財を呈するは当時の習ひ。

更に戸口の賑はへる七つの都市を贈るべし。
カールダミュレー、緑草のイレー、エノペー、神聖の
ペーラス及び茫々の平原広きアンテーア、
風光美なるアイペーア、葡萄に富めるペーダソス、
すべては海に遠からず、沙地のピュロスの端を占む。
その住民は牛羊の多くの群れを養へり、
その住民は彼迎へ神の如くに尊ばむ、
彼の手にする王笏の下に貢賦《こうふ》は尽きざらむ、
憤怒を解かば彼に我以上の贈遺致すべし。
和らぎ彼にあらしめよ、和らぎがたく曲げがたき
冥府のあるじ[1]アイデース、最も人の憎悪たり、
願はく彼の譲らんを、[2]我の王権彼に優《ま》し、
我の年齢また彼に比して長きを顧みて』
ゲレーニャ騎将ネストールその時答へて彼に曰ふ、

1　何らの方法を以てしてもアイデースの司配する死を免れず。
2　ネストールが第一歌二八〇行以下に説く如し。

『アトレーデース、光栄のアガメムノーン、衆の王、
君の贈遺のもろもろはアキルリュウスも賤《おと》しめじ。
ペーレーデース・アキリュウス宿る陣舎に速やかに、
行きて説くべき選良をいざ今奮ひ起たしめよ。
よし我これを選ぶべし、選ばるるもの命を聴け、
ヂュウスの愛づるプォイニクス[1]真先に立ちて導けや、
次は偉大のアイアース[2]、また神に似るオヂュッシュウス[3]、
二人の使ひオヂオスとユウリバテースまた続け。
[4]清めの水を持ち来れ、聖の沈黙あらしめよ、
クロニデースに祈り上げその冥護をぞ願ふべき』

しか宣すれば衆人は皆喜びてこれを聞く。
直ちに侍者[5]は衆人の手に水灑《そそ》ぎ清めしむ。
若き給仕は芳醇を溢るるまでに瓶満たし、
[6]奠酒《てんしゅ》を果し隊中を廻りすべてに酌み与ふ。

1・2・3　使者三人最も適当。プォイニクスはアキルリュウスをその少年の時育つ。アイアースはアキリュウスに次ぐ最強の武将、オヂュッシュウスは能弁にして策謀に富む。
4　清めの水（第六歌二六六―二六八行参照）。
5　原文に「使者」なれども、こは今行かんとする使ひに非ず。
6　まづ神明に酒を捧げ、盃を地上に傾く。

奠酒の式にはじまりて衆人心満てる時、
アガメムノーン大王の陣を使者らは奔《はし》り出づ。
ゲレーニャ騎将ネストールその時衆に、また特に
オヂュッシュウスに目を注ぎ、ペーレーデース英豪の
説伏《せっぷく》切に勉むべく種々の訓示をこれに垂る。

二人はかくて鞺々《とうとう》とひびく波浪の岸に沿ひ、
アキルリュウスの屈強の心容易《たやす》く服すべく、
大地を揺する大いなる神に行く行く祈り上ぐ。
ミュルミドネスの陣営に並びに船に着ける使者、
精美尽して銀製の絃柱もてる竪琴[1]の
玲瓏の音《ね》にその王者心楽しむ姿見る、
エーイチオーンを陥れ鹵獲《ろかく》の中に撰《え》りしもの、
弾じて彼は興じつつ武勇[2]の事蹟謡《うた》ふめり。
パトロクロスは只ひとり黙然としてその前に、

1　ホメーロスの詩中、軍将にして琴を弾ずるものはアキリュウスとパリス（第三歌五五行）。他に名を挙げられしもの無し。
2　ホメーロス以前叙事詩の存せる一証。

アイアキデース吟謡を終るを待ちて向かひ坐す。
そこに智勇のオヂュ，シュウス先に二人は進み入り、
アキルリュウスの前に立つ、驚く彼は座より立ち、
手に絃琴をとるままに急ぎ二人に向かひ来る、
同じくこれを認めたるパトロクロスも身を起す。
脚神速のアキリュウスその時二人を迎へ曰ふ、
『善くぞ！　友とし来るかな、迫る用事は何者か？
我は怒れどアカイアの中に汝は愛の友』

しかく陳じてアキリュウス二人導き中に入り、
紫紺いみじき氈《せん》しける榻《とう》の上《へ》これを坐せしめつ、
パトロクロスの傍らに立てるに向かひ直《す》ぐに曰ふ、
『メノイチオスの勇武の子、大いなる瓶持ち来り、
中に芳醇満たしめて盃わたせ、おのおのに、
親しみ最も深きもの今陣営の中にあり』

しかく宣する愛友にパトロクロスは応じきく。
炉火のほとりに大いなる卓を据ゑたるアキリュウス、
羊の背肉、山羊の肉、脂肪の光沢々《たくたく》の
家猪の肥鮮の豊肉をとりどりこれの上にのせ、
オートメドーン[1]を手助けに勇士親しく肉を割き、
薄身に切りて幾条の串に貫き了すれば、
メノイチオスの勇武の子、炎々強き火を燃やす。
焚火やがては燃え尽し勢ひややに沈む時、
燠火《おきび》を広く散らし布き、その上串を据ゑかざし、
更に架上に取り直し清めの塩をふりかけぬ。
かくして調理事終り、美味卓上に並ぶ時、
パトロクロスは美麗なる籠に麺麭《めんぽう》齎して、
これを頒《わか》てば、アキリュウス同じく肉を衆前に。
かくして彼はオヂュ’シュウスまともにおのが座を占めつ、

1 アキリュウスの御者（第十七歌四二九行）。

パトロクロスに命下し諸神に牲《にへ》を捧げしむ、
友は応じて調し得し真先の肉を火に投ず。
かくして衆はその前の美味に向かひて手をのしつ、
やがて飲食事終り口腹おのおの飽ける時、
ポイニクス見てアイアースうなづく、これをオヂュ，シュウス
悟り、盃充たしつつアキルリュウスを祝し曰ふ、

『さきくあれかしアキリュウス。我ら共同の宴欠かず、
アガメムノーン光栄のアートレ，デース、その陣に
同じく共に皆欠かず、心を慰する饗宴の
豊かの料は具はれり、さはれ飲食いま我の
煩ひならず、大いなる禍難逼《せま》るを我恐る。
ああアキリュウス！　君にして奮ひたたずばアカイアの
櫓櫂いみじく備はれる舟の存亡計られず。
水師並びに長壁に近く勇めるトローエス、

遠くよりして呼ばれ来し援軍共に陣を布き、
諸隊あまねく煌々と篝火《かがりび》を焼き宣すらく、
敵は拒《ふせ》ぐを得べからず、船中さして逃れんと。
彼らに向かひ[1]クロニオーン吉兆示し、霹靂《へきれき》を
飛ばしむ、かくてヘクトール高言吐きて傲然と、
物凄きまで暴《あ》れ狂ひ、ヂュウスを信じ、何人も
何らの神も尊まず、はげしき猛威身に満てり。
彼は曙光の速やかの出現切に乞ひ祈り、
舳より[2]記号剥ぎとりて舟を炎々の火に焼きつ、
烟に咽《むせ》び逃げ迷ふアカイア軍をそのそばに
皆ことごとく討つべしと飽くまで誇り叫び曰ふ。
我はいたくも心中に嘆きて畏る、神明の
計らひ、彼のおびやかし成りて、アルゴス——駿足を
産する地より遠くここトロイアの地に死すべきを。
トロイア軍の奮戦にいたくも悩むアカイアの

1　第八歌一四一行、一七〇行等。
2　舳部における突出部、ヘクトールはこれを鹵獲品となさんとするか？

軍勢救ふ念あらば、よし遅くとも奮ひ起て。
さらずば悲嘆君に来む、一たびすでに[1]逃げられし
禍難の治療見出すべき術あるなけむ、されば今
アカイア軍の禍の日を掃《はら》ふべく努めずや。
ああ友、父のペーリュウス、プチーエーより君の身を
[2]アガメムノーンに送りし日、訓戒切にかく曰ひき、
「わが子よ、汝にアテーネー及びヘーレー意ある時、
威力恵まむ、胸中に汝よろしく剛強の
心を抑へ制すべし、謹慎の徳、ああ思へ、
禍醸す争ひを根絶すべく心せよ、
しかせばアカイア老少はひとしく汝崇むべし」
老翁かくも教訓を垂れしを君は忘れたり。
いざ今心肝煩はす怒りを棄てよ、アガメムノーン、
怒り棄つべく君のためいみじき贈遺備へせり。
君もしこれを聞かまくばアガメムノーン営中に

1 「禍難の来りし後は愚者も知る（悟る）」（第十七歌三二行参照）。
2 オヂュッシュウスはネストールと共にプチーエーに行きてアキリュウスを誘へり（第十一歌七六五行）。

約し盟ひし珍宝の数々ここに語るべし。
まだ火に触れぬ鼎《かなへ》七、十タランタの黄金と、
光り耀く釜二十、その神速の脚により、
懸賞得たる屈強の良馬揃へて十二頭、
これらすぐれし駿足のアガメムノーンに獲し処、
さほどの財を獲る者は乏しき人と曰はるまじ、
人々望む黄金の財に乏しと曰はるまじ、
更に手芸に秀でたる女性七人贈るべし。
こは堅城のレスボスを君の破りし時に彼
自ら撰び取りしもの、艶美秀づるレスボスの
これらの少女贈るべし、中に君より奪へりし
ブリーセーイス加はらむ、更に盟ひて彼は曰ふ、
かの閨房に進み入り男女の間、世の常の
習はし、彼と慇懃《いんぎん》の語らひ為せしこと無きを。
即時にこれらもろもろの贈遺を君に整へむ、

而してこの後神明の恵みによりて、イーリオン
都城の破滅あらむ時、アカイア軍勢その戦利
頒たん時に、君行きて、黄金、黄銅、船中に
満たして更にトロイアのすぐれし女性二十人、
かのアルゴスのヘレネーに次ぐもの君は撰ぶべし。
而して異日アルゴスの豊沃の地に帰る時、
君を養ひ子となして、富裕の生に育ちたる
彼の末の子、最愛のオレステースに劣るなく
君を崇めむ、彼の館、中に三人の息女あり、
クリュソテミス、ラーオヂケー、イーピアナッサ——その中の
一人《いちにん》、君の望む者、結納なくて君が父
ペーリュースのもと君つれむ、その時彼は何人も
未だ息女に与へざる多くの贈与致すべし。
更に人口殷賑《いんしん》の都城七つを贈るべし、
カールダミュレー、緑草のイレー、エノペー、神聖の

ペーラス及び茫々の平原広きアンテーア、
風光美なるアイペーア、葡萄に富めるペーダソス、
すべては海に遠からず、沙地のピュロスの端にあり、
その住民は牛羊の多くの群れを養へり、
その住民は君迎へ神の如くに尊ばむ。
君の手にする王笏の下に貢賦は尽きざらむ。
憤怒を解かば君に彼以上の贈遺致すべし。
アトレーデース及びその贈遺をいたく憎むとも、
君願はくは、陣中に悩むすべてのアカイアの
他の軍勢に哀憐を垂れよ、彼らは神明の
如くに君を尊べり、その眼前に勲功を
たてよ、近くに寄せ来る彼、ヘクトール打ち斃せ、
暴びたけりて彼は曰ふ、戦艦ここに搬び来し
ダナオイ軍の一人も我に手向かふ者なしと』

脚神速のアキリュウスその時答へて彼に曰ふ、
『ラーエルテースの秀れし子、智謀に富めるオヂュッシュウス、
心に我の思ふまま、事成るべしと思ふまま、
矯飾あらず、明らかに口を開くぞ善かるべき。
かくせば君らわが前にうるさき言句述べざらむ。
心に一事蓄へて口に別事を述ぶる者、
我はいたくも忌みきらふ、冥王の門見る如し。
今わが心正当と思ふ所を陳ずべし、
アトレーデース、アガメムノーン並びに外のアカイアの
すべては我に勧誘をなすべからずと我思ふ。
不断に敵と闘へど常に感謝は払はれず、
同じ運命休らへる、はた闘へる者にあり、
同じ運命卑怯なる、はた勇悍《ゆうかん》の者にあり、
死は一様に勤めたる、はた怠れる者にあり、
命を不断の戦ひに暴《さら》して為に心中に

いたく苦難をうけし後、我に何らの酬ひなし。
たとへば未だ飛び得ざる雛にその餌をあさり来て
与へて、ただに辛酸を自ら嘗むる母鳥か。
敵と戦ひ汝らのめづる女性を護るため、
かく我、多く睡眠を知らざる夜を過したり。
かく我、多く流血の無慚の日数過したり、
船に乗じて敵人の[1]十二の都城打ち破り、
また陸上にトロイアの郷に十一陥れ、
その一切の財宝を奪ひ来りて衆の王、
アガメムノーン、権勢のアトレーデースに与へたり。
彼は水師の傍らに悠然として居残りて、
受けて小量他に頒ち自ら多く貪りぬ。
その列王と諸将とに頒ちし戦利皆共に
衆は手中に失はず、ひとりアカイア軍中に
わが得しところ温柔の女性を彼は奪ひ去る。

1　レスボス（第九歌一三〇行）テネドス（第十一歌六二六行）テーベー（第二歌六九一行）ペーダソス（第六歌三五行及びその他）。

歓会彼にあらしめよ。思へ、アカイア軍勢は
何らの故にトロイアに敵せる？　衆を何故に
アトレーデース率ゐたる？　――ヘレネー故にあらざるや？
声朗らかの人類の中に女性を愛するは、
アトレーデースあるのみか。情理正しき者は皆
[1]妻女を愛し労はらむ。我また等しく慇懃に、
彼女を愛でき、戦闘の力によりて獲たれども。
わが手中よりわが戦利奪ひて恥辱与へたる
彼はいかでか我に説き我を服することを得む。
オヂュッシュウスよ、彼をして君と諸将の力借り、
敵の猛火を水師より攘はん術を取らしめよ。
我の加はることなくて夥多《あまた》の業は遂げられぬ、
長壁すでに築かれぬ、めぐりに広き大いなる
壕穿たれぬ、その中に多くの杙《くひ》は植ゑられぬ、
しかもかくして獰猛《どうもう》の敵ヘクトール攻め来るを、

1　この一段もまた英雄時代における正式結婚の婦人に対する愛の証明。

防ぎも得せじ。先に我、アカイア陣にありし時、
彼ヘクトール城壁を離れ戦闘挑み得ず、
ただスカイエー城門と樫の樹のそば寄せ来り、
一回我と戦ひて危ふく命を免れき。
されど我今ヘクトール敵とすること好まねば、
ヂュウス並びにもろもろの神を明日の日祭る後、
物満載のわが諸船、水におろさむ、その時に、
（望まば、而してこの事に君ら意あらば）眺むべし、
暁早くわが諸船、鱗族富めるわだつ海
かのヘルレースポントスを渡るを、水夫櫂取るを。
大地を震ふポセードーン善き航海を恵みなば、
第三日に豊沃のプチーエーにぞ帰るべき。
我に多くの資財あり、不幸にここに出で来る
前に故郷に残し来ぬ、更にここより黄金を
また黄銅を、美はしき帯の女性を、鋼鉄を、

我の得し者ことごとく搬び去るべし、然れども
アガメムノーン我の手に先に頒ちて今奪ふ。
これらを彼に公然とわが望むまま曰へ——さらば
厚顔常に恥知らず、恐らく更にダナオイの
とある一人《いちにん》欺くを彼望むとき、一斉に
アカイア軍は怒るべし。[1]狗《いぬ》に等しき面《おも》持つも、
アトレーデース今更に我をまともに眺め得じ、
評議或ひは行動に我また彼と伴ならず、
我を欺き怒らせし彼また更に甘言に、
欺くことを得べからず、事すでに足る、今やいざ
破滅に向かへ、神明は彼より智慮を取り去りぬ。
彼の贈遺は汚らはし、我に微塵の価なし、
彼の所有の十倍に、はた二十倍、更にまた
他方より来る財宝に、[2]オルコメノスの領に入る
その貢献の数々に、[3]アイギュプトスのテーベーの

1 第一歌二二五行。
2 ミニアイの首都（第二歌五一一行）。
3 エジプトのテーベー（テーブス）は当時全盛、第二十一王朝の都。

貢献加へ贈るとも——巨万の富の満ち溢る
テーベー百の門ありてその各々を兵二百
馬と車と共に過ぐ——これらを我に贈るとも、
沙と塵との数多き贈遺を我に為すとても、
我を悩めし禍のすべてを払ふことなくば、
アガメムノーンわが心絶えて説得すべからず。
アガメムノーン権勢のアトレーデース生める子を
我娶《めと》るまじ、美に於てアプロヂ’テーに競ふとも、
技芸に於てアテーネー・パラス神女に等しとも、
我娶るまじ、王をして他のアカイアの族にして
更に権勢優る者、適せる者を取らしめよ。
もし神明の加護ありて故郷に我の帰りなば
我に必ずペーリュウス一人の女性撰ぶべし。
ヘルラス及びプチイエー、中に多くのアカイアの
女性ら、都市を防護する勇士の生める息女あり、

中の一人《いちにん》、我の意に適する者を婦となさむ。
かくて正しき合法の配偶を得てこれと共、
老ペーリュウス、我の父、獲たる資財をうけつぎて
享楽すべし、その強き情願我の胸に満つ。
アカイア軍の寄する前、先に平和の日にありて、
トロイア族の持てりてふその珍宝の数々も、
はた石がちのピュートウ[1]の地の銀弓のアポローン・
ポイボス神の殿堂の中に収まる珍宝も、
わが見るところ生命に絶えて優れる物ならず。
肥えたる羊、牛の群れこれを獲ること難からず、
鼎鐺《ていとう》はたまた銀色の駿馬も求め難からず、
ただ人間のこの呼吸、歯の防壁を出で去らば、
本に回すを得べからず、捕ふることを得べからず。
足銀色の玲瓏のわが母テチス示し曰ふ、
二重の運命我をわが最期の途《みち》に導くと、

1 デルファイの古名。『イーリアス』全体中ただ一度ここに名ざさる。『オヂュッセーア』には二度（第八歌七九行、第十一歌五八〇行）。

トロイア城の壁の下、ここに残りて戦はば、
帰郷の幸は失はれ、不朽の名誉獲らるべし、
これに反してわが愛づる祖先の郷に帰らんか、
高き光栄失はれ、しかも寿命は長うして、
死の運命は速やかに我に到らん事あらじ。
我また衆に船に乗り郷に帰るを勧むべし。
高き堅城イーリオン、その滅亡の期をもはや
汝ら見るを得べからず、轟雷震ふクロニオーン、
手を延べこれを擁護してその民奮ひ喜べり。
さはれ汝ら今行きてわがアカイアの諸勇士に
その報告を齎せよ（そは宿老の勤め也）
彼らの船と船中のアカイア軍を救ふべき、
外の優れる考案を、その胸中に講ずべく
彼らに告げよ、今の案効なし、救ひこれにより
実現するを得べからず、わが憤激は解けざれば。

さはれ老将プォイニクス、ここに残りて休み取れ、
明日我の船の上、我に従ひ故郷に
望まば帰り行かんため、さはれ強ゆるを我はせず』

しか宣すればこれを聞く衆黙然と口を閉ぢ、
勢ひ猛に拒みたる彼の言句に驚けり。
馬術巧みのプォイニクス老将その時アカイアの
水師をいたく悲しみて熱涙そそぎ陳じ曰ふ、
『[1]ああ勇壮のアキリュウス、憤激汝の身を駆りて、
帰郷の念を胸中に抱き、無慚の兵燹《へいせん》を
攘ひて水師防ぐこと少しも汝望まずば、
ああわが愛児いかにして汝と離れ我ここに
残るを得んや？　その昔馬術巧みのペーリュウス、
プチイエーより我と共アガメムノーンに遣はせし
その日汝は若かりき、すべてに辛き戦闘を

1　六〇五行までプォイニクスの言つづく。

知らず、評議の席の上、身を擢《ぬき》んずる術知らず。
そも如何にして言論に秀で戦法長ずべき。
これを汝に示すべく老将我を遣はしき。
されば愛児よ、汝より離るる事ぞ憂はしき、
離れは得せじ。離れなば神明我の老衰を
癒やし、むかしの青春を回すとよしや約すとも。
ああ青春のその昔、我ははじめて麗人の
郷ヘルラスを立ち退きぬ、父の怒りを避くるため
（オルメノスより生れたるアミュントールは我の父）
父は正妻わが母を嫌ひて、とある麗人を
恋へり、悲しむわが母は反問の策先んじて、
その麗人と契るべく我に請願切なりき。
我その言に従ひてしか行へり、そを悟る
父ははげしき呪咀の言[1]放ちて凄き復讐の
神女に乞へり、彼の膝に攀《よ》づべき者の一人だも

1 エリーニュス（単数）エリーニュエス（複数）はここに父の権利の擁護者として説かる。

我より生れ出でざれと――その誓願を納受せる
[1]深き地底のデュウスまた[2]ペルセポネーア恐るべし。
悲憤に耐へず鋭利なる刃に父を弑《しい》せんと
念ぜる折に、とある神、我を抑へてわが胸に、
アカイア族の中にして父を殺せる悪名の
世間の批判思はしめ、諸人の非難恐れしむ。
かくて瞋恚の父と共、同じき宿に一身を
留めんことは胸中に遂に全く忍ばれず。
さはれ親戚僚友は共にひとしく傍らに
ありて館中残るべく諫諍《かんそう》切に我を止む。
即ち蹣跚《ばんさん》と歩み行き、角の曲れる肥えし牛、
脂肪に富める羊また家猪を屠りて、炎々の
[3]ヘープァイストスの火の上にかざしてこれを炙《あぶ》り焼き、
また老人の蓄ふる瓶より酒を酌みほして、
かくして九回夜を重ね、我のめぐりにやすらへり。

1 冥王ハイデース。
2 冥王ハイデースの妻。
3 火を掌る神。

衆人かくてかへがへに監視続けて、一方は
防備厳しき中庭の廻廊の下、他の方は
わが住む室の戸に近き玄関の前、煌々の
篝火《かがりび》絶えず焼きつづく。されど十日目暗黒の
夜来る時、わが室の堅く閉ざせる戸を破り、
また中庭の厚き壁、容易《たやす》く越して、警戒の
諸人並びに奉仕せる女性の眼《まみ》を掠め去り、
逃れて遠く茫々のヘラスの郷を巡り行き、
足駐《とど》めしは羊群の満てる肥沃のプチーエー。
その領主たるペーリュウス、身を慇懃にもてなして
愛でぬ。さながら老齢に及びはじめて儲けたる
唯一の子息、裕《ゆた》かなる家庭に育《はぐ》む親のごと。
かくして我に富与へ、多く庶民を従はす。
かくプチーエーの端を占め、ドロペス[1]族を我統べぬ。
而して汝を心より、ああ神に似るアキリュウス、

1 プチーエーの西に住む民族、ここよりプォイニクスはミルミドネス五隊の一を率ゐ来る（第十六歌一九六行）。

愛でつつ我は[1]育み来ぬ、汝その時他の者と
共に食事の卓上に着かず、館裏に物喰《は》まず、
必ず我の膝の上、坐するを汝常としつ、
わが細やかに切りしもの食みて葡萄の美酒すすり、
時に幼稚の身の習ひ、銜《ふく》めるものをわが胸の
上に吐きだし笑止にも我の衣を潤しき。
汝のためにかくばかり我は労苦の数積めり。
神明我に生るべき子を許さずと観じ知り、
アキルリュウスよ、我の子と汝を見なし、いつしかは
わがためつらき災難を攘《はら》はんことを望みてき。
ああアキリュウス剛愎《ごうふく》の心抑へよ、残忍の
思ひを胸に満たしめな、徳も力も光栄も
優る神霊、彼すらも時には譲ることあらむ。
罪を犯して悔ゆる時、香を燻じて心より
祈願をいたし、奠酒《てんしゅ》礼《れい》供へ、脂肪のいけにへを

1　第十一歌八三一行によればケントール彼を教ふ。

捧げて人は神明の心を枉《ま》ぐることを得む。
知るべし「祈願」もろもろはクロニオーンの息女なり。
その脚蹇《なへ》ぎそのおもて皺みその眼《まみ》斜視にして、
常に「罪過」[1]の後を追ひ進み行くべくこころざす。
「罪過」は強し、脚速し、速きが故に一切を
凌ぎ大地の面に添ひ、先んじ駆けて人類に
種々の禍害を蒙らす、「祈願」は後にこれを治す。
クロニオーンの息女らの近よる時に崇敬を
致さん者は恵まれてその念願は聴かるべし、
これを推し退《の》け頑強に拒まん者は許されじ、
「罪過」に彼の追ひつかれ禍難をうけて償ふを、
息女ら即ちクロニオーン・ヂュウスに迫り求むべし。
アキルリュウスよ、謹みてクロニオーンの息女らを
敬へ、外の英豪も心ひとしく伏すところ。
アトレーデース礼物を贈らず、後を約さずば、

1　人の犯す罪過、これを治むるものは神明への祈願《リタイ》。脚蹇ぎ云々は懺悔者の態度を表す。

而して今にその激怒続けて休む無かりせば、
その事いかに緊急に要ありとても、汝また
怒りを棄ててアカイアを救へと我は命ずまじ。
されども彼は今多く贈与し、後をまた約し、
而してアカイア族中に撰び抜きたる、しかもまた
アカイア族中親しみの最も深き僚友を、
送りて哀訴致さしむ。先の怒りは可なれども、
彼らの言句また使命汝侮ること勿れ。
我はすぎにし古のすぐれしものが、憤激を
起してしかも礼物を受けて動きて、諫争に
従ひたりし行動の次第つぶさに聞き知れり。
その古の事にして新たの跡にあらぬもの、
思ひ出でたり、汝らのすべての前に陳ずべし。
クーレーテス族、豪勇のアイトーロイ族その昔、
カリュドーンの都市のそば相戦ひて撃ち撃たる、

アイトーロイは美はしきカリュドーンの都市守り、
クーレーテスはその都市を攻め落さんと焦りたる――
[1]（事の起りを尋ぬれば）オイニュウス王もろもろの
神には犠牲捧げしも、黄金の座のアルテミス
神女に対し豊沃の土地の初穂を献ぜねば、
クロニオーンの女は怒り禍難をここに蒙らす。
懈《け》怠《たい》あるひは忘却によりて国王過てり。
かくして弓に巧みなる神女怒りて、兇暴の
野猪を下して鋭利なるましろき牙を鳴らさしめ、
王の領する豊沃の地をことごとく荒らさしむ。
あまたの巨木根こそぎに、花も果実も猛獣は
皆一斉に累々と大地の上に倒れしむ。
オイニュウス王生める息、メレアーグロスその時に、
猟人及び猟犬を種々の都市より集め来て、
野猪を斃しぬ（大いなる野獣を先に僅少の

1　原文にこの句無し、添加す。

衆制し得ず、そこばくの人は殺され屍《から》焼かる）
されども神女甦されし獣の頭《かうべ》、粗き毛の
皮を争ふ乱闘を、クーレーテスと豪勇の
アイトーロイの両族の間に更に生ぜしむ。
[1]メレアーグロス戦闘を続けし限り、敵軍の
クーレーテスは不利にして、その軍勢は多けれど、
敗れて都市の城壁の外に留まることを得ず。
メレアーグロス、然れどもそぞろ憤激堪へやらず、
——思慮あるものも憤激によりて胸裏に念乱る——
産みの母なるアルタイア、母に対して憤り、
クレオパトレー艶美なる妻の傍へに身を留む。
ユウエーノスの産み出でしマルペーッサは妻の母、
父はイデース、人界の中に最も強きもの、
脚美はしき女子のため、神プォイボス・アポローン、
威霊かしこき神明に向かひて嘗て弓張りぬ。

1　メレアーグロスはアイトーロイ族の王オイニユウスの子、母はクーレーテス族の王女。野猪を殺せる後メレアーグロスは母アルタイアの兄弟と争ひ彼らを殺して母のために呪はる。イデースはユウエーノスよりその女マルペーッサを奪ふ、而してアポローンまた彼女を得んとして彼と争ふ。ヂュウス女をして撰ばしむ、女はイデースを撰ぶ。イデースとマルペーッサの間に生れしはクレオパトレー即ちメレアーグロスの妻。メレアーグロス母の咒詛を怒り、愛妻の許に閉ぢこもる。クーレーテス軍来りてアイトーロイの城を攻めし時も出でて救はず、のち愛妻の痛諫によりて初めて起つてこれを救ふ。

父と母とはその館にアルキオネー[1]の綽名《あだな》もて
愛女を呼べり、遠矢射る神プォイボス・アポローン、
彼女を奪ひ去りし時、悲痛はげしき哀号の
その禽鳥[2]を見る如くいたくも嘆き泣きたれば。
その女のそばに豪勇のメレアーグロス身を留め、
母に激しく憤る、母はおのれの兄弟を
討ち斃されし怨みよりおのが愛児を呪咀しつつ、
その手をあげてあまたたび大地を打ちて、ハイデース
冥王及び恐るべきペルセポネーア呼びかけつ、
大地に膝をつきながら涙に襟をうるほして、
愛児の死滅乞ひ求む、そを暗《やみ》に住むエリーニュス、
無情の心持てる霊、エレボスよりし聞き入れぬ。
今速やかに城門のほとり巨塔は破られて、
騒音はげしく湧き起り、アイトーロイの諸長老、
神の至上の祭司らを送りて彼に莫大の

1　即ちクレオパトレー。
2　翡翠（英語 halcyon）の原語はアルキオネー。

贈与を約し、現れて救助なすべく乞ひ求め、
地味豊饒のカリュドーン、中にも特にすぐれし部、
そこに意のまま撰ぶべき五十ギオンを――その中の
半ばは葡萄みのる園、半ばは平野、耕作に
適するものを取るべしと衆人彼に約し曰ふ。
更にその父オイニュウス老いし騎将も彼に乞ひ、
彼の宿れる高き屋の居室の閾《しきゐ》進み入り、
その堅牢に組まれたる戸をゆるがして哀訴しつ、
同じく共にその姉妹、先に咀《のろ》ひし母もまた、
その哀憐を求むれど聴かず、同じくもろもろの
僚友皆の中にして親交最も厚きもの、
誠あるもの願へども彼の心を枉《ま》げ難し。
されども遂にその居室激しく破り、塔上を
クーレーテス族攀《よ》ぢ登り、兵火放ちて都城焼く。
その時美麗の帯纏《まと》ふ妻は嘆きてその夫、

メレアーグロスに訴へつ、都城一たび破る時、
来らん惨禍――その民は屠られ尽し、城塞は、
兵燹《へいせん》燃やし、その子らは、また女性らは囚はれて、
漂浪の道進むべき無慚《むざん》の姿ものがたる、
かかる惨状耳にしてメレアーグロス猛然と、
思ひ直して立ち上がり、燦爛の武具身に着けて、
進み戦ひ、禍をアイトーロイより攘ひ去る。
されど約せし数々の贈与は遂に果されず、
果されざれど勇将は国の惨禍を攘ひ退《の》く。
されども友よ情念を彼と同じうする勿れ、
神明願はくこの途《みち》に君を誘《いざな》ふこと勿れ、
わが船舶の焼けん時、救ひはすでに遅からむ。
来り礼物今うけよ、アカイア族は神のごと、
君を崇《あが》めむ、礼物の無きに及びて戦はば、
敵軍いかに破るともかかる光栄得べからず』

脚神速のアキリュウス答へてその時彼に曰ふ、
『ああプォイニクス、敬すべき叟《をぢ》よ、ヂュウスの愛づる君、
君曰ふ如き光栄は我に要なし、我思ふ、
ヂュウスはすでに光栄を我に賜へり、船のそば
息ある限り、両膝の動く限りは身にあらむ。
いま我一事君に曰ふ、銘ぜよ、これを胸の中、
アトレーデースのため計り、我の心を嘆息と
悲泣によりて乱すことやめよ、かの人愛するは
君に似合はず、しかなさば我の憎悪の的たらむ。
悩ます彼を我とともに悩ますことぞ君によき。
我と等しく統治せよ、威光の半ば分け受けよ。
他の友僚はわが答へ、帰りて述べむ、君はここ、
陣に残りて温柔の床に休らへ、あくる朝
君もろともに計るべし、帰るや或は残るやを』

しかく宣して眉あげて、パトロクロスに言葉なく
合図をなして、老将を床に就かしめ、速やかに
陣営よりし別るべく他の僚友を誘はしむ。
テラモニデース・アイアースその時口を開き曰ふ、
『[1]ラーエルテースのすぐれし子、計策富めるオヂュ，シュウス、
いざ辞し去らむ、言説の目的かかる道により、
遂げらるべしと思はれず、いま迅速に彼の言、
よし善からずも待ちわぶるアカイア族に伝ふべし。
ああアキリュウス、剛勇のペーレーデース、飽くまでも
その胸中に憤懣の思ひ満たして、無慚《むざん》にも
その同僚の愛情を——水師のほとり一切の
他の誰よりも尊べるその友情を顧みず。
ああ無漸なり、アキリュウス！　見ずや世の人、兄弟を、
子を亡ぼせる仇よりし賠償収め許す時、

1　率直なる武人の句として簡単明瞭、一女子の賠ひに七女子を得て足らざるや？　云々。

その族人のただ中に仇は安んじ身を留む。
賠償得たる者はその激しき怒り抑へとむ。
神明君の胸の中、少女一人の故をもて、
枉げざるつらき心おく、而して今は七人の
明眸及びもろもろの贈与は君に捧げらる。
君、その心和らげよ、また款待《かんたい》の礼思へ、
君の宿れる陣の中、我らはここにダナオイの
中より来り、アカイアの族人中の誰よりも、
誠尽して慇懃に君と睦むを冀《こひねが》ふ』
脚神速のアキリュウスその時答へて彼に曰ふ、
『神より生《あ》れしアイアース、テラモーンの子、民の王、
衷心よりりし君のいふ言に一理のあるを見る。
しかはあれどもアルゴスの衆人中に我を彼、
アトレーデース無礼にも、さながら一の放浪の

徒たるが如く恥ぢしめし時を思へば、憤激は
わが胸そそる、いざ帰り我の答へを伝へ曰へ、
プリアミデース・ヘクトール勇を奮ひてアルゴスの
子らを殺しつ、兵燹に船を亡ぼし、進み来て
ミルミドネスの陣犯すその時未だ到らずば、
我鮮血を流すべき戦ひ思ふことあらず。
さはれいかほど勇むともわが陣営と船のそば
彼ヘクトール、戦ひを挑むを我に憚《はばか》らむ』

陳じ終ればおのおのは二柄の盃に灌酒しつ、
オヂュッシュウスは先にたち、水師に沿ひて帰り去る。
こなた急ぎて友僚と婢女《ひじょ》とに命じ、慇懃に
パトロクロスは厚き床、老将のため設けしむ。
命に応じて人々は床を設けつ、羊毛の
氈《せん》と被覆《ひふく》と華麗なる麻布《まふ》とをこれに備ふれば、

老人しづかにその中に身を横たへて曙《あけ》を待つ。
アキルリュウスは堅固なる陣営の奥、床に就く。
その傍らに添ひ臥すはポルバスの女、紅頬《こうきょう》の
ヂオメーデーはそのむかし、レスボスよりし連れし者。
パトロクロスの傍へには帯美はしき一女性、
イーピス侍しぬ、エニュエース領する高地スキュロスの
都城落せるアキリュウス囚へて彼に与へし子。

アガメムノーンの陣営にかなた使節の帰る時、
これを迎へて立ち上がる衆人おのおの黄金の
盃あげて労《ねぎ》らひつ、アキルリュウスの答へ聞く、
真先に口を開けるはアガメムノーン、衆の王、
『来れ、褒むべきオヂュ，シュウス、ああアカイアの誉れたる
君、報じ曰へ、アキルリュウス、敵の猛火を掃《はら》はんと
思ふや、あるは憤激をやめず、わが命拒《こば》めるや？』

耐忍強きオヂュ，シュウスその時答へて彼に曰ふ、
『アトレーデース、光栄のアガメムノーン、衆の王、
聞け、かの人は憤激をやめず、ますます胸の中
瞋恚蓄へ、君の威と君の贈遺を拒み棄て、
アカイア軍と軍船をそもいかにして救ふべき、
これをアルゴス衆人の間《あひ》に計れと君に曰ふ、
而して更に嚇《おど》し曰ふ、明くる曙光ともろともに
二列漕座のよき船を海に泛《うか》べて去るべしと。
而もなほ曰ふ、他を勧め、故山に向かひ波わけて
帰らしめんと、蓋《けだ》し彼思へり、高きイーリオン、
その陥落は望まれず、音声高きクロニオン、
これに応護の手を加へ、その民ひとしく勇み立つ。
かくこそ彼は陳じたれ、我に従ひ行きしもの、
アイアースまた両人の使節謹み深きもの、

同じくこれを報ずべし、老プォイニクス彼ひとり、
かしこに留る、アキリュウス、彼に勧めて明くる日に
郷に意あらば波わけむ、されど強ゆるをせずと曰ふ』

しか報ずれば衆軍は黙然として鳴り静め、
アキルリュウスの猛烈の言句を聞きて驚けり。
長きに亘り、口緘《つぐ》み、心悩ますアカイアの
陣中、やがて猛勇のヂオメーデース起ちて曰ふ、
『アトレーデース、光栄のアガメムノーン、衆の王、
アキルリュウスに哀願を致して、君が量りなき
贈与を約し盟ひしは、よからざりけり、さなきだに
傲れる彼に一層の驕慢、君は増さしめぬ。
さはれ帰るも留まるも彼に任せよ、いつの日か
その胸中の勇猛の心促し起たん時、
神明彼を駆らん時、彼は再び戦はむ。

いざ今我の曰ふ処、衆軍聞きて受け入れよ、
酒と食とを口腹に満たして後に床に就き、
英気養へ、酒と食、そは勇気なり、力なり。
薔薇《さうび》の紅き指もてる美なる「曙《あけぼの》」出づる時、
水師の前に速やかに軍馬軍勢整へて
これを励ませ、先鋒の中にわが王ああ奮へ』

しか陳ずれば諸将軍、皆一斉に歓呼しつ、
悍馬を御する猛勇のヂオメーデースの言を褒む。
かくておのおの灌酒礼、終りて陣に引き帰り、
臥床《がしょう》にその身横たへて眠りの神の恵み受く。

# 第十歌

深夜アガメムノーン憂ひて起ち、弟メネラーオスと共に陣中を巡り諸将軍を呼び醒ます。ネストール進言し、偵察を為すべく諸将に計る。 ヂオメーデース及びオヂュッシュウス選に当りて進む。 トロイアの偵者ドローンを捕ふ。 その白状。 これにより両将進んでトロイア軍の援軍トレーケース軍を襲ひ、十二将を斃し、最後にその王レーソスを殺し、馬を奪ひて凱旋す。 本篇は『ドローン物語』と称せらる。 或る評家は後世の追加なりといふ。

他の[1]アカイアの諸将軍、おのおの船の傍らに
甘き眠りに襲はれて夢路に入りぬ、夜もすがら、
されど胸中さまざまに思ひ煩ふ民の王、
アガメムノーン温柔の熟睡遂に取るを得ず。
鬢毛《びんもう》美なるヘーレーの夫、天王クロニオン、
電火を飛ばし、大雷雨あるは雹霰《はくせん》あるは雪、
(雪は粉々乱れ飛び原野を蔽ひ、時にまた、

1 この本篇の始まりは第二歌の初めを模したるものとリーフは曰ふ(集合論者リーフは『イーリアス』を構成する諸篇の作成の時代を三段に区別す)。

もの恐ろしき戦闘の巨大の口を蔽ふめり）
雪を来らす時のごと、アガメムノーン胸中に、
心肝深き底よりし、しばしば[1]うめき身をもだゆ。
眸《ひとみ》放ちてトロイアの原上彼は眺めやり、
イリオン城を前にして燃ゆる数千の篝火に、
また吹奏の笛の音、人の騒ぎに驚きつ、
次にアカイア軍勢とその兵船を見渡しつ、
その根元より頭上の毛髪[2]あまた掻きむしり、
高きにいます雷霆の神に祈りてうめき泣く。
王はその時胸中のこの計画を善しと見る――
ネーリュウスの子、ネストール、人中最も優る者、
これを訪ひ行き、もろともにダナオイ族の一切の
禍難を攘《はら》ふ方略を講ぜんことを善しと見る。
即ちむくと身を起し胸のめぐりに武具を着け、
耀く双の足の下、美麗の軍鞋《ぐんあい》穿つ後、

1　電火の、しばしば飛ぶ如く、しばしばうめく。比喩は唯これのみ。
2　第十八歌二七行。

大なる獅子の鳶色の毛皮——足まで垂るるもの——
肩の廻りに投げかけて鋭利の槍を手に取りぬ。

甘眠同じくその目蓋おとづれかねしメネラオス、
アガメムノンの弟は、彼の為とて大海の
波浪を渡り、トロイアに来り、激しき戦闘を
思ふアルゴス軍勢の悩み恐れて胸痛む。
即ち先に斑《まだら》なる豹の毛皮に肩掩ひ、
次に燦爛光射る黄銅製の兜取り、
頭上にこれをいただきて、その剛強の手に槍を
握り、その兄（アルゴスの衆のすべてに命下し
神の如くに敬さるる）兄醒ますべく趨《はし》り行き、
船尾のかたへ美麗なる武具を肩の上《へ》投げ懸けし
兄——大王を見出だしてその到着を喜ばる。
その時勇猛のメネラオス先づ口開き陳じ曰ふ、

『君、何が故黄銅の兜を着くる? トロイアの
軍探るべく同僚の一人醒まさんためなるや?
暗黒の夜にただ独り奮ひ進みて敵軍の
偵察敢へてなすべしと君に約さんものありや?
さる者無きを我恐る、あらば無双の勇ならむ』
アガメムノーン権勢の王者、即ち答へ曰ふ、
『神の育つるメネラオス! アルゴス勢と水軍を
防ぎて救ふ方策の急務は、我と汝とに
今こそ到れ、天王の神慮変ると我は見る。
神は心をヘクト，ルの犠牲の上に注ぐめり、
神の愛するヘクトール、さもあれ神の子に非ず、
神女の子にもあらぬもの、アカイア軍に加へたる
かかる災難一日に、何者嘗《かつ》て身一つに

起せるありや？　我は見ず、人の語るを我聞かず。
大難我に加へたる彼の武功は末遠く、
遥かに遠くアルゴスの民に憂ひの種たらむ。
さはれ水陣さして行き、呼べ勇猛のアイアース、
イドメニュウスを共に呼べ、我は進みてネストール
勇将訪ひて、彼をして奮ひて立ちて護衛軍、
すぐれし群れを訪はしめてこれらに令を為さしめむ、
彼らはいたく勇将に服して命に従へり、
その子護衛の将として、イドメニュウスの伴侶たる
メーリオネスと相並ぶ、二人は任を我に受く』

その時猛きメネラオス答へて彼に陳じ曰ふ、
『君の言句《ごんく》は何事を我に托すや、命ずるや？
かなたに衆ともろともに留まり君を待つべきか？
或ひは令を下し終へ、走りて君に帰らんか？』

アガメムノーン、衆の王その時答へて彼に曰ふ、
『かなたに留れ、往復の中に恐らく共どもに
相見失ふことあらむ、軍旅の間《あひ》に道多し。
行く途すがら声揚げて衆呼び醒ませ、おのおのに
その父[1]の名と家系とを、また誉れある称号を
呼びて励ませ、汝また心に誇ること勿れ。
我ら二人は辛労を尽さむ、神[2]は艱難の
重きを我に負はしめぬ、わが誕生の初めより』

しかく宣して命令を下し、王弟去らしめつ、
自ら立ちてネストール将軍めがけ進み行き、
陣営並びに黒船のかたへ温柔の床の上、
休める将を見出だしぬ、あたりにあるは種々の武具、
楯と二条の大槍と燦爛光る銅甲と、

1　父の名を呼ぶはその名誉のため。
2　第九歌二三行参照、神意に服従せざるを得ずの意あり。

種々に飾れる皮帯はまた傍らに横たはる、
そは流血の戦闘に軍勢率ゐ進むべく
鎧はん時に帯ぶるもの、老齢彼を屈《く》せしめず。
老将その時肱立てて身を振り起し頭揚げ、
アトレーデース近寄るに向かひて声を放ち曰ふ、
『汝、何者？　衆人の眠れる時に只独り、
暗夜の中に船舶の間、軍営彷徨《さまよ》ふは？
汝は騾馬を求むるや、或はひとりの友僚か？
語れ、無言に近寄りそ、何らの要ぞ我に曰へ』

アガメムノーン、衆の王その時答へて彼に曰ふ、
『ネーリュウスの子、ネストール、アカイア軍の光栄の
汝認めむ、明らかに、アガメムノーン、我来る、
胸に呼吸のある限り、両膝動き利く限り、
たえず、ギュウスは衆人に優りて我を労せしむ。

今甘眠は我の目を訪はず、戦闘、アカイアの
災難我を憂ひしめかくて今我さまよへり。
ダナオイ族を思ふより我の憂怖は甚だし、
心は安きことを得ず、揺蕩しつつ胸の中
跳りてやまず、堅甲を帯ぶるわが四肢皆震ふ、
君また眠り取るを得ず、心に思ふことあらば、
ここより去りて衛軍に共に行かずや？　恐らくは
勤務に弱り睡眠に襲はれ、全《また》くその任を
彼ら忘るるなしとせず、いざ今行きて検《ため》し見む、
敵は近くに陣を張る、誰か知るべき真夜中に
なほかつ彼ら戦闘を起さんことのあるべきを』

ゲレーニャ騎将ネストールその時答へて彼に曰ふ、
『誉れ至上のアトレーデー、アガメムノーン、衆の王、
思ふに高き神明は敵の勇将ヘクトール

その胸中に望むもの、すべてを許すこと無けむ。
思ふ、英武のアキリュウス、その心より物凄き
憤怒を棄つることあらば敵将いたく悩むべし。
今、我君の跡を追ひ、更に他将を醒ますべし、
槍の名将、勇猛のチュウデーデース、オヂュ，シュウス、
また脚速きアイアース[1]、またピュウリュウス[2]の勇武の子。
而して我はまた望む、或るもの行きて、神に似る
アイアース、またすぐれたるイドメニュウスを呼ぶことを、
彼らの船は外よりも遠く離れて近からず、
さはれ今、我メネラオス咎めむ、よしや親しくて
敬すべけれど咎むべし（よし君これを怒るとも）
見よ、彼眠り貪りてただ君ひとり労せしむ。
彼すべからく列将を廻りて切に懇願の
労を取るべし、襲ひ来る危急は遂に忍ばれず』

1 オイリュースの子たるアイアース（第二歌五二七行）。
2 メゲース（第二歌六二七行）。

アガメムノーン、衆の王、その時彼に答へ曰ふ、
『叟《をぢ》よ、他の時、かの者の咎める君に勧むべし、
彼は無能の者ならず、また怠慢の徒に非ず、
我の所業に目を注ぎ、我を仰ぎて我の命
待つも、時には緩慢に振舞ひ労苦敢へてせず、
されども今は我よりも先んじ醒めて我訪へり、
君の求めし諸将軍呼ぶべく彼を我やりぬ。
いざ今行かむ、衛兵の中に諸門の前にして
彼らに逢はむ、かの場《には》に我集合を命じたり』

ゲレーニャ騎将ネストールその時答へて彼に曰ふ、
『さあらば彼の令下し励ます時に、アルゴスの
軍勢中の何人も怒るまじ、また背くまじ』

しかく陳じてその胸のめぐり胴衣を纏《まと》ひ着け、

華美の戦鞋《せんあ》を耀けるその双脚に穿《うが》ちつつ、
広き二重の紫の袍《ほう》――その上を柔らかき
絨毛《じゅうもう》厚く蔽ふ者――はおりてしかと締めとめぬ。
老将かくて黄銅の穂先つけたる槍を手に
取り、黄銅の胸甲のアカイア軍の船に行く。
ゲレーニャ騎将ネストール真先に醒ますオヂュ，シュウス、
聡明さながら神に似る、そのオヂュ，シュウス、眠りより
醒まし叫べる音声は直ちに彼の胸に入る。
即陣営の外に出で二人に向かひ陳じ曰ふ、
『何故君ら唯二人、アムブロシアの夜のもなか、
軍陣すぎて船舶のほとりさまよふ？　危機何か？』

ゲレーニャ騎将ネストール乃《すなは》ち答へて彼に曰ふ、
『ラーエルテースの生める君、策謀富めるオヂュ，シュウス、
怒りをやめよ、大いなる憂ひアカイア軍にあり。

我に附き来よ、他の者を醒まし、評議をこらすべし、
逃走或は戦闘のいづれか、今の急務なる?』

策謀富めるオヂュ，シュウスその陣営の中に入り、
種々に飾れる大楯を肩に投げかけ共に行き、
チュウデーデース、剛勇のヂオメーデース休らへる
許に来りて、陣営の外に見出でぬ、その部下は
あたりに眠り、その楯は頭の下に、その槍は
地に柄を植ゑて直ぐに立ち、鋭刃遠く耀きて、
クロニオーンの電光に似たり。首領の将軍は、
野牛の皮を敷き拡げその上眠り、燦爛の
華麗の氈《せん》は熟睡の彼の頭の下にあり。
ゲレーニャ騎将ネストール側に近寄り呼びさまし、
その足あげて彼に触れ彼を起して叱り曰ふ、

『チュウデーデース、とく起きよ、などよもすがら眠り去る？
知らずや原上高き場にトロイア軍勢陣を張り、
わが水軍に近くして間《あひ》、寸尺の地あるのみ』

しか叫ばれて将軍はすぐに床より立ち上がり、
羽ある言句陳じつつ彼に向かひて答へ曰ふ、
『叟よ、何らの健剛ぞ、倦まず労務に常に就く、
アカイア族の中にして君より齢《よはひ》若きもの、
軍営遍く経廻りて、諸将おのおの呼びさます
任務につかんもののなきや？　ああ叟、君ぞ無双なる』

ゲレーニャ騎将ネストール乃ち答へて彼に曰ふ、
『然なり、友よ、君の言、皆ことごとく理に適ふ、
優れし子らは我にあり、多数の部下も我にあり、
中のいづれか経廻りて諸将を醒ますことを得む。

さはれ危急の運命はアカイア軍に今逼《せま》る、
もの凄《すさま》じき敗滅か？　或ひは生か？　アカイアは
正に鋭利の剃刀の薄刃の上に立つ如し。
いざ今行きて脚速きアイアース、またピュリュウスの
子を呼び醒ませ、君わかし、わが老齢を憐れまむ』

聞きて勇将大いなる獅子王の皮、その脚に
垂るるを取りて肩にかけ、また長槍を手に取りぬ。
かくして彼は出で行きて部下を起こしてつれ来る。
衆将かくて哨兵のつどへる群れに到るとき、
見る集団の諸隊長甘眠敢へて貪《むさぼ》らず、
すべて目ざめて凛然《りんぜん》と武具携へて並びあり。
たとへば山中の森過ぎて来る猛獣吠ゆる時、
欄のかたへに羊らを守る狗群《くぐん》は安からず、
猛獣めぐり、一斉に番者番犬囂々《ごうごう》と、

乱れ騒ぎて睡眠は全《また》く彼らに失はる、
かく陰惨の夜もすがら警守の任に当るもの、
その目蓋より甘眠は逃げて、その目は平原に
常に向かひて、トロイアの進撃いかに窺へり。
老将軍はかくと見て心喜び口開き、
即ちこれを励まして羽ある言句宣し曰ふ、
『さなり、愛児ら、しか守れ、睡魔誰をも襲はざれ、
さらば災難免《のが》れ得て敵の歓喜はあらざらむ』

しかく宣して塹壕を越せば、評議に呼ばれたる
アカイア族の諸将軍ひとしく彼の後を追ふ。
同じく共に進めるはメーリオネース、更にまた
ネストールのすぐれし子[1]、評議の故に呼ばれたり。
かくして彼ら塹壕を過ぎて、大地の一隅に
坐せり、そこには戦没のむごき屍体の影とめず。

1 トラシュメーデース（第九歌八一行、第十歌二五五行、第十四歌一〇行）。

そこより猛きヘクトール、夜の暗黒寄せし故、
アルガイ族を敗るのちその陣営に退けり。
そこに衆人座を占めて互ひに語り談じ合ふ、
ゲレーニャ騎将ネストールまづ口開き宣し曰ふ、

『わが同僚よ、汝らの中に一人《いちにん》勇猛の
意気に駆られてトロイアの陣中犯すもの無きや？
恐らく彼は敵軍の中にさまよふとある者、
亡ぼすを得む、恐らくはトロイア陣中何事を
計るや、それの消息を洩れ聞くを得む、わが陣を
隔てて彼ら原上に残らんずるや？　あるはまた
アカイア軍を破る後、城塁さして帰らんや？
これらを彼の探り得て安らに帰り来なん時、
普天の下の大いなる光栄彼のものたらむ。
すぐれし恩賞また彼に授けらるべし、水軍に

命令下す諸将軍、その各々は小羊に
乳を与ふる[1]黒色の羊を彼に与ふべし、
これに比すべき宝無し、而して彼にとこしへに
宴席、食事一切にひとしく我と共ならむ』

しか宣すれば衆人は黙然として静まれる、
その中にして剛勇のヂオメーデース陳じ曰ふ、
『ああわが老将ネストール、我の心と我の意気、
我を促し手近なる敵のトロイア陣中に
行かしむ、されど一人の我に伴ふものあらば、
わが熱情は更に増し、更に勇武の業あらむ、
二人もろとも行くとせば、中の一人他《ほか》よりも
先んじ功を成し遂ぐる道を弁ぜむ、さもなくて
唯一人の行かん時思慮遅くして策浅し』

1 かかる恩賞は勇将たるものに相応せず。恐らく他処にあるべきを誤ってここに入れしか（リーフ）。

しか陳ずれば諸勇士はヂオメーデースに次がんとす、
アレース神に従へるアイアス二人、また次いで
メーリオネース、また次いでネストールの勇武の子、
槍の名将メネラオス、アトレーデース皆望む、
また耐忍のオヂュ’シュウス常に胸裏に熱情を
宿す将軍、トロイアの軍中さして行かんとす。
アガメムノーン、衆の王、その時衆の前に曰ふ、
『ああチュウヂュースの勇武の子、ヂオメーデース、わが心
愛するところ、ここにある諸将の中に伴《とも》として
望むがままに選び取れ、多くの勇士そを望む。
心の中に憚《はばか》りて至剛の者を省かんは
要なし、素生の尊きに、また権勢の大なるに
その目曳かれて憚りて、劣れる者を取る勿れ』
しか曰ふ彼は金髪のメネラーオスのため憂ふ。

ヂオメーデース勇武の士、再び衆の前に曰ふ、
『自ら伴を選ぶべく諸君子我に命ぜんか？
さらば取るべしオヂュ，シュウス、聰明、神に似たる者、
千辛万苦迫る時彼の心と勇気とは、
優にぬきんづ、アテーネー神女は彼をいつくしむ、
彼もし我と共ならば猛火をさへも逃れ得て、
安らに帰り来るを得む、彼策謀にすぐれたり』

耐忍強きオヂュ，シュウス、神に似る者答へ曰ふ、
『チュウデーデーよ、あまりにも我を讃すること勿れ、
咎むる勿れ、曰ふ処、アルガイ族はすでに知る。
さはれ夜は今更け行きて曙来る遠からず、
天の衆星進み行き、夜の長さの三の二は
すでに過ぎたり、三の一今ただ僅か残るのみ』

しかく二人は語り合ひ、凄き武装に身を包む。
その時トラシュメーデース勇武の将は取り出でし
両刃《もろは》の剣を楯と共ヂオメーデースに貸し与ふ、
（彼はその剣船中に残し来れり）更にまた
[1]カタイチクスとよばれたる兜、角なく冠毛の
なきを冠らす、牛皮より成りて若人守るもの。
メーリオネースは弓と剣また胡籙《やなぐひ》を聡明の
オヂュッシュウスに備へしめ、革の兜を頭上に
戴かしめぬ、その裏に強き革紐多く布き、
表に銀を見る如き真白き野猪の牙多く、
あなたこなたに熟練の妙技を以て緊密に
植付けられつ、三層の真中は強き革帽子。
[2]アウトリュコスはそのむかし、オルメノスの子[3]アミュント，ル
住める堅固の館破り、エレオーン城よりこの兜
スカンデーアに奪ひ来て、これをその後キュテーラの

1　ギリシャ文学全部の中にこの語ここにただ一つあるのみ（リーフ）。
2　オヂュッシュウスの母アンチクレーア、その母の父はアウトリュコス。
3　第九歌四四九行。

アムフィダマスに譲り去り、アムフィダマスは款待《かんたい》の
礼にモロスに、モロスまたメーリオネースめづる子に、
かくして遂にオヂュ，シュウスこれを頭上に戴きぬ。

二将かくして堅牢の武装を具して立ち上がり、
あとにアカイア諸将軍のこして脚を進め行く。
その道近く右側に一羽の鷺を、アテーネー、
神女パラスぞ遣はせる、夜の暗黒その影を
目には視《み》せねど鳴く声を二将は耳に聞きとりて、
喜び勇むオヂュ，シュウス、神女に向かひ祈り曰ふ、
『アイギス持てる天王の息女、わが言きこしめせ、
あらゆる辛苦の中にして我に与《く》みして行くところ、
我を顧み給ふ君、今こそ特に愛でたまへ。
トロイア軍の煩ひとならん偉業を果す後、
櫂を備ふる船舶に無難に帰らしめ給へ』

ヂオメーデース、勇猛の将軍同じく祈り上ぐ、
『アトリュトーネー、ヂュウスの子、我の祈りも聴き給へ。
父チュウヂュースその昔、アカイア族の使者となり、
[1]テーベー城に赴ける時の如くに共にあれ、
その時黄銅の甲着けしアカイア軍をアソポスに
残して父は親しみの言を伝へぬカドマイア、
[2]されど帰郷の道の上、目は藍光のアテーネー、
君の救援仰ぎ得て勇武無双の業遂げき、
今その如く傍らに立ちてわが身《も》を守りたまへ。
捧げまつらむ、牲として初歳の仔牛、そのおもて
広く豊かにその首に軛《くびき》を未だ着けぬもの、
捧げまつらむ、その角に光る黄金《こがね》の箔つけて』
しか念ずるをアテーネー神女パラスは納受しぬ。

1　第四歌三七七行及び第五歌八〇二行。
2　第四歌三九一行。

かく二将軍大いなる神女に祈り願ふ後、
さながら二頭の獅子のごと暗黒の夜の空の下、
殺傷屍体ただ中に、流血武具の間行く。

こなた英武のヘクトールまたトロイアの勇将の
眠り許さず、トロイアの首領将軍もろもろの
すぐれし者のある限り皆ことごとく呼び集め、
集めし席に巧みなる謀略のべて陳じ曰ふ、
『誰《た》そいま我の曰ふところ、わがため約し成し遂げて、
多大の恩賞得るものぞ？　豊かの酬ひあるべきを。
敵の兵船、先のごと、今も敵軍守れりや？
わが軍勢に破られて疲労によりて力尽き、
ただ逃亡を心して守衛をなさん念なきや？
そをアカイアの軽舟の水営中に近づきて、
窺ひ探り光栄をかち得なんもの、その者に

我与ふべし一輛の戦車並びに一双の
駿馬、その首高きもの、即ちアカイア水陣の
かたへ最も優るもの、我は勇士に与ふべし』

しか陳ずるを耳にして、黙然として静まれる
トロイア軍の中にして一人ドローンと呼べる者、
(父はすぐれし伝令使、ユウメーデース、黄金に
富み黄銅に富めるもの)形悪しきも脚速し、
姉妹五人の中にしてただ一人の男子たる
彼いまトロイア軍勢とヘクトールとに向かひ曰ふ、

『ああヘクトールわが心わが猛き意気促して、
敵の軽舟の陣近くその動静を探らしむ。
されどその前笏《しゃく》揚げて願はく我のため盟《ちか》へ、
駿馬並びに黄銅の飾りをつくるかの戦車、

ペーレーデースを乗するもの、必ず我にたぶべしと。
我また君に無効なる偵察なさず、いたづらに
君の望みを裏切らず、敵陣中を経廻りて
アガメムノーンの船につき探らむ、そこに諸将軍
逃亡あるは戦闘の評議をこらしつつあらむ』

その言聞きてヘクトール手に笏とりて盟ひ曰ふ、
『ヘーレーの夫《つま》、霹靂《へきれき》を飛ばす天王、証者《あかし》たれ、
他のトロイアの何人《なんぴと》もかの駿馬には乗るを得ず、
我敢へて曰ふ、汝のみ光栄つねに持つべしと』

しかく宣して励まして空しかるべき盟ひ取る、
聞きてドローンは速やかに曲弓肩の上に負ひ、
灰白色の狼の皮を被むり、頭上には
鼬《いたち》の皮の頭巾つけ、鋭利の投槍手に取りて、

隊を離れて敵軍を目ざし進みぬ、然れども
これに近づき探り得て、その報告をヘクト，ルに
齎し帰る命ならず、馬と人との群集を
後に残して奮然と途上に走りすすむ彼、
オヂュッシュウスは見出だしてヂオメーデ，スに向かひ曰ふ、

『ヂオメーデーよ、かの者は敵の陣より出で来る、
わが水陣の偵察のためか？　或ひは戦場に
斃れし屍体剥ぐ為か？　いづれか我は弁へず。
ともあれ原上まづ彼を少しく前に進ましめ、
その後我ら飛び出だし直ちに彼を捕ふべし。
もし彼の脚速くして我ら二人を凌ぎ得ば、
トロイア軍に遠ざけてわが水陣に追ひつめよ、
槍を振ひて彼を追へ、敵城さして逃げしめな』

しかく談じて二勇将、路の傍ら散らばれる
屍体の間《あひ》に身を隠す、敵は知らずに馳せて行く。
されども騾馬《らば》の鋤く畦《うね》の長さの程に、敵の距離
なりしその時（重き鋤、深き土壌に駆り進む
わざに於ては、牛よりも騾馬は優れり）その時に、
二人は追ひて駆け出だす、足音聞きて留る敵、
心に思ふ、トロイアの陣より我を呼び返す
友は来れり、ヘクトール新たに令を下せりと。
されど投槍とどく距離、或はそれより尚近く
迫りし時に敵と知り、駆け足速く逃げ出せば、
二将ひとしく迅速に躍り進みてこれを追ふ。
たとへば鋭利の牙もてる狩りに慣れたる狗《いぬ》二頭、
林の中に吠え叫び、逃げゆく牝鹿、逃げ走る
兎を逐ひて猛然と隙をあらせず飛びかかる、
正しくかくもオヂュ，シュウス、チュウデーデースもろともに、

敵の陣より遮りて勢ひ猛に彼を逐ふ。
水陣さして逃げ走り、哨兵団のただ中に
正にドローンの入らん時、黄銅鎧ふアカイアの
一人も彼に先んじて、敵を討てりと誇ること
無からんために、アテーネー、チュウデーデースに力貸す。
チュウデーデース槍を手に走りて敵に叫び曰ふ、
『止まれ。さらずば槍飛ばむ、わが手の下す物凄き
死命を汝長らくは免るる事得べからず』

しかく宣して槍飛ばしわざと覘《ねら》ひを外し打つ、
鋭利の穂先、右の肩越して大地に突きささる。
かくと眺めて足止むる敵は肢体を震はして
言句吃りぬ――口中に歯と歯ときしる音きこゆ、
恐怖の故に青ざめる彼に二将は喘ぎつつ、
来り近づき手を捕ふ、ドローンは泣きて詫びて曰ふ、

『我を生け捕れ、自らを我賠《つぐな》はむ、わが家の
中にあまたの黄銅とまた黄金と磨かれし
鋼鉄とあり、わが生きてアカイア軍の船中に
ありとし聞かば、わが父は賠償巨多に払ふべし』

智謀に富めるオヂュ，シュウス答へて彼に宣し曰ふ、
『意を安んぜよ、胸中に死滅を思ふこと勿れ、
いざ今我に打ち明けよ、委細正しく我に曰へ。
他の衆人の眠る時、この暗黒の夜を犯し、
隊を離れて身一つにわが陣向かひ、いづく行く？
戦闘の場に斃れたる屍体を剥がんためなりや？
或ひは汝をヘクトール、視察のためにわが陣に
遣はしたるや？　あるはまた心汝に命ぜしや？』
その時肢体をののけるドローン答へて彼に曰ふ、

『禍難に向けてヘクトール我の心を惑はしぬ、
アキルリュウスの単蹄《たんてい》の駿馬、並びに黄銅を
飾りし戦車与ふべく、我に約してヘクトール、
我に命じて暗黒の夜を犯して敵陣に
近く迫りて探らしむ、アカイア軍の軽舟は
先と等しく今も尚堅く敵軍守れりや？
或ひは我の軍勢にすでに激しく破られて、
ただ逃亡を念ずるや？　疲労にすでに力尽き
夜の警備を怠るや？　我に命じて探らしむ』
智謀に富めるオヂュ，シュウス笑みを含みて彼に曰ふ、
『げにも汝は莫大の恩賞念じたりしよな！
アキルリュウスの駿馬とは！　不死の神女の産みいでし
アキルリュウスを外にして、死の運命の人界の
何者敢へてこれを御し、これを制することを得む！

さはれ委細を打ち明けて正しく我に知らしめよ、
使命をうけて来る時、諸軍の首領ヘクトールと
汝いづくに別れしや？　いづくぞ彼の武器と馬？
他のトロイアの哨兵と陣営のさま、はたいかに？
更に彼らの談じ合ふ思念やいかに？　わが舟に
離れてしかも相対し、そこに残るを欲するや？
あるひは我に勝てる後、引きて都城に帰らんや？』

ユウメーデース生める息、ドローン答へて彼に曰ふ、
『これらの事を詳細に正しく君に語るべし、
評議の員に備はれる諸将と共にヘクトール、
聖イーロス[1]の墓のそば、外の騒ぎに遠ざかり、
評議を凝らす——はた君の問へる哨兵我説かむ、
特に軍隊衛《まも》るもの、警備の任に当るもの
あらず、トロイア衆軍の篝《かがり》に近くおのおのは、

1　イーロスはトロースの子、ラーオメドーンの父、イーリオンを創設せる者、イーロスの墓は第十一歌一六六行、三七一行にも説かる。

要に応じて睡眠を省き、互ひに警《いまし》めて
互ひに守る、諸々《もろもろ》の国より来る援軍は
眠る、警備をトロイアの隊に托して皆眠る。
彼らの子らも妻女らもかたへに近くあらざれば』
智謀に富めるオヂュ，シュウス再び敵に問ひて曰ふ、
『その援軍の眠れるは馬術巧みのトロイアの
軍隊中にまじりてか、或ひは別か、我に曰へ』
ユウメーデースの生める息、ドローン答へて彼に曰ふ、
『これらの事を詳細に正しく君に語るべし。
海に向かひて陣するは[1]カーレス及び[2]パイオネス、
その郷の軍、また更に[3]カウコーネスと[4]レレゲスと、
[5]ペラスゴイ族更にまた[6]チュムブレーにはリキア族、
[7]ミューソイの族、更にまた[8]プリュギア及び[9]メーオネス。

1 第二歌八六七行。
2 第二歌八五〇行。
3・4 ここに初めて記さるる名。
5 第二歌八四一行。
6 平原の名。
7 第二歌八五八行。
8 第二歌八六二行。
9 第二歌八六五行。

さはこれらの詳細を君何故に我に問ふ？
君、それトロイア軍中に進み入らんと欲するか？
新たに来り陣頭にトレーイケスの族宿る、
エーイオニュウス生める息、王レーソスは之《こ》を率ゆ。
王の駿馬を我見たり、華麗を極め、丈高し、
色は雪よりなほ白[1]し、飛ぶこと風にさも似たり、
彼の戦車は黄金とまた白銀と相飾る、
更に彼また身に着くる目を驚かす壮麗の
黄金製の鎧見よ、不死の神明ならずして
人界の子の何者か、これを帯ぶるに適せんや？
さもあれ速く漕ぎ走る船にわが身を運び行け、
或ひはここに厳重の鎖によりて我縛れ、
かくして君ら進み行き、はたして我の曰ふ処、
正しかりしや、然らずや、自ら試すことを得む』

1 白馬は往時最も尊ばれたり。

ヂオメーデース憤然と睨みて彼に宣し曰ふ、
『ドローンよ、汝、善き事を我に忠言したりとも、
一たび我の手に落ちぬ、免るべしと思《も》ふ勿れ。
今もし汝を解き許し汝を放ちやるとせば、
他日再びアカイアの軽舟さして寄せ来り、
或ひは我を偵察し或ひは我と戦はむ、
今もし我の手に掛かり汝命を失はば
この後またとアカイアの禍難の種とならざらむ』

しか曰ふ彼の顋《くび》に手をのして悲しみ訴ふる
ドローンに猛に飛びかかり、鋭利の剣ふりあげて、
頸のもなかに切り付けつ、二条の筋を断ち去れば、
物曰ふ彼の首落ちて塵埃《じんあい》中に横たはる、
その時、ドローン頭上の革の冠《かむり》を二将剥ぎ、
また狼の皮衣、弓と槍とを奪ひ取る、

かくて戦利を司るパラス女神にオヂュ，シュウス、
これらの物を捧げつつ祈願をこめて陳じ曰ふ、
『喜び給へ、ああ神女、これらの物を――オリュムポス
諸神の中に真つ先に君に我呼ぶ。いざや今
トレーイケスの陣営と駿馬に我を向け給へ』

しかく宣して手を延して戦利を高く傍らの
柳に懸けて目じるしに、繁れる枝と蘆の葉を
集めてこれが上にのせ、夜の暗黒犯しつつ、
帰り来ん時、誤りて見失ふことなからしむ。
二将かくして歩を進め流血及びもろもろの
武具踏みわけて速やかにトレーイケスの陣に着く。
その軍勢は勤労に疲れ弱りて皆眠り、
武器はかたへに整然と三列なして地の上に
並べられあり、おのおのにまた一双の軍馬沿ふ。

王レーソスは戦陣の真中に眠る、その駿馬
手綱によりて並びつつ戦車の端に繋がれぬ。
そをまづ見たるオヂュ，シュウス、ヂオメーデ，スに示し曰ふ、
『ヂオメーデーよ、屠りたるドローンの我に話せしは、
正しくこれこの将帥と正しくこれこの駿馬なり。
いざ今汝旺盛の勇気呼び出せ、武器持ちて、
ためらふ勿れ、この駿馬、今速やかに解き放せ、
或ひは汝敵を撃て、我は駿馬を牽き去らむ』

しかく彼曰ふ――その時に藍光の目のアテーネー、
ヂオメーデ，スに力添ふ、勇士即ち斬り廻る、
斬られし者の叫喚はすごし、大地は血に赤し。
山羊か羊か可憐なる家畜の群れの守りなき、
そを襲ひ来て獅子王の勢ひ猛く跳びかかる
様もかくこそ、敵団をチュウデーデース襲ひ討ち、

斃せる勇士十二人——智謀に富めるオヂュ，シュウス、
その同僚の剣により討たれし屍体脚とりて
引きずり去りて押しのくる智謀豊かのオヂュ，シュウス、
かくせば彼の捕へくる鬣《たてがみ》振ふ敵の馬
安らに過ぎむ、数々の屍体を踏みて驚きて
をののき慄ふことなけむ、馬[1]は屍体にまだ馴れず。
更に敵王レーソスをチュウデーデース襲ひ討つ。
蜜の如くに甘美なる命失ひ息絶ゆる
第十三の牲《いけにへ》は王、その頭上に「凶死」立つ、
この夜パラスの策により[2]オイネーデースの子息立つ、
こなた倦まざるオヂュ，シュウス単蹄の二馬解き放し、
手綱によりて結びつけ、戦車の上におかれたる
美麗の鞭を手の中に取るを忘れつ、弓あげて
馬を打ちつつ陣営の外に駆り出し進ましめ、
口笛吹きて剛勇のヂオメーデースに相図《あいづ》なす。

1 四三四行に曰ふ如くトレーイケスは新来の軍、未だ戦はず。
2 オイネーデース＝チュウヂュース＝ヂオメーデースの父。

されども彼は尚残り尚一層の勇を鼓し、
華麗の武具の横たはる兵車奪ひて轅《ながえ》取り
牽き帰らんか？　高く背に担ひて運び帰らんか？
トレーイケスの軍勢の更に多くを屠らんか？
これらを胸にさまざまに思へる時にアテーネー、
来りて近く側にたちヂオメーデースに向かひ曰ふ、

『強きチュウヂュウス生める子よ、水陣さして帰るべく
思へ、今こそ――さもなくば敗れて逃ぐることあらむ、
恐らくトロイア軍勢を外のある神めざまさむ』
神女の言に従ひて彼は直ちに馬に乗り、
馬を弓もて、むちうてるオヂュッシュウスともろともに、
飛ぶが如くにアカイアの軽舟さして馳せ帰る。
さはれ銀弓のアポローン彼の監視を怠らず、
チュウデーデースにアテーネー附き纏《まと》へるを眺め見て、

心にこれを憤り、行きてトロイア軍勢の
中に進みてヒッポコオーン――トレーイケスの将起す。
レーソス王の勇ましき族人乃《すなは》ち眠りより
さめて、駿馬の立ちたりし場《には》のむなしく荒るるを見、
また恐るべき殺戮の中に最後の喘《あへ》ぎなす
人を眺めて驚きて、急ぎて友を呼び起す。
騒動いたくその時に、むらがり来るトロイアの
中に起りて、敵将の二人しとげし驚愕の
業に彼らは目を張りぬ、二人はすでに立ち去りぬ。

先にヘクト，ル遣はしし諜者屠りしその場に
二人かくして来る時、ヂュウスのめづるオヂュ，シュウス、
駿馬とむれば剛勇のチュウデーデース下り立ちて、
血にまみれたる戦利品オヂュッシュウスの手に渡し、
再び乗りて馬に鞭あてて勇みて走らしめ、

やがて水師に帰り来て心くつろぐ二将軍、
音をまさきにネストール耳に聞き取り叫び曰ふ、

『あはれ、同僚、アルゴスの将師及び号令者、
わが曰ふ処誤りか、真《まこと》か？　心我に告ぐ。
[1]奔馬の速き足の音、我の耳底《じてい》を襲ひうつ。
願はくは彼、オヂュ，シュウス、ヂオメーデースもろともに、
単蹄の馬敵地より奪ひてここに乗りくるを、
さもあれ、切に我恐る、トロイア人の手の中に、
わがアルゴスの二勇将或ひは禍難受けたるを』

その言未だやまぬ中、二将はすでに進み入り、
馬より下り土に立つ、衆喜びて手をのべて、
これを迎へて蜜のごと、甘美の言にねぎらへり。
ゲレーニャ騎将ネストールその時さきに問ひて曰ふ、

1　暴君ネロがローマを落ち、追ひ来る騎兵の馬蹄の音を聞き、この句を吟じて最期を遂げた。

『ああ称ふべきオヂュ，シュウス、わがアカイアの大いなる
誉れ、今日へ、いかにしてこれらの駿馬捕へたる？
トロイア軍を犯してか？　あるは神明の賜物か？
驚くべくも太陽の光に似たるこの駿馬。
我はトロイア軍勢と常に戦ひ、老ゆれども
水師のほとり空しくも残り留まることあらず、
されども今に到るまで、かかる良馬を絶えて見ず、
思ふに汝に出で逢ひし、ある神明の恵みしか？
雷雲寄するクロニオーンまたその息女、藍光の
目の耀けるアテーネー汝二人をいつくしむ』

智謀に富めるオヂュ，シュウスその時答へて彼に曰ふ、
『ああネーリュウスの子、ネストール、アカイア軍の誉れなる
君は知るべし、とある神好まばこれら駿足に
優るものすら賜ふべし、神の力は大いなり。

されども君の曰ふ処、新たに到る駿足は、
トレーイケス族もちしもの、その頭領を剛勇の
ヂオメーデース討ち取りぬ、部下の十二をもろともに、
我らは更に船近く第十三を討ち取りぬ、
そは諜者なり、わが軍を探らんためにヘクトール、
またトロイアの諸将軍ここに派遣し来る者』

しかく宣して揚々と、塹壕こして単蹄の　（口絵④）
馬を駆り入る、アカイアの友喜びてあとを逐ふ。
チュウデーデース堅牢の陣にかくして入りし時、
よく編まれたる手綱もて衆は廏舎《きゅうしゃ》に此《こ》を繋ぐ、
そこにさながら蜜に似る甘美の小麦嚙みながら、
ヂオメーデ，スの脚速き軍馬は立ちて相並ぶ。
またドローンより剥ぎとりし武具を船尾にオヂュ，シュウス、
掛けて犠牲をアテーネー神女にあぐる備へとす。

かくて二将は海に入り、波浪を浴びて淋漓《りんり》たる
汗を股より頭より腰より洗ひ落し去る、
かくして波は両将の膚より淋漓わきいでし
汗を全く洗ひ去り気を爽やかになせる時、
二人は更に浴室に入りて潮水洗ひ棄て、
香油を膚にまみらしてかくて[1]酒宴の席に就き、
蜜の如くに甘美なる酒のあふるる宝瓶《ほうへい》を、
傾け来りアテーネー神女に捧げ奉る。

1　第九歌九〇行、二二一行によればオヂュッシュウスはこの夜三度酒宴の席に着く。

# 第十一歌

ギュウス、計りて暁に「争ひ」の神女をアカイア軍に遣はし勇気を鼓す。アガメムノーンの進撃。トロイア軍また進む。昼に到りてアカイア軍優勢となる。アガメムノーン奮つて敵の諸将を殺す。ギュウス使者イーリスをヘクトールに遣はし、アガメムノーンの勇戦の間は進む勿れ、その負傷して退く時に追撃せよと命ず。果たして神命の如し。アガメムノーン退く。同じく勇将ヂオメーデース退く。オヂュッシュウス敵に包囲さる。アイアースこれを救ふ。アカイアの軍医マカオーンら、また負傷す。老将ネストール彼を助けて帰陣す。アキリュウスその友パトロクロスをネストールに遣はしてマカオーン等の安否を訪はしむ。ネストール、よくパトロクロスに説き、アキリュウスの救ひを暗示す。パトロクロス帰途にユウリピロスを助け、アカイア軍の急状を聞く。

不滅の神に人間に天の光明頒《わか》つべく、
チートウノス[1]の傍らの床より起てりエーオース[2]。
その時ギュウス戦争のしるしを手中携ふる
神女エリス[3]をアカイアの水陣さして進ましむ。
テラモニデース・アイアース及び勇武のアキリュウス、

1　ラーオメドーンの子、その美貌を恋ひて「曙」の神女天上に奪ひ去り夫君と為す。
2　「曙」の神女。
3　「不和」の神女、戦争のしるしとは恐らくアイギスならむ。

腕の力と勇気とに信頼篤くその船を、
陣の左右の両端に曳き上げ据ゑたりき、
二将の陣の中央に位占むるはオヂュ，シュウス、
その大いなる黒船の上に神女は立ち留る。
かくて左右に響くべく神女は高き音声に
叫び、アカイア軍勢のそのおのおのの胸の中、
勇気を鼓して休みなく奮闘苦戦つとめしむ。
[1]衆忽然《こつぜん》と勇み立ち感じぬ、戦ひ甘くして
船に乗じて恩愛の故郷に行くに勝れりと。

アトレーデース大呼してアルガイ軍に戦装を
命じ、自ら燦爛の黄銅の武具身に纏《まと》ふ。
まづ双脚に美麗なる脛甲あてて、白銀の
留金をもてしかと締め、これに続きてその胸の
めぐり美麗の胸甲を纏ひぬ、むかし[2]キニュレース

1 第二歌四五三―四五四行の繰返し。
2 キプロスの富める王。

客を尊ぶ礼としてアガメムノーンに寄せしもの。
アカイア軍勢船に乗り、トロイアさして進み漕ぐ
そのかしましき風評の、キュプロス島に伝はるを
聞き、大王の歓心を得んと欲して寄せしもの。
その胸甲の線条は十は真黒き鋼鉄と、
十二はひかる黄金と、二十は錫と相まじる、
左右おのおの頸《くび》に向き走る三条藍色の
蛇あり、虹[1]にさも似たり、虹は天王クロニオ,ン
言鮮やけき人間に徴《しるし》と為して雲に懸く。
大王更に肩の上、柄にはあまたの黄金の
鋲燦爛と光る剣、投げ懸く、鞘は白銀を
材とし、幾多黄金の締輪《しめわ》によりて飾られぬ。
更に手にとる堅牢の美なる大楯身を掩ふ、
巧み凝らしてその周り青銅十の輪は走り、
二十の錫の円形の白き隆起はそのおもに、

1　第十七歌五五〇行。

而してそれの中央に鋼鉄黒き隆起あり。
楯の上部に[1]ゴルゴーはその兇暴の目を張りて
すごく睨まへ、傍らに「畏怖」と「驚惶《きょうごう》」[2]伴へり。
楯の附帯は銀の製、上に藍色の蛇うねる、
その蛇のばす一つ首、首より三つの頭出で、
互ひに纏ひ解けがたくからみ合ふ様物凄し。
[3]四つの隆起を頂に具ふる兜、その上に
馬尾《ばび》の冠毛凄《すさま》じく揺らぐを王は戴きつ、
更に手にする大いなる二条の槍は青銅の
穂先鋭く爛々と光放ちて空高く
冲す、その時アテーネー、ヘーレー共にミケ，ネーの
王を崇めて殷々の霹靂《へきれき》[4]遠く轟かす。
その時諸将おのおのは御者に命じてその馬を、
整然として塹壕のほとりに駐《とど》め扣《ひか》へしめ、
自ら進み青銅の武具を穿《うが》ちて堂々と、

1 恐るべき怪物（第八歌三四八行、第五歌七四一行）。
2 φόβος 驚惶、逃亡。
3 第五歌七四四行。
4 雷は只ヂュウスの力なるを思へばこの行は怪しむべし（リーフ）。

真先に進み喚声をまだ薄暗の空に揚ぐ。
[1]かくて戦士は塹壕のほとりに並び、騎士隊に
先んじ進み、やや後れ騎兵の群れは続き行く。
クロニオーンはその中にはげしき騒ぎ湧かしめて、
天より露を紅の血汐に染めて降らしめ、
勇士を多く暗深き冥王の府に投げんとす。

かなたトロイア軍勢は丘の高所[2]に陣を占む、
その中心はヘクトール、また勇剛のポ[3]リュダマス、
トロイア軍に神のごと崇められたるアイネアス、
アンテーノールの三人《みたり》の子、ポリボス及びアゲ，ノール、
不滅の神に髣髴《ほうふつ》のまだ年わかきアカマース、
先頭中にヘクトール円き大楯手に取りぬ。
[4]凶星光り爛として雲より出でて忽ちに
また暗澹の雲に入る、その様かくやヘクトール、

1　極めてあいまい解すべからず（リーフ）。
2　第十歌一六〇行。
3　またプウリュダマスとも曰ふ、トロイアの名将。父はパントーオス（第十二歌六〇行）。
4　シリアス（天狼星）か、第二十二歌二八行等に見ゆ。

先陣中に現れてやがてただちにその姿
後陣にかへり令下す、身は青銅を鎧ほひて、
アイギス持てる天王の飛電の如く耀けり。

富める土豪の畑の上、農夫打ち群れ畔《あぜ》に添ひ、
互ひに向かひ合ひながら小麦大麦刈り行けば、
紛々として地に落つる穂のうづ高く積るごと、
トロイア及びアカイアの軍勢互ひに進み行き、
殺戮《さつりく》互ひに行ひて卑怯の逃げを思ふ無く、
互ひに屈《く》せず奮然と餓狼の如く突き進む。
これを眺めて喜ぶはエリス、呻吟《しんぎん》嘆息の
基《もとゐ》をおこす「不和の神」、衆神中にただひとり
戦場にあり、他の神は離れてここに遠ざかり、
ウーリュムポスの連峰の上に華麗の宮殿を
営むところ、その中に悠然として座を占めつ、

雷雲寄するクロニオーン、トロイア軍の光栄を
加へんとする故をもて衆神ひとしくこれを責む。
天王これを省みず、離れて奥にただひとり、
他の群神に遠ざかりその光栄に誇らひて、
トロイア城とアカイアの水軍、更に青銅の
耀き、更に打つ者と打たるるものを眺めやる。

曙かけて、更に日の昇るにつれて、両陣に
飛《ひ》箭《せん》投槍ふり注ぎ、軍勢互ひに相倒る。
真昼に到り、山上の森林中に杣人《そまびと》が
食の準備にかかる頃——大いなる樹を伐り倒し、
左右の腕は弱りはて、倦怠いたくその胸を
襲ひ、口腹満たすべき美味の願ひの起る頃、
ダナオイ軍勢勇を鼓し敵陣猛く打ち破り、
隊伍横ぎり同僚を諌《いさ》め励ます、その先に

アガメムノーン奮ひ馳せ、敵の一将ビエーノ，ル、
続きて彼の兵車駆るオイリュウスを討ち取りぬ。
車台をおりてオイリュウス勢ひ猛く真つ向に
まちかく立つを、鋭利なる槍を延ばして面を突く。
青銅重きその兜、敵の鋭刃支へ得ず、
兜、並びに額骨《がくこつ》を貫く槍の鋭刃は
頭脳無慚に砕き去り、猛き戦士を打ち斃す。
アガメムノーン、衆の王、かくて二人の胸甲を
剥ぎ去り、白きその胸を露はすままに棄てさりて、
更に進んで[1]アンチポス、イソス二敵に打ち向かふ。
プリアモス王生める二子、嫡子と庶子と相並び、
一つ戦車に身を托し庶子は手綱を取り捌《さば》き、
武勇すぐれしアンチポス親しく敵に打ち向かふ、
イデーの兵に羊飼ふ二人を襲ひアキリュウス、
柳の枝《え》もて縛りつけ賠償とりて放ちにき。

1　第四歌四八九行に出づ、但し第二歌八六五行は同名異人。

アトレーデース、剛勇のアガメムノーン槍をもて
イソスの胸部——乳の上貫き更に剣を抜き、
[1]アーンチポスの耳のわき打ちて車外に斃れしめ、
すぐに手早く華麗なる武具剥ぎとりぬ、そのむかし
脚神速のアキリュウス、イデーの地より囚へ来し
二人を王は軽舟のほとりに眺め知り得たり。
脚疾き牝鹿生める子ら、可憐の群れのすむ処、
そこに獅子王襲ひ来てこれを無慚の牙にかけ、
屠りつくして孱弱《せんじゃく》の若き呼吸を絶やす時、
近く牝鹿は立ちながらこれを救ふに力なし、
救ふ力の無きのみか、驚怖の念に四肢震ひ、
猛獅の難を逃れんと、淋漓《りんり》の汗に飛ぶ如く
走りて駆けて、荊棘《けいきょく》と茂林《もりん》の間逃げて行く、
正しくかくもトロイアの中にひとりも、友僚を
救ふ者無く、ことごとくアカイア軍を避けて逃ぐ。

1　アンチポスまたアーンチポス。原文には語の位置に従ひ音を伸縮す。他処に於ても同様。

アンチマコスの二人の子、ペーサンドロス、ヒポコロス、
二人に王は今向かふ。アンチマコスはパリスより
黄金珍宝うけ入れて、特に努めて金髪の
メネラーオスにヘレネーを返すを止《とど》めたりし者、
その二子ともに駿足の馬を駆りつつ、もろともに
一つ戦車の上に立つ、これを目がけて獅子のごと、
アガメムノーン猛然と勢ひ凄く近よれば、
二人畏れてふためきて華麗の手綱取り落し、
涙流して膝つきて車上に哭し陳じ曰ふ、
『アトレーデーよ、生捕りて我の賠償受け入れよ、
アンチマコスはその家に、精錬したる青銅と、
黄金及び鋼鉄を夥多《かた》に豊かに貯へり、
そを莫大に取り出だし父は償ひ致すべし、
アカイア軍の船中にわが生存を知らん時』

涕《なみだ》流して温柔の言葉にかくと陳ずれば、
これに答へて残酷にアトレーデース叫び曰ふ、
『汝ら、正に不敵なるアンチマコスの生める子か？
神にひとしき[1]オヂュ，シュウスもろとも先に使者として、
トロイア陣にメネラオス、行けるその折その場《には》に
彼を殺してアカイアに帰らしめなと進議せし
彼の子なるか？　さらば今、父の非法の報《しら》せ取れ』

しかく宣して槍のべて胸を貫き車上より、
ペーサンドロス突き落し、地上に仰ぎ倒れしむ、
つづいて剣をふりあげてヒッポロコスの手向かふを
討ちて両腕切り落し、首打ち落し地の上に
甕し、さながら臼のごと、戦場中にまろばしめ、
更に進みて軍勢の最も多き諸部隊の
乱るる場に躍り入る、同じくアカイア衆兵も。

1　第三歌二〇五行、両将トロイアに使しヘレネーの引渡しを求めし折りのこと。

かくて歩兵は逃走の敵の歩兵を追ひまくり、
騎兵は刀槍ふりかざし敵の騎兵を亡ぼせば、
人馬の脚は轟きて濛々の塵、地上より
昇り立たしむ、その中にアガメムノーン奮然と
進み続けて敵を討ち、アカイア軍を励ましむ。
猛火の焔繁り立つ林の上にかかる時、
風は四方にその火焔あまねくあふり運ぶとき、
火の猛勢に打ち負けて地上に樹木倒るごと、
かく奔竄《ほんざん》の敵軍の首は地に落つ、剛勇の
アトレーデースの眼前に——逃げ行く馬は戦場に
亡べる主公悼みつつ空しき戦車牽《ひ》き返す、
勇士は斃れ地の上に伏して再び起き出でず、
今恩愛の妻よりもむしろ鷙鳥《しちょう》を喜ばす。
ヂュウスはかなたヘクト，ルを矢より塵より逃れしめ、

殺戮流血喧騒の場より去らしむ、こなたには
アトレーデース敵を逐《お》ひアカイア軍を鼓舞し行く。
トロイア軍は蒼惶《そうこう》とダルダニデース・イーロスの
墳墓[1]のほとり平原のもなか無花果樹《いちじく》[2]たつ処、
過ぎて走りて城中に退かんとす。そのあとを
アトレーデース鮮血に手をまみらして叫び逐ふ。
されど城門スカイアイまた無花果樹にいたるとき、
トロイア軍は立ちどまり、軍勢互ひに待ち合はす。
後れし者は平原を蒼惶として逃げて行く、
小さき牝牛のむらがりを夜半に獅子王襲ひ来て、
逐ふにも似たり、恐るべき死はその中の一頭を
囚ふ、獣王その頸《くび》を鋭き牙にまづ砕き、
やがて滴る鮮血をすすり臓腑を喰ひ尽す、
正しくかくも豪勇のアガメムノーン逐ひ迫り、
最後の敵を討ち果す、残りの者は逃げ走る。

1　第十歌四一五行。
2　Voss は Buche と訳す。Murray 英訳は fig-tree とす。

かく槍揚げて奮然とアトレーデース追ひ打てば、
打たるる敵は紛々と馬より前後倒れ落つ。
かくて都城と城壁にアガメムノーン迫る時、
人間並びに神明の父[1]は天上おり来り、
泉ゆたかに湧き出づるイデーの嶺に座を占めて、
手に閃々の電光を握り、翼は黄金の
イーリス呼びて励まして彼の使令に走らしむ。

『イーリス、汝神速に行き、ヘクト,ル[2]にかく述べよ——
アガメムノーン敵の将、先陣中に戦ひて
トロイア軍を打ち敗る——そをヘクトール見る中は、
身を退けて加はらず、ただ衆軍に令下し、
混戦いたく敵軍に向かひて奮ひ起たしめよ。
されど敵王槍をうけ、或は飛箭《ひせん》に傷つきて、
戦車にその身乗せんとき、我ヘクト,ルに勇力を

1 ヂュウスは身親しく戦場に出づることなし、イデーに降りて戦場を眺むるのみ。
2 第十一歌一六三行以下参照。

与へて敵を討たしめむ、かくして彼は漕座善き
アカイア船に近よらむ、日は沈むべし、夜は寄せむ』

しか宣すれば疾風の脚のイーリスかしこみて、
イデー連峰はせ下り忽ち到るイーリオン、
そこに双馬と兵車との上に立ちたるヘクトール、
プリアモス王生みいでし英武の将を見出だしつ、
脚神速のイーリスは即ち向かひて陳じ曰ふ、
『プリアミデース・ヘクトール、聡明神に似たる者、
聞け、天王クロニオーン我を遣はし、かく宣す、
アガメムノーン、敵の王、先陣中に戦ひて、
トロイア軍を打ち破る――これを汝の見る中は、
身を退けて加はらず、ただ衆人に令下し、
混戦、猛に敵軍に向かひて奮ひ起たしめよ、
されど敵王槍を受け、或は飛箭に傷つきて、

戦車にその身乗せんとき、神は汝に勇力を
与へて敵を討たしめむ、かくして汝漕座善き
アカイア船に近よらむ、日は沈むべし、夜は寄せむ』

しかく陳じて神速の脚のイーリス立ち去りぬ、
その時武具をヘクトール取りて地上に降り立ちつ、
鋭利の槍を打ち揮ひ隊伍の間駆け廻り、
戦闘すべく励ましぬ、かくて激戦また起る。
かくてトロイア軍勢はまた盛り返し向かひ来つ、
こなたアカイア軍勢はその陣営に兵加ふ。
かくて両軍相対し奮戦またも始まりぬ。
その先頭に他を凌ぎアガメムノーンまた奮ふ。

ウーリュムポスの宮殿に住めるムーサイ[1]今告げよ、
アガメムノーンに真つ先に向かひ来るは誰なりや？

1　詩神（複数）。

トロイア軍の一人《いちにん》か？　援軍中のあるものか？
そはイピダマスその父はアンテーノール――勇にして
魁偉《かいい》なるもの、育ちしは羊に富めるトレーケー、
幼き時に母方の祖父キッセイス――紅頰《こうきょう》の
佳人テア[1]ノー生める祖父その屋に彼を養へり。
歳月移り、青春の盛りとなりし彼の身を、
なほそのもとに引き留め、[2]愛女を与へ伉儷《こうれい》の
契りを結ぶ間もあらず、アカイア軍の遠征を
聞きて閨房《けいぼう》たち離れ、十二の舟を率ゐ行く、
されどその舟ことごとく[3]ペルコーテーに留めおき、
上陸なして徒歩にしてイリオン城に向かひ来ぬ。
アガメムノーン、衆の王、アトレーデースに向かへるは
彼なり、かくて左右より両将迫り近づきて、
アトレーデースその覘《ねら》ひ、過り槍はそれて飛ぶ。
されどこなたにイピダマス、敵の胸甲、その下の

1　第五歌七〇行、第六歌二九八行以下。テアノーはアンテーノールの妻、アテーネー殿堂の祭司。
2　テアノーの妹即ち叔母に当るもの、叔母と婚せるヂオメーデース（第五歌四一二行参照）。
3　第二歌八三五行、第六歌三〇行。

帯をまともに突きあてつ、勇を頼みて槍を繰る、
されども槍は精巧に組まれし帯を貫かず、
穂先は銀の壁に触れ鉛の如く打ち曲がる、
その時権威大いなるアガメムノーン、獅子王の
如くあらびてその槍を激しく引きて捻《ひね》り取り、
更に利剣に敵の頸切りてその四肢緩ましむ。
敵はかくして[1]青銅の眠りに入りて倒れ伏す、
憐れなるかな、友邦を救ふが為に恩愛の
妻に別れてここに逝く、妻に贈与の数多き
その感謝をばまだ受けず、先に与へぬ百の牛、
また牧場より千頭の山羊と仔羊約したり。
その時彼を剥ぎ取りて、アトレーデース華麗なる
その軍装を運び去り、アカイア陣に引き返す。
衆中特に抜きんづる誉れのコオーン斯くと見る、

1　利刃に討たれて亡ぶを曰ふ。この句をヰルギリウスは直訳して ferreus somnus（Aen.）と曰ふ。

アンテーノ，ルの長子、彼その弟の斃れしを
悼み、はげしき哀痛にその双眼は蔽はれつ、
乃ち槍を携へてアガメムノーンの目を偸み、
斜めに進み迫り来て、その肱の下前膊の
もなかを討ちて耀ける鋭刃直に刺し入れば、
アガメムノーン、衆の王さすが慄然うち震ふ、
されど戦闘、攻撃をあくまでやめず、猛然と
颶風の如く槍とりてコオーン目がけて飛びかかる。
コオーンは弟イピダマス同じき父の子の屍体、
その足曳きて諸勇士に呼ばはりながら急ぎ行く、
曳き行く彼を隆起ある円楯《えんじゅん》の下槍に突き、
アガメムノーン青銅の利刃に四肢を緩ましめ、
更に近よりその首をイピダマスの上《へ》斬り落す。
アンテーノ，ルの二人の子、かくして共に運命を
アガメムノーンの手にゆだね、冥王の府に沈み入る。

こなたは王者堂々と敵の陣中かけめぐり、
槍と剣と巨大なる石塊用ゐ戦へる、
その間に熱き鮮血は、彼の疵《きず》より溢れ出づ、
されどその疵乾き来て流血やめば、猛烈の
苦痛は強きアカイアのアトレーデ，スを悩ましむ。
そをたとふればヘーレーの娘ら、助産司る
[1]エーレーチュイア放てる矢、苦き鋭き悩みの矢、
産褥中の女性らを射るにも似たり、大いなる
苦悩は王者、勇猛のアトレーデースを襲ひくる。
苦悩を遂に耐《こら》へ得ず、戦車の中に跳り入る
アガメムノーン声あげて、御者に命じてアカイアの
水陣さして走らしめ、更に身方に叫び曰ふ、
『ああアルゴスの諸頭領、諸将勉《つと》めて海洋を
わたる我らの戦艦を攻むる敵軍よく防げ、
計略密のクロニオーン、我に許さず、トロイアの

1　助産の神女。第十九歌一一九行にも出づ（複数）。

軍に対して日暮れまで飽くまで奮ひ闘ふを』

しか宣すれば、水陣をさして鬣《たてがみ》美はしき
双馬に鞭を当つる御者、馬は勇みて飛ぶ如く
駆けつ、泡沫その胸に、下は塵埃《じんあい》まみらして
弱れる王を戦乱の巷はなれてのせて行く。

その時、勇将ヘクトール、アガメムノーン退くを
認め、トロイア、リュキエーの両軍よびて叫び曰ふ、
『トロイア及びリキア軍、ダールダノイよ、勇ましく
進み戦へ、猛烈の威力今こそ呼び起せ、
至剛の敵は退けり、クロニーオーン我に今
賜ふすぐれし光栄を、いざ単蹄の馬を駆り、
勇武の敵に打ち向かひ偉なる功名身に立てよ』

しかく宣しておのおの意志と勇気を呼び起す。
とある猟人牙白き狗の一群はげまして、
暴《あら》き野獣に獅子王に向くるが如く、禍の
神アレースに髣髴《ほうふつ》とプリアミデース・ヘクトール、
トロイア軍を励ましてアカイア勢に向かはしめ、
身は功名の念に燃え、先鋒中を駆けめぐり、
乱軍のなか進み入る、高き天より吹きおろし、
緑の海波かきみだす颶風の如くすさまじく、
ヂュウス誉れを与へたるプリアミデース・ヘクトール、
真先に誰を滅ぼせる、誰を最後に討ち取れる？

先に討ちしはアサイオス[1]、オートノオスとオピイテス、
クリュチデース・ドロプスとオペルチォス、アゲラオス、
アイシュムノスとオーロスと勇武秀づるヒポノオス、
これらダナオイ諸将軍、プリアミデース討ち取りて、

1 三〇一―三〇四行、これらのアカイア諸軍の名は前後に記されず。

次に雑兵また斃す——南風寄せし雲の群れ、
そを西風の咆哮のあらしの呼吸乱すとき、
大海原の潮捲きて泡沫高く中空に、
風のいぶきに紛々と乱れ吹かれて飛ぶ如く、
あまたの頭ヘクト，ルに討たれひとしく亡び去る。

ヂオメーデース猛将にその時智勇のオヂュ，シュウス、
呼ばはることの無かりせば破滅と大事湧き起り、
アカイア勢は蒼惶と軍船中に逃げつらむ。
『チュウデーデーよ、何事のあればぞ我ら勇猛の
威力忘れし？　ああ奮へ、わが側に立て！　ヘクトール
わが軍船を掠めなば、何ら我らの恥辱ぞや！』

しか曰ふ彼に勇猛のヂオメーデース答へ曰ふ、
『我は正しく留まりて敵を支へむ、然れども

その効蓋《けだ》し小ならむ、雷雲寄するクロニオーン、
我よりむしろトロイアに勝ち与ふるを喜べり』

しかく陳じて馬上よりチュムブライオス[1]敵将の
左の胸を槍に刺し、落せばこなたオヂュ，シュウス、
王の従僕モリオーン[2]、容姿すぐれし者殺し、
戦闘またと為し得ざる彼らの屍体後にして、
二将進んで敵陣を乱す、たとへば勇猛の
勢ひ鼓せる野猪二頭、猟犬の群れ襲ふごと、
かく引き返しトロイアを討てばアカイア軍勢は、
ヘクト，ルの手を遁《のが》れ得て安堵の呼吸喜べり。

二将は次に一輛の戦車を襲ひ、すぐれたる
二人の勇士討ち取りぬ、ペルコーテーのメロプス[3]の
子ら討ち取りぬ、占術に長ぜる父は、流血の

1・2　チュムブライオスとモリオーン、前後に無し。
3　第二歌八三一行。

戦場さして行かざれと、子ら警《いまし》めぬ、然れども
その命きかず、暗黒の死の運命に導かる、
ヂオメーデース英豪の槍の名将彼を打ち、
魂と生とを奪ひ去り華麗の武具を剥ぎとりぬ。
ヒペーロコスとヒポダモス二人斃すはオヂュ，シュウス。

その時イデーの高きよりクロニーオーン見おろして、
彼と敵とに戦ひを均衡せしむ、かくありて
両軍互ひに相討ちつ、チュウデーデース槍あげて、
パイオーン生める勇将の腰を貫き打ち斃す。
救ひの乗馬近からず、従者はこれを遠ざけぬ、
アガストロポス思慮足らず、勇に任せて走り出で
先鋒中に戦ひて遂に一命失へり。
そを速やかにヘクトール隊列中に眺め見て、
叫び二人に向かひ来る、トロイア勢は後を追ふ。

ヂオメーデース大音の勇士眺めてをののきて、
オヂュッシュウスの傍らに近く立てるに向かひ曰ふ、
『見よ、猛勇のヘクトール、憎むべきもの駆け来る、
いざ脚固め立ち留り勇気を鼓して防禦せむ』

しかく陳じて影長く曳く投槍を振りかざし、
頭覘ひて過たず、飛ばして敵の被れる
堅固の兜《かぶと》射当つれど、その青銅をかするのみ、
膚《はだへ》に触れずけし飛びぬ、神プォイボス・アポローン
賜へる三重《みへ》の堅甲は青銅の槍はね返す。
されど遠のくヘクトール急ぎて衆に身を混じ、
膝つき伏してそのままに大地に強き手を突けば、
暗黒の夜襲ひ来てその両眼をおほひ去る。
チュウデーデース先鋒を離れて遠く、彼の射し
槍の大地につきささる地上に向かひ進むまに、

我に返りしヘクトール、兵車の上に身をのせて、
群衆中に駆け入りて黒き運命避け得たり。
槍携へて飛びかかるヂオメーデース叫び曰ふ、

『[1]賤狗、再び逃れしよ、さはれ禍難は遠からず
来らむ、今はアポローン、汝をまたも救ひたり、
槍とぶ場《には》に進む時、汝は彼に祈るよな、
後に再び逢はん時、我は汝を斃すべし、
もし神霊のとある者、我に冥護を貸すべくば――
今は他の敵、わが前に現るるもの追ひ打たむ』

しか曰ひ、槍に巧みなるパイオニデース剥ぎかかる、
その時鬢毛《びんもう》美はしきヘレネーの夫《つま》、トロイアの
パリスは、弓を勇猛のヂオメーデースに向けて張り、
国の元老ダルダノスその子イーロス――イーロスの

1　アキリュウスの口にこれらの句、また述べらる（第二十歌四四九行以下）。かかる著名の文句を異なる二人に述べしむるは性格描写として叙事詩人にふさはしからず（リーフ）。

墳墓のめぐり円柱の一つにその身もたせ倚る。
こなた武勇のトロイアのアガストロポス穿ちたる
光る胸甲また肩におほひし楯と兜とを
ヂオメーデース奪ふ時、パリス円弓高く張り、
剽《ひょう》と放てる一箭は無効に非ず、飛び行きて
敵の右足《うそく》の甲を射り貫き通し地に立ちぬ。
その時アレクサンドロス欣然として高らかに
笑ひ、隠れし所より跳り出だして叫び曰ふ、
『汝正《まさ》しく射られたり、わが矢空しく飛ばざりき、
汝の腹の下部を射て生命絶やし得ましかば！
さらばトロイア軍勢は禍逃れくつろがむ、
獅子を畏るる山羊のごと、彼ら汝を畏れたり』
その時つゆも恐れなくヂオメーデース答へ曰ふ、
『ああ高言[1]の射手、汝、少女に秋波注ぐもの、

1 第三歌三九行、ヘクトールがパリスを罵る句参照。

武器を携へ、まのあたり我の威力を試しみば、
汝の弓[1]と矢数とは汝の用をなさざらむ。
わが足の甲射たりとて汝空しく誇り曰ふ。
何かはあらむ、一女性或ひは無知の一小児
射たるが如し、怯憶《きょうおく》の賤しき者の矢は鈍し。
我の鋭く放つ矢はこれに異なり、いささかも
当らば人は凄惨の死を免るることを得ず、
妻たるものは悲しみてその紅頬を疵つけむ、
その子ら孤児の身とならむ、彼は大地を赤く染め、
腐れむ、側に女性より多く野鳥は集まらむ』

しか曰ふ彼の傍らに槍の名将オヂュ，シュウス、
来りて前に扣《ひか》へ立つ、彼は退き地に坐して、
脚よりその矢抜き去れば激しき苦悩身を襲ふ。
かくて戦車にとびのりて御者に命じて軍船を

1　完全武装の勇士が弓手を侮ること、ギリシャ史に伝統的。

さして後陣に帰らしむ、彼の苦痛は大いなり。

槍の名将オヂュ，シュウスかくて留まるただひとり、
アカイア勢は畏怖抱き、かたへに残るものあらず、
彼は呻きて勇猛のその魂に向かひ曰ふ、
『ああ我、何をか今為さむ？　敵を恐れて逃げ去らば
その禍は大ならむ、敵に身ひとり獲らるるは
一層辛し、クロニオーン、わが友僚をおどし去る、
さはれわが魂何故にこれらを我に談ずるや？
卑怯の者は戦場を逃れむ、されど戦闘の
中にその勇示すもの、彼は宜しく勇敢に
留まるべきを、討たるるも、はた敵人に打ち勝つも』

これらの思念その魂の中に動きて廻るまに、
楯携ふるトロイアの軍勢近く襲ひ来て、

その恐るべき禍の種と見なして攻め囲む、
たとへば森の繁みより真白き牙をとぎすまし、
野猪の現れ出づる時、若き猟人、猟犬の
群れ一斉に勇みたち、彼を囲みて襲ひくる、
野猪はその牙嚙み鳴らし、見るもすさまじ、然れども
衆は飽くまで退かず、勇を奮ひて襲ひ来る、
かくトロイアの軍勢に攻め囲まるるオヂュ，シュウス、
神の寵児は奮然と躍り、鋭き槍揮ひ、
その肩撃ちて真つ先に勇将デーイオピテース
傷つけ、次いでエンノモス[1]、トオーン[2]の二将打ちはたし、
次いでその槍さしのべてケルシダマス[3]の戦馬より
降るその時、隆起ある円楯《えんじゅん》の下、臍《へそ》突けば、
その手大地を握《つか》みつつ塵埃《じんあい》中に斃れ伏す。
これらを棄てて猶《なほ》進みヒパソス[4]の息カロプスを——
高き素生のソーコスの義弟を槍に突き倒す。

1　第二歌八五八行のエンノモスは別人。
2　第五歌一五三行のトオーンは別人。
3　ケルシダマスは前後に無し。
4　第十三歌四一一行に他のヒパソスあり又第十七歌三四八行にも同名の人あり。

こを救ふべく駆け出づる神に等しきソーコスは、
近くに進み脚とどめ敵に向かひて陳じ曰ふ、
『計略及び策動に飽かず、名高きオヂュ，シュウス、
今日汝ヒパソスの二人の子らを打ち斃し、
その軍装を奪へりと高言せんか、然らずば
わが槍先に貫かれ、その一命を失はむ』

しかく叫びてオヂュ，シュウス持てる円楯打ち目がけ、
飛ばす激しき投槍は耀く楯を貫きて、
その精妙に造られし胸甲中に進み入り、
脇腹よりし肉を割く、されどもパラス・アテーネー、
利刃進みて勇将の臓腑に入るを防ぎとむ。
槍の急所をはづせしを知りて勇めるオヂュ，シュウス、
あとにしざりてソーコスに向かひて高く叫び曰ふ、
『不幸なるもの、ああ汝、大難すぐに到るべし、

げにも汝はトロイアの戦争我に停《とど》めたり、
されど我曰ふ、殺害と黒き運命今の日に
汝襲はむ、わが槍に斃れて汝光栄を
我に与へむ、魂魄は馬に名高き冥王に』

しか陳ずればソーコスは逃げてうしろに引き返す、
逃げ行く彼の背をめがけ左右の肩のただ中を、
槍を飛ばして胸かけて打ち貫けば、ソーコスは
大地にどうと倒れ落つ、そを見て誇るオヂュ，シュウス、
『馬術に長《た》けて勇ましきヒパソスの息、ソーコスよ、
最期の非命、進み来て襲へる汝免れず。
不幸なるものああ汝、その臨終[1]に父と母、
汝の眼《まみ》を閉ざし得ず、腐肉をくらふもろもろの
野鳥集まり飛び廻り、汝のむくろ食ひ裂かむ、
されども我は逝かんときアカイア人に祭られむ』

1　臨終に目を閉ざすは両親の、また特に妻の義務なりき。

しかく宣して勇ましきソーコスの槍鋭きを、
身より楯より——隆起ある楯より抜けるオヂュ，シュウス、
槍抜かるれば血は溢れ勇士の心悩ましむ。
勇士の流す血を見たるトロイア勢はその時に、
互ひに警《いまし》め合ひながら皆一斉に寄せ来る、
その時あとにオヂュ，シュウス歩み転じて、同僚に
声ある限り高らかに三たび続きて呼び叫ぶ。
叫びを三たび耳にするアレースめづるメネラオス、
ただちにそばにアイアース立てるに向かひ陳じ曰ふ、
『テラモニデース、衆の王、ヂュウスの裔《えい》のアイアスよ、
我は智勇のオヂュ，シュウス、叫べる声を聞き得たり、
声はさながら曰ふ如し、トロイア軍勢乱戦の
中に遮り、他と分かち、ただの一人の我攻むと。
いざ敵陣に赴かむ、彼の救援よからずや！

我今恐る、勇なるも敵陣中に彼ひとり
災ひうけむ、大いなる悲哀は湧かむ、わが陣に』

しかく陳じて駆け出せばつづく勇武のアイアース、
行きてヂュウスの寵児たるオヂュッシュウスの敵中に
陥るを見る――たとふれば猟人放つ矢に射られ、
角逞しき大鹿の疵つき走る山の上、
茶褐色なる豺《さい》の群れ襲ふに似たり――猟人を
避けて逃げ行く大鹿は、血の温く膝動く
その間は走る、然れども矢疵に遂に弱るとき、
豺は山の上《へ》、森の中、こを噛み倒す、しかれども、
運命ここに一頭の獅子を引き出す、これを見て
恐るる豺は逃れ去り、大鹿獅子の餌《ゑば》となる。
かく数多き剛勇のトロイア勢は、計略に
富み且つ猛きオヂュッシュウス攻めて囲めり、然れども

槍を揮ひて勇将は黒き運命追ひ払ふ。
その時さながら塔に似る巨大の楯を携へて、
かたへに来るアイアース、見てトロイアの軍震ふ。
アレースめづるメネラオスその時敵の陣の外、
その手を引きて友救ふ、御者は戦車を寄せ来る。
その時進みてアイアース、トロイア軍を襲ひ撃ち、
プリアモス王生める庶子[1]ドリクロスまたパンドロス、
リサンドロスとピューラソス、またピラルテ，ス討ち斃す。
たとへばヂュウスの雨により、水量増せる一条の
河、平原に山腹を急湍なして溢れ来つ、
乾ける樫と樅の樹の数百を流し、更にまた
泥土塵埃《じんあい》大海に搬び去るにもさも似たり。
かく耀けるアイアース、[2]人馬を砕き敵軍を
乱し原上追ひまくる――こなたにこれをヘクトール、
未だ悟らず、全軍の左にありて戦へり、

1　これらの名前後に無し。別人ピュラルテースは第十六歌六九六行にあり。
2　勇将を洪水に比するは第五歌八八行にもあり。

スカマンダロス岸の上、敵ゲレーニャのネストール、
また剛勇のイドメネーこれを廻りて叫喚は
絶えず、首級の紛々と落つるほとりに戦へり。
その中にしてヘクトール、戦車の上に槍揮ひ
若き戦士の隊列を荒らして偉功立て続く。
鬢毛美なるヘレネーの夫《つま》たるアレクサンドロス、
その三叉《みつまた》の鏃《やじり》ある矢にマカオーン勇将の
右の肩射て奮戦を停《とど》むることの無かりせば、
アカイア軍はその道を退くことのあらざらむ、
勇気凛たる衆軍は彼の一身憂慮しつ、
形勢転じ敵のため、彼の死せんを悲しめり。
かくて直ちにイドメネー、ゲレーニャ騎将に向かひ曰ふ、
『ネーリュウスの子、ネストール、アカイア軍の誉れ君、
戦車に乗りてマカオーン同じく共に引き具して、

疾く単蹄の馬駆りて軍船さして帰り去れ、
矢を抜くを知り微妙なる良薬疵に塗るを知り、
医療の術に優るもの、外の多数に比《たぐ》ふべし』

しか陳ずればゲレーニャの老ネストールうべなひて、
戦車にすぐに身をのせつ、すぐれし軍医マカオーン、
アスクレ，ピオス生める息、同じく共に打ちのして、
鞭を双馬に加ふれば、飛ぶが如くに軍船を
さして駆け出す、又そこに帰るを軍馬喜べり。

その時他方トロイアの軍敗るるを眺め見て、
戦車御しつつヘクト，ルにケブリオネース陳じ曰ふ、
『ここに我らは、ヘクトール、禍難を生める戦場の
一つの端にアカイアの兵と戦ふ、トロイアの
他の軍勢は人馬とも紛々として他に敗る。

テラモニデース・アイアース味方を破る、我は知る、
彼、肩の上大いなる楯をかざせり、いざや今
戦車、戦馬を駆り行かむ、行かむ、かなたに、他に勝り、
騎兵と歩兵一斉に殺し合ひつつ、猛烈の
戦闘なして、叫喚のたえず湧きづるかの場に』

しかく宣して鬣の美なる双馬を音高き、
快鞭揮ひ駆り進む、音に勇みて駆け出づる
馬はアカイア、トロイアの両陣さして迅速に、
戦車牽きつつ倒れたる屍体を楯を踏みにじる、
車軸は下に鮮血にまみれ、座席の周囲なる
欄また廻る車輪より、また馬蹄より揚ぐる血の
しぶきにまみるヘクトール、かくて念じて敵軍の
中に突き入り突き返し、縦横無碍《むげ》にアカイアの
軍を乱してその槍をやすむる隙はしばしのみ。

槍とつるぎと巨大なる石塊とりて敵陣の
中を貫きヘクトール、かく勇猛にあらべども、
テラモニデース・アイア，スと戦ふことを敢へてせず、
（[1]優れるものに手向かふをヂュウスは彼に喜ばず）

その時ヂュウス、アイア，スに驚怖の念を起さしむ、
勇士驚き立ち止まり、やがて七牛の皮張りし
楯をかつぎて敵陣を見わたしながら逃れ行き、
あとをしばしば振り廻る獣の徐々に去る如し。
[2]犬の一群、農夫らと力合はして牛小屋に
寄する茶色の獅子王を攘ふもかくや？　農夫らは
夜すがら寐《い》ねず、看《み》守りて脂肪に富める牧牛を
取るを許さず、貪婪《どんらん》の獣は餌《ゑば》にあこがれて、
勢ひ猛く襲へども遂にその意を遂げがたし、
勇武の手より放つ矢と、さすが畏るる炎々の

1　この一行いづれの写本にも無し。
2　五四八―五五五行。この比喩はまた第十七歌六五七行以下メネラオスの上に用ゐらる。

松明《たいまつ》彼に飛び来れば、あらびながらもたぢろぎつ、
やがて曙光の到るとき恨み抱きて遠く去る。
かくアイアース、トロイアの軍勢あとに怏々《おうおう》と、
心ならずもアカイアの船を憂ひて引き返す。
またたとふれば鈍き驢馬、農場近くよせ来り、
小児ら棒の折るるまで打てど叩けど顧みず、
これを凌ぎて悠々と侵し入りつつ、蓄へる
穀を飽くまで貪りて、後に初めて弱き子の
棒に追はれて悠々とその場あとに去る如し、
かく剛勇のトロイアの軍勢、及び集まれる
種々の援軍槍飛ばし、テラモニデース・アイア’スの
巨大の楯を射りつつも皆一斉に逐ひ進む。
その時、おのが猛威力思ひてあとにふりかへり、
悍馬を御するトロイアの衆の襲ひをアイアース、
防ぎとどめつ、やがてまた脚廻らして去りながら、

わが軽舟に向かひ来る敵ことごとくひきとどめ、
トロイア及びアカイアの両陣間に立ちながら、
奮ひ戦ふ。勇敢の手に放たれし投槍は、
或ひは飛んでアイア’スの巨大の楯につきささり、
或ひは彼の身に立つを望みながらも、途にして
落ちて大地に突きたてり、白き膚《はだ》には触れも得ず。

かく乱箭《らんせん》にアイアース悩むをユウアイモーンの子、
ユウリユピロスは認め知り、来りて彼のそば近く
立ちつつ、勇士耀けるその長槍を繰り出だし、
ポーシオスの子、民の王、アピサオーンを突き伏せつ、
横隔膜のすぐの下、肝臓つきて打ち斃す。
ユウリユピロスは走り出で敵の肩より武具を剥ぐ、
アピサーオーンの戦装を剥ぎとる彼を認めしは、
美麗のアレクサンドロス、彼はただちに弓を張り、

ユウリュピロスに一箭をとばして、右の股を射る、
蘆にて造るその矢柄折れてその股痛ましむ、
ユウリュピロスは同勢の中に退き、死をのがれ、
鋭く声を張りあげてアカイア軍に叫び曰ふ、
『ああアカイアの諸頭領また諸将軍、我の友、
脚を廻らし踏みとまれ、禍防げアイア，スに、
見よ、彼、敵の乱箭に悩めり、彼の悲惨なる
戦場外《よそ》に逃るるを思ひ得がたし、ああ奮へ、
テラモニデース、アイア，スをめぐり汝ら踏みとまれ』

疵うけながら勇猛のユウリュピロスはかく叫ぶ、
衆人乃ちそのそばに近づき来り、その楯を
肩にかざしてその槍をくり出しながら立ち止まる、
そこに再びアイアース帰りて衆の前に立つ、
かくして彼ら炎々の火焔の如く戦へり。

かなた淋漓《りんり》の汗流すネーリュウスの馬はネストルを、
また民の王マカオーンを戦場よりし搬び来る、
その時脚は神速のペーレーデース・アキリュウス、
巨大の船の傍らにたちつつこれを眺め得て、
アカイア軍の敗走とその難局を認め知り、
すぐに船より声あげてその親愛の同じ伴、
パトロクロスに呼ばはれば、こを陣営の中に聞き、
外に勇士は出で来る、彼の禍難の元はこれ。

メノイチオスの勇武の子まづ口開き問ひて曰ふ、
『アキルリュウスよ、何のため我に呼びたる？　要はなぞ？』
脚神速のアキリュウス、彼に向かひて宣し曰ふ、
『わが心肝のめづるもの、すぐれしメノイチアデーよ、
アカイア族は案ずるに、我の膝下《しっか》に願ひ来む、
遂に耐ふるを得ざるべき危難彼らに迫り来ぬ、

ヂュウスの愛づる友よ、いざ行きて尋ねよ、ネスト，ルに、
戦場よりし連れ来る負傷の勇士誰なりや？
後より我の見るところ、アスクレピオス生める息、
マカオーンにぞ彼は似る、されど面貌我は見ず、
急ぎに急ぎ双の馬わが眼前を過ぎ行けり』

しか宣すればその言にパトロクロスは従ひて、
アカイア軍の陣営と舟とを出でて走り行く。
かなた、ネスト，ル陣営に友もろともにつける時、
戦車を出でて豊沃の大地の上に下り立ちぬ。
ユーリメドーンは老将の御者――今彼は戦車より
双馬を解きぬ、解きし後、波浪の岸に佇みて、
吹き来る風に胸甲の汗を両将乾かしつ、
やがて陣舎の中に入り、休みの床に身を延《の》せば、
[1]ヘカメーデーはその為に酒を混じぬ、鬢毛の

1　後第十四歌六行にまた出づ。

美なる麗人、大いなるアルシノオスの生むところ、
（[1]テネドス城をアキリュウス、掠《かす》めし時に老将の
功を思ひて、衆人の撰びて頒ち与へたる）
麗人その時磨かれし美はしき卓、緑色の
脚あるものをまづ先に二人の前に引き出だし、
青銅製の籃《かご》をその上におきつつ、酒によき
葱《ねぎ》と新たの蜂蜜と聖なる麦の粉とを入る。
そばの金鋲ちりばめし華美の酒盃[2]は老将の
家より携へ来るもの、四つの把手《とって》のおのおのに、
黄金製の二羽の鳩餌をついばめる彫刻の
美なるものあり、盃は下に二つの脚備ふ。
この盃の満つる時卓よりこれを動かすは、
老ネストール除く外、誰も難しとするところ、
姿女神に髣髴《ほうふつ》の麗人、中に混成し、
造る飲料――青銅の銼器《おろし》によりて乾酪《かんらく》を

1 第一歌三七行、第九歌三二八行。
2 ミケーネーにてシリーマンの発掘せる黄金の盃すこぶるこの叙述に似る。

おろしものと白き粉を、プラムネーオス産したる
酒に混ぜる飲料を二人に勧め酌み干さす。
二人はこれを飲み終へていたく悩める渇を去り、
互ひに談話かはしつつ心くつろぐ折もあれ、
戸口の前に神に似るパトロクロスは訪ひ来る。
これを認めて耀ける椅子より起てる老将は、
彼の手を取り内に入れ席に就くべく説き勧む。
これを拒みて口開きパトロクロスは陳じ曰ふ、
『神の養ふ尊栄の臾《をぢ》よ、坐すべき暇《いとま》無し、
勧むる勿れ、戦ひの場より君のつれ来る
負傷の彼は誰なりや？　問ふべく我を遣はせる
彼敬[1]すべし、恐るべし、我マカオーンを認めたり、
こを報ずべく我は今アキルリュウスに帰り行く。
神の養ふ尊栄の臾よ、正しく君知らむ、

1　最愛の友のこの句はアキリュウスの威望を卜すべし。

彼、恐るべし、ともすれば彼は罪なきものを責む』
ゲレーニャ騎将ネストールその時答へて彼に曰ふ、
『アカイア戦将これまでに多く傷つく、何故に
今に及びてアキリュウス、特に痛むや？　彼知らず、
陣営中に懊悩《おうのう》の起るを、——特に秀でたる
諸将ら槍に矢に撃たれ、兵船中に休らふを。
チュウヂュウスの子大いなるヂオメーデース傷つけり、
槍の名将オヂュ’シュウス、槍に傷つく、総帥の
アガメムノーンまた然り、ユウリュピロスは股に矢を
受けたり、更に弦上を離れし飛箭この友を
射たるを我は戦場の中より救ひここにあり。
されど英武のアキリュウス、アカイア軍を憐れまず、
彼岸《かれ》上の迅《はや》き船、アカイア勢の禦《ふせ》げども、
敵の兵火に焚《や》かるるを、又わが将士順々に

討たれ亡ぶを待たんとや？　ああ、わが力いにしへの
ありし日我の柔靭《じゅうじん》の肢体における如からず。
[1]ああ我むかしエーリスの住者と我の族のあひ、
家畜を奪ひ戦ひのありし日のごと、若くして
勇力堅くあらましを。かの時我は剛勇の
ヒュペーロキデース・[2]イチモネー、エーリス人を打ち斃し、
償ひ取りぬ。——先陣の間にありて牧牛を
防げる彼はわが手より投げし鋭槍身に受けて、
大地に落ちつ、その部下の農民怖れ逃げ散りぬ。
かくして敵の原上に掠《かす》めし獲物おびただし、
牝牛の数は五十頭、羊の群れもまた等し、
また数等し家猪《かちょ》の群れ、山羊また同じ数なりき、
栗毛の馬は百五十、しかも総てはみな牝馬、
伴ふ仔馬また多し、これらを挙げて奪ひ取り、
夜に乗じて悉《ことごと》くネーリュウスの市ピューロスに

1　六七〇行以下七六一行に到るまでネストールの青年時代の回顧。エーリス（住民エーレーオイ、その古名はエペーオイ）はペロポンネソスの中にあり、その北部にエペーオイ住み、その南部にアカイア族住みてネストールの領土たり。この一段は後世の添加なるべしと或る評家は曰ふ。

2　イチュモニュウスの仏蘭西訓み。

駆りて帰りぬ、若くして我戦場に立ちながら
巨大の鹵《ろ》獲《かく》得たりしをいたく嘉しぬネーリュウス。
次の日曙光出づる時、伝令使らは朗々と
声あげ、先にエーリスに害をうけたる人々を
集む、かくしてピューロスの主領ら来り、掠奪の
品を頒てり、先の日にピューロス戸口乏しくて、
弱りていたくエーリスの民に迫害うけたりき。
[1]ヘーラクレースそのむかしあらび我が郷犯し入り、
わが族中の優秀の多くの者を亡ぼせり、
わが剛勇のネーリュウスその子数ふる十二人、
その中ひとり我残り、他はことごとく亡ぼさる。
黄銅うがつエーリスの族人これを伺ひて、
心勇みて凌辱《りようじよく》を加へしところ、今報ふ。
今ネーリュウス一群の牧牛及び数多き
羊を撰び三百を、併せて牧の人を取る、

1 ヘーラクレースはギリシャの国民的英雄に非ず、ホメーロス中には西部ギリシャの不法なる圧制者として記さる。

エーリス族に蒙りし彼の被害は大なりき、
競馬に勝てる四駿足、兵車も共に奪はれき。
鼎を賭して競走に送りし馬をエーリスの
オーゲーアス王奪ひ取り、御者を叱りて憤激の
涙にくれて去らしめし——その兇行と兇戻《きょうれい》の
言語思ひて、いきどほる老翁かくて莫大の
賠償とりて身に収め、残れる処ことごとく
諸人に与へ、憾《うら》みなくおのおの分を収めしむ。
かくして衆は一切の獲物を分かつ邑《むら》の中、
諸神に牲を捧げたる、その第三日に敵軍は、
数を尽して早急に単蹄の馬駆り来り、
犯し来れるその中にモリオン二人兄弟は、
年若くして勇戦に堪へねど共に武具取りぬ。
沙地のピュロスの境なるアルペーオスの岸の上、
高き丘の上《へ》邑ありて[1]トリュオエッサの名を呼べる、

1　トリュオエッサ一名トリュオン（第二歌五九二行）。

その覆滅を心して敵軍これを攻め囲む。
その敵軍の原上をまつたく通り過ぎし時、
ウーリュムポスの高きより使ひとなりてアテーネー、
夜を犯して走り来て我に武装を促しつ、
ピュロスの中に勇戦を念ずるものを呼び集む。
我の武装はネーリュウス許さず乗馬おし隠し、
軍事につきて何事も未だ知らずと我を曰ふ。
されど馬無く徒歩ながら我は騎将に交はりて、
神アテーネー導けば功名ことにすぐれたり。
海に直ちに注ぐ川――ミニュエ，イオスの名を呼びて
アレーネーにし程近し、ここにピュロスの騎兵隊、
着きて曙光の聖き待ち、歩兵の隊も群れ来る。
そこより急ぎ一切の武装ととのへ真昼ころ、
アルペーオスの神聖の流れの岸に進み来つ、
すぐれし牲を大能のクロニオーンに奉り、

アルペーオスの河霊またポセードーンに一頭の
牡牛おのおの藍光の目の神女には若牝牛、
捧げてかくて陣中に隊にわたりて食を取り、
おのおの武装そのままにその神聖の川の岸
沿ふて眠りぬ。かなたには勇気盛りのエペーオイ、
すでに覆滅企てて都邑《とゆう》を囲み陣取りぬ、
されどその前アレースの大いなる業現れぬ。
大地の上に燦爛の日の出づる時わが軍は、
ヂュウス並びにアテーネー拝し戦地に進み出づ、
ピュロスの軍とエペーオイかくて鋒刃《ほうじん》まじへたる――
その真つ先に敵将のムーリオスをば我殺し、
その単蹄の馬奪ふ、オーゲーアスの婿にして
王の長女と生れたるアガメーデーは彼の妻、
大地産する薬草を知る金髪の一女性。
近より来る敵将を我黄銅の槍を以て、

撃てば塵ぬち倒れ伏す、その兵車の上《へ》飛び乗りて、
先鋒中に加はりて我は進めり。エペーオイ
武勇すぐれて騎馬の隊率ゐし将の斃されて、
大地に伏すを見て怖れ、あなたこなたに逃げ走る、
追ひ行く我は暗黒のあらしの如く駆り進み、
奪へる兵車数五十、その各々に乗る二人、
わが鋭槍に討たれ、地に落ちて歯を以て塵を噛む。
更に我またアクトルの裔のモリオン若き二子、
討つべかりしを遠近に威力振ふて地を震《ゆ》する
彼らの父[1]は救ひとり、むらぎる霧に包み去る、
その時ヂュウス大いなる勝ちを恵みてピュロス軍、
広き平野を駆り進み馬前に敵を追ひはらひ、
衆を亡ぼし華麗なる武装を剥ぎて集めとり、
[2]ブープラシオン、麦の土地、[3]オーレニエーの岩の土地、
アレーシオスの名を呼べる岡あるところ進み打つ、

1 ポセードーン（第十三歌二〇七行）。この神は一般に勇士の父として現る。
2 アカイアに隣る（第二歌六一五行）。
3 第二歌六一七行。

そのほとりよりアテーネーわが軍勢を追ひかへす。
最後の敵を我討ちしブープラシオンその地より
アカイア軍はその馬をピュロスにかへし神の中
特にヂュウスを讃美しぬ、人の中にはネスト,ルを。

かくその昔戦場に我はすぐれき、しかれども
ただアキリュウス剛勇のほまれを独り今に受く。
見よわが族の亡ぶ時彼は哀悼切ならむ。
ああ友、君をそのむかしプチーエーより総師の
アガメムノーンに送るときメノイチオスは警《いまし》めき、
我もろともにオヂュ,シュウス、その時共に室にゐて、
彼が汝を警めしその一切を耳にしき。
彼の巨館にペーリュウス[1]、豊沃《ほうよく》の郷アカイアの
四方《よも》より客を呼びしかば、我ら二人も共なりき。
その時汝またありき、メノイチオスまたアキリュウス、

1　第九歌二五二行。

同じくありき、ペーリュウス戦車を御する老将は、
庭の中にて牛の股《もも》肥えたる肉を雷霆の
ヂュウスのために焼き炙《あぶ》り、手に黄金の盃を
取りて、きらめく芳醇を火焔の上にふり蒔きき。
その時肉を汝らは調理し立てり。而うして
我ら戸口に近寄るを見て驚けるアキリュウス、
進み来りて手を取りて内に導き座を備へ、
客をもてなすもろもろの美味をわが前据ゑたりき。
而して食に飲料に口腹おのおの飽ける時、
我まづ先に口開き共に従軍勧むれば
汝二人は喜べり、二翁も警告切なりき。
即ち老いしペーリュウス、常に勝《まさ》れよ、他のものに
劣る勿れと慇懃にアキルリュウスを警めき。
また、アクトール生める息メノイチオスは警めて、
汝に曰へり「ああわが児、アキルリュウスは汝より

素生は高し、年齢は汝優れり、勇は彼、
汝よろしく智慧の言陳じて彼を諫《いさ》むべし、
また命ずべし、その言に従ひ彼は益を得む」
老翁かくは教へしを汝はこれを忘れたり。
されど今なほ剛勇のアキルリュウスに陳じ見よ。
誰か知るべき神明の助けによりて彼の意を
汝動かし能はずと。友の忠言つねに善し。
彼もしとある神託を恐れ避くるか、あるはまた、
ヂュウスの言を彼の母彼に伝へしことあらば、
なほ少なくも汝をば彼送れかし、而うして
ミュルミドネスともろともに、恐らく汝アカイアの
光明たらむ、更にまた、彼その華麗の軍装を
貸して汝を戦場に立たしめよかし、トロイアの
軍勢彼と誤りて戦ひやめむ、アカイアの
疲れし諸勇士くつろがむ、戦闘しばし隙あらむ。

あるは新手の汝らは、わが陣営と水師より、
疲れし敵を容易《たやす》くも彼の都城に攘ひ得む』
しかく陳じてネストール、パトロクロスを動かせば、
水陣過ぎて走り出で、アキルリュウスの許かへる。
かくして智謀神に似るオヂュッシュウスの船のそば、
パトロクロスは馳せ来る、そこに彼らの集会《しゅうえ》あり、
審判の席またありて諸神の壇も設けらる。
そこに鋭き矢を股に受けて跛《は》足《そく》をひきつつも、
戦場よりし逃れ来しユウリュピュロスは彼に逢ふ、
ユウアイモーンの勇武の子、肩と頭は淋漓《りんり》たる
汗にまみれつ、いたはしき疵口よりはだくだくと、
黒き血潮の流るれど勇気は未だ衰へず。
メノイチオスの勇武の子、これを眺めて憐憫《れんびん》に
堪へず、呻きて翼ある言句を彼に陳じ曰ふ、

『ああ無慚なり、アカイアの諸王並びに諸将軍、
友を郷土を離れ来てここトロイアの空の下、
汝ら白き脂肪もて野犬の口を飽かしめむ、
神の養ふ英豪のユウリュピュロスよ我に曰へ、
アカイア軍は畏るべき将へクトール支ふるや？
或ひは彼の槍の下皆ことごとく亡びんや？』

矢疵に悩む豪勇のユウリュピュロスは答へ曰ふ、
『パートロクロス[1]、神の裔、アカイア軍は今すでに
防禦の術《て》なし、黒船をさして退き逃るべし、
先に至剛の誉れ得し諸将こぞりて、トロイアの
鋭き槍に矢に撃たれ、皆船中に横たはり
起たず、而して敵軍の勇はますます激しかり。
さはれ乞ふ、今黒船の中に導き我救へ、
股を穿《うが》てる矢を抜きて湯をもて黒き血を拭へ、

1　パートロクロス及びパトロクロス両様に発音せらる。

而して疵に有効の善き軟膏を塗《まみ》れかし、
ケントール中すぐれたるケーローン[1]よりし学び得て、
汝に先にアキリュウス伝へしものと人は曰ふ。
ポダレーリオス、マカオーン二人の医師の中一人《ひとり》、
思ふに彼は疵うけてその陣中に横たはり、
その身自らすぐれたる医師を求めて悩むべく、
他は原上に戦ひてトロイア軍を支ふべし』

メノイチオスの勇武の子即ち答へて彼に曰ふ、
『この事いかに成り行かむ？ 我ら何をか今なさむ？
アカイア軍の護《まも》りたるゲレーニャ騎将ネストール、
下せる令を剛勇のアキルリュウスに伝ふべく
我途《みち》にあり、然れども悩める汝を棄ておかじ』

しかく陳じて頭領を胸に抱きて、陣中に

1 ケーローンはアキリュウスを教ふ（第四歌二一八行）。

運び来れば、その従者認めて牛の皮を敷く。
その皮の上、横にして、剣を抜きて鋭き矢
股より断ちて、流出の黒き血潮をあつき湯に
拭ひつ、やがてその上に苦き草根、苦しみを
留むるものを施せば、ユウリュピュロスの一切の
苦悩は去りぬ、疵口は乾きぬ、血潮とどまりぬ。

# 第十二歌

アカイア軍の塁壁後年に到りて破滅すること。　アカイア軍退却。　プウリュダマスの言を入れ、ヘクトール騎兵を車上より降らしめ、五隊に分かれて徒歩にて進撃す。　アシオスその隊を率ゐて左門に向かふ――二勇将これを守る。　凶鳥トロイア軍に現る。　プウリュダマスこれを見てヘクトールを諫むれども聴かず。　アカイア軍に向かつて大神暴風を起す。　ヘクトール壁を襲ふ。　二人アイアース衆を励ます。　トロイアの援軍サルペードーン及びグローコス進撃。　テラモーンの諸子これを防ぐ。　グローコス負傷して退く。　サルペードーン胸壁を破る――ヘクトール大石を投じ門を破る――トロイア軍の侵入。

メノイチオスの勇武の子、かく陣営の中にして、
ユウリュピュロスの矢の疵をいたはる。　――かなたトロイアと
アカイア二軍戦闘をつづく、はたまた塹壕と
その上高き塁壁はアカイア勢を末長く
守るに耐へず――塁壁は高くも立ちてそのめぐり、
塹壕広く廻らして中に多くの軽舟と

夥多《あまた》の戦利安らかに保たんために築かれき。
されど不滅の神明に犠牲捧ぐること無くて、
神意にそむき営まれ、永く栄えんよしあらず。
アキルリュウスの憤激と将ヘクト，ルの生命の
続ける限り――プリアモス王の都城の破られず、
立ちたる限り――アカイアの巨大の塁は堅かりき。
されどその後トロイアの勇将すべて死せる時、
またアルゴスの諸将軍あるは殺され、あるは生き、
第十年にイリオンの堅城遂に陥りて、
アカイア軍勢船に乗り故郷に帰り去れる時、
ポセードーンとアポローン共に塁壁崩すべく、
高きイデーを降り来て大海そそぐ諸川流、
カレーソスまたレーソスと、ヘプタポロスとロヂオスと、
グレーニコスと神聖のアイセーポスとシモエース、
スカマンダロスもろもろの川の威力を打ちつくる

——その岸のうへ牛皮張る多くの楯と兜とは
半ば神なる英雄[1]の群れもろともに地に伏しぬ——
これらの川を向きかへて神プォイボス・アポローン、
九日続きて塁壁に注げば、更にクロニオーン、
疾く大海に流すべく絶えず豪雨を降らしむ。
更に地を震るポセードーン三叉《さんさ》の鋒《ほこ》を手にとりて、
真先に進み、アカイアの軍勢堅く据ゑたりし
その木石の根底を、波浪に流し塁壁を
払へる後に、澎湃《ほうはい》のヘレースポントス大波の
岸ことごとく平らげてまた一面の沙としつ、
かくて再びもろもろの川をその前美しく、
流れ馴れたる川床に再び戻り帰らしむ。
ポセードーンとアポローン後の日かくぞ振舞へる。
今は戦争叫喚の狂ひは壁をとりかこみ、
うたれて塔のもろもろの棟木《むなぎ》は高く鳴りわたる。

1 「半ば神なる英雄」この句はホメーロス中唯ここにのみ、後代に至りて広く用ゐられる、以上の理由によりこれらの段は後世の添加なりと主張する評家あり。

クロニオーンの鞭により打たるるアカイア軍勢は、
その軽舟の傍らに追はれ来りてすくだまり、
はげしき畏怖の基《もとゐ》たる将へクト，ルに向かひ得ず、
そのヘクトール今もまた颶風《ぐふう》の如く荒れ狂ふ。
たとへば獅子王あるは野猪《やちょ》勇に誇りて一群の
狩人及び狩犬を前にその身を回らせば、
衆はさながら壁のごと隊を組みつつ相向かひ、
はげしく早く手中より投槍飛ばす、然れども
野獣の心猛くして畏れず怯ぢず、荒れ狂ひ、
(その勇遂に生命を亡ぼすもととなりぬべし)
かくてしばしば身を転じ隊の勇気を試みて、
奮ひ躍りて入るところ、衆は恐れてあとしざる。
かくヘクトール隊中を進みながらに同僚を
励まし敵の塹壕を渡り行くべく説き勧む。
されども彼の脚速き駿馬空しく岸の上、

その外端に立ち留り、ただ高らかに嘶《いなな》きて
広き塹壕恐れつつ敢へて進まず、一躍に
その壕越すを得べからず、渡ることまた易からず、
壕の両側懸崖は迫るが如く聳え立ち、
上にアカイア軍勢の植ゑし鋭き杙《くひ》繁く、
叢《むら》がりたちて敵人の侵入いたく拒《ふせ》ぐめり。
車輪を牽《ひ》ける馬にして容易《たやす》く越えんものあらず、
されども徒歩の軍勢は勇みてこれを遂げんとす。

その時猛きヘクト，ルにプウリュダマスは陳じ曰ふ、
『ヘクト，ル及びトロイアの諸豪並びに諸将軍、
駿足駆りてこの壕を越えんとするは愚かなり、
壕を越すこと易からず、鋭き杙はその中に、
植ゑられ、しかもアカイアの塁壁すぐに聳え立つ、
騎兵たるもの降り行き戦ふ事を得べからず、

処は狭し、恐らくは害受くること多からむ。
高きにいます轟雷のクロニーオーン憤り、
わが仇斃しトロイアの軍に助けを心せば、
アカイア勢はアルゴスの故郷はなれて誉れなく
ここに亡びむ、その事の早くも成るを我願ふ、
されども彼ら盛り返し、我ら船より攘はれて、
彼の穿ちし塹壕の中に陥ることあらば、
再び振ふアカイアの軍を逃れて、わが城に
帰り敗報伝ふべき一人もなきを我恐る。
いざ今我の忠言を衆ことごとく受け入れよ。
従者に命じわが馬を壕のほとりに留めしめ、
我らは徒歩に軍装を整へ、共にヘクト’ルの
あと一斉に追ひ行かむ、破滅の絆《きづな》アカイアの
軍勢纏《まと》ひ附くべくば我に抗《あらが》ふこと無けむ』

プウリュダマスの陳《の》べし言、賛しうべなふヘクトール、
直ちに戦車とびおりて武装整へ地に立てり。
その時外のトロイアの軍勢猛きヘクト,ルを
眺め同じくためらはず戦車を棄ておりたてり、
かくておのおのその御者に命じ、順よく塹壕の
ほとりに馬を駐《とど》めしめ、衆人即ち相わかれ、
更に五隊に軍勢をととのへ、かくて堂々と
進みおのおの命令を下す部将のあとにつく。

ヘクト,ル及び豪勇のプウリュダマスの率ゐたる
第一隊は兵の数最も多く勇すぐれ、
塁壁破り船の前戦ふ念も他に優る。
[1]ケブリオネース第三の将たり、ケブリオネースより
劣れるものをヘクトール戦車に沿ふて留らしむ。
パリス並びに[2]アルカト,ス、[3]アゲーノールは第二隊、

1　ヘクトールの御者（第八歌三一八行、第十一歌五二二行）。
2　アイシュエテースの子、ヒポダメーアの夫（第十三歌四二八行）。
3　アゲーノールはアンテーノールの子（第四歌四六六行、第十一歌五九行）。

第三隊はプリアモス王の生みたる双生児、
[1]デーイポボスとヘレノスに並び将たりアーシオス、
(ヒュルタキデース・[2]アーシオス、セルレーイスの流れより
[3]アリスベーより鳶色の駿馬に乗りて来るもの)
アンキーセースの生むところ、アイナイアース第四隊、
率ゐつ、共に将たるはアンテーノルの二人の子、
[4]アルケロコスとアカマース、共に戦術すぐれたり。
最後の隊はほまれある援軍、これを率ゐるは
サルペードーン、伴《とも》として、[5]アステロパイオス、グローコス、
撰《えら》べり、二将彼に次ぎ勇武もつとも優れりと
その目に映る、然れども主将すべてにいや優る。
かくて衆隊一斉に牛皮を張れる楯用ゐ、
身を守《も》り、急ぎアカイアの軍勢めがけ奮ひ行き、
心に思ふ、敵軍は支へず船に逃ぐべしと。

1　デーイポボスは勇将の一人(第十三歌一五六行)。ヘレノスは第六歌七五行。
2・3　アシオス及びアリスベーは第二歌八三七行。
4　アルケロコスとアカマース(第二歌八二三行)。
5　第二十一歌一四〇行。

他のトロイアの軍勢と誉れとどろく援軍は、
常に過失を犯さざるプウリュダマスの言を納《い》る。
ヒュルタキデース・アーシオス、一の部隊を率ゐたる
彼ただ独りその戦馬並びに御者を壕のそば、
残すことなく一斉に率ゐて敵の舟せまる。
愚かなるかな凶運を逃れて敵の舟よりし、
風凄まじきイーリオン都城をさして揚々と、
戦車戦馬を引きかへす誉れ得べきに非ざりき、
その事あるに先だちてヂュウカリオーンのすぐれし子、
[1]イドメニュウスの槍により彼は非命に斃れたり。
(事の始末をたづぬれば)アカイア勢が平野より、
戦馬戦車を引きかへす水師の左翼めあてとし、
彼の戦馬と戦車駆り進みて敵の陣門に、
到れば長き閂《かんぬき》は引かれず、その戸閉ざされず、
戦場よりし舟めがけ逃れ来らん同僚を、

1 第十三歌三八七行。

救はんために陣門は広く開きて残されぬ。
そこに勇みて馬を駆る、衆も叫喚物すごく、
これに続きて攻め寄せて、思ふアカイア軍勢は
留まり支ふることを得ず、水陣さして退《の》くべしと。
愚かなるかな、門の前、見ずや佇《たたず》む二勇士を、
ラピタイ族の槍使ふ英豪の子ら、その一は
[1]ペーリトオスの生める息、[2]ポリュポイテース、他の者は
[3]レオンチュウスの名を呼びて殺戮《さつりく》好むアレースに
比すべし。二人高らかの門の戸口にすくと立つ、
たとへば樹梢高らかに空に冲《ひひ》りて山上に、
屹然《きつぜん》として聳え立ち、大いなる根を広く張り、
日々に雄々しく雨風を凌ぐ大樹見る如し、
かくて二人はその腕と勇気を頼み、押し寄する
敵アーシオス待ち受けて一歩もあとに退かず。
敵は牛皮を張りし楯高くかざして堅牢の

1 第二歌七四一行。
2 第二歌七四〇行。
3 第二歌七四五行。

塁壁めがけ叫喚の声かしましく攻め来る。
率ゐるものはアーシオス、イアメノス[1]またオレステス、
アーシオスの子アーダマス、トオーン並びにオイノモス。
こなた二将はそのはじめ塁壁の中声あげて、
舟防ぐべく堅甲のアカイア軍勢励ましき。
されどトロイア軍勢がここに向かひて殺到し、
身方の勢は叫喚を発し逃げんとするを見て、
二将即ち出で来り陣門の前戦へり。
二頭の野猪が山の中荒れて狩人狩犬の
群れ、奮然と襲へるに抗し左右《さう》より向かひ来て、
あたりの樹木推し倒し根もとよりして打ち砕き、
牙嚙み鳴らし狂ひつつ、遂には群れの一人の
放つ矢玉に斃されてその生命を失へる——
正にそのごと、両将の光る胸甲敵人の
打撃を受けてひびくまで、味方の勢の壁上に

1　イアメノスとオレステスとは後レオンチュウスに殺さる（一九三行）。トオーンと同名者二人あり。第五歌一五三行、第十一歌四二二行。アーダマスは第十三歌五六一行にまた現はる。

立つを、はた又わが力猛きをたのみ戦へり。
身の生命と陣営と舟とを守り防ぐため、
アカイア軍は壁の上その堅牢の塔により、
石投げ落す。たとふれば暗澹として凄き雲、
雲を駆り行きあらぶ風、颪の激しく吹きまくる
雪は紛々舞ひ降り、大地の上にふるごとし。
かくしてかなたアカイアの、こなたトロイア軍勢の
手より投ぜる飛び道具、巨大の石の降り来て、
激しく打てば兜鳴り隆起の高き楯ひびく。
ヒュルタキデース・アーシオスその時うめき、双の股
激しく打ちて憤然と声はりあげて叫び曰ふ、
『天父[1]ヂュウスよ、君もまた忌むべき虚偽をかくばかり
好むものかな、わが威力、わが堅剛の手に向かひ、
アカイア勢のかくばかり堪《こら》へ防ぐを思ひきや？
嶮しき路に巣を造る、体しなやかの熊蜂か、

1 神を人間が咎むること（第三歌一六四行）。

あるは蜜蜂いそがしく猟《か》りする群れに奮然と、
抗して常に過らず、その子を守り禦《ふせ》ぐため、
その宿めぐり紛々と乱れ翔けるを見る如し。
僅か二人に過ぎざれど、討つか、あるひは討たるるか、
最後の時の到るまで彼ら陣門たち去らず』

しか叫べどもクロニオーンその神意をば動かさず、
　彼の光栄授くるはただヘクトール一人のみ。

他衆同じく他の門のほとりに立ちて戦へり、
我もし神の身なりともこれらすべてを述べ難し、
見よ石造の壁に沿ひ、いたるところに猛火燃ゆ、
苦しみながらアカイアの軍はやむなくその舟を
禦ぐ、而してアカイアをその戦闘の場の上、
助くることを念じたる諸神ひとしく悲しめり。

しかして奮戦力闘にラピタイ二将努めたり。
ペーリトオスの生める息ポリュポイテース勇奮ひ、
槍を飛ばしてダーマソス[1]着る青銅の兜うつ、
兜は槍を防ぎ得ず鋭き穂先突き入りて、
彼の頭骨つんざけば脳髄うちに飛び散りぬ、
勇にはやりしダーマソスかくて無惨に亡び去り、
ピュローン[2]並びにオルメノス[3]同じく次いで斃れたり。
レオンチュウスはアレースに似たる勇将、槍飛ばし
アンチマコスの生める息ヒッポマコスを射て斃し、
更に鞘より鋭利なる剣を燦《さん》と抜き放ち、
群がる敵を通り越し、アンチパテ'[4]スに真つ先に、
近づき寄りて討ちとめてどうと地上に切り倒す。
続きてメノーン[5]、イアメノス、オレステースを順々に
レオンチュウスは勇を鼓し大地の上に切り倒す。

1・2・3　ダーマソスとピュローンは前後に無し、第八歌二七四行に他のオルメノスあり。
4・5　アンチパテースとメノーン他に見えず。

しかして彼ら身につけし耀く武具を剥ぎ取れる、
その間にかなたヘクト，ルとプウリュダマスに続きたる
トロイア壮士、その数も最も多く、その勇気
最もすぐれ、塁壁を破りて船を焚かんずる
思念最も強きもの、壕の上《へ》立ちてためらへり。
故は塹壕渡るべく念ぜる時に忽然と、
高く空飛ぶ荒鷲は陣の左方[1]を掠《かす》め来つ、
爪に血紅の大いなる蛇をつかめり、その蛇は
なほ活き、もがき、抵抗を棄てず忘れず、身をかへし、
捕へる鷲の頸のそばはげしく胸に嚙みつけば、
猛鳥さすが苦しみに堪へず獲物を打ちすてて
大地の上に、軍隊の群がる中にふりおとし、
声高らかに鳴き叫び嵐に駕《が》して飛び去りぬ。
トロイア勢は足許にもがく蛇見てアイギスを
持てるヂュウスの徴《しるし》とし畏怖に打たれて立ち留る。

1 左方に現るるを凶兆とす（第二歌三五三行）。

その時勇武のヘクト，ルにプウリュダマスはよりて曰ふ、
『ああヘクトール、集会の席に忠言吐く我を
汝はつねに責め叱る、げに民衆のとある者、
評議或ひは軍略に汝に反し述ぶること、
ふさはしからず、須《すべか》らく汝の威力加ふべく
勉《つと》むべからむ。然れども今最善の策述べむ。
進みアカイア軍勢と船を争ふこと勿れ、
トロイア軍勢この壕を越すべく念じたりし時、
この鳥来る、これにより思ふに結果かくあらむ。
高く空とぶ荒鷲は軍の左方を掠め来ぬ、
爪に攫《つか》むは巨大なる血紅色の凄き蛇、
なほ生けるもの、然れども巣に到る前、地に落し
携へ帰り鶵鳥に与ふる望み空しかり。
かくの如くにアカイアの陣門並びに塁壁を、

力をこめて打ち砕き、敵をはげしく破るとも、
同じき道を整然と舟より帰り得べからず。
多数の味方後なるを、アカイア勢は水軍の
防禦のために、青銅の刃を以て殺すべし。
神の徴を聡明の心の中によく悟り、
占ふものは斯く釈かむ、衆はその耳傾けむ』
堅甲光るヘクトール、彼を睨みて叱り曰ふ、
『プウリュダマスよ、汝曰ふ言はわが耳喜ばず。
これより優る善き言句、汝は述ぶる術知らむ。
されども汝、心よりかかる言説吐くとせば、
正しく天の神明は汝の智慧を亡ぼせり。
汝は我に轟雷のクロニーオーン約したる、
しかもうなづき、うべなひし教示を忘れしめんとし、
而して翼大いなる鳥に服従せよと曰ふ。
そを我敢へて省みず、つゆ念頭に掛くるなし、

右方に飛びて曙と光輪めがけ翔けるとも、
左方に向きて暗澹の夜の領へと進むとも、
何かはあらむ、我は只人間並びに神明の
王たる高きクロニオーン降す警《いまし》め守るべし。
[1]祖国のための戦ひは、正に無上の善き徴、
何故《なにゆえ》汝戦ひと争闘、切に恐るるや?
我ら他の勢ことごとくアルゴス軍の舟廻り、
討死すとも、汝のみ死すべき恐怖あらざらむ、
汝の心、戦ひに剛健ならず勇ならず、
されども戦地はなるるか、あるは他人を言句もて、
誘ひ戦ひ避けしめば、許さぬ我の長槍は、
鋭く討ちて忽ちに汝の命を絶やすべし』

しかく陳じて先頭に進めば、衆は囂々《ごうごう》と
叫喚あげて後を追ふ、その時ヂュウス・クロニオーン、

1 この名句は古人の賞嘆する処。アリストテレスの『修辞学』十一章、二十一章。プルタルコスの『ピルロス伝』二十九章に引用。Voss の訳 "Ein Wahrzeichen nur gilt, das Vaterland zu erretten"

イデーの山の高きより颶風《ぐふう》一陣吹き送り、
船をめがけて真っ向に沙塵を飛ばし、アカイアの
軍を悩まし、ヘクト，ルとトロイア軍の誉れ増す。
神の徴とわが威力信じて頼むトロ[1]ーエス、
アカイア勢の塁壁を勇み進んで砕かんず、
即ち塔[2]の笠石を崩し、胸壁押し倒し、
アカイア軍がそのはじめ塔の固めに地の中に、
据ゑし支への巨材をば槓杆《こうかん》用ゐこじ扛《あ》げて、
はづしてかくてアカイアの塁壁砕きおほせんず。
されどアカイア軍勢はその場を絶えて立ちのかず、
牛皮[3]〔の楯〕に胸壁を飽くまで堅く防禦しつ、
壁に向かひて寄せ来る敵にはげしく石を投ぐ。
ここに二人のアイアース塔に沿ひつつ令下し、
至る所にアカイアの軍の力を振はしめ、

1　トロイア人（トロース）の複数。
2　原語「カロッサイ」明らかならず。
3　原語は単に「牛皮を以て」或ひは盾ならず牛皮を以て破隙を被はんとするか？　されど盾を単に牛皮と呼ぶこと稀ならず。

畏怖し全く戦場を退くものを見る時は、
或は温言或は又叱咤によりて誡《いまし》めぬ、
『わが戦友よ、アカイアの中に抜きんじ出づる者、
或ひは力、中等の者、また力劣る者、
（戦ひの場に万人は皆平等に造られず）
いづれのものも悉《ことごと》くその任あるを汝知る、
威嚇の声を聞かんもの誰しも船に逃るるな、
進め、進みておのおのは友を励ませ、クロニオーン
空に電光飛ばすもの、敵の攻撃打ち払ひ、
これを都城にかへすべく恩寵賜ふことあらむ』
しかく叫んで両将はアカイア軍を振はしむ。
石は今降る、たとふれば雪の大地に降る如し、
考量深きクロニオーン玄冬の日に白雪を、
あたかも彼の矢の如く風をしづめて紛々と、
人間の世に降すとき、高き山々高き崎、

草生ふ平野、農人の畑一斉に蔽ふ時、
また大海の岸の上、港の上に下ろす時、
かくして独り波浪のみ、その上襲ひ来る雪を
溶かして影を残す時、――クロニオーンの手よりして
天地一つに包むまで、かく降り来る雪のごと――
敵と身方の両陣は互ひに石を投げかはし、
トロイア軍はアカイアに、アカイア軍はトロイアに、
投げて飛ばして塁壁の廻り喧囂《けんごう》おびただし。

その時ヂュウスその愛児サルペードーンをアカイアの
軍にさながら牧牛の中に獅子王荒るるごと、
向かはすことのなかりせば、トロイア軍とヘクトール、
敵の陣門また巨材破り砕くは不可ならむ。
見よ、勇将の振りかざす円き大楯いみじきを、
鍛錬なせる青銅の華麗の楯は、良工の

造りしところ、円面のめぐりを走る黄金の
条に牛皮の幾層を縫ひて堅めてなりしもの、
この楯前に捧げもち更に二条の槍振ひ、
サルペードーン深山に永く飢ゑたる獅子のごと、
奮ひ進めり――その獅子は猛き心に促され、
守り堅固の羊欄《ようらん》を襲ひて家畜屠るべく、
進み侵して、その場《には》に槍を具したる牧人と、
番する犬と諸共に群れを守るを見出だすも、
一の試みなさずして場を逐はるるを肯《がへ》んぜず、
跳りかかりて一頭を噛むか、或ひは牧人の
すばやき手より飛ばさるる槍に撃たれて斃るべし。
かく敵営を襲ひ討ちその胸壁を崩すべく、
サルペード，ンの勇猛の心は彼を促して、
ヒポロコスの子グローコス友を励まし叫び曰ふ、

『ああ、グローコスいかなれば我ら二人はリュキエーに、
衆に優れる席順とまた食膳と芳醇を
受くるや？　衆は何故に神の如くに崇むるや？
更に我らはクサントス、流れに沿ひてうるはしき、
果樹の畑また麦の畑、広き荘園領と為す。
さらばリュキエー軍勢の先鋒中に身を置きて、
燃ゆるが如き戦闘に面することぞふさはしき、
さらば胸甲纏《まと》ひたるリュキエー人はかく曰はむ、
「肥えたる羊、食となし、蜜の如くに甘美なる
酒傾けてリュキエーを治むる彼ら諸統領、
げにも卑しき者ならず、見よ、勇力もまた優り、
リュキエー軍の先鋒に立ちてかくまで戦ふを」
[1]ああ友、今し乱闘のこの現場を免れて、
とこしへ常に不老の身、不滅の者となるべくば、
我は再び先鋒の間《あひ》に戦ふことなけむ、

1　是また古人の賞嘆の句。Demosthenes の『王冠論』二十八章、Cicero のフィリピックス十の十、Vergilius の *Aeneis* 十歌六七に引用さる。

誉れを得べき戦場に君を進むることなけむ。
さあれ死滅の運命は無数、我をば取り囲む、
いかなる者もこれを避け、これを逃るを得べからず。
さはいざ行かむ、光栄を他に与ふるも我取るも』

しか陳ずればグローコス、背かず絶えて側《わき》向かず、
共にリュキエーの大部隊率ゐて猛に攻めかかる。
破滅を来す敵将のおのが持ち場に攻め寄るを、
ペテオースより生れたるメネスチュウス[1]は見て震ひ、
畏れ、アカイア軍勢の塔[2]を見廻し、将軍の
一人《いちにん》友の災ひを防ぎ救ふを乞ひ求む。
やがて二人のアイアース戦志倦まざるもの認む、
新たに陣[3]を出で来るチュウクロスまたそば近し。
されど大声発するも彼らの耳に入り難し、
喧囂最も甚だし、打たるる楯と兜との、

1 第二歌五五二行。
2 壁全部を曰ふ。
3 ヘクトールに傷つけられて陣に退く（第八歌三三四行）。

ひびき、はたまた関門を打つ音、高く天《そら》に入る。
そは閉ざされし関門を囲みて前に立てるもの、
勇を振ひて打ち破り内に入らんとするが故。
直ちに彼は使者としてトーオテースを走らしむ、
『トーオテースよ、疾く走り、行きてアイアス呼び来れ、
或ひはむしろ、両将を——、さらば最も可なるべし、
今速やかにこの場に凄き壊滅《かいめつ》起らんず。
過ぎしこのかた恐るべき闘争中に、その威力
猛きリュキエー二将軍、ここに向かひて迫り来る。
されどかなたも戦闘の労に衆人かかはらば、
せめてもひとりテラモーン生める豪雄アイアース
来れ、而してチュウクロス、弓の名将彼に嗣《つ》げ』

しか陳ずるを聞ける使者、命に少しも忤《さか》らはず
走り、青銅身に鎧ふアカイア軍の壁めがけ

行き、アイアース立てるそば近づき寄りて叫び曰ふ、
『青銅鎧ふアカイアの将軍、二人アイアース、
聞け、ペテオース生める息、メネスチュウスは乞ひ求む、
かなたに行きて戦闘に、しばしなりとも面せよと。
叶はば二人もろともに——さらば最も可なるべし、
今速やかにかの場に凄き壊滅起らんず、
過ぎしこのかた恐るべき闘争中に、その威力
猛きリュキエー二将軍かなたに向かひ迫り来る、
されど、ここにも戦闘の労に衆人かかはらば、
せめても独りテラモーン生める豪雄アイアース
行け、而うしてチュウクロス、弓の名将彼に嗣げ』
しか陳ずれば大いなるテラモニデース・アイアース
うべなひ、すぐにオイリュウス生める子息に叫び曰ふ、

『汝、並びに力あるリュコメーデース[1]ここに立ち、
奮つて敵に向かふべく、アカイア軍を戒めよ、
我はかなたに進み行きその戦局に面すべし、
而して援助はつる後、疾くこの場に帰り来む』

然く陳じて進み行くテラモニデース・アイアース、
父は同じき弟のチュウクロスまた共に行く、
その曲弓を携へてまたパンヂオーン[2]共に行き、
塁壁の中通り過ぎメネスチュウスの守る塔、
――形勢正に迫りたる部隊に到り眺むれば、
敵はさながら暗澹の颶風の如く胸壁を
登りつつあり、勇猛のリュキエーの主領諸将軍、
かくて戦闘、相乱れ叫喚はげしく湧き起る。

テラモニデース・アイアース真先に打ちて斃せしは、

1 第九歌八四行。
2 前後にこの名なし。

サルペードーン伴へる、名はエピクレース[1]、強き武者、
塁の中にて胸壁の真上にありし鋸歯《きよし》状の、
巨大の岩を振り飛ばし斃せり、岩は人間の
誰しも双の腕《かひな》もて（盛りの年の勇あるも）
支ふることを得ざるもの、そを高らかに持ち上げて、
投げ飛ばしたるアイアース、四つの角ある兜討ち、
エピクレースの頭骨を砕けば、彼は潜水者
見るが如くに、塁壁の上より落ちて息絶えぬ。
高き壁上矢を飛ばしヒポロコスの子グローコス、
進み来るを露《あら》はなる腕に射たるはチュウクロス、
かくして彼の戦闘の力砕けば、悄然と
私《ひそ》かに壁を飛び降る、アカイア軍のとあるもの
その射られしを認め得て高言吐くを拒《ふせ》ぐため。
かくグローコス退くを悟るや否や悲しみは
サルペードーンを襲ひ来る、されども絶えて戦ひを

1 他にこの名現れず。

忘れず槍の一突きに、テストールの生める息、
アルクマオーンを貫きつ、手繰れば槍に引かれ来て、
敵はうつぶし青銅のきららの鎧高鳴りぬ。
サルペードーン更にまたその剛強の腕のして、
胸壁つかみ、もみ砕き引けば塁壁土崩れ
上部あらはに露出して侵し入るべき口開く。
その時彼にアイアース、またチュウクロス一斉に、
向かひ来りて敵将の胸を蔽へる大楯の、
耀く紐に矢を射あつ、されどもヂュウスその愛児
水師のほとり斃るるを惜しみ、彼より凶命を
そらしむ、つぎてアイアース躍りかかりて楯を突く、
突きて穂先は入らねども、勇める彼をよろめかす。
かくして彼は胸壁を前に少しく後しざる、
されど、またくは退かず、なほ光栄に望みかけ、
身をひるがへし勇猛のリュキエー軍に叫び曰ふ、

『リュキエー軍よ、いかなれば汝の勇を弛《ゆる》めるや？
我はかばかり勇なるも、唯身一つにいかにして、
塁を破りてアカイアの水師に到る路あけむ？
いざ立て、我につき来れ、人多かれば功優る』

リュキエー軍はその言を聞きて呵責《かしゃく》に怖ぢ畏れ、
厳命下す王の身を廻りますます迫り行く。
これに向かひてアカイアの軍はこなたに塁中に
その隊勢を増し加ふ、大事は起る目の前に。
かくてリュキエーの軍勢はアカイア軍の塁破り、
その水陣に進むべき道を開くを得べからず、
また槍揮ふアカイアの勢は一たび迫り来し
リュキエー軍を塁の外追ひ攘ふこと得べからず、
境を示す石のそば測りの竿を携へて、

その共同の地所に立ち争ふ二人狭隘の
区域にありて彼と此、おのおの分を獲んとする
その様斯くか、両軍は塁をおのおの相分かち、
その塁の上戦ひて、互ひの胸に牛皮張る
楯を、小楯を、円形の巨大の楯を、打ちつけぬ。
かくて戦闘相つづき、無慚の刃《やいば》或る者の
うしろを見せて退ける露出の背《せな》を傷つけつ、
或ひは楯を貫きてまともに敵の肢体討ち、
胸壁、並びに塔の上到るところにトロイアと
アカイア軍の双方の流す紅血ものすごし。
かくてアカイア軍勢を追ひ退くることを得ず、
そをたとふれば細心の女性が左右《さう》の皿の上、
分銅及び羊毛をのせて衡《はかり》を均《ひと》しくし、
これを績《つむ》ぎて子らのため些少の賃を得る如し、
かく戦へる両軍の勢力正に相等し。

やがて勝利の光栄をクロニーオーン、ヘクト,ルに――
プリアモス王生める子に――与へて塁を真つ先に
越えしむ、彼は高らかにトロイア軍に叫び曰ふ、
『馬術たくみのトロイアのわが軍勢よ、いざ進め、
アカイア軍の塁破れ、舟を猛火に焚き払へ』
しかく陳じて励ませば衆軍これを耳にして、
猛然として塁めがけ一団なして迫り行き、
鋭き槍を手にとりて塁上高く駆け上がる。

その時下部は厚くして上部は尖る石一つ、
城門のまへ横たはる、そをヘクトール抱き上ぐ――
今ある如き人間の力、最も強きもの、
二人合して地上より槓杆《こうかん》用ゐ車の上《へ》
容易《たやす》くこれが乗せがたし、されどヘクト,ル唯ひとり、

クロニオーンの助けよりこを軽々と抱き上ぐ。
たとへばとある牧羊者やすく羊毛一房を
片手に取りてその重み些《さ》の煩《わずら》ひをなさぬごと、
かくヘクトール大石を抱きおこして腕にとり、
厳重堅固の備へあるその関門の戸の前に
搬《はこ》び来りぬ、関門は二重の扉高く張り、
二条の横木、一条の閂《かんぬき》、内にこを固む、
その前迫り立ち留り、投げの威力を増すがため、
しかと両脚踏み張りて、まともに巨石投げ飛ばし、
門を堅むる鉸番《ちょうつがひ》左右二つを砕き去る、
石はおのれの重みにて内に落ち入り、関門は
高鳴り、横木支へ得ず、石に打たれて堅剛の
扉左右に飛び散りぬ、かくて勇めるヘクトール、
面《おも》は俄かの夜[1]の如く、その黄銅の装ひは
燦爛として、その手には二条の槍を携へて、

1 第一歌四七行。

躍り進みて内に入る、神を除きて何人《なんぴと》も彼に
手向かふことを得ず、その眼光は火の如く、
衆軍中に振り向きて塁を越すべくトロイアの
諸軍に高く呼ばはれば、彼の指令を衆は聴き、
そのあるものは壁を越し、他のあるものは堅牢の
門を潜りて流れ入る、アカイア勢は支へ得ず、
水陣さして逃げ走り喧囂《けんごう》絶えず湧き起る。

本書は小社より一九四〇年十一月に単行本として、一九九五年八月に新版として刊行されたものを冨山房百科文庫として発行したものです。

イーリアス 上

―― 冨山房百科文庫 *54* ――


二〇二五年 四 月十八日 新装版第一刷発行

訳者 土井晩翠

発行者 坂本嘉廣

印刷 ㈱冨山房インターナショナル

製本 加藤製本㈱

〒一〇一-〇〇五一 千代田区神田神保町一丁目三番地

発売所 有限会社 冨山房

電話 (〇三)三二九一―二一七一





ISBN 978-4-572-00154-2

## 冨山房百科文庫既刊より

**2** 青春の回想 ―ロマンチスムの歴史― テオフィル・ゴーチエ 渡邊一夫譯

詩人ゴーチエが、青春期を追憶して綴ったもの。ロマン派最大の事件『エルナニ』上演前後を中心に、十九世紀後半のフランス文学界の若く潑剌とした精神運動を描いている。本書はまた、翻訳のあり方について示唆するところ多い。（解題・渡辺一民）

**3** 1946・文學的考察 加藤周一 中村眞一郎 福永武彦

戦中学窓にあって時代の狂気をつぶさに体感した三人の著者が、戦後まもなく発表した、初々しくも激烈なエッセイ集。剛く繊細な知性に裏打ちされた鋭利な諷刺とエスプリは、当時相当な論議を招いた。戦後日本における文学的モニュメントといえよう。（解題・篠田一士）

**4** エゴチスムの回想 スタンダール 冨永明夫訳

作者の死後五十一年にして初めて出版された半自叙伝で、読み手の理解を後世に託していたスタンダールが、同時代人の批評もまじえつつ自己と恋を赤裸に語っている。有名な「生きた、書いた、恋した」という墓碑銘の句はこの書に記されている。

**5** 詩人の手紙 ジョン・キーツ 田村英之助訳

永遠に価値を持つといわれる、夭折した詩人キーツの書簡集。「真実でないものはほとんど一つもない」（T・S・エリオット）詩についての思索、魂の内奥から発する種々の想念、肉親への愛、恋人への愛、青春の苦悩と喜びの一切は、この書に充ちている。

**7** 喜びのおとずれ ―C・S・ルイス自叙伝― 早乙女忠 中村邦生訳

ルイスは一流の文学者、宗教家であり、すぐれた児童文学作品『ナルニア国物語』の作者でもある。この自叙伝は、幼・少年時代を主体に無神論からキリスト教に回心するまでの次第を精神史的に叙述したもので、生涯の重大な転回点の核心を明晰に語っている。

**8** 日本人論 三宅雪嶺 芳賀矢一 生松敬三編

近時いよいよ盛んな日本人論の流行に一つの礎石を提供するべく編まれたもの。三宅雪嶺「真善美日本人」「偽悪醜日本人」、芳賀矢一「国民性十論」を内容とし、近代日本の早期に、我々の先達が「日本人とは何か」を沈着に分析していたことを明らかにする。

**9** ルネサンス ウォルター・ペイター 別宮貞徳訳

唯美主義者ペイターの代表作の一つとしてあまりにも有名な本書は、「世紀末」の文芸に深甚な影響を与え、今なおその余波は西洋文化の根底にゆきわたっている。視角の斬新、思惟の徹底、文章の巧緻において独自の位置を占め、永遠の古典たることを失わない。

**10** 昭和詩鈔　萩原朔太郎編

朔太郎の特異な編纂に成る戦前昭和詩のアンソロジー。収録される詩人四八名、作品一八〇篇、編者晩年の昭和十五年に旧冨山房百科文庫の一冊として初刊されたが、詩史上記念すべき出版物との観点から、今、若干の誤植訂正を施して覆刻刊行する。（解題・安藤元雄）

**11** 美学芸術論集　フリードリッヒ・シラー　石原達二訳

詩人、劇作家として有名なシラーは、また、カント哲学を深く研究し自由の問題を基本テーマに、美と芸術の理論的究明に努力した。本書はその代表的結実「カリアス書簡」「人間の美的教育について」「素朴文学と情感文学について」を収め、シラー思想の全体像を示す。

**12** 夷齋筆談　石川　淳

数々の佳作をあらわし、和漢洋の学芸に造詣深い夷斎学人石川淳の、稀に見る珠玉のエッセイ集。「面貌について」から「仕事について」に至る九篇を収める。融通無礙にして品格高い自在な精神の運動が、散文表現の妙をつくす。（解題・安部公房）

**13** 冒険家の肖像
—T・E・ロレンス、マルロー　フォン・ザロモン論—
ロジェ・ステファーヌ　権　寧訳

アラビアのロレンス、小説家マルロー、暗殺者フォン・ザロモン、三者三様の思想と行動に材を採り、冒険家（行動的人間）の肖像を描出して、現代的状況の本質を照射している。パリ・コミューンの大立者ルイ・ロセルの伝を付し、サルトルが序を寄せている。

**14** 東京の風俗　木村荘八

『濹東綺譚』等の挿絵で有名な洋画家の著者は、また文筆にもすぐれた。愛惜した東京下町の変貌著しい風俗を、多くの機会に書き留めたが、本書は、中でもとりわけ情趣にみち、往時の東京が生動する好随筆集である。著者自筆の挿絵を多数収載。（解題・前田　愛）

**15** 月曜閑談　サント・ブーヴ　土居寛之訳

十九世紀最大の批評家サント・ブーヴの代表作であるが、浩瀚な原著から、フランクリン、ゲーテ、ルソー、バルザック、フローベールに関するもの、講演、箴言を選び出し、一書とした。平易な語り口で作家の「人間」を論じ、深い洞察をきらめかせている。

**16** 第二の青春・負け犬　荒　正人

戦後の混乱期に、文学・思想の分野で大きな役割を果した雑誌「近代文学」の同人として、数々の問題提起をおこなった著者の、思想史上欠かしえないエッセイ集二著を合冊したもの。すべて一九四六年から翌年にかけて、情熱的かつ精力的に書かれた。（解題・渡辺一民）

**17** ロマン派文学論　Fr・シュレーゲル　山本定祐訳

ドイツ・ロマン派の理論的支柱フリードリッヒ・シュレーゲル、この天才的批評家の営為が、現代文学のさまざまな問題の根は「ロマン派」にありとする訳者によって、雑誌『アテネーウム』創刊期の若い頃を中心に編纂された。文章の含蓄は測り知れず、輝きは無比である。

**18** 退屈読本 上　佐藤春夫

文人佐藤春夫の「一代の名著」としてほまれ高いエッセイ集。大正期ほぼ十年間の創作以外の文章をすべて収める。形式、主題ともに多様な、滋味に富み、諧謔あふれる全一〇二篇を、いま、初版の排列そのままに上下両巻に分ち、内四六篇を本書とする。（解題・丸谷才一）

**20** おらんだ正月　―江戸時代の科学者達―　森銑三

江戸時代の日本にあって、後世の急速な近代化の礎石ともなった、多くの実学を志した人々のうちから、特に科学者を中心に選び出し、平易な語り口で説いた伝記五二篇から成るもの。名著と世評高い当文庫旧版の改訂新版。写真図版多数収載。（解題・富士川英郎）

**21** 退屈読本 下　佐藤春夫

「古き良き時代」の香り横溢する興趣つきないエッセイ集下巻。詩、花、美術、演芸、恋愛、身辺雑記、文壇ゴシップと、時に応じ、機に乗じた著者一流の健筆は止まるところを知らない。本巻において、校註者牛山百合子による、「各篇発表時一覧」および「註」を付す。

**22** カラス事件　ヴォルテール　中川信 訳

布地商ジャン・カラスは、息子の死に伴ない殺人の罪に問われ、決定的な証拠もないまま、一七六二年三月極刑に処された。そこに信仰上の不寛容による冤罪を見たヴォルテールは、人間の尊厳を回復すべく再審請願運動に乗り出す。知識人による誤審批判の先駆。

**23** 近代の超克　河上徹太郎　竹内好　他十二名

戦時中雑誌「文学界」が各界の知識人に呼びかけて行った座談会と、戦後竹内好によって書かれた同名の論文を合本したもの。さまざまな論議を呼んだ前者と、思想そのものの帰趨を丹念に跡づけた後者と、あわせて精神史の重要な資料となろう。（解題・松本健一）

**24** 児童の世紀　エレン・ケイ　小野寺信　小野寺百合子 訳

一九〇〇年、世紀交替期に、スウェーデンの世界的な女流文明評論家が、子を持つすべての親にむけて児童教育と婦人の使命を説いたもの。家庭教育の重視、個性尊重、それを支える人間観等、まさに現在の教育のあり方をも根本的に問う、迫力と今日性にみちている。

**25** クレオパトラ　―エヂプトの王たちと女王たち―　野上豊一郎

英文学者で能研究家の著者が、実際にエジプトの地を旅した経験にもとづき、古代エジプトの王たち（イクナトン、ラメセス二世）、女王たち（ハトシェプスト、クレオパトラ）の事蹟と人物像を、敬意と愛着をこめて描き出した歴史紀行。挿画18枚。（解題・酒井傳六）

**26** 名士小伝　ジョン・オーブリー　橋口稔　小池銈 訳

英国十七世紀末に歿した風変りな文人による人間味豊かな異色の伝記集。ホッブスやベイコン、ミルトン、ローリー等の逸話ないし噂話の類を丹念に蒐集し、簡潔に記録して、伝記文学の古典となっている。本訳書は、ポウエル版を底本とし、五七篇、五九人を収載。

## 27 島崎藤村・戦後文芸評論　平野謙

戦後の文学界に指導的役割を果し、卓抜な「文芸時評」をものした著者の、全批評活動の基底を成した処女評論集二著の合本。「島崎藤村」は、文学評論史上画期的業績とされ、「戦後文芸評論」は中野重治らとの「政治と文学論争」で有名。（解題・亀井秀雄）

## 28 詩学入門　エズラ・パウンド　沢崎順之助訳

著者は、今世紀前半の相次ぐ重要な芸術運動の多くに関わり、ジョイス、エリオットらと共に、世界文学の動向に決定的な影響を与えた詩人。本書は、この文学の鬼才が、独自の見地から鋭い洞察を働かせて著した、示唆と刺戟の充満する世にもユニークな文学教科書。

## 29 書物とともに　寿岳文章　布川角左衛門編

英文学者で和紙研究家の著者は、書物を真に愛する書誌学者でもある。その書物をめぐる諸問題についての論考・随想は、一篇一篇、いかに生くべきかの思惟と関わり、ほぼ半世紀にわたり書きなされてきた。今回、著者の業績をよく知る編者により、新たに編纂された。

## 30 文学的回想　マクシム・デュ・カン　戸田吉信訳

フランス十九世紀後半の文学と歴史を知る上で好個の読物。特にフロベールの青春時代に関しては、他の書物にない重要な証言にみちている。ゴーチェ、ネルヴァル、ボードレールらとの交友も語られ、他方二月革命以後の政治的動乱が臨場感をもって描かれる。

## 31 気違い部落周游旅行　きだみのる

失われたアイデンティティーを模索していた敗戦直後の時代状況に適合し、著者の名を一躍高めた書物。山村の生活を観察記録風に叙しながら、都会文化が進展し生活様式に変化が生じても今なお原理的な、日本人の前論理的世界を澄明に活写している。（解題・米山俊直）

## 32 ヴィクトリア女王　リットン・ストレイチイ　小川和夫訳

すぐれた著作の数多いイギリス伝記文学の中でも、折紙つきのもの。十九世紀後半イギリスの勢威の全盛期に六十四年にわたって在位した女王ヴィクトリアの人間像を、いささかも偶像視することなく、簡潔冷静な筆はこびで劇的絵画的に叙述、伝記を芸術にまで昇華した。

## 33 自然と象徴 ―自然科学論集―　ゲーテ　高橋義人編訳　前田富士男訳

普遍の人ゲーテは、詩人・文学者として知られ、その生涯を通じての自然研究は等閑視されることが多かった。本書は文学作品等をも含む全著述からの抜萃、訳出、系統立った編纂を試み、再評価の機運高いゲーテ自然科学の精粋をコンパクトにまとめあげたもの。

## 34 カワウソと暮す ―スコットランドの入江にて―　G・マクスウェル　松永ふみ子訳

「土と地上の生き物から引き離されたために、人間はさんざん苦しんできた」と信じる著者が、遙か北の海辺でカワウソを伴侶として生活した記録。遊び上手で情愛深く、際立った個性の持主カワウソの表情は、とりわけ印象的。写真・挿絵を多数収載。（端書・増井光子）

**35** 清唱千首　塚本邦雄撰

副題＝白雉・朱鳥より安土・桃山にいたる千年の歌から選りすぐつた絶唱千首。現代最高の歌人が、勅選和歌集の体裁に倣って、比類ない詞華集一巻を編む。四季・恋・雑に居並ぶ和歌の精粋、至妙の配置、加えて核心に触れる鑑賞の文が、日本の詩情を高らかに謳い上げる。

**36** イタリア抵抗運動の遺書（一九四三・九・八―一九四五・四・二五）　P・マルヴェッツィ　G・ピレッリ編　河島英昭他訳

大戦下イタリアにおける反ファシズム闘争の20カ月、階層・世代・立場の別なく、「共通の理想」をめざして戦い抜いたパルチザンの、家族や恋人、友人らへの万感こもる最後のメッセージ。真に主体的に、果敢に生きた、個々の魂の無垢な肉声が、時空を超えて迫る。

**37〜39** 完本茶話 上中下　薄田泣菫　谷沢永一／浦西和彦編

世に棲む人びとのありようを、くっきりと、ユーモラスに寸描した名コラム随筆の決定版。大正・昭和初に新聞・雑誌に連載された全篇を収める。雅の詩人としての前身とは打って変って、人間知の造詣を鮮やかな散文芸に籠めて、俗中の真を書きとどめた。（解説・向井敏）

**40** 嘘の効用 上　末弘厳太郎　川島武宜編

近代日本の代表的法学者で、戦後労働争議の調停に奮迅の活躍をして逝った著者（一八八八―一九五一）は、社会生活に欠かし得ない法および法律条文について、この後も不朽と思われる叡智に満ちたエッセイを平易な表現で書いた。その精粋を二巻に纏めるうち本巻は総論に相当する。

**41** 緑雨警語　斎藤緑雨　中野三敏編

明治の文人斎藤緑雨（一八六七―一九〇四）のアフォリズム（警語）を網羅し、文意が解しやすくなるよう語釈とコメントを加えたもの。警語集「眼前口頭」（一八九八）所収の条々以下、世紀の替り目の作ながら、内容・表現ともに時代を超えて鮮烈、コメントも的確洒脱で、面白さは類が無い。

**42** 世界童謡集　西條八十　水谷まさる訳

童謡の実作者ふたりが、子どもの心をうたった優れた詩や唄を世界に求め、粒よりの言葉で訳した名アンソロジー。一九二四年の初刊を本文庫版として復刊。マザー・グースの唄が数多く含まれる全三八二篇を、初山滋・武井武雄らの挿画が彩り豊かに飾る。（解説・吉田新一）

**43** 泣菫随筆　薄田泣菫　谷沢永一／山野博史編

明治の末頃大詩人と謳われた薄田泣菫の、「茶話」を除く全随筆作品から56篇をよりすぐったもの。いわば泣菫版「自然と人生」。自然界・人間界の別なく、およそ生きとし生けるものの命のいとなみの種々相を、同じように生きる者としてみつめる筆致は暖かく、香気薫る。

**44** 象徴主義の文学運動　アーサー・シモンズ　前川祐一訳

十九世紀末にフランスで起り、世界的に影響を及ぼしたサンボリスムに関する名著で、文学評論の歴史においても最も重要な書のひとつ。ネルヴァル、リラダン、ランボー、ヴェルレーヌ、ラフォルグ、マラルメ、ユイスマンス、メーテルランクの真髄を衝く。名著と好評。

**45** 嘘の効用 下　末弘厳太郎　川島武宜編

名エッセイ「嘘の効用」で人間性に根ざす「法」の必要を説いた著者は、論客としても近代稀に見る活眼をもって、この立場を貫いた。本巻は、「過激社会運動取締法案批判」他、法律に関わる重大な政治・社会問題についての発言を収録。戦前の日本の一側面が、歴然と顕れている。

**46** 秀十郎夜話　―初代吉右衛門の黒衣―　千谷道雄

豪商の家に生れながら、下積みの役者として歌舞伎に身を捧げた中村秀十郎という人がいた。その生き方に共感した著者の巧みな筆捌き、江戸弁の語りも冴える芸談聞書き「黒衣」等と、克明な伝記「秀十郎夜話」等とが、生涯陰にいた人間に照明を当てる。（解説・渡辺保）

**47** 野鳥歳時記　山谷春潮　口絵 小林重三

中西悟堂について野鳥を、水原秋桜子について俳句を学ぶという機縁を得、観察と実作を孜々として続けた著者ならではの、類の無い俳句歳時記。戦時中の初刊ながらも、一九二種の野鳥データと、豊富な例句・季語は有用性に富み、山林等への携帯にも便。（校註・志村英雄）

**48** 江戸と大阪　幸田成友

徳川の世の二大都市「武家の都」江戸と「町人の都」大阪（大坂）を経済中心に比較し、両市間の関係を実証的に究明した古典的名著。市街の発展・市制・市内の交通・江戸大阪間の交通・金融・御用金・米・油・株仲間の九章。ポイントのわかる語り口が快い。（校註・藤村潤一郎）

**49** 金子光晴抄　―詩と散文に見る詩人像―　金子光晴　河邨文一郎編

明治から大正・昭和と破天荒な生涯を送り、詩人として巨大な足跡を残した人物、金子光晴の全貌が、詩・散文の精粋を集めたこの一巻に収められている。編者は、永年光晴に親炙した詩人で、世界的な整形外科医。多面多彩な光晴の懐の深さしなやかさが読む者を魅惑する。

**50〜52** 「あまカラ」抄 1・2・3　高田宏編

一世を風靡した食の雑誌（昭和26―43年）全巻から、忘れがたい味覚に伴う人生の折々を語る、珠玉の随筆一二九篇を精選、全三巻にまとめる。第1巻は司馬遼太郎氏らの作家篇、第2巻は小林秀雄氏らの学者・評論家篇、第3巻は團伊玖磨氏らの諸家篇と充実の豪華執筆陣。

**53** 周作人随筆　松枝茂夫訳

周作人（一八八五―一九六七）は戦前、類まれな文章家として、中国新文学運動の代表者の一人として、兄魯迅と声望を二分したとされる文人。日本文化を深く理解した無二の中国読書人でもある。本書は、「冬の蠅」「東京を懐う」「魯迅について」等、随筆（小品文）の精粋を収める。

**54・55** イーリアス 上・下　ホメーロス　土井晩翠訳

古代伝説上の小アジアにあった都市国家トロイとギリシアとの戦い―トロイア戦争を背景に展開する壮絶な人間の運命。紀元前八世紀から語り継がれてきた生と死の大叙事詩。学匠・土井晩翠が華麗荘重に歌いあげた本邦初のギリシア語原典からの格調高い韻文漢訳［新装版］